Hugh Conway, Juan L. Iribas

El Secreto

Novela escrita en inglés

Hugh Conway, Juan L. Iribas

El Secreto
Novela escrita en inglés

ISBN/EAN: 9783337045395

Printed in Europe, USA, Canada, Australia, Japan

Cover: Foto ©Andreas Hilbeck / pixelio.de

More available books at **www.hansebooks.com**

EL SECRET

NOVELA ESCRITA EN INGLÉS

POR

HUGH CONWAY

AUTOR DE MISTERIO * * * *, CONFUSIÓN, ETC.

TRADUCIDA AL CASTELLANO

POR JUAN L. IRIBAS

NUEVA YORK

D. APPLETON Y COMPAÑÍA

1895

DOS PALABRAS AL LECTOR

Las obras de Conway son de las que el público lee siempre con deleite. Sus personajes pertenecen á la vida real. El argumento es nuevo, la forma cautiva por lo original, los episodios variadísimos, inesperados, ya sorprenden ya conmueven al lector, y mantienen el interés del libro hasta la última página.

El Secreto no cede á ninguna otra producción del novelista ing.s. Desde el primer capítulo despierta la curiosidad, que muy pronto se convierte en atracción vivísima. Junto al criminal arrepentido, el explotador implacable de su delito, figura más detestable aún que la del culpable mismo. Junto al verdugo, la simpática víctima, y entré otros personajes del cuadro tipos acabadamente dibujados : la artista famosa, tan bella como noble y pura ; el hijo amante que vacila entre su cariño filial y la sospecha que le mata. Ni faltan situaciones dramáticas de primer orden, ni el autor desdeña en ocasiones la gracia cómica y el discreto donaire.

El popular escritor obtuvo con esta novela uno de sus mayores triunfos literarios en Inglaterra. Abrigamos el deseo y la esperanza de que la traducción castellana de *El Secreto* aumente el ya crecido número de admiradores que cuenta el autor de *Misterio* y *Confusión* en los países de origen español. J. L. I.

Hartford, *1° de Enero de 1895.*

EL SECRETO

CAPÍTULO I

CRUCE DE TRENES

Dícese que hay hombres cuyo temperamento les permite recibir impávidos la noticia de los más duros reveses de fortuna, ó presenciar el aniquilamiento de sus más queridas esperanzas, sin que la contracción de un solo músculo revele la intensidad de su dolor. Puede admitirse y aun explicarse la existencia de tales personas, recordando que las grandes calamidades dejan al hombre como aturdido, y que el orgullo es también uno de los mejores reactivos contra la postración que acompaña ó sigue al dolor. Pero lo que todavía no hemos hallado es un individuo cuyo estoicismo le permita soportar sin quejarse las provocaciones continuas, las pequeñeces irritantes de la vida diaria. El poseedor de semejante carácter sería cosa sobrehumana; y conste que si alguien llegase á descubrirlo nos negaríamos á creer en él hasta haber sometido su paciencia á una prueba decisiva, por ejemplo, la de haberle visto esperando, en noche de invierno, en la estación de Milton ; tan incómoda, tan desolada que los trenes mismos parecen huir de ella y evitarla cuanto pueden.

El Empalme de Milton está en Vesire, y sabido es que el Vesire se halla al Oeste de Inglaterra. Á primera vista parece absurda la idea de que esa estación pueda tener importancia, ni poca ni mucha. Los trenes rápidos de la gran línea central pasan ante ella sin detenerse, como menospreciándola. El viajero que espera allí de noche vé una luz

roja á lo que le parece ser grandísima distancia. Momentos
después oye un rugido de fiera que pasa y tras él chirridos
siniestros; envuélvele un torbellino que le obliga á apartarse cuanto puede del borde del andén y distingue por un
segundo las siluetas confusas de los coches; su próxima
mirada á la vía le muestra la luz colocada en el último carro
del tren, á una milla de distancia. Entonces y sólo entonces
comprende el espectador lo que significa un choque con el
expreso.

Aunque esos trenes relámpagos desdeñan á Milton, hay
otros muchos no tan rápidos que se detienen en aquella estación, porque de allí parte hacia el Sur de la línea central un
pequeño ramal que lleva los viajeros á cierto punto de baños
muy en boga; á la vez que por el Norte sale otra línea también corta pero utilísima, que recorre un fértil valle famoso
por los ricos productos de sus lecherías; valle cuyo extremo
ocupa antigua y tranquila ciudad, con iglesia catedral y demasiado importante para que el ferrocarril pudiera pasarla
por alto. En estas razones de gran peso funda Milton la
necesidad de su existencia. Hay también un pueblecillo
que da su nombre al Empalme, pero está ó se le supone á
gran distancia, y como nadie sabe una palabra de él, bien
podemos omitirlo en nuestro relato.

El Empalme de Milton es temible. No parece sino que
los trenes jamás llegan ni salen á tiempo. Estudia el viajero su itinerario con gran ahinco, y entra en la estación
convencido de que á su tren le toca salir enseguida. Pero
jamás sucede así; y los que ya conocen aquella estación se
arman de paciencia, confiando en que la espera no dure más
de veinte minutos y pidiendo á Dios que no pase de una
hora.

La estación se halla á campo raso y los vientos parecen
imitar á los trenes y cruzarse todos allí. No hay esquina que
no barran ni rincón donde no soplen, y acaban por obligar al
viajero á refugiarse en la sala de espera, cuyas blanqueadas
paredes le disparan un texto bíblico, y donde no suelen faltar dos ó tres personas caritativas que demuestran la eficacia
de la palabra santa formando con sus cuerpos una barrera
infranqueable entre la estufa y el recienllegado. Cuando
más mueven sus sillas una pulgada, con un ruido como de
protesta contra semejante intrusión. Muy pronto empieza

el viajero á comprender lo que significa una espera en el Empalme de Milton, y si es persona de costumbres morigeradas se alegra de que la estación carezca de cantina. La tentación de ahogar en ella sus penas sería demasiado fuerte.

No eran muchas las víctimas que en cierta noche de Diciembre de 187– esperaban el tren descendente, al lado Norte del Empalme. Á excepción de los días de mercado en Barton, importante ciudad donde se vende gran parte de los productos del valle, el movimiento de pasajeros es escaso en el ramal de que hemos hablado. Sucede á menudo que el último tren no lleva más de dos ó tres personas, y en la noche á que nos referimos sólo un viajero parecía tener el derecho de echar pestes contra el administrador de la empresa. Pero el tren ascendente podía traer algunos más, y ese tren era precisamente el primero que se esperaba. Porque ya se sabe, en el Empalme de Milton la vida se reduce á eso, á esperar un tren, ora procedente de tal ó cual punto, ora en dirección contraria.

La noche estaba fría, clara, escarchada. Ya porque el viento no fuese tan penetrante como de costumbre ó porque aquel viajero único estuviese bien protegido contra el frío, es lo cierto que prefería el aire libre á las comodidades que pudiera ofrecerle el salón de espera. Sentado en una carretilla de equipajes, golpeaba el suelo con los pies para mantenerlos en calor y fumaba como quien halla en el tabaco un amigo y un consuelo.

Lo único que por su aspecto podía colegirse era que no se trataba de un personaje ni de un mendigo. Su traje era bueno, pero no cortado á la moda ; de grueso paño azul obscuro y con un abrigo ó chaquetón de los llamados de piloto, le daba cierto aire marino, si bien el hongo de fieltro disipaba en parte aquella impresión. No usaba guantes, porque sin duda el trabajo ó la intemperie habían endurecido sus manos ; y cuando llevaba una de éstas á su pipa podía verse por la bocamanga el puño de una camisa de franela obscura. Gruesas y fuertes botas y una bufanda de lana anudada al cuello completaban su atavío.

La luz del andén, aunque escasa, permitía ver bastante bien los rasgos acentuados de su cara, no exenta de bondad ; cara de hombre sagaz, no de un malvado. En su barba poblada y corta aparecían algunas canas, aunque no debía tener mucho más de cuarenta años. Entreténgome á veces, cuando viajo con personas desconocidas, en adivinar sus ocupaciones y su posición social ; en el caso de que hablamos, el lector y yo hubiéramos acabado por figurarnos, primero, que el desconocido había pasado los mejores años de su vida en el extranjero, trabajando mucho ; y segundo, que sus afanes no habían sido en vano, á juzgar por su aspecto satisfecho. Era uno de seos hombres con quienes instintivamente nos ponemos á hablar aquí de nuestras posesiones ultramarinas, como el tema más natural de conversación que con ellos pueda elegirse.

Sentado en la carretilla, seguía taconeando con impaciencia muy natural ; y como se le apagara la pipa, sacó una navaja y un pedazo de tabaco en pasta, del que cortó suficiente cantidad de obscuros fragmentos para volver á llenar su pipa. Pasaba en aquel momento un mozo de estación con una linterna y el desconocido le pidió fuego. En sus palabras se notaba el ligero acento americano de las personas que sin ser naturales de los Estados Unidos han residido muchos años en aquel país. Ya bien encendido el tabaco en la linterna, dijo alegremente :

—Gracias, amigo. ¿Quiere Vd. también echar una pipa ?

—Prohibido, fué la lacónica respuesta.

—Pues guárdese Vd. un pedazo en el bolsillo, que como éste me parece que no lo conseguirá Vd. en Inglaterra ; y cortó un buen trozo de tabaco que el otro aceptó agradecido.

—Y ahora dígame Vd., continuó, esto de tener que esperar así en este agujero ¿es necesario ó es sólo por molestar al público ?

—Tren ascendente retrasado ; saldrá en seguida que llegue, contestó el mozo empleando la frase de cajón.

—Bonita empresa de tres al cuarto, refunfuñó el viajero. ¿ Conoce Vd. los alrededores ?

—Natural del Vesire, caballero ; toda mi vida en el país.

—¿ Dónde está la Casa Roja ? Allá me dirijo.

El mozo volvió á mirarlo, y diciéndose para sus adentros que su interlocutor distaba mucho de ser un personaje, le preguntó :

—¿ Qué va Vd. á buscar á la Casa Roja ?

El viajero se echó á reir, muy divertido al parecer con la curiosidad del otro.

—Pues hombre, dijo, quizás tenga negocios allí, ó quiera hablar al dueño, ó puede que se me ocurra comprar la finca. Ya está Vd. contestado ; ahora contésteme Vd. á mí.

El mozo preguntón se quedó perplejo. Había oído hablar de altos personajes que tienen la rareza de vestirse muy modestamente, y por si acaso, creyó prudente enmendar su rudeza con un exceso de cortesía.

—Está á medio camino entre Braley y Lomer, caballero. Lo mejor es ir hasta Lomer.

—Eso es lo que yo quería saber. ¿Supongo que llegaremos á Lomer esta noche?

—Tren ascendente señalado, dijo el mozo bajando del andén y cruzando prontamente la vía.

El tren conducía tres ó cuatro pasajeros, cuyo destino parecía ser el mismo que el del viajero que allí esperaba. Pasaron al otro lado de la vía y todos menos uno entraron en la sala de espera. La excepción era evidentemente personaje de alguna importancia. El mozo á quien ya conocemos le siguió obsequioso, llevándole su maleta y manta de viaje y el jefe de estación dejó su oficina para saludarle con gran respeto. El desconocido era alto y erguido, de unos cincuenta años, de buena presencia y todo un caballero á juzgar por su porte. Á ningún mozo de estación, por muy zote que fuera, se le ocurriría jamás contestar á una pregunta suya con otra. Bien cierto es que una de las mejores dotes que puede tener un hombre es la buena presencia, á la cual le deben su fortuna un número mucho mayor que el de los que la han conquistado con su inteligencia. El recienllegado contestó con un breve saludo al del jefe de estación.

—¿Por qué no da Vd. la señal de salida? preguntó imperiosamente.

—El expreso tiene que pasar antes y hay que desviar unos cuantos carros de carga.

—Esta estación se va poniendo cada día peor. Apelaré yo mismo á la directiva de la empresa é insistiré en que se reforme el servicio.

La manera cómo pronunció las palabras "yo mismo" é "insistiré" pareció caer muy en gracia al sujeto sentado en la carretilla. Se rió por lo bajo y volviéndose hacia su amigo el mozo que estaba de pie á su lado, le dijo en voz queda:

—Me hace feliz la manera de hablar de este señorón. ¿Quién es?

—El señor Felipe Tremaine Bourchier, Miembro del Parlamento, contestó el mozo con entonación respetuosa.

El viajero de la carretilla se estremeció ligeramente, é inclinándose procuró ver bien el rostro del diputado á la escasa luz del andén, mostrando interés tan marcado que el mozo se sintió más satisfecho todavía de cargar el equipaje de persona tan distinguida.

Su interlocutor siguió mirando al señor Bourchier, quien se paseó de arriba abajo por el andén hasta que el empleado le anunció que el tren iba á salir, lo condujo á su coche y después de instalarlo cómodamente se retiró, sin duda bien gratificado. El pequeño grupo de pasajeros de tercera salió de la estación y los que lo formaban ocuparon sus asientos en el tren. En aquel momento pareció ocurrírsele una idea repentina al viajero que esperaba el tren descendente y corrió al despacho de billetes. La venta de éstos había terminado y la ventanilla estaba cerrada. Llamó, pero no obtuvo respuesta, y al volver al andén se encontró con el mozo de estación.

—Quiero cambiar mi billete, le dijo.

—No hay tiempo para cambiar billetes. El tren ha arrancado ya. Ande Vd. listo si no quiere quedarse aquí toda la noche.

Y tenía razón, el tren emprendía su marcha. El viajero cogió su maletín, corrió hacia el tren y abriendo la portezuela del primer coche que alcanzó saltó en él, con desprecio de todos los reglamentos de ferrocarriles. Esto ocurrió en un instante, pero le bastó para cerciorarse de que había entrado en el compartimiento inmediato al que ocupaba el señor Bourchier.

—Siempre con tan mala suerte, se dijo. ¿Por qué no pensé ante todo en cambiar mi billete? ¿Por qué no entré en el mismo coche que él, aun sin billete? Aunque en tal caso supongo que me hubiera hecho arrojar del tren. Pero tengo que verlo esta noche, de un modo ú otro. Le oí decir al empleado de la estación que le guardase su maleta, porque se proponía tomar otra vez el tren mañana temprano. De modo que no podré verlo y será viaje perdido. Si trato de hablarle cuando baje del tren no me hará caso.

El viajero se agitó en su asiento y lanzó una mirada furiosa al tabique que le separaba del señor Bourchier. Bajó el cristal de la ventanilla y á la luz de la luna vió pasar rápidamente los diversos objetos inmediatos á la vía.

—¿Por qué no? se preguntó. El tren no va muy aprisa, y después de todo no es más que un paso. Supongo que no la emprenderá á tiros conmigo; los ingleses no suelen hacerlo sin previo aviso. Algo imprudente es, pero allá voy. Sin embargo, veamos antes si todos mis papeles están seguros.

Desabotonó su abrigado capote y se convenció de que en el bolsillo interior del mismo tenía una abultada cartera negra. Volvió á abotonarlo cuidadosamente y anudando bien su bufanda, abrió la portezuela. La luna le permitía ver el marchapié y hacía brillar las grandes agarraderas de latón. Hombre vigoroso, tenaz y confiado en sí mismo, le parecía cosa trivial el peligroso paso de un coche á otro. Salió, y asiéndose al tirador logró volver a cerrar la portezuela.

Supongo que cuando un viajero se halla solo en un compartimiento del tren, con su manta de viaje sobre las rodillas, un cigarro en la boca y el pensamiento vagando á leguas de distancia, pocas cosas pueden sobresaltarle más que el oir de repente unos golpes dados en el cristal de la ventanilla, de la parte de afuera, y ver reflejado en él no su propio perfil, que siempre le acompaña, sino el rostro de otro hombre. Nada tenía de tímido Bourchier, pero fácil es comprender el movimiento de terror que se le escapó. Por unos segundos miró inmóvil al intruso, pero como los golpes en el cristal continuaban, acabó por arrojar á un lado su manta de viaje y poniéndose de pie se acercó á la ventanilla. Pero antes sacó un objeto del bolsillo del pecho y lo trasladó al bolsillo exterior del abrigo, donde lo tenía más á la mano. Entonces bajó el cristal.

—¿Qué hace Vd. ahí? preguntó. Si proyecta Vd. un robo se ha equivocado de víctima.

El presunto ladrón se rió de tan jovial manera que los temores de Bourchier desaparecieron por completo.

—Lo mejor será dejarme entrar, dijo el visitante, y entonces le explicaré á Vd. cómo y por qué estoy aquí.

Aunque nadie tiene el derecho de ponerse en tal predicamento, es lo cierto que la posición de aquel hombre, asido al exterior de un coche de ferrocarril, era demasiado peligrosa para entrar en explicaciones. Bourchier, sin añadir palabra, se hizo á un lado y el recienllegado entró por la ventanilla de la manera más prosaica imaginable y se sentó sonriéndose triunfalmente al ver que el éxito había premiado sus esfuerzos.

Bourchier era hombre con quien pocos se permitían mucha franqueza. Torvo el ceño, duras las líneas de su boca, sus claros ojos azules tomaban á veces una expresión cruel. Los vagabundos y los cazadores furtivos á quienes su mala suerte hacía comparecer ante los jueces y que conocían el distrito, se felicitaban cuando Bourchier no figuraba en el tribunal. Con esto podrá imaginarse el lector la mirada que lanzó al desconocido y el acento nada dulce con que le dijo :

—Ahora, señor mío, sírvase Vd. explicarme lo que significa esta intrusión ; á no ser que prefiera Vd. hablar ante el jefe de tren en la próxima parada.

El recienllegado se inclinó ligeramente.

—Señor Bourchier, dijo sin el más leve indicio de ironía y por lo contrario, con una seriedad que sorprendió á su oyente ; en el Empalme supe quién era Vd. Le oí decir que pensaba irse mañana. Yo vengo de muy lejos para hablar con Vd. de un asunto importante. . . .

—Muy importante debe ser, cuando arriesga Vd. su vida por obtener una entrevista, dijo Bourchier con sarcasmo.

—Es importante, en efecto. ¿ Quiere Vd. que le diga quién soy ?

—No es necesario. Nadie puede conducirse de la manera loca que lo ha hecho Vd. sin justificar su conducta ante la autoridad competente. Á su debido tiempo sabré el nombre de Vd.

El rostro del desconocido enrojeció y sus labios se movieron como para dar una violenta respuesta ; pero se contuvo y dijo con voz casi tan tranquila como la de su sarcástico interlocutor.

—Si me hubiese Vd. preguntado mi nombre hace doce meses, le hubiera respondido que no lo tenía. Hoy me llamo Juan Bourchier y soy el legítimo dueño de la finca y terrenos de la Casa Roja, en Vesire.

Por fortuna para Felipe Tremaine Bourchier, no era él de los que reflejan en la palidez ó el enrojecimiento súbitos de su rostro las emociones que los agitan. Pero al oir aquellas palabras sus mejillas de ordinario pálidas quedaron blancas como la cera. Permaneció algún tiempo sin poder hablar, y sólo un vigoroso esfuerzo le devolvió el aplomo que rara vez le abandonaba. Quizás contribuyera también á ese resultado la mirada triunfante de su compañero, á quien dijo con toda dignidad :

—Sin negar que sea Vd. la persona que se cree autorizada para llevar ese nombre, espero que por su propio interés no intentará Vd. renovar tan absurda reclamación.

—No dudo, señor Bourchier, que conoce Vd. todos los trámites anteriores de este asunto, como que forman parte de la historia de su familia. Vd. sabe lo que falta, que es también *lo único* que falta.

El interpelado se inclinó secamente.

—En tal caso sólo me resta decir á Vd. que eso que faltaba ha sido hallado. Los esfuerzos de mí pobre padre, las investigaciones que llevó á cabo durante toda su larga vida tuvieron por fin buen resultado. Yo creo que la alegría producida por ese descubrimiento fué la causa de su muerte.

Su oyente palideció una vez más.

—¿ Por qué venirme á mí con eso ? dijo con enronquecida voz. Lleve Vd. sus papeles falsificados á un picapleitos, que se encargue de traficar con ellos.

—Aborrezco á los curiales. Yo soy hombre llano y franco. Jamás he perdido la cabeza con lo que mi anciano padre llamaba sus derechos, y la verdad es que ni siquiera he creído en ellos hasta hace poco tiempo. Además, el asunto es tan claro que no requiere la intervención de abogados. Vd. es hombre inteligente, señor Bourchier ; dígame Vd. si se necesita mucha ciencia legal para comprender que este pedazo de papel me hace dueño de la Casa Roja.

Al hablar así sacó de su cartera un documento estrecho y largo y lo puso en manos de Bourchier. Toda la altivez de éste no pudo impedir que su mano temblase cuando, de pie y puesto el papel bajo la lámpara del coche, empezó á leerlo. Temblaban sus labios y sólo la idea de que el documento podía ser una copia le impidió hacerlo pedazos. Lo leyó una vez más y devolviéndolo á su dueño volvió á sentarse sin pronunciar palabra.

Su compañero de viaje esperó á que hablase y entre tanto le contempló desde su asiento, algo curioso, sí, pero sin asomo de mala voluntad. Bourchier no parecía muy dispuesto á reanudar la conversación. Los muchos pensamientos que agitaban su mente, cualesquiera que fuesen, daban á sus fríos ojos azules una expresión siniestra que pocas personas habían visto antes en ellos. Su mano derecha desaparecía en el bolsillo de su abrigo.

El que decía llamarse Juan Bourchier había corrido peligros durante su vida, pero se hallaba lejos de pensar que nunca había sido el riesgo tan inminente como en aquel momento. Tampoco sospechó lo mucho que significaba para él la coincidencia de que el tren empezase á detener su marcha precisamente en aquellos instantes, sin dar tiempo á Bourchier para tomar una resolución. Ni soñó siquiera que su silencioso compañero pesaba mentalmente las probabilidades á favor y en contra de un crimen, preguntándose si la tentativa hecha por un hombre humildemente vestido de entrar por fuerza en un compartimiento de primera clase justificaría ó no un acto de extrema violencia por su parte. Así lo creía él, pero para realizarlo necesitaba algún tiempo y éste le iba faltando. Aunque su mano se agitaba en el bolsillo del abrigo, tenía que averiguar otra cosa antes de decidir si su teoría era ó no sostenible. En el momento mismo en que iba á formular una pregunta, la velocidad decreciente del tren le demostró que ya era demasiado tarde.

Mordióse los labios y retirando la mano derecha del bolsillo empezó á plegar su manta de viaje.

—Estamos en Braley, dijo fríamente. Yo me apeo aquí.

—Pero señor Bourchier, exclamó su acompañante con viveza, nos veremos por la mañana y arreglaremos el asunto.

—Prefiero no hacerlo. No creo que pueda conducir á nada.

—Si de mí depende, señor mío, prefiero llegar á una solución amistosa.

Amarga sonrisa contrajo los labios de su interlocutor. Á duras penas puede conducirse como amigo el hombre que aspira á expulsar á otro de su hogar. El tren se había detenido casi por completo y al dejar su asiento el señor Bourchier vagaba en sus ojos una mirada extraña é indefinible. Habló, pero su voz era ronca, su timbre no tan claro como de costumbre :

—Pues bien, le veré otra vez. Venga Vd. temprano. ¿Dónde parará Vd. esta noche?

—Pensaba ir á Lomer.

—Mejor es ir á Renton. Está cerca de mi residencia y hay allí una posada muy buena.

—¿Cuánto dista de aquí?

—Unas seis millas. Si Vd. gusta le llevaré en mi carruaje.

—¡Eso es lo que se llama una oferta cordial! Es Vd. muy amable. Demasiado sé yo que arreglaremos el asunto satisfactoriamente; y le presentó su gran mano abierta, en prenda de amistad.

Felipe Bourchier se limitó á poner en ella las puntas de los dedos, retirándolos precipitadamente al presentarse un empleado de la línea, que abrió la portezuela y saludó al personaje al salir éste del coche.

Su compañero de viaje le siguió.

—Entré en ese coche por equivocación, dijo en respuesta á una mirada interrogadora del empleado. Aquí tiene Vd. un chelín; guárdese el vuelto. Y fué en busca de su maleta, que se había quedado en el primer coche en que entró.

Fuera de la estación esperaba al señor Bourchier un apuesto lacayo con un coche de los llamados *dog-cart*. Por regla general, cuando usaba el carruaje de noche, el lacayo se sentaba al lado de su amo, lo cual hacía más igual y más suave el movimiento del vehículo.

—Abre el asiento de atrás, Guillermo, y siéntate en él, dijo el señor Bourchier. He ofrecido á un viajero llevarlo hasta Renton, agregó, aunque de ordinario no solía dar razón alguna para justificar sus órdenes.

El viajero aludido salió entonces de la estación.

—Puede Vd. sentarse á mi lado, le dijo el personaje con esa inflexión especial de voz que emplean algunos al dirigirse á personas de posición muy inferior á la suya.

El viajero hizo lo que le decían.   Entregó Guillermo las riendas á su amo y el carruaje corrió rápidamente por el camino de Renton.   Llevaba encendidos los faroles, pues aunque era noche de luna el camino estaba sombreado y obscuro á trechos.

CAPÍTULO II

El camino de seis millas que va de Braley á Renton es en extremo pintoresco, pero forma una cuesta tremenda. Al recorrerlo el viajero, deteniéndose aquí y allá en algunos de sus puntos más elevados, admira la hermosa vista del Vesire que desde ellos se obtiene y al propio tiempo no puede menos que compadecer á su caballo. El pobre animal, que á mayor abundamiento lleva medio tapados los ojos, es incapaz de participar de la admiración que el paisaje produce y su única esperanza estriba en que el viajero le tenga lástima y le permita tomarse todo el tiempo que guste y andar al paso que mejor le cuadre.

El tal camino es terrible. Al salir de Braley tiene un trozo bastante llano y enseguida empiezan las subidas y bajadas. Cuando el coche no se desliza por una pendiente va trepando una colina; y la peor de éstas es la que hay á medio camino, llamada La Cuesta, pero mejor conocida por los que tienen que escalarla con el nombre de "Mata-pulmones," expresivo mote que no necesita comentarios. Antes de llegar á La Cuesta se baja la pendiente de La Cuestecita, otro nombre que demuestra que las gentes del Vesire saben ser bromistas cuando quieren. Rodea luégo el camino la base de la colina, elevándose gradualmente, hasta que cansado al parecer de tan lentos progresos, forma un ángulo agudo y se lanza directamente á conseguir el fin deseado, que parece ser el de llegar á la cumbre cuanto antes y bajar La Cuesta con tanta rapidez como verifica la subida.

Hasta el más palurdo sabe que dos lados de un triángulo forman una línea mayor que el tercer lado. Y como los habitantes del Vesire no son nada zafios, existe desde tiem-

2   17

po inmemorial un sendero que partiendo de la base de la colina sube en zigzag y permite á los caminantes ahorrarse, no sin trabajo, casi una milla de camino; así es que la mayor parte de ellos, de sesenta años para abajo y con buenos pulmones, toman invariablemente el sendero.

Damos estos detalles descriptivos con la minuciosidad con que pudiera hacerlo un agrimensor perito, para que el lector pueda formarse idea exacta de la posición que ocupaba el primer testigo de ciertos sucesos ocurridos la noche en que el distinguido miembro del Parlamento tuvo la condescendencia de llevar á un desconocido de Braley á Renton, en su propio coche. Examinaremos ante todo la situación desde el punto de vista del lacayo Guillermo, que es el testigo ocular á quien nos referimos.

Era éste un mocetón de aspecto irreprochable, como debe serlo todo criado de casa grande, y obediente como tenían que serlo todos los criados de Felipe Bourchier. Sabía su obligación perfectamente y llegado el caso sabía demostrar también que no tenía pelo de tonto. Saltó muy satisfecho á la trasera del coche, no sin admirarse algo de que su amo hubiese admitido á un extraño en su compañía; también se figuró que éste no era gran cosa, á juzgar por las respuestas breves y secas de aquél cuando su acompañante le dirigía alguna observación muy natural sobre la comarca que recorrían. Pero aquello no era de la incumbencia del buen Guillermo, y cuando los que ocupaban el asiento delantero quedaron en silencio, no volvió á acordarse de ellos y se puso á pensar en sus propios asuntos.

El caballo bajó La Cuestecita, al pie de la cual el señor Bourchier lo detuvo.

—Vete á pie por el sendero, Guillermo, dijo. El caballo parece algo cansado.

El pobre muchacho tocó el ala de su sombrero y echó pie á tierra con prontitud y buena voluntad aparente que estaba muy lejos de sentir. Por regla general, á los lacayos no les gusta andar, como si sus piernas estuviesen destinadas á más altos fines. Además, aquello era un capricho del amo; el caballo, fuerte y ágil, hubiera podido tirar sin dificultad de un faetón lleno de gente y llevarlo hasta la cima. Así es que Guillermo comenzó su tortuosa ascensión convencido de que se le había hecho víctima de una arbitrariedad.

Á no haberse mostrado Bourchier tan solícito por su caballo y haber seguido Guillermo á la trasera del coche, habríase sorprendido al oir á su amo romper el silencio voluntariamente, por primera vez desde que salieron de Braley y preguntar á su acompañante, sin más preámbulo :

—¿ Tiene Vd. hijos varones ?

Y hubiera oído también cómo el desconocido, irritado sin duda por el tono de superioridad que hasta entonces había asumido Bourchier delante de su criado, se limitó á contestar secamente :

—No.

Claro está que Guillermo no oyó nada de esto. De lo contrario le hubiera extrañado grandemente aquel vivo interés de su amo por la vida y milagros de su nuevo amigo. Pero ya el lacayo subía jadeante la pendiente en zigzag, descansó en la cima donde terminaba el sendero y después volvió á tomar la carretera. Ya que lo habían dejado á pie, se dijo que bien podía continuar andando un trecho y ahorrarle carga al caballo. Miró hacia atrás atentamente varias veces y por fin divisó la luz de los faroles del *dog-cart.* Dió un suspiro de satisfacción y siguió andando á un lado del camino, con la esperanza de que su amo parase el coche para dejarle subir. Pronto oyó el ruido de las ruedas y de los cascos del caballo y preguntándose qué mosca habría picado al señor para hacerle emprender tan furiosa carrera, se detuvo con el propósito de llamarle, si necesario fuese. Hasta que el coche llegó casi á su lado no advirtió que iba vacío.

Ya no era tiempo de detener el caballo y se quedó plantado como un poste, según explicó él mismo después, mirando al vacío vehículo alejarse á la carrera. " El hombre se cuida á sí mismo, pero los caballos no," era un axioma inédito del buen Guillermo ; así es que sin más vacilaciones se lanzó en seguimiento del fugitivo carruaje. Y al hacerlo no obraba tan tontamente como parece á primera vista, pues se decía que todo caballo medianamente listo comprendería pronto la locura de subir á escape la cuesta de " Mata-pulmones " ; y aquel caballo, según él se lo tenía muy sabido, era de los listos. Guillermo estaba en lo cierto, pues cuando ya iba á faltarle la respiración y sus piernas parecían próximas á desprendérsele del cuerpo, paralizadas por el inusitado ejercicio que se les imponía, alcanzó al *dog-cart*, inmóvil en medio del camino. El caballo, casi tan derrengado como su perseguidor, se limitaba á sostener el peso del vehículo para evitar que éste se vengase á su vez arrastrándolo á él cuesta abajo. Todo parecía intacto, pero el látigo había desaparecido.

Guillermo asió las riendas, subió al pescante y volvió camino atrás. No habiendo sufrido averías caballo ni carruaje, no creía que los ocupantes de éste anduviesen muy malparados, pero importaba cerciorarse de ello cuanto antes. Maquinalmente cogió la manta, que se hallaba bajo sus pies, y la extendió sobre las rodillas. Entonces descubrió Guillermo una cosa extraña, que no pudo explicarse jamás; notó que el borde de la manta estaba mojado y después de extenderla vió que también lo estaba su guante. Inclinóse, acercó la mano al farol y su imperturbable calma desapareció al ver que el grueso guante estaba cubierto de sangre.

—¡Ha sucedido una desgracia! exclamó. ¡Un accidente horrible! y asustado de veras, bajó la pendiente más rápidamente de lo que jamás se había atrevido á bajarla, acusándose de no haber ido en busca de las personas en lugar de correr tras el caballo, aunque consolándose con la idea de lo útil que sería el carruaje en aquellas circunstancias.

Iba mirando atentamente al camino, pero nada vió hasta llegar á unas cien varas del ángulo agudo donde hemos dicho que comienza la gran pendiente. Allí, iluminada por la luna, divisó una figura alta, erguida, de pie junto á un bulto obscuro tendido en el camino. Guillermo se alegró de ver que por lo menos su amo estaba vivo y al parecer ileso. Detuvo el caballo y la luz del farol le mostró el rostro pálido y severo del señor Bourchier. Tenía el sombrero abollado, el obscuro abrigo cubierto de polvo y su aspecto en general era el de un hombre que acaba de sostener una lucha.

—¿Un percance, señor? preguntó Guillermo despavorido, pero sin olvidarse de llevar la mano al ala del sombrero.

—No, mucho peor, dijo el señor Bourchier con voz grave y solemne. He tenido que pegarle un tiro á ese hombre.

—¡ Pegarle un tiro ! repitió el lacayo asombrado.

—Trató de robarme, de asesinarme según creo, continuó su amo con la misma grave entonación. Tuve que hacerlo en defensa propia. Dios me perdone si he procedido precipitadamente.

—¡ Amén ! exclamó el pobre muchacho, que no carecía de sentimientos religiosos. ¿ Desea el señor que vaya á Renton en busca del comisario ?

—Mucho me temo que el comisario nada tenga que hacer aquí. El pobre diablo está muerto.

Guillermo no volvió á chistar y esperó órdenes. Su amo tomó uno de los faroles del coche y se inclinó sobre el cuerpo. Púsole la mano sobre el corazón, é incorporándose dijo :

—Está muerto. Da vuelta al coche y hazlo retroceder hasta el borde del camino, al pie del ribazo. Después baja y ayúdame ; aquí no podemos dejarlo.

Guillermo obedeció temblando, á la vez que admiraba la firmeza de ánimo de su señor.

—Dame la manta del coche, dijo éste.

—Está llena de sangre, señor.

Bourchier se estremeció.

—Tontería, dijo enérgicamente. Y si la hay, es sangre mía. Venga la manta.

Guillermo la tomó por su borde inferior y se la entregó á su amo, quien la extendió sobre el cadáver.

—Ahora levántalo y ponlo en el coche como puedas. Busca una cuerda y átalo atrás.

Mientras efectuaban aquella lúgubre tarea Bourchier conservaba toda su serenidad, pero las manos de Guillermo temblaban de tal modo que apenas pudo ayudar á su amo.

—Á ver si encuentras una navaja que debe estar por ahí, por el camino, le dijo éste.

Obedeció Guillermo y no tardó en hallar una navaja abierta, la misma que sirvió al desconocido para cortar su tabaco cuando esperaba en la estación de Milton, y se la llevó á su amo.

—Ponla como está debajo del asiento del pescante y después vé con el coche á Renton y llama al comisario de policía. El te dirá lo que hay que hacer.

Por dócil que fuera Guillermo estuvo á punto de rebe-

larse.   Recorrer la distancia que le separaba de Renton
sin más compañía que aquella triste carga le parecía más
de lo que el deber podía exigirle.   Sólo la indignación que
sentía contra la víctima desde el hallazgo de la mortífera
navaja pudo decidirle á cumplir tan repulsiva tarea.

—¿ Qué hará el señor ?

—Iré á pie, dijo éste brevemente.   Despacha cuanto
antes y déjame uno de los faroles.

Al entregárselo Guillermo no pudo menos de exclamar :

—¡ Qué suerte que el señor tuviera consigo su revólver !

—Sí por cierto.   ¿ No oiste el disparo ?   El caballo se
asustó y salió á escape.

—El viento soplaba cuesta abajo, pero me pareció oir
un tiro.   No me fijé mucho en ello porque, como el señor
sabe, abundan los cazadores furtivos.

—Bueno, anda ; y que procures encontrarte conmigo en
el camino cuando vuelvas.   Guillermo tomó el látigo, que
había hallado roto en dos pedazos cerca del lugar de la
tragedia, cruzó con él los lomos del caballo y partió lo más
rápidamente que pudo, ansioso de librarse de aquel bulto
horrible que divisaba á su espalda en el vehículo.

Bourchier se quedó solo, con el farol en la mano y al
parecer sin prisa ninguna por abandonar aquellos parajes.
Quizás tenga cierta extraña fascinación el lugar donde se
ha arrancado una vida humana ; quizás, y esto parecía lo
más probable, hubiera perdido Bourchier algún objeto de
valor durante la lucha.   Farol en mano, comenzó á buscar,
trazando círculos que fueron extendiéndose gradualmente
hasta incluir el camino en toda su anchura.   Rebuscó después entre la maleza de ambos lados y miró á las ramas inferiores de los árboles, pero no halló lo que deseaba.   Entre
sus apretados dientes se deslizó una blasfemia y después
tomó la dirección de su casa con vivo y seguro paso.   Antes
de haber recorrido tres cuartas partes del camino le alcanzó
Guillermo, que volvía de desempeñar su triste misión.   Con
él regresó en el coche hasta su casa, cuyos moradores ignoraban por completo el trágico suceso de aquella noche y
cuán cerca había estado el jefe de la familia de perder la
vida bajo el puñal de un asesino.   Al apearse del coche
dijo á Guillermo :

—Se hará una investigación judicial de este asunto. Hasta entonces procura hablar de él lo menos posible.

El lacayo saludó y condujo el *dog-cart* á las cocheras, pensando en los extraordinarios acontecimientos de aquella agitada noche.

Existía otro hombre que también había presenciado extraños sucesos aquella misma noche, pero desde un punto de vista muy distinto del de Guillermo. Vivía el tal sujeto en una miserable cabaña del barrio más pobre de Renton; y á pesar de la sordidez de su vivienda había quien se admiraba de que pudiese pagar el mísero alquiler, porque á Jaime Estoques, ó "Jim" como todos le llamaban, rara vez se le veía trabajar. Pertenecía á esa clase de individuos á quienes vemos siempre acompañados de perros de caza, hurones, etc., y cubierta la cabeza con una de esas gorras ó casquetes de piel con cuádruple visera, á modo de aletas dobladas hacia arriba en dirección de los cuatro puntos cardinales. De día holgazaneaba fumando su pipa, osado y fanfarrón; pero al caer la noche, cuando salía de su casucha, era el hombre más asustadizo y retraído que imaginarse pueda. Precisamente aquella noche estaba haciendo una de sus cautelosas excursiones y se hallaba cerca del ángulo agudo formado por el camino en La Cuesta, cuando vió acercarse las luces de un carruaje. Su natural timidez nocturna le hizo lanzarse de cabeza en la maleza que cubre aquella colina y allí se quedó tendido á la larga, ansiando poder dedicarse con tranquilidad á sus propios asuntos y observando el paso del carruaje. Entonces empezaron sus descubrimientos.

Y empezaron con un disgusto, pues el caballero alto que guiaba el coche lo detuvo justamente frente al punto donde se hallaba Estoques de bruces bajo un matorral. Después dirigió la palabra á su compañero, sin que Estoques pudiera oir lo que decían, y sólo vió que el otro movía la cabeza negativamente. Entonces el caballero alto miró arriba y abajo del camino y aun á los lados del mismo, y el bueno de Estoques tembló ante aquella mirada del temido magistrado.

Pero éste no le vió y ya disipada su alarma oyó las palabras "encender un cigarro"; aunque el caballo seguía inmóvil, vió que las riendas pasaban á manos del más bajo de

los dos viajeros. Entonces ocurrió la cosa más inesperada
del mundo ; el señor Bourchier se llevó la mano al bolsillo
como para sacar una caja de fósforos, pero de repente brilló
una llama, sonó una detonación y el más bajo de los dos
hombres quedó vacilando en su asiento, á la vez que
lanzaba un doloroso gemido. Un momento después cayó
su cuerpo al camino, con sordo golpe. Por razones de
su oficio, á Estoques se le importaba un bledo la mirada
de angustia de una liebre moribunda ó de cualquier otro
animal ; pero la última mirada del hombre caído, como él
la vió á la claridad de la luna que iluminaba su rostro, le
heló la sangre en las venas. Corría el sudor bajo la peluda
gorra del cazador furtivo y le parecía todo aquello un horrible sueño. Tan aterrado estaba que no notó cómo el moribundo, aprovechando el resto de vida que le quedaba, se
llevó la mano al pecho y sacando un objeto obscuro lo arrojó lo más lejos que pudo. Todo lo sucedido hasta entonces
era inexplicable para el oculto testigo. Pero cosas más raras
debían suceder todavía.

Desdeñando su propia seguridad, habíase arrastrado entre la maleza como una serpiente, hasta llegar casi al
borde del camino, á pocas varas de la víctima.

Vió entonces al señor Bourchier tomar uno de los
faroles del coche, inclinarse sobre el muerto, con una expresión de horrible regocijo en el rostro y volver á colo-
car el farol en su lugar. Le vió después desabotonar el
chaquetón de su víctima, registrarle los bolsillos y sacar
una navaja que abrió y lanzó al camino. Vióle volver á
registrar los bolsillos, y no se le escapó á Estoques el movimiento convulsivo de los labios, que delataba, como él sabía
por experiencia propia, la serie de juramentos con que el
magistrado desahogaba su cólera. Le vió tomar del fondo
del coche un bulto que llevó al lado del camino, hasta un
punto donde ya no alcanzaban las miradas de Estoques, y
volver con las manos vacías. Tomó enseguida la fusta y
dió un fuerte latigazo al caballo, que se lanzó furiosamente
cuesta arriba ; rompió el látigo en dos pedazos y los arrojó
al camino. Después hizo lo que en otras circunstancias
hubiera obligado á Estoques á reirse á carcajadas : abolló á
puñadas su sombrero y tendiéndose en el camino se revolcó
en el polvo. Esta última ocurrencia fué tan sorprendente

que el oculto espectador apenas se dió cuenta de que Bourchier volvió á recoger la navaja y se entregó con ella y su traje á una misteriosa operación antes de arrojar otra vez el arma al suelo. Un ruido de ruedas anunció entonces la aproximación del coche, y la natural modestia de Estoques de que ya hemos hablado le obligó á retirarse á prudente distancia, arrastrándose siempre ; mas no fué á detenerse tan lejos que no viese todo lo que vió Guillermo y aun algo más que ocurrió después de marcharse éste, como sabe muy bien el lector.

Cuando todo terminó se sintió Estoques tan sorprendido y trastornado que le fué imposible dedicarse á su ocupación habitual aquella noche y regresó á su choza de Renton, revolviendo mil ideas confusas en su mente é incapaz de darse cuenta clara de lo ocurrido.

CAPÍTULO III

EL consejo de Horacio es bueno : entrar de lleno en lo que se quiere exponer ó tratar. Pero mucho hay que decir también á favor del método que emplea el Nuevo Testamento, sobre todo cuando se trata de empezar una genealogía. Gran tentación es para todo escritor la de lanzarse de lleno en medio de una situación cualquiera para atraer más poderosamente la atención del lector y excitar su curiosidad ; mas por desgracia, tarde ó temprano hay que exponer los acontecimientos que prepararon aquella situación, y en la inmensa mayoría de los casos esos antecedentes están contenidos en la historia genealógica de la persona ó familia de que se trate. No ignora el autor que todas las historias de ese género, excepto la propia, constituyen lectura insípida por excelencia. Sin embargo, algo hay que saber de la familia Bourchier ; y puesto que es indispensable, cuanto antes quede hecha la explicación, mejor para todos.

No tenemos que descender por el árbol genealógico más allá del personaje llamado Roberto Bourchier. Como él mismo hubiera podido decir muy poco de su padre y nada de su abuelo, no habrá inconveniente alguno en tomar su nombre como punto de partida. Después de Roberto Bourchier todo es historia ; antes de él, fábula y tradición que nada nos importan.

El cual Roberto, de origen francés probablemente, reunió una gran fortuna. Ganó su dinero en el comercio, en la primera ciudad marítima del Oeste de Inglaterra ; y aunque sus descendientes se vanaglorian de que hizo todo su capital en honrosas transacciones comerciales, no faltan malas lenguas que lo atribuyen al tráfico de esclavos. Sea

como fuere, su fortuna alcanzó respetables proporciones y
en 1750 le permitió retirarse de los negocios y comprar la
gran propiedad de Casa Roja, en Vesire. El primer Roberto Bourchier murió en 1780.

Á su primogénito, llamado también Roberto, le dejó en
herencia la hacienda de Casa Roja, lo que permite suponer
que dejó bien provistos de fortuna á sus otros hijos.

El segundo Roberto Bourchier hizo la vida de un prós-
pero hacendado rural. La familia se relacionó bien y fué
olvidándose aquella mancha de la trata que sobre ella pesaba, de suerte que antes de morir el segundo Roberto ya se
les consideraba á él y los suyos como vecinos natos del distrito. Tuvo la fortuna de contraer matrimonio con una
joven de buena familia. Aunque no una heredera, poco le
importaba ese detalle á su marido, cuyas gruesas rentas le
permitían economizar y hallarse por lo tanto en disposición
de ir comprando y añadiendo á sus propiedades los terrenos
colindantes siempre que se presentaba la ocasión. Con estas
adiciones la finca de Casa Roja llegó á convertirse en una
posesión magnífica.

Este Roberto dejó dos hijos, Daniel y Esteban, y tres
hijas que se casaron y fueron á vivir en los hogares de sus
esposos respectivos, donde las dejaremos.

Daniel, hijo mayor y heredero presunto, debió ser, según
todas las apariencias, un muchacho de carácter débil y vacilante, que se descarriaba fácilmente y que dió mucho que
hacer á su familia. En los archivos de ésta existen todavía
algunas cartas que demuestran cómo antes de cumplir él los
veintiún años tuvo que sacarlo su padre de varios lances
apurados. Sin embargo, poco antes de cumplir aquella
edad se concertó su matrimonio con la hija de un hacendado vecino y el padre del novio se atrevió á esperar que
con la boda terminarían las calaveradas de su primogénito.
Aquel matrimonio no llegó á efectuarse. La joven rompió
el compromiso, por razones ignoradas hasta la fecha, sin
que tampoco haya podido saberse si Daniel tomó ó no á
pechos el rompimiento. Lo qué sí consta es que dejó su
casa, estuvo ausente unos dos años, regresó á Casa Roja y
poco después, en la cacería inaugural de la estación, murió
de una caída de caballo; probablemente lo mejor que podía
sucederle.

Roberto Bourchier sobrevivió diez años á su hijo mayor. Á su muerte en 1820 se vió que su testamento databa de la época en que parecía seguro y próximo el matrimonio de Daniel. Legaba la Casa Roja á Daniel y muerto éste á su hijo mayor y á los herederos del mismo ; y si Daniel moría sin sucesor, el heredero debía ser Esteban, hijo segundo del testador. Como Daniel murió soltero, su padre no se tomó el trabajo de hacer un nuevo testamento, pues el que existía realizaba su deseo : dejar á Esteban la propiedad de Casa Roja.

Largo fué lo que podríamos llamar el reinado de Esteban Bourchier, pues duró hasta 1853. Siguió las tradiciones de su familia, pero no se distinguió de manera marcada. Dos sucesos notables ocurrieron en los treinta y tres años de su administración. Fué el primero el descubrimiento de hierro en gran cantidad en las tierras rojas de aquella parte de su propiedad de la cual tomaba ésta su nombre. Cada tonelada de mineral que se extraía pagaba un tanto respetable al dueño de los terrenos.

El segundo suceso se redujo á una reclamación absurda presentada diez años después del advenimiento de Esteban. El reclamante, un joven de veinte y dos años, en humildes circunstancias, declaró ser hijo legítimo de Daniel Bourchier y pretendió que en virtud del testamento del segundo Roberto él era el dueño de la finca, con sus tierras y pertenencias. Su historia no dejaba de ser bastante plausible. Decía que Daniel se casó secretamente con su madre en 1808 y que él nació á fines de aquel mismo año. Explicaba su largo silencio alegando que su madre había ignorado siempre la verdadera posición de su esposo y que poco después de la muerte de éste se afectó su razón y estuvo loca muchos años. Nunca se supo si Daniel logró enviarle noticia del percance con algún mensajero de confianza, en el corto intervalo que medió desde su caída del caballo hasta su muerte.

La historia del reclamante fué desoída y calificada de absurda, pretendiéndose ver en ella una soez tentativa para sacar dinero. Sin embargo, no hubo la menor proposición confidencial indicando que el pretendiente aceptaría tal ó cual arreglo ó pago á cambio de su silencio. Se intimó al propietario de la Casa Roja un auto de desposeimiento y á

su debido tiempo se vió el asunto ante el tribunal, donde
fracasó la reclamación de la manera más lastimosa; tan
débiles fueron las pruebas documentales aducidas por el
demandante. Numerosas personas declararon que Daniel
Bourchier y la madre del reclamante habían vivido mari-
talmente por espacio de dos años, pero nadie pudo decir
cuándo, dónde y por quién se efectuó la ceremonia nupcial.
Tan insuficientes resultaron ser los fundamentos de la demanda que, al desatenderla el juez, hizo algunas observa-
ciones muy severas acerca de los letrados que al parecer sin
más objeto ni incentivo que el de obtener la declaración de las
costas del pleito á su favor, inducen á sus clientes á declarar
la guerra con armas tan débiles como las que en aquel caso
esgrimían. El joven reclamante desapareció y Esteban continuó impertérrito en posesión de la herencia de sus abuelos.

El señor de Casa Roja no tenía mal corazón. No dudaba que el pretendiente era hijo de su hermano Daniel;
así fué que cuando se calmó algo la sensación producida por
aquella contienda legal ofreció á su ilegítimo sobrino, por
medio de sus abogados, constituirle una pequeña renta anual
ó darle una cantidad alzada. Los abogados, hombres pre-
cavidos, añadieron á esta oferta la condición de que Jaime
Bourchier, como el interesado se hacía llamar, firmase un
documento renunciando á sus imaginarios derechos. La
oferta fué desechada respetuosamente y allí acabaron las
negociaciones.

Quince años después se renovó la reclamación. Adujé-
ronse algunos testimonios nuevos, para evidenciar que la
madre de Jaime Bourchier se creía casada legalmente. Pero
seguía faltando el documento esencial, la certificación del
matrimonio, y sin él volvió á fracasar la reclamación. Esta
vez el reclamante parecía tener más recursos que en la
época de su primera demanda, y se supo que era ya un
negociante bien acomodado, en una pequeña ciudad del
Norte; y que hubiera podido prosperar más todavía, co-
mentaban las gentes, si hubiera dejado su dinero invertido
en los negocios en lugar de gastarlo en indagaciones infructuosas buscando una partida de matrimonio que no existía y en pagar abogados que se encargasen de defender su
desesperada causa.

Pero eso era cuenta suya. Hombre reservado y tranquilo, no gustaba de pregonar sus agravios. Sólo él podía apreciar la fuerza de su convicción y la firmeza de sus propósitos. Conocíasele generalmente con el nombre de Boucher. Probablemente los deudos ó amigos que se encargaron de él en su huérfana niñez suprimieron las otras dos letras del apellido porque lo afrancesaban, y por aquella época los ingleses odiaban todo lo que era francés. Por lo pronto se contentaba Jaime con el apellido de Boucher y con él se había dedicado al comercio, mientras llegaba el momento de recobrar el suyo propio, desposeyendo á la rama menor de la familia. Porque Jaime Boucher ó Bourchier, aunque identificado por completo con la vida y hábitos de sus colegas del comercio, conservaba tenazmente su creencia, su fe inalterable en la validez del matrimonio de sus padres. Casóse con una joven de su misma condición social, digna compañera que lamentó más de una vez la costosa monomanía de su marido, de la cual no intentó disuadirlo porque en aquel punto era obstinado é intratable. La madre de Jaime murió loca en 1843, sin intervalo lúcido que le hubiera permitido disipar todas las dudas.

Jaime Boucher tuvo un solo hijo. Muchacho vivo y osado, algo correteador, poco se le importaban los derechos de su familia á una gran fortuna, idea que desde niño le había inculcado cuidadosamente su padre. Á los diez y ocho años se embarcó para los Estados Unidos con el objeto de labrar su fortuna por sí mismo.

Esteban Bourchier no volvió á verse molestado por la absurda reclamación. Murió en 1853, algunos años después que su esposa ; en la iglesia de Renton se erigió artístico monumento á su memoria y su hijo Felipe Tremaine Bourchier le sucedió en el dominio de Casa Roja. Tuvo Esteban otros hijos, pero observando la costumbre tradicional de su familia dejó aquella finca al primogénito.

Sin embargo, á pesar de la tradición, muchos creían que Esteban desheredaría á su hijo mayor. Felipe no había sido buen hijo y su vida distaba mucho de ser ejemplar. Su padre tuvo que pagar por él gruesas sumas y aunque su fortuna le permitía hacer esos desembolsos sin gran esfuerzo, le dolían profundamente porque había heredado los hábitos de economía del fundador de la familia. Pero si tuvo tales propósitos debió modificarlos á última hora, pues dicho queda que la Casa Roja pasó á ser propiedad del hijo mayor, según costumbre.

Á imitación del Príncipe Hal* de que nos habla la historia, cuando Felipe subió al poder dejó tras sí las locuras de su juventud. Se casó bien, representó el papel de un magnate en la comarca, llegó á hacerse pasablemente popular y reveló un nuevo rasgo en el carácter de los Bourchier, la ambición política. Su familia había echado tan buenas raíces en el Vesire, que á los diez años de la muerte de su padre fué elegido sin oposición miembro del Parlamento por el distrito de Casa Roja.

No le dejó completamente tranquilo aquel modesto comerciante tan aficionado á los pleitos. En 1862 volvió el asunto ante el tribunal, y aunque se habló de nuevas é importantes pruebas, las presentadas fueron pocas en número é interés, tanto que los amigos del reclamante se admiraron de su locura. Pero Jaime Boucher sabía lo que hacía. Su objeto no era otro que renovar la demanda dentro del plazo legal, para evitar que prescribiese la acción. Con esto impedía que la que él llamaba rama menor de su familia se viese confirmada definitiva é irrevocablemente en la propiedad de Casa Roja, por haberse hallado en posesión continua é indisputada de la finca durante el plazo fijado por la ley para conceder justo título.

Felipe Bourchier pagó su parte correspondiente de las costas, no sin maldecir cordialmente al porfiado mercachifle. Él estaba convencido, como su padre, de que la reclamación era absurda, pero le irritaba. Una vez tuvo que tomar algún dinero sobre sus tierras, porque no era tan económico como sus predecesores y además su entrada en el Parlamento significaba mayores gastos. Entónces supo cuán desconfiados son los prestamistas y cuán alto el interés que exigen. La propiedad raiz de un personaje debe estar, como la esposa de César, exenta de toda sospecha, aun de la más leve sombra. Jaime Boucher no volvió á hostilizarle desde 1862 y por último recibió la noticia de su muerte, con lo cual se atrevió á esperar que habría terminado aquella larga serie de molestos y costosos litigios.

Á raíz de la muerte de Jaime Boucher hizo el dueño

---

* Después Enrique V de Inglaterra, el vencedor de Agincourt.

de la Casa Roja un descubrimiento que convirtió en verdadera espada de Damocles lo que hasta entonces no había sido más que un disgusto y una molestia renovados de tiempo en tiempo. Buscando autógrafos entre viejos papeles de familia para un amigo coleccionista, halló una carta cerrada dirigida á la esposa de Daniel Bourchier. Estaba fechada el mismo día en que su tío perdió la vida, y sin duda lo repentino de su muerte impidió que la carta fuese enviada á su destino. Comenzaba con las palabras "Mi querida esposa" y estaba firmada "Tu marido que te ama, Daniel." Estas frases de cariño por sí solas no hubieran preocupado mucho á Felipe; lo de esposa y marido podía no pasar de meras palabras: pero un párrafo referente al niño aludía, como suceso ya realizado, á la celebración del matrimonio y decía cuánto se alegraba el autor de la carta al pensar que ni los padres tenían ya nada que echarse en cara, ni el pequeñuelo se avergonzaría jamás ante la censura del mundo. Al leer aquel párrafo comprendió Felipe que Jaime Boucher era hijo tan legítimo como él y que si algún día se llegase á descubrir dónde se había celebrado el matrimonio, la propiedad de la Caja Rosa pasaría de sus manos á las del modesto comerciante.

Reciente estaba todavía aquel descubrimiento en su memoria, y perturbándole el ánimo, la noche en que condujo de Braley á Renton, en su propio coche, á un sujeto pobremente vestido, á quien tuvo que matar en el camino en defensa de su vida.

Es imposible que el jefe de una familia pueda volver á su casa en el estado lastimoso en que regresó Bourchier aquella noche, sin ocasionar gran consternación entre sus deudos. No sólo presentaba señales externas y visibles de una empeñada lucha, sino que debajo de la ropa, en el costado izquierdo, tenía una ligera herida causada por la navaja del asesino. Su esposa, sus hijas y un hijo que se hallaba en casa de los dos que tenía, le contemplaban aterrorizados al oirle relatar su aventura, y daban gracias á Dios por haber librado tan misericordiosamente de la muerte al amado esposo y padre.

Por mucho dominio sobre sí mismo que tenga un hombre, á duras penas puede conservar su calma habitual tras un encuentro como el de aquella noche; y así nadie extrañó que Bourchier contestase brevemente al cúmulo de preguntas que le dirigieron, ni que muy pronto manifestase el deseo de retirarse á descansar. Una vez á solas con su esposa le rogó que no le hablase más del asunto, á lo menos por aquella noche.

—Tengo que levantarme al amanecer, dijo. Perdí mi cartera en la lucha y después no pude dar con ella.

—¿Pero no podría ir á buscarla uno de los criados? preguntó su esposa.

—No, he de ir yo mismo. Contiene dinero y documentos de gran valor. Dí á tu camarera que avise que necesito el caballo ensillado al amanecer ó algo antes.

De Bourchier podía decirse que tenía nervios de acero. Dormía siempre profunda y sosegadamente, de modo que su esposa se admiró mucho al verse despertada por él una ó dos horas después de haber cruzado aquellas palabras.

—No puedo dormir, le dijo su marido en voz baja y ronca. Dame un poco de cloral, ó lo que sea.

Había cloral en la alcoba y Bourchier tomó una dosis muy fuerte para quien, como él, no tenía costumbre de usar aquella substancia; su esposa permaneció despierta hasta que la regularidad de la respiración de su marido le indicó que se había dormido. Durmiendo seguía cuando ella se despertó por la mañana y estuvo un buen rato sin atreverse á llamarlo, hasta que recordó sus órdenes terminantes de la noche anterior. Lo despertó y en pocos momentos se disiparon los efectos del narcótico y se levantó sobresaltado. Era de día.

—¡La hora, la hora! ¿Qué hora es? preguntó impaciente.

Su esposa se lo dijo.

—¡Y me has dejado dormir! exclamó ásperamente, vistiéndose á la vez que hablaba. ¿Está listo el caballo? añadió con durísimo acento que siempre hacía temblar á su mujer.

El caballo le esperaba ensillado, al cuidado de un lacayo que sólo deseaba verse libre de él para ir á almorzar. Bourchier acabó de vestirse rápidamente y sin probar bocado saltó en la silla y partió á escape.

El viento había cambiado durante la noche y había caído bastante nieve, que cubría el suelo en una pulgada de espe-

sor.   De ello se alegró Bourchier, porque la nevada disipaba
todos los vestigios de la supuesta lucha de la noche anterior.   Poco le costó hallar el lugar del suceso.   Recordaba
muy bien un pequeño abeto que alzaba allí sus ramas secas
y deshojadas prematuramente, entre los otros árboles verdes
y frondosos de su misma especie.   Sucede con frecuencia
que en momentos supremos, en las situaciones más terribles,
un objeto cualquiera ó un detalle trivial se graban indele-
blemente en la memoria.   En la de Bourchier estaban ínti-
mamente asociados aquel arbolillo seco y los sucesos noc-
turnos de la víspera.

Aunque no tan temprano como hubiera deseado, esperaba llegar á tiempo para recuperar la perdida cartera.   En
el camino de La Cuesta la nieve no presentaba señal alguna,
porque ambos lados del cerro estaban cubiertos de bosque
y los trabajadores de las haciendas nada tenían que ir á
buscar en aquella dirección.   Lo único que interrumpía la
tersura de la blanca superficie era el doble surco trazado en
ella por las ruedas de una carreta.   Bourchier hizo andar á
su caballo lo más aprisa que pudo y pronto llegó al lugar
que tan presente tenía.   Las huellas recientes de la carreta
llegaban hasta allí y continuaban en cuanto alcanzaba la
vista ; pero la nieve, en muchas varas alrededor del terrible centro, estaba pisoteada en todas direcciones.

Desmontó y miró en torno cuidadosamente, aunque presentía la inutilidad de sus pesquisas.   Buscó por todas partes
sin hallar ni señales de la cartera, como no halló tampoco
otro objeto que había depositado cuidadosamente la víspera
á corta distancia.   Contraídos los delgados labios, montó
otra vez á caballo y regresó á su casa para hacer frente,
lo mejor posible, á las preguntas, pésames y enhorabuenas
que allí le aguardaban.   Tales atenciones no podían faltar,
en abundancia, á un miembro del Parlamento que la noche
anterior se había librado de un malhechor matándolo á tiros.

Por muy madrugador que hubiese estado aquel día Felipe
Bourchier, otro había madrugado más que él.   Al dormirse
Jaime Estoques la noche anterior lo hizo también con el
firme propósito de visitar cierta interesante porción del camino de Braley á Renton, al romper el día.   El sueño que
Bourchier obtuvo del cloral se lo pidió Estoques á la ginebra, y tampoco el cazador furtivo estuvo tan madrugador

como hubiera querido. Careciendo de mujer á quien echarle la culpa, cargó él mismo con ella, cosa que no suelen hacer las gentes de su laya, pues por lo general lo primero que se les ocurre es blasfemar y maldecir su suerte. Aquella manía de ocultarse y escurrir el bulto que ya conocemos, le hizo apartarse de la carretera y meterse por determinados senderos que cruzan La Cuesta y que le llevaron á su destino. Y tuvo allí mejor suerte que Bourchier, porque encontró lo que había ido á buscar y se volvió á su cabaña por el mismo apartado camino, ansioso de examinar á sus anchas un saco de mano hallado en el lugar de la tragedia. La huella de sus pasos fué la que algo más tarde notó Bourchier sobre la nieve.

No faltó quien madrugase más que los dos personajes anteriores. El labriego Davis, que tenía arrendada la Hacienda de los Berros, perteneciente al señor Bourchier y situada en la ladera de La Cuesta que mira á Renton, tuvo que ir á Barton aquella mañana, aunque no era día de mercado. Bebedor moderado de ginebra y no habiendo oído hablar jamás de cloral, se levantó á la hora que se había propuesto, y las ruedas de su carreta fueron las primeras que dejaron obscuras huellas en la blancura inmaculada de la nieve. El buen labriego contemplaba con aire complacido los abetos cubiertos de nieve, mientras arreaba su caballejo cuesta abajo aquella alegre mañana de invierno. Hubiérase creído al verle así que era, sin él saberlo, ferviente admirador de la Naturaleza ; aunque nada se ganaría con decírselo, porque de seguro respondería que tales cosas "no estaban en su cuerda." Y sin embargo, no dejaba de apreciar el efecto de la nieve que cubría campos y árboles y que, como él decía, le recordaba "la escena del teatro" ; porque es de saber que había estado una vez en el teatro de Barton y la habilidad del pintor escénico había producido en él honda impresión. Iba pues mirando los abetos cubiertos con su blanco ropaje y entre ellos fijóse su atención en uno situado cerca ya del pie de la pendiente colina. Al verlo tiró de las riendas y detuvo su caballo.

—Muchas y muy raras cosas he visto en mi vida, se dijo, pero jamás que los árboles dieran carteras.

Porque en la rama más baja del arbolillo que contemplaba se veía una cartera negra cuidadosamente posada, como si hubiera sido puesta allí adrede y no arrojada al azar.

Con varias exclamaciones de asombro acercó la carreta todo lo que pudo al ribazo que formaba el borde del camino, y puesto de pie en ella sacudió la rama con el látigo hasta que cayó aquel extraño fruto del abeto. Recogió la cartera, pero no se detuvo á examinarla. El tiempo pasaba y á todo labriego del Vesire que tiene que viajar por ferrocarril le gusta hallarse en el andén lo menos un cuarto de hora antes de la llegada del tren, aun tratándose del temible Empalme de Milton.

Cuando se vió cómodamente instalado en un coche del tren empezó á examinar su hallazgo. Era una cartera larga, doble, de tamaño suficiente para contener documentos. Había en ella buen número de papeles, alguno de los cuales parecía desteñido por el tiempo. No era el buen labriego lector muy rápido, así es que aplazó el descifrarlos. Pero había entre los demás un papel que reconoció en seguida, un billete de cinco libras del Banco de Inglaterra. La presencia de aquel billete decidió la suerte de la cartera. Si ésta no hubiese contenido más que documentos, interesantes sólo para su dueño, hubiera esperado probablemente á que éste los solicitase; pero puesto que contenía dinero había que enviarla inmediatamente á su propietario, cuyo nombre aparecía por cierto impreso en el interior con letras doradas : "Jaime Bourchier, Calle Alta, Norton."

Despachó sus asuntos en Barton y antes de regresar á su casa fué, según costumbre, á fumar una pipa y tomar un trago en la "Posada del Ferrocarril." Era de aquellos hombres que se sulfuran cuando alguien se atreve á suponer ó indicar que la escritura es para ellos arte difícil y delicada operación, pero que sin embargo prefieren siempre que otro les sirva de amanuense. Solicitó, pues, de la posadera, respetable matrona de cincuenta años sonados, que envolviese la cartera en una hoja de papel y la dirigiese á las señas impresas en el interior de la misma.

—¿Cuánto costarán los sellos? preguntó cuando la buena mujer acabó de escribir las señas.

Pesó ella el paquete y le dijo que con tres peniques bastaba para el franqueo. Era el tío Davis hombre honrado á carta cabal, pero muy económico.

—Tres peniques son tres peniques, dijo. Hágame Vd. el favor de escribir unas líneas y ponerlas dentro de la cartera, diciendo : " Muy señor mío : Yo he encontrado su cartera y los sellos cuestan tres peniques y sírvase mandar esta cantidad á M. Davis, Hacienda de los Berros, Renton."

Y hé aquí cómo la cartera del muerto fué empaquetada, dirigida y enviada por el correo á su presunto dueño, llevando dentro la cuenta de gastos del tío Davis.

Jaime Boucher había muerto hacía algunos meses, pero los empleados del correo de Norton lo conocían perfectamente ; y en lugar de abrir el paquete y devolvérselo al remitente con la frase obligada : "Muerto—sin señas," estampada en él, no faltó uno de dichos empleados que, prescindiendo de la rutina, se tomase el trabajo de averiguar quién era el representante legal de Jaime. Consiguió su objeto con alguna dificultad, y tres semanas después un cartero entregaba el paquete en el número 72 de la calle Gay, Londres, dirigido á Juan Boucher, hijo único del finado.

Lejos estaba de imaginarse el labriego Davis que su respetable arrendador le hubiera regalado de mil amores la Hacienda de los Berros, á cambio de los papeles contenidos en aquella modesta cartera.

CAPÍTULO IV

La calle Gay no figura entre las más selectas de Londres. Ni aun los agentes de casas que tienen una por alquilar en aquel vecindario se atreven á llamarla otra cosa que una calle "decente." Es una de tantas y tan parecidas inmediatas á Regent Canal. Las casas son de buen aspecto, de dos pisos, con tres escalones ante la puerta de entrada y con un pequeño espacio cercado al frente, para impedir que los paseantes puedan aproximarse hasta mirar por las ventanas el piso bajo. Si se llama á la puerta de una de aquellas casas, lo más probable es que la criada, antes de abrir, inspeccione al visitante desde las profundidades de aquel espacio cercado, para decidir si conviene abrir la puerta ó si el pelaje del que llama es tal que le permite ser recibido y explicarse al aire libre. De cada diez casas de aquella calle siete son de huéspedes ; y como es muy accesible y el vecindario nada desagradable, se ve muy favorecida por los jóvenes, solteros generalmente, cuyas ocupaciones los llaman á los bancos, á las oficinas de comercio y demás centros donde empiezan á aprender lo que significa la lucha por la vida.

El plano seguido por regla general en la construcción de las casas de la calle Gay y otras parecidas, es el siguiente : en el piso bajo una habitación que da al frente de la casa, con mueblaje obscuro de caoba y crin, estilo antiguo y sólido. Esta habitación es el comedor y comunica por puertas corredizas con una alcoba que queda atrás. El primer piso es exactamente igual en tamaño y distribución. El cuarto del frente se llama la sala y por lo regular tiene sillones y sofás de colores vivos, verde, azul ó rojo, con una alegre alfombra y cortinas formando juego. Más arriba hay otras alcobas, ocupadas por la dueña de la casa, que es siempre una viuda, por las personas de su familia y á veces por uno ó dos huéspedes que también hacen uso de la misma sala que los restantes.

Las salas de todas esas casas se parecen también; los muebles pueden ser rojos, verdes ó de cualquiera otro de los colores del prisma, pero el efecto es el mismo. La única diferencia está en que el mueblaje se halle en su lozana juventud ó presente ya los más apagados colores de la edad madura. La sala del número 72 no hubiera sido mejor que las otras si alguien no hubiera tenido la feliz idea de cubrir aquellos colorines de los muebles con modesta cretona, y de retirar la araña de cristal tallado y los jarrones de porcelana barata, reemplazándolos con algunos objetos de adorno sencillos y de buen gusto. Al entrar en dicha sala se notaba en seguida un gran piano que ocupaba buena parte de la habitación. Si alguien admirado de hallar allí tal instrumento se hubiese acercado á abrirlo, hubiera visto en el interior de la tapa el nombre de uno de los mejores fabricantes del mundo.

Una sola persona había en aquella sala la mañana en que llevamos allí al lector. Era una joven de unos diez y nueve años, que sentada al piano estudiaba el acompañamiento de una romanza dificilísima, de la cual entonaba algunas notas de cuando en cuando; pero ni la música ni el canto parecían fijar su atención, y su pensamiento se hallaba evidentemente en otra parte. Pronto cesó de tocar y permaneció inmóvil, hasta que oyó unos golpes dados en la puerta de la sala.

—Adelante, dijo, dejando la banqueta del piano, lo que nos permite contemplarla mejor.

Era alta y hermosa, de facciones regulares, ojos obscuros y preciosas cejas. Sus cabellos abundantes, suaves y de color castaño cubrían en parte una frente ancha é inteligente. De color pálido pero sano, sólo una emoción poderosa lograba alterar la blancura de sus mejillas. La cabeza se erguía altiva sobre el hermoso y albo cuello, cuyas líneas armonizaban con las de los bien formados hombros y con el busto magnífico. Sus manos y pies podrían

parecer algo pequeños para tan arrogante cuerpo. Su porte
era el de una reina, majestuosa y bella.

Quien llamaba era la criada de la casa ; y sabedora de
que ni su delantal ni sus manos se hallaban en estado presentable, asomó sólo la cabeza para decir :

—El señor Manders saluda á la señorita y desea saber si
quiere recibirlo antes de salir.

—Sí, díle que suba.

La hermosa joven se acercó al fuego y apoyando un
torneado brazo en el mármol de la chimenea, esperó á
su visitante. Su traje obscuro de ceñido corte realzaba
la esbeltez de su talle. Natural era que al entrar el anunciado Manders revelasen sus miradas la admiración que
sentía.

Era un joven alto, no sólo bien parecido sino de rostro
y presencia hermosos. Aunque bien y cuidadosamente vestido, ciertos detalles hubieran demostrado á un observador
entendido que en aquel conjunto faltaba algo para llegar al
tipo del perfecto caballero. Los que sin serlo imitan su
vestir y sus maneras, se denuncian casi siempre por algún
detalle ligero, un indicio cualquiera que basta para despertar las sospechas.

Entró en la sala como amigo de confianza y con él entró también un pronunciado olor á tabaco. Tomando una
mano de la joven en las suyas, la conservó hasta que ella la
retiró suave pero resueltamente.

—¿ Hay noticias ? preguntó el recienllegado.

—Ninguna. No he tenido carta y ha pasado otro día.
Cerca de tres semanas desde que se marchó y prometió
estar de vuelta á los dos días, á más tardar. ¿ Qué debo
hacer ?

—Lo mejor es esperar y tener confianza. Por él no
hay que temer. Si existe alguien que sepa velar por sí mismo es Juan Boucher.

—¡ Pero tres semanas ! . . . . ¡ Y dejarme sola, sin una
palabra ! Habrá muerto . . .

—¡ Ni pensarlo ! exclamó Manders, tratando de parecer
alegre. Cuando menos deseaba un cambio de aires y se ha
ido á dar una vuelta por los Estados Unidos.

La joven le miró con desprecio.

—¡ Suponer tal cosa, Vd. que le ha conocido toda su

vida! dijo voviéndole la espalda y fijando sus miradas en
el fuego.

—Hay que hacer algo, continuó poco después. Pondré
un anuncio en los periódicos ó me dirigiré á la policía.
¿Cómo seguir en tal ansiedad? ¿Cómo continuar viviendo aquí, sin más conocido que Vd.?

—Yo esperaría siquiera otra semana, dijo él con más
seriedad. Comprenda Vd., Frances, que su padre puede
tener sus razones para continuar ausente. Yo de Vd. no
anunciaría, ni pondría á la policía en su busca.

Es de sospechar que á Manders no le disgustaba seguir
representando el papel de único protector de aquella hermosa joven.

Nada contestó ésta y siguió mirando al fuego con las
cejas contraídas. Su interlocutor se dirigió al piano y
tocó algunas notas con pulsación fuerte y segura. Después
empezó á cantar la "Señal de Alarma" con poderosa voz.

Frances Boucher y Jorge Manders eran músicos, po-
seían ese don envidiable que lo mismo puede favorecer al
pobre que al rico, al noble que al plebeyo, porque la diosa
de ese arte, al elegir sus predilectos, prescinde de la condición social de éstos. Ambos tenían buena voz y la música
era el principal lazo de unión entre ellos. Los dos aspira-
ban á conquistar fortuna y fama como artistas líricos, y á
esto se debía precisamente que Jorge Manders hubiese
acompañado á Juan Boucher y á su hija desde los Estados
Unidos; y como los había conocido toda su vida, según
acababa de recordarle la joven, no había vacilado en tomar
una habitación en el piso bajo de la misma casa en que
aquéllos se hospedaron.

La joven le oyó cantar con gran interés y después se
entristeció su rostro. Manders lanzó sus últimas notas y
pareció consultarla con la mirada.

—Amigo Jorge, dijo ella como respondiendo á aquella
muda interrogación y expresándose con más afabilidad que
antes, no se enoje Vd. conmigo, pero falta algo, algo indispensable para hacer un gran artista.

Irritado ó no, Manders cerró de golpe el piano y poniéndose de pie se dirigió hacia ella y dijo:

—El defecto de siempre, supongo; la falta de sentimiento, de expresión, de vida, como Vd. lo llama.

El silencio de la joven equivalía á una respuesta afirmativa. Él se le acercó todavía más, brillante la mirada, y exclamó :

—Frances, Vd. sabe lo que bastaría para transformarme por completo, para hacer de mí un verdadero artista. Concédame Vd. su amor. Piénselo Vd. otra vez y otórgueme lo que le pido.

Una vez más fueron innecesarias las palabras. El rostro de la joven que él contemplaba tan ardientemente, le dijo que sus súplicas eran vanas. Ni el más ligero temblor se notaba en la voz de Frances al contestar :

—No puedo. ¿ Por qué apesadumbrarme y por qué causarse Vd. mismo un sufrimiento, pidiendo lo que me es imposible conceder ?

Jorge nada dijo, pero se volvió de espaldas, con el hermoso semblante desfigurado por una expresión perversa. Llegaba ya á la puerta cuando se abrió ésta y volvió á aparecer la criada para anunciar al "maestro de música." La pobre muchacha bien hubiera querido mostrarse más respetuosa al anunciarlo, pero Herr Kaulitz era un nombre muy enrevesado para ella, que jamás se atrevía á pronunciar con entera confianza.

Herr Kaulitz, un verdadero teutón con largos cabellos de un rubio muy claro y las inevitables antiparras, entró en la habitación. Manders le dirigió un breve saludo acompañado de ceñuda mirada, y salió.

—Buenos días, mi querida señorita, dijo el profesor con un acento alemán de los más cerrados. ¿ Qué le ha hecho Vd. al joven Manders para que ponga esa cara de vinagre ?

Frances le saludó, pero sin contestar á su pregunta.

—Ese caballerito cree cantar, continuó el profesor, pero se equivoca ; no cantará nunca. ¡ Oh, sí ! Vd. me dirá que tiene voz. ¿ Y qué es la voz ? Nada. Vd. sí que cantará. Vd. conquistará un día, como por encanto, la admiración del mundo entero. Y ahora, á trabajar.

Sentóse al piano y durante media hora se oyó la soberbia voz de tiple de la joven. Sí, Frances Boucher era una verdadera cantatriz ; el viejo maestro tenía razón.

En cambio, Jorge Manders no sería nunca un buen artista lírico. Además de la carencia absoluta de expresión, Frances notaba con dolor que la voz de su amigo iba desmereciendo desde su llegada á Inglaterra. Algo podía influir en ello su método de vida, pues sabido es que cuantos aspiran al rango de grandes cantantes tienen que vivir casi tan sobria y discretamente como un santo varón ó un anacoreta. Jorge distaba mucho de hacerlo así y para convencernos de ello no necesitamos seguirle los pasos cuando salió de la sala profundamente irritado, ni preguntar cómo pasó aquel día y aquella noche. Baste decir que daban las siete y media de la mañana siguiente cuando abrió la puerta de la calle y entró en el número 72.

Parecía sereno á su regreso, por más que podía haber bebido durante su ausencia y que no dejaban de notarse en él algunas de esas señales que dejan siempre las horas de disipación. La sirvienta debía estar ya dedicada á sus quehaceres, pero no había limpiado todavía el pasillo de entrada, ni recogido las cartas y periódicos dejados por el cartero en la pequeña caja metálica fija en la puerta. Manders examinó la correspondencia y halló una carta para él y un abultado paquete para Juan Boucher. Tomó ambas cosas y sin saber exactamente por qué se llevó el paquete á su cuarto y poniéndolo en la repisa de la chimenea se arrojó sobre su lecho y durmió algunas horas.

Como joven y vigoroso que era, apenas sintió al despertarse los malos efectos de la pasada noche y aun despachó un buen almuerzo. Proponíase ver después á Frances y entregarle el paquete dirigido á su ausente padre ; pero el peso y tamaño de aquél habían despertado su curiosidad y examinándolo vió que tenía estampado el sello del correo de Norton.

—¿Qué se habrá hecho Boucher? pensó.

Al recordar después las solemnes calabazas que le había dado Frances cuando él le ofreció su bella persona, renació su cólera. La vista del paquete aumentaba su curiosidad.

—Debo abrirlo, se dijo. Quizás sea cosa de negocios y estoy seguro de que Boucher desea que yo me entere de su contenido en su ausencia.

Y lo abrió, pero no sintiéndose del todo autorizado para ello, lo hizo pasando un lápiz por debajo de la vuelta engomada de la cubierta. Con algún cuidado logró despegar ésta sin rasgar el papel, de modo que en caso necesario pudiera volverlo á cerrar. Dentro había otro sobre y ya que había empezado no vaciló en abrirlo también por el mismo diestro procedimiento. Entonces vió recompensados sus esfuerzos y apareció á su vista la cartera antes descrita.

Tocó el timbre, hizo que se llevasen los platos del almuerzo y empezó su examen. La cartera estaba llena de papeles que sacó uno á uno, siendo el primero de ellos la esquela del arrendatario Davis, que le preocupó grandemente. ¿Cómo podía haber sido encontrada la cartera de Juan ó de Jaime Boucher en un lugar llamado Renton, del que en su vida había oído hablar? Después desdobló otros papeles y empezó á leerlos.

En primer lugar, medio pliego de papel florete con el título "Extracto del testamento del Roberto Bourchier," fechado en 1807 y con la siguiente anotación: "En este documento se fundan nuestras reclamaciones." Seguían las palabras del testador disponiendo de la Casa Roja de la manera que antes dijimos. Otro documento era una copia del testamento hecho por Jaime Boucher, de Norton, quien en posas líneas dejaba todos sus bienes, la finca de Casa Roja inclusive, de la que se decía dueño legítima, á su hijo Juan Bourchier, llamado comunmente Boucher. Venían después varios documentos largos y estrechos, que eran todos certificaciones; del matrimonio de Jaime Bourchier y María Millán en 1831; del nacimiento de Juan Bourchier en 1833; del matrimonio de Juan Bourchier con Francisca Vicent en 1854; del nacimiento de Daniel Bourchier en 1855; del nacimiento de Frances Bourchier en 1856; y de la defunción del citado Daniel, hijo de Juan y Francisca, en 1856. Los cuatro últimos documentos eran de diferente forma que los anteriores por estar expedidos, no en Inglaterra, sino en la oficina del Registro Civil de Nueva York. Otra certificación era *la del matrimonio de Daniel Bourchier y Juana Duero en 1808*. Razón tenía Juan Boucher al decir á Felipe Bourchier en el tren, aquella noche fatal, que con semejantes documentos no se necesitaban abogados.

Porque á pesar de algunas rarezas que aun existen, ley y sentido común son cosas sinónimas. Con aquellos documentos á la vista sólo un imbécil no hubiera comprendido lo que significaban, y Jorge Manders distaba mucho de serlo. Pero aun suponiendo que no hubiese apreciado bien la trascendencia de tales certificaciones y cláusulas testamentarias, el último documento que sacó de la cartera hubiera bastado para aclararlo todo. Era la siguiente carta, escrita en Agosto de aquel mismo año y firmada por Jaime Bourchier :

"Muy querido hijo : Escribo estas líneas en mi lecho de muerte. Dicen que la alegría mata lo mismo que el dolor. Ya tu adivinarás lo que quiero decir con esto, lo que por fin acabo de encontrar. Estoy demasiado débil para explicarte de qué milagrosa manera dirigí mis pasos por el buen camino. Sólo puedo decir que cuando regreses y me halles muerto, mi banquero en ésta te entregará un paquete sellado que ahora lo contiene ya todo, pues el último documento que en él he depositado es la certificación del matrimonio de mis padres. Ven enseguida. Soy indiscutiblemente el dueño de la finca. ¡Ah, si hubiera vivido tu hijito ! Pero eres joven, hijo mío, y puedes volver á casarte."

Una postdata trazada con mano muy trémula decía : "Por si ocurre algún percance : se casaron el 15 de Febrero de 1808, en la iglesia de Veldon, en Convalle."

Jorge leyó aquella carta varias veces. Dispuso todos los papeles en orden cronológico y procuró hacerse cargo de la situación lo mejor posible. Evidentemente Juan Boucher tenía derecho á determinados bienes, pero nada había allí que pudiera indicarle si se trataba ó no de una propiedad importante. Era extraño que Boucher no le hubiese hablado jamás del asunto, pero como sabemos, Juan no tenía gran fe en aquella reclamación. Simpatizaba con el deseo de su padre de demostrar su legitimidad, pero le faltaba el espíritu creyente de aquél. ¿Sabía algo Frances? se preguntó después Jorge. En tal caso había sido tan reservada como su padre. ¿Y dónde estaría Boucher? Cruzó por su mente la idea de que su ausencia se relacionaba de alguna manera con aquella reclamación. ¿Habría sido víctima de un crimen? Y si hubiese muerto ¿heredaría su hija todos sus derechos? Al pensar Jorge en aquel rostro bellísimo, tan indiferente para con él, lamentó airado el desamor de Frances. Perverso como era, la admiraba de veras y aun la amaba á su manera.

Trascurrió largo tiempo antes de resolver lo que iba

á hacer. Por último tomó un pliego de papel, apuntó en él nombres y fechas y volviendo á poner la cartera bajo sus cubiertas, las pegó, guardó el paquete bajo llave y llamó.

—Pregúntale á la señorita Boucher si tiene la bondad de recibirme, dijo á la criada.

—¿El señor no la ha oido salir? ¡Pues si se marchó hace una hora! Jorge, ensimismado en su lectura, nada había oído aquella mañana.

—¿Puedes procurarme una guía de ferrocarriles? preguntó.

La muchacha le llevó enseguida lo que pedía, porque Jorge no era sólo un buen mozo sino lo más campechano, con ella como con todo el mundo.

—Tengo que salir de Londres esta noche, dijo él, y quizás no regrese hasta dentro de algunos días. Puesto que la señorita ha salido le dejaré unas líneas.

Tomó el tren expreso de las tres para el Oeste. El punto de su destino era Barton, la ciudad cuyo nombre aparecía en el sello del correo, sobre la cubierta interior de la cartera. Frances halló á su regreso la esquela en que Manders le anunciaba que tenía que ausentarse por dos ó tres días, diciéndole que sentía separarse de ella en momentos en que tan ansiosa se hallaba por la suerte de su padre; concluía rogándole con cortas pero bien escogidas frases, que modificase la respuesta que le había dado la víspera. Si Manders hubiese visto la indiferencia con que ella leyó su súplica, hubiera renunciado á toda esperanza. Frances lo sentía por él, pero conocía tan bien su carácter y sus debilidades que el amor entre ambos era imposible.

Manders durmió en Barton aquella noche. Averiguó fácilmente dónde quedaba Renton y la mañana siguiente le halló esperando, como había esperado Juan Boucher, en el Empalme de Milton.

Estaba de servicio el mozo de estación á quien ya conocemos, dando las respuestas de rúbrica á los pasajeros preguntones, cuando se le acercó Manders, que creía llegado el momento de obtener algunos datos más concretos.

—¿Por dónde queda la Casa Roja? preguntó al mozo.

Este saltó como si le hubiesen pegado un tiro.

—¡Ea! no me venga Vd. con tales preguntas, dijo muy serio, porque no le contestaré.

—¿Qué demonios se trae Vd.? exclamó Manders, cuyo vocabulario era norteamericano y enérgico.

—Pues lo que quiero decir es que un pobre hombre me hizo esa misma pregunta hace tres semanas y ya está muerto y enterrado.

Manders se sobresaltó á su vez. ¿Quién podía ser aquel sujeto que tres semanas antes indagaba el camino de la Casa Roja?

—¿Qué clase de hombre era? preguntó.

El mozo, quitándose la gorra, empezó á rascarse la cabeza.

—No es fácil decirlo, respondió por fin. Á mí me pareció un sujeto franco y corriente, pero parece que no lo era. Estuvo sentado ahí en esa carretilla, habló y se rió conmigo y me dió un buen pedazo de tabaco. Hélo aquí, añadió sacando triunfalmente lo que le quedaba.

Manders lo examinó. Era idéntico al que Juan Boucher fumaba siempre.

—Prosiga Vd., exclamó impaciente.

—Pues digo que después de todo no era tan buen hombre como parecía. El señor Bourchier, Miembro del Parlamento, le ofreció llevarlo de Braley á Renton en su coche y el otro trató de asesinarlo y robarlo en el camino; así fué que el señor Bourchier sacó su revólver y lo atravesó de un balazo. Muerto en el acto.

Á duras penas podía Manders contener su agitación.

—¿Muerto? ¿Quién, Bourchier? preguntó.

—No, el señor Bourchier fué quien mató al pobre hombre que estuvo sentado ahí, en esa carretilla.

Á Manders le temblaban las manos. Multitud de ideas extrañas se agolpaban en su mente.

—¿Se sabe quién era el muerto? preguntó con voz tan alterada que el mozo le miró sorprendido.

—Ni un alma lo conocía, ni se halló nada que indicase quién era. Ni una hilacha. Hubo una investigación preliminar y después entendió en el asunto el tribunal superior, cuyas sesiones terminaron hace pocos días. El señor Bourchier fué absuelto honrosamente.

Manders le escuchaba apenas. En su artera imaginación se agitaban las ideas y planes en embrión más descabellados.

—Pero hombre ¿dónde ha estado Vd. metido? continuó su informante. Todos los periódicos han hablado muchísimo del suceso. Hasta los de Londres, según he oído. Nada menos que agresión contra un Miembro del Parlamento. Vd. debe haberlo leído.

—Nunca leo los periódicos, dijo Manders secamente.

Llegó entonces un tren y poco después el viajero entraba como soñando en un vagón del ramal. Bajó en la estación de Braley; estaba ya tranquilo, en apariencia por lo menos. Entró en el mesón llamado "Las Armas de Braley" y se hizo muy simpático á la buena mujer que dirigía aquel excelente establecimiento, y á su hija. Algunas palabras que dejó escapar hábilmente parecieron explicar la presencia del distinguido forastero y mientras fumaba un puro y saboreaba una copita de cognac volvió á oir todo lo que le había dicho el empleado de la estación, con numerosos detalles adicionales. Se enteró del gran valor é importancia de la Casa Roja con sus dependencias y del magno papel que representaba el señor Bourchier en la comarca. Supo también lo de los ·tres pleitos entablados por Jaime Boucher, de Norton, y la historia completa apareció ya clarísima ante su vista. Convino con la posadera en que había sido acción muy caritativa la del señor Bourchier al disponer que el cadáver del bribón desconocido, autor del atentado, recibiese decente sepultura en el cementerio de Renton, á sus expensas.

—Pero el señor comprenderá, dijo ella, que debe ser terrible eso de mancharse las manos con sangre del prójimo, aunque sea en defensa propia.

—Terrible, en efecto, asintió Manders con toda seriedad. ¿Qué clase de hombre es el señor Bourchier?

—De lo más severo en algunas cosas. Las gentes de por aquí se asombran de que haya hecho enterrar al difunto. No está en su carácter.

Manders no se asombró tanto. Sabía ya cuanto deseaba y pidió un coche y caballo que le llevasen á Renton. Era el cochero un muchacho inteligente, muy capaz de indicar todo punto de interés del camino. Mostró á Manders el lugar donde el lacayo Guillermo bajó del carruaje para seguir á pie por el sendero; se detuvo en el punto mismo donde ocurrió la lucha y al llegar cerca del pueblo de Renton le enseñó á distancia la Casa Roja, la hermosa propiedad de Felipe Bourchier, Miembro del Parlamento, y el corazón de Manders latió con violencia al contemplar la importancia y extensión de aquellos dominios.

—En defensa propia, dijo para sí. Claro está que fué en defensa propia. Si le pegamos un tiro al que quiere robarnos el bolsillo, ¿cómo no hacerlo con el que viene á arrebatarnos tan rica posesión?

Por donde se verá que los principios de Manders sobre moralidad no eran de lo más rígido. Interrogó prudentemente al muchacho acerca del labrador Davis, que tenía tan indiscutible derecho á la suma de tres peniques; pero tras madura reflexión decidió no ir á verlo para saldar aquella deuda. No quería ver mayor número de personas que el estrictamente necesario; y por esta misma razón renunció también á su proyecto primitivo de detenerse en Renton y ordenó al chiquillo que lo llevase á Lomer, si podía contar con su caballo. El cochero, ya que no el caballo, estaba más que dispuesto á ello, y en Lomer tomó Manders el primer tren para Barton. Comió allí y visitó después las oficinas de un periódico, donde no sin trabajo consiguió los números atrasados que referían la agresión contra Bourchier, la instrucción preliminar y la vista del asunto ante el tribunal superior que acaba de absolver al autor del homicidio tras un proceso muy breve y de pura fórmula. Tomó el tren correo para Londres y en el trayecto leyó todos aquellos interesantes relatos, y con ellos y con todos los documentos que tenía en su escritorio de la calle Gay, vió las cosas de muy distinta manera que el juez de instrucción, el jurado y los magistrados.

Á pesar de la hora avanzada en que llegó á su casa no pensó en descansar. Volvió á sacar la cartera, esparció los documentos sobre la mesa y los leyó y releyó, comentándolos. Si el lector hubiese conocido á Manders personalmente hubiera comprendido el estado de agitación en que se hallaba con sólo saber que se olvidó hasta de fumar y beber.

Y cosa extraña al parecer, el documento que más le interesaba era aquel de los Estados Unidos que daba fe del nacimiento de Daniel, hijo de Juan Boucher, el niño cuya temprana muerte constaba en la certificación subsiguiente. Repitió varias veces "Daniel Bourchier, nacido en 1855";

4

y recordó muy bien que el interés demostrado por Juan Boucher y su esposa en aquel chicuelo de diez años, vivo, inteligente y aficionado á la música, que se llamaba Jorge Manders, dimanó del parecido que creían hallarle con su hijo Daniel, suponiendo que el malogrado niño hubiese vivido hasta aquella edad. Pensando en ello releía Jorge la certificación y repetía : " Daniel Bourchier, nacido en 1855." Pero no sin intercalar á veces otras frases en su monólogo : "¿ Lo sabe Frances ? ¿ Lo heredará todo ? ¿ Se casará conmigo ? "

Por último se levantó y reunió todos aquellos papeles, ahora tan preciosos que los escondió bajo la almohada.

—Nada puedo resolver esta noche, fué lo único que se dijo al acostarse rendido ; nada hasta verla mañana. De la respuesta que me dé depende que en lo futuro viva yo como un hombre honrado ó como un malvado. Veremos.

En sus labios vagaba una sonrisa cínica, siniestra, no disipada aún cuando sus pensamientos se convirtieron en sueños.

CAPÍTULO V

Cuando Jorge Manders se despertó oíanse en toda la casa las notas del gran piano, sólo inferiores en fuerza y dulzura á la melodiosa voz que acompañaban. Tenía la cabeza despejada y almorzó con apetito, no sin decir á la sirvienta que dejase abierta la puerta para oir mejor á Frances. Había dormido hasta muy tarde, tanto que Herr Kaulitz había hecho ya su acostumbrada visita y Manders sabía que la joven estaba sola. Quedóse pensativo escuchando las sonoras notas, que se oían á pesar de hallarse cerrada la puerta de la sala, y preguntándose cuándo volvería á oir aquella voz.

—Sea como sea, se dijo, su suerte está asegurada. Dentro de tres años no habrá cantatriz que la iguale en Inglaterra.

Porque Manders, como la mayoría de los hombres, sabía excusar ó paliar las malas acciones que proyectaba.

Sus largas meditaciones de la noche anterior le habían trazado por completo el plan que se proponía seguir, á no ser, cosa muy poco probable, que Frances hubiese modificado su firme resolución en las pocas horas trascurridas desde su última entrevista. Comenzó pues sus preparativos desde luego, y el primero y muy prosaico fué llamar á la señora Estela, dueña de la casa, y pagarle lo debido hasta el fin de aquella semana. Lo buena señora tenía ya en el bolsillo una citación por falta de pago de contribuciones, de modo que le quedó muy agradecida y deseando que todos sus huéspedes fuesen tan puntuales como él. Jorge puso después en dos maletas los objetos de su propiedad más portátiles y valiosos, ocupación que no le impidió seguir escuchando atentamente las melodiosas notas que partían del piso superior. Terminada su tarea vistióse con gran esmero y ordenó á la camarera que anunciase su inmediata visita á la sala.

Frances se hallaba en posición muy parecida á la en que él la encontró el día de su última visita ; pero esta vez se adelantó á recibirle.

—¿ Tan pronto de vuelta ? dijo ansiosamente. ¿ Ha averiguado Vd. algo, Jorge ? Porque ese fué el motivo de su ausencia ¿ no es cierto ?

No era Jorge mal actor, y dicho queda que su imitación de las maneras del hombre de mundo, aunque no perfecta, bien podía calificarse de notable. Así fué que abriendo mucho los ojos, contestó :

—No, fuí por asuntos propios. Esperaba obtener una buena contrata, pero fracasé, por supuesto. ¿ Y Vd., no tiene noticias ?

—Ninguna. Si esto dura me volveré loca. Hay que hacer algo.

—Es muy raro, dijo Manders gravemente. Esa ausencia me alarma y á la verdad empiezo á creer que sólo la muerte puede explicar su silencio.

La joven se cubrió los ojos, estremeciéndose, y Manders le dirigió la palabra con la entonación más cariñosa y solícita que le fué posible.

—Frances, viniendo de mí no tomará Vd. á mal mi pregunta. ¿ Tiene Vd. recursos para seguir viviendo ?

—En abundancia ; y también hay una fuerte cantidad en el escritorio de mi padre.

La joven creyó que aquella pregunta se debía á un interés amistoso. La próxima le pareció impertinente.

—¿ Á qué llama Vd. recursos abundantes ?

—¡ Oh ! centenares de libras, dijo ella brevemente.

Manders guardó silencio unos momentos y después se aventuró á tomar su mano.

—Si no tenemos noticias pronto habrá que resolver algo, dijo. Temo que su padre haya muerto. ¿ Sabe Vd. si tenía hecho testamento ?

Ella le miró sorprendida y vió la emoción reflejada en sus ojos.

—¿ Por qué me hace Vd. esas preguntas ? exclamó. Dígame todo lo que sepa. ¿ Ha muerto ?

—Ya le he dicho que no sé más que Vd. Pero muy pronto habrá que tomar algunas medidas. Sírvase Vd. contestar á mi pregunta.

Frances vió que hablaba seriamente.

—Mi padre me dijo un día, riéndose, que si él muriese yo hallaría en su bufete un documento que acababa de firmar, dejándome cuando tenía.

Así averiguó Manders dos cosas que estaba ansioso de saber: que Frances tenía dinero abundante para vivir y que Juan Boucher había hecho testamento. En los cinco minutos siguientes iba á decidirse su porvenir. ¡Y qué porvenir si Frances Boucher consintiese en ser su esposa! Al tomar otra vez la palabra su rostro expresaba verdadera pasión.

—Cantemos un dúo, rogó á la joven.

Extraña petición en aquellos momentos, pero viendo que lo deseaba con empeño, consintió ella. Jorge la condujo al piano y cantó aquel dúo como no había cantado nunca, como no volvió á cantar jamás. Al unirse sus voces Frances se preguntaba si no habría formado un juicio erróneo de las facultades artísticas de Jorge. Lejos estaba ella de imaginarse el estado de agitación extraordinaria que producía aquellas notas. Al espirar la última se volvió hacia él para felicitarlo amistosamente. Entonces Jorge volvió á tomarle la mano y le pidió su amor con un apasionamiento que ella le creía incapaz de sentir. Era su última jugada, y al suplicarla, dicho sea en honor suyo, lo olvidó todo por el momento para no pensar más que en su amor y en el deseo de conquistarla. Porque Frances era una conquista preciosa. En aquel instante hubiera renunciado Jorge á todos sus proyectos y aceptádola sin blanca, si necesario fuese, sin la menor vacilación.

Pero no debía suceder así. Con toda la dulzura que pudo le dejó comprender que no había ni podía haber esperanza para él. Serían, sí, amigos, si él abandonaba aquella idea una vez por todas. Entonces Manders recobró toda su calma y comprendió que por lo que á Frances se refería su suerte estaba decidida.

—Sea así, dijo, pero suceda lo que quiera en la vida futura de Vd. y mía, recuerde Vd., Frances, que un día le supliqué que fuese mi esposa.

En el acento, más que en las palabras, había una amenaza que ella no podía comprender. Cuando Jorge volvió á hablar su voz parecía perfectamente tranquila.

—Voy á despedirme de Vd. por algún tiempo. Mañana saldré otra vez de Londres. La frase fué dicha con cierta intención, que alarmó á Frances.

—¡Ah! exclamó, Vd. sabe algo, á pesar de su negativa. Lo presiento. Vd. tiene algún indicio. ¡Hable Vd., pronto! ¿Por qué ocultármelo? dijo golpeando el suelo con el pie y hablando como pudiera una reina.

Frances sabía, por ciertos hechos de ella conocidos, que el hombre á quien hablaba era débil de carácter; pero ignoraba que su debilidad era voluntaria, que había cedido á las tentaciones de la juventud porque no quería resistirlas; como ignoraba también que su astucia y disimulo le hacían un adversario temible y que si vacilaba y parecía confuso ante sus preguntas era para favorecer sus propios fines.

—Dígamelo Vd. todo, todo, repitió Frances imperiosamente.

Manders quería averiguar todavía otra cosa, con toda certeza.

—¿Cree Vd., preguntó como quien duda, qué su padre tuviese algún enemigo en Inglaterra? ¿Alguien á quien pudiese convenir su muerte, ó contra quien tuviese Boucher alguna reclamación?

—¿Cómo es posible tal cosa? dijo la joven. Á nadie conoce en este país, del cual salió á los diez y ocho años y nunca había regresado á él hasta ahora. Pero dígame Vd. todo lo que ha averiguado, todo lo que sospecha, sin más misterios.

Aquella respuesta convenció á Manders de que Frances ignoraba por completo todo lo referente á la reclamación sobre la Casa Roja.

—Diré todo lo que pueda, contestó lentamente. Sí, he descubierto una pista y dentro de pocos días podré darle algunos informes. Quizás me equivoque en mis conjeturas, pero creo, mi pobre amiga, que debe Vd. prepararse á recibir muy malas noticias.

Nada más dijo, á pesar de órdenes y ruegos, y poco después se despidió de ella. Frances le vió entrar en un coche de alquiler, que también recibió su equipaje. Esperó cuatro ó cinco días, presa de la más viva ansiedad, deseando y temiendo á la vez recibir las noticias que pudiera traerle el correo. Tan trastornada estaba que cerró su puerta aun al mismo Herr Kaulitz. Ni la música tenía ya encantos para ella.

Llegó por fin una carta de Manders, fechada en Liverpool, que decía :

"Mi pobre Frances : Ha sucedido lo que yo temía. Su padre ha muerto. Lo sé con absoluta certeza. Naturalmente, me preguntará Vd. cómo y dónde murió. Á esto no puedo contestarle. Bástele saber que ha muerto. No pretendo que comprenda Vd. las razones que tengo para no decírselo todo ; pero cuando sepa que hoy mismo me embarco para los Estados Unidos, renunciando á todas las probabilidades de hacer carrera en Inglaterra, únicamente para no tener que volver á verla á Vd. y explicarle lo que Vd. me obligaría á explicarle, se convencerá de que me impulsa un motivo poderoso. Al conducirme así creo servir eficazmente los intereses de Vd. ¿ Qué hará Vd. ahora ? Séame permitido aconsejarle que ante todo ponga sus asuntos en manos de un abogado íntegro y que después, aprovechando los recursos con que cuenta, vaya Vd. á Italia y prosiga allí sus estudios por tres años. El triunfo que indiscutiblemente la espera disipará su dolor, estoy seguro de ello.

" Quizás no volvamos á vernos nunca.

"Suyo de corazón, JORGE MANDERS."

"*Postdata.*—Permítame Vd. recomendarle que no trate de averiguar la suerte de su padre. Sólo serviría para aumentar su dolor."

Frances leyó con angustia aquella carta extraordinaria. No tenía motivos para desconfiar de Jorge, porque ignoraba el secreto de sus planes. Los documentos estaban todos en poder de aquél y ella jamás había oído hablar de la Casa Roja. Ni por un momento dudó que Jorge hubiese averiguado la muerte de su padre ; pero lo censuró amargamente por haber preferido ocultar á la hija los detalles de aquella desgracia, por muy horribles que fuesen. Ocurriósele salir inmediatamente para Liverpool y exigir pormenores á Manders ; tentativa inútil, pensó luego, puesto que él fijaba su partida para el mismo día en que escribió la carta. Lamentó la pobre niña la pérdida de su padre con profundo dolor y tembló al pensar en su horrible muerte, tan espantosa

que Manders no osaba describirla. Si hubiese sabido siquiera el lugar donde manos extrañas habían depositado su cadáver, hubiérale servido de triste consuelo arrojarse sobre
aquella tumba y llorar hasta que se agotasen sus lágrimas.
En aquellas circunstancias no sabía qué hacer ni á quién
dirigirse. Su absoluta soledad en el mundo la asustaba. Á
excepción de Manders, que la había abandonado en la hora
de la desgracia, no tenía un solo amigo en Inglaterra. Llegada á Londres con su padre algunas semanas antes, no había
tenido tiempo de contraer nuevas amistades y las antiguas
estaban todas al otro lado del Atlántico. No conocía á ningún pariente. Jamás vió á su abuelo, fallecido poco antes
y único miembro de la familia de quien su padre le había
hablado. ¿Qué hacer?

Permaneció entregada á su dolor hasta el día siguiente.
Leyó una y otra vez la extraña carta, preguntándose qué
podía haber inducido á Manders á escribir con tal misterio;
por qué prefería dejar el país á verse con ella. Y entonces,
contraídas las cejas, severa la expresión del rostro, prome-
tióse buscarle algún día, aunque tuviese que recorrer el
mundo entero, y obligar al ingrato á confesarle toda la
verdad.

Quizás aquel sentimiento de indignación la obligó á
sobreponerse al primer impulso del dolor y á tomar una
resolución práctica. El mejor consejo era el muy prosáico
que le daba la carta de consultar á un abogado, y ante todo importaba hallar uno de entera confianza. Rogó á la
señora Estela que le indicase el nombre de alguno, pero la
impresión que la buena viuda tenía de los curiales y de sus
tretas no era de las más favorables.

—¿Si sé de algún abogado respetable, mi querida señorita? No, ninguno, y pocas personas podrían indicárselo á
Vd. Uno conozco, á quien encargué que procediera contra
un huésped que me debía siete libras cuatro chelines; y el
tal me llevó seis libras por cobrar aquella suma. Si á pesar
de esa trastada quiere Vd. saber su nombre. . . .

—No, dijo Frances con forzada sonrisa, no creo que
hombre semejante pueda servirme.

—Pues entonces, ahí está mi hijo mayor, listo muchacho,
empleado en la oficina de un subastador. Si puede serle á
Vd. útil en algo. . . .

—No, gracias, dijo la joven, sintiéndose más y más aislada y desvalida. La señora Estela se retiró después de dirigirle algunas frases de consuelo con la mejor intención del mundo ; y entonces pensó Frances en la otra única persona á quien conocía en Londres, el notable compositor y á las veces maestro de canto Herr Kaulitz. Le escribió rogándole que fuese á verla y él acudió en seguida.

—Mi querida niña, dijo al entrar, me alegro infinito de volver á verla. Pero ¡ santo Dios ! continuó al notar su contristado semblante, ¿ llora Vd. ? Que haya lágrimas en la voz, como ha dicho alguien, pase ; mas no en esos bellos ojos.

Era el buen alemán muy bondadoso y su edad le permitía tratar á Frances como un padre. Se sentó á su lado, le tomó la mano y le preguntó en deplorable inglés la causa de su pesar. Refirióle ella la desaparición de su padre, cómo había recibido noticia de su muerte, y acabó rogándole que le recomendase un buen abogado, digno de confianza.

—Pues conozco uno, muy bueno. Un hombre que se rió de mí cuando quise hacer la tontería de meterme en pleitos y no me lo permitió, y tuvo razón mil veces. Oh, sí, es un hombre de bien.

Aquellas palabras fueron un consuelo para la joven. Á petición suya Herr Kaulitz, felicitándose de poder pagar una deuda de gratitud, le envió su abogado. Era un hombre de mediana edad, de rostro bondadoso é inteligente, que infundió confianza á Frances desde el primer momento ; no vaciló, pues, en describirle su posición y le enseñó la curiosa carta de Manders. El abogado, señor Trenfil, comprendió desde luego que se trataba de una situación verdaderamente excepcional. Como hombre práctico que era, no creyó ni por un momento en la razón que daba Manders para salir de Inglaterra tan apresuradamente. Tomó interés en el asunto, á lo cual pudo contribuir también la persona y el atractivo de su nueva cliente y se puso en campaña sobre la marcha para aclarar aquel misterio. Sin embargo, de abogados es el mostrarse prudentes, y aunque se tenga por cliente á una joven encantadora importa averiguar la solvencia de ésta antes de proceder en su nombre.

—¿ Tiene Vd. recursos para subvenir á las investigaciones necesarias? le preguntó afablemente y sin asomos de desconfianza.

Frances lo tranquilizó sobre el particular.

—Muy.bien. Y ahora veamos : ¿qué clase de hombre es el firmante de esta carta?

Ella le dijo cuanto sabía de Manders y en qué relaciones de estrecha amistad había estado con su padre y con ella desde su infancia. Trenfil parecía desorientado, sin hallar teoría alguna que explicase la conducta de Manders.

—¿ Se habrá embarcado? dijo. Conviene averiguarlo y hoy mismo enviaré una persona á Liverpool para saber qué buques zarparon el miércoles y si un viajero de sus señas se embarcó en alguno de ellos. Ahora, puesto que Vd. parece estar segura de la muerte de su padre, examinaremos sus papeles para ver si nos dan la clave deseada.

Á Frances le parecía aquello una profanación y sólo consintió al oir las razones del abogado. Forzó éste el escritorio y las gavetas, pues la joven no tenía las llaves.

Poco encontró Trenfil que pudiera servirle de guía, si bien se desvaneció toda duda posible sobre la solvencia de su cliente con el hallazgo de una libreta de Banco que arrojaba un crédito de varios miles de libras á favor de Juan Boucher. Aquel dinero procedía en parte de la realización de sus negocios en Nueva York, efectuada antes de obedecer la orden de su padre de regresar á Inglaterra. La suma esperaba sin duda en el Banco la oportunidad de una buena inversión. Había también allí un bono norteamericano de 500 libras esterlinas pagadero al portador y como cien libras más en billetes del Banco de Inglaterra. Halló además el abogado un testamento que instituía á Frances heredera universal y numerosos documentos comerciales relativos todos á transacciones efectuadas en los Estados Unidos. Por último apareció una carta de unos letrados de Norton, diciendo que de acuerdo con las instrucciones recibidas de Jaime Boucher, todos los efectos de la propiedad de éste habían sido vendidos y su producto acreditado á Juan Boucher en el Banco londonense antes citado. Pero nada absolutamente había que arrojase alguna luz sobre el paradero del padre de Frances.

—¿ Nada dijo sobre el punto á donde iba? preguntó el señor Trenfil. ¿ Ni una palabra siquiera?

—No, se despidió sonriente, diciéndome que iba á negocios. Y las lágrimas nublaron los ojos de la joven al recordar la última vez que vió á su padre.

—¿Nada más, ni acerca de la clase de esos negocios, ni del tiempo que pensaba estar ausente?

Frances procuraba repetirse sus últimas palabras. Y recordó que al entrar en el coche después de besarla, estando ella en la puerta, se volvió y le dijo:

—Adios, hijita mía; prepárate para recibir una gran sorpresa á mi regreso. Una gran sorpresa podía significar un vestido nuevo, una sortija, un brazalete, mil cosas; pero el abogado se imaginó que la frase tenía significación más importante.

—Sus únicos asuntos, en cuanto podemos juzgar, debieron estar en Norton, dijo. Haré que indaguen allí. Por ahora nada más puede hacerse.

Anotó datos y detalles y se preparó á retirarse. Más alentada Frances al ver que iban á hacer algo para terminar aquella situación, recobró en parte su presencia de ánimo.

—¿Y este dinero? dijo al señor Trenfil, ¿puedo disponer de él?

—Si me lo pregunta Vd. como abogado, debo decirle que no; pero como amigo le aconsejo que lo ponga Vd. aparte para sus gastos. Aun cuando haya muerto su padre pasará mucho tiempo antes de que pueda Vd. reclamar su herencia, sobre todo si no hallamos á la única persona que puede probar su muerte. Le diré, pues, que gaste el dinero en efectivo primero, que venda después el bono cuando sea necesario y que viva Vd. con su producto hasta que se normalice la situación. Pero cuidado con olvidar que este amistoso consejo mío no es precisamente lo que la ley dispone.

—¿No querría Vd. hacerse cargo de esos fondos?

—¿Yo? Voy hasta á olvidarme de que los he visto. Además, hace apenas algunas horas era yo una persona totalmente extraña para Vd. ¿Por qué esa confianza en mí?

—Pero entonces ¿á quién dirigirme? dijo ella tristemente. Estoy sola en el mundo. ¡Oh, señor Trenfil! puedo confiar en Vd. ¿no es así?

El abogado iba sintiendo el más vivo interés por su cliente, cuya mano tomó entre las suyas.

—Querida niña, dijo, puede Vd. confiar en mí, no sólo como abogado sino, si Vd. lo permite, como amigo.

Frances le dió las gracias. La había tratado con la mayor bondad y era un gran consuelo tener un amigo á quien dirigirse.

—En cuanto averigüe algo lo sabrá Vd., dijo Trenfil al partir.

Pocos días bastaron para averiguar todo lo que era posible saber. Jorge Manders se había embarcado efectivamente para América; su nombre constaba en las listas de pasajeros. En seguida se le dirigió por el cable un despacho que debía aguardarle á su llegada, pidiéndole que enviase todos los informes posibles sobre Juan Boucher al señor Trenfil, pues éste creía más probable que Manders atendiese la petición diciéndole que se comunicase directamente con él. Pero el despacho quedó sin respuesta. Frances insistió en que no se economizasen gastos para seguir las huellas del americano, y así se supo que había vendido los bienes que allí le quedaban (su madre, viuda ya, murió antes de que él saliese para Inglaterra); después desapareció Manders, sin que nadie supiese en qué dirección.

Los informes obtenidos por el agente que fué á Norton resultaron más concretos. Supo que Juan Boucher había estado allí, que había retirado del Banco un paquete que se suponía contener valores y que había salido de Norton con el paquete en su poder. Un policía secreto pretendió seguir su pista hasta Londres y allí terminaban los informes. Era evidente que lo habían asesinado para despojarlo de los valores que llevaba consigo. Asesinato y ocultación del cadáver, era la opinión general, aun de los que tenían motivos para hallarse mejor informados. Teoría lógica, según todas las apariencias. Un paquete sellado, al que se suponía de gran valor, reclamado por su dueño; después, desaparición de éste. La conclusión parecía perfectamente sostenible. Los agentes empleados por el señor Trenfil buscaron un indicio por todas partes, pero en vano. Á ninguno de ellos, ni á nadie, podía ocurrírsele que el dueño de aquellos importantes valores fuese el malhechor muerto á tiros un mes antes por un miembro del Parlamento. Si alguien hubiera sospechado el verdadero contenido del paquete dejado por el finado Jaime Boucher á su banquero, fácil hubiera sido dirigir las investigaciones por el buen camino. Pero hacía trece años que Jaime había presentado su última demanda sobre la Casa Roja, de suerte que el asunto iba desapareciendo ya de la memoria del público.

Tan cierto parecía que su padre había sido robado y asesinado, que Frances convino con el señor Trenfil en la inutilidad de ulteriores pesquisas. Admiróse, sí, de que Jorge Manders hubiese averiguado lo que no habían podido descubrir los agentes de la policía secreta ; y á veces se preguntaba si el verdadero motivo que él tuvo para ocultarle la verdad no habría sido sencillamente el deseo de ahorrarle nuevos sufrimientos, guiado por un mal entendido cariño.

En aquellos días de aflicción y ansiedad el señor Trenfil cumplió su promesa y se portó con ella como un amigo. La presentó á su esposa, que sintió viva simpatía por la hermosa joven y no tardaron en ser amigas. El resultado fué que Frances dejó la casa de huéspedes y fué á vivir á la deliciosa residencia de los señores de Trenfil, en Tuquenán, lugar de los alrededores de Londres, hasta que se arreglasen sus asuntos.

La joven se resignó por fin á considerar como un misterio la muerte de su padre, mientras durase la ausencia de Manders ; y se convenció también de que su muerte se debía á un robo vulgar y asesinato, por más que faltasen los detalles. Entonces su juventud y sus deseos de gloria artística predominaron. Herr Kaulitz, amigo á la vez que maestro, disparataba en inglés y alemán sobre los grandes triunfos que el porvenir ofecía á su discípula ; y aunque haciendo un verdadero sacrificio por su parte, aplaudió calurosamente la resolución de aquélla de ir á estudiar el canto á Milán durante tres años, bajo la dirección del maestro Lamperti.

—¡ Y entonces, decía Herr Kaulitz cogiéndose á puñados sus largos cabellos, entonces verán ustedes cómo esta adorable joven se conquistará los aplausos y la admiración del mundo entero !

Á los tres meses de su primera entrevista con el señor Trenfil salió Frances Boucher de Inglaterra, con la esperanza renaciente en el corazón á medida que amenguaba su pena. Tenía justa confianza en los resultados de tres años de metódicos y bien dirigidos estudios para perfeccionar aquella gran voz suya. Por su parte el señor Trenfil atendió á todo lo que podía conducir á la mayor comodidad y seguridad de su protegida en Milán, durante los tres años que iba á residir en aquella ciudad.

Á la semana de su partida, uno de esos infelices que ganan su escasa subsistencia cuidando caballos ó haciendo recados, llamó á la puerta del número 72 de la calle Gay y preguntó por ella. La señora Estela en persona abrió la puerta.

—¿La señorita Boucher? dijo. Se fué de mi casa hace dos meses.

—Vengo á preguntar sus señas.

—No las sé. Ha ido á Italia, dicen que á estudiar el canto, pero no veo qué pueda ella aprender, porque cantaba como un ruiseñor. Vino á decirme adiós antes de partir.

—Gracias, señora, dijo el mandadero llevándose la mano á la gorra.

—¿Quién pregunta por ella? añadió la señora Estela, notando que aquel hombre vestía pobremente y temiendo haber sido demasiado comunicativa.

—Un señor Smith, contestó el mandadero volviendo á saludar y retirándose.

Smith es nombre que se aplica á muchos, pero el que esperaba los anteriores informes en un café algo distante era un joven alto y bien vestido, á quien debieron complacer mucho aquellas noticias, porque recompensó generosamente al mensajero y salió del café con aire mucho más satisfecho y también más resuelto que al entrar en él.

—Ya la he quitado de en medio por tres años, cuando menos, se dijo alegremente. ¡Y cuántas cosas puede hacer en tres años un mozo listo!

Evidentemente al que así hablaba, joven de arrogante presencia, el mundo y la vida se le presentaban bajo sus colores más risueños. Después entró en el hotel donde se hospedaba, tomó su maleta, pagó su cuenta é hizo llamar un coche que le condujo á la estación del Ferrocarril del Oeste.

CAPÍTULO VI

Estamos en primavera, á mediados de un mes de Abril delicioso. El campo en general y todo el Vesire muy particularmente, respondían á las gratas caricias del sol y á los halagos del rocío primaveral adornándose con los más alegres y variados matices del verde. La campiña toda parecía olvidada de los pasados rigores de la temperatura. La Cámara de los Comunes estaba en sesión, pero el señor Bourchier no había ido á Londres desde Pascua. Por el momento no se discutían cuestiones candentes de partido ; además, hacía algún tiempo que su salud estaba alterada y prefirió seguir el consejo de su médico : permanecer en la Casa Roja todo el tiempo posible. Y la verdad es que en una primavera como aquella la finca ofrecía más que suficientes atractivos para seguir el consejo de buen grado. Los hermosos bosques situados á espaldas de la casa resonaban con el canto de los pájaros ; la hierba empezaba á crecer, recia y tupida, en las extensas tierras de pasto, y más allá el verde claro del maíz tierno en los campos de siembra contrastaba con el matiz más obscuro de los prados. Los grupos de añosos olmos repartidos aquí y allá se adornaban con nuevas hojas ; y sobre las cercas despuntaban muchos altos álamos, brillantes como aguzados minaretes de oro al juguetear el sol con las relucientes yemas que los cubrían. Además, como todo el mundo lo sabe muy bien en Vesire, el aire de aquella comarca es el más puro, fresco y vigorizador de todo el distrito y lo mejor que podía hacer el diputador Bourchier era permanecer en su casa y recuperar la salud.

No tenía enfermedad determinada, y sólo ante las repetidas instancias de su esposa consintió en consultar al médico. Se quejaba de no poder dormir tan bien como antes, teniendo que acudir algunas veces al empleo de narcóticos ; se sentía nervioso, en una palabra, ño tan bien como solía. Lo atribuía á la agitación y al trastorno que le habían producido los sucesos que conocemos ; sin contar las molestias del proceso, pues cuando un hombre mata á otro en Inglaterra tiene que probar por qué lo hizo, á la completa satisfacción de quien puede y debe saberlo.

En la información judicial sobre el desconocido (porque nunca fué identificado, ni se le halló encima cosa alguna que indicase quién era ni de dónde venía) el jurado de instrucción, siguiendo las indicaciones del juez, dió un veredicto acusando de homicidio á Felipe Bourchier. Trabajo costó obtenerlo del jurado, pues casi todos los que lo componían eran arrendatarios de aquel personaje ; fué preciso decirles que el fallo estaba de perfecto acuerdo con los deseos de su arrendador, quien era el primero en desear una investigación completa del suceso. Por fin se consiguió aquel veredicto preliminar ; no sin que algunos jurados pretendiesen paliarlo con el aditamento de que "sentían mucho causar aquel trastorno al señor Bourchier."

Entonces compareció éste ante el tribunal superior y fué sometido á juicio y puesto en libertad bajo fianza ; terminados aquellos trámites de pura fórmula, invitó á comer y se llevó á su casa á Lord Royal, uno de los magistrados que acababan de disponer su proceso. Este no se hizo esperar mucho ; á la semana comenzó sus tareas el tribunal, y los jurados absolvieron á Bourchier de toda culpa, sin necesidad de deliberar y aun sin dejar sus asientos. El juez les dijo bien claro que jamás había visto un homicidio más justificable, pues era evidente que el acusado había dado muerte á su agresor para salvar su propia vida. Claro es que el juez reprobaba altamente la costumbre de portar armas ; pero buena cuenta le había tenido al señor Bourchier, dijo, llevar consigo su revólver en aquel apurado trance. Todos los actos de la víctima demostraban la premeditación del ataque ; el solo hecho de haberse introducido en el vagón del señor Bourchier debió haber puesto á éste en guardia, y apenas podía comprender cómo persona de tanta experiencia había dado crédito á la novela que le contó el intruso, y lo que es

más, quedádose á solas con él. Los testimonios en su totalidad tendían á probar que el desconocido era un *hombre peligroso;* y en opinión del ilustrado juez, el hallazgo de algunas monedas de oro en los bolsillos del muerto indicaba que
ni la necesidad ni la desesperación le impulsaban al crimen,
sino que se trataba de un malvado que robaba siempre que
se le presentaba ocasión propicia. La defensa no adujo pruebas de ninguna clase. El abogado de Bourchier pronunció
breves frases y repitió la versión del suceso hecha por su
defendido. Se exhibió la navaja del pobre Juan Boucher
y también la levita rasgada de su matador. Breve fué la
causa, y el procesado quedó "absuelto honrosamente," como
decía el empleado de la estación de Milton.

El lacayo Guillermo declaró como un imbécil. Contestó á las preguntas que se le hicieron, pero como nadie
pensó en interrogarle sobre aquella sangre que empapaba
la manta del coche, no dijo una palabra de ello. Terminado
todo, su amo le felicitó por la manera como había declarado ; y era cosa tan rara que Bourchier alabase á un servidor suyo, que Guillermo lo tuvo á grande honra y aun se
atrevió á esperar un aumento de sueldo. Muy lejos de eso.
Á pesar de toda su estolidez no pudo menos de considerar
como una gran injusticia que su amo lo despidiese algunas
semanas después, alegando que no servía para el trabajo en
las caballerizas. Convencióse Guillermo de que se le había
tratado pésimamente, pero como era un muchacho formal,
no tardó en hallar colocación mejor que la que había perdido, á gran distancia de la Casa Roja. Y cosa extraña, á
pesar de haberlo despedido, Bourchier dió los mejores informes de él á su nuevo amo.

En definitiva, nada tenía de particular que después de
aquella serie de informaciones judiciales, interrogatorios,
jurados y fallos, se sintiera Felipe Bourchier irritado y fati-
gado. Eso era por lo menos lo que decían sus amigos.

La tarde estaba agradable. Abril hacía valer todos sus
encantos para atraer á los vecinos y sacarlos de sus casas,
reservándose, eso sí, el derecho de remojarlos con un agua-
cero primaveral y repentino. Bourchier no se sentía dispuesto á salir. Sentado en su biblioteca, amplia pieza cuyas paredes desaparecían totalmente tras los estantes llenos
de libros, leía con mediano interés una revista mensual,

5

cuando se presentó su criado Bautista, anunciándole que un caballero deseaba verle.

—¿Su nombre? preguntó Bourchier, que no estaba de humor para recibir visitas.

—Dice que prefiere no darlo, señor.

—Anda y pregúntale su nombre enseguida. Que te dé su tarjeta.

El criado saludó, hizo lo que le mandaban y volvió á los pocos momentos.

—El caballero no quiere nombrarse antes de ver al señor. Dice que es para un asunto particular.

—Pues en tal caso díle que se largue, exclamó resueltamente el señor Bourchier. Nada quiero saber de gentes sin nombre.

Volvió á retirarse Bautista con su mensaje y el dueño de la casa reanudó su lectura ; pero á los pocos momentos recibió una tarjeta de manos del sirviente.

—El caballero pide mil perdones y dice que creyó mejor ver antes al señor, pero que no tiene motivo para avergonzarse de su nombre.

Al oir aquella salida frunció Bourchier el ceño y miró la tarjeta, en la que aparecía grabado el nombre "Daniel Bourchier." Una orla de luto indicaba la pérdida de algún pariente cercano.

Otro hombre se hubiera sobresaltado ante la inesperada aparición de un visitante con nombre de tanta trascendencia para él. Pero Bourchier era de temple excepcional. Tenía la costumbre de sacar rápidas conclusiones de todos los sucesos ó situaciones que le atañían, y la conclusión que entonces dedujo desde luego fué que se trataba de un engaño, de una impostura, pues Juan Boucher le había dicho terminantemente que no tenía hijo varón. El impulso de hacer pedazos la tarjeta, arrojarlos al fuego y ordenar al visitante que se retirase fué sólo momentáneo. Resolvió verle y oir la novela que debía de traer preparada ; y sonrió sarcásticamente al pensar cuán pronto iba á demostrar al impostor la locura de hacerse pasar por un Bourchier. Y es que Felipe, después del descubrimiento de aquella carta de su finado tío á su esposa, no había dejado de averiguar qué personas componían la otra rama de la familia y había sabido que si Juan Boucher no dejaba hijos varones la rama terminaba en él. Y como tales hijos no existían, el pretendido Daniel resultaba por fuerza un impostor. Recobró toda su energía ante la perspectiva del próximo encuentro; y pensando en la facilidad con que iba á confundir al falso Daniel, tomó cómoda postura y ordenó que entrase el señor Bourchier.

Era éste joven, de unos veintiún años, vestido á la última moda de una manera irreprochable, hasta el punto de que su reluciente sombrero y lustrosísimo calzado parecían un tanto fuera de lugar en aquella finca campestre. Saludó cortésmente al señor Bourchier, quien le devolvió su saludo con frialdad y sin levantarse; y entonces, no sin curiosidad por parte de ambos, se encontraron sus miradas. Tras una corta pausa el recienllegado tomó la palabra, pero Bourchier le interrumpió diciendo:

—Vd. dispense. ¿Tendría Vd. la bondad de tomar asiento? Aquí, donde pueda yo verle bien.

Daniel obedeció, sentándose junto á la mesa y de cara á la ventana. El señor Bourchier le miró con sonrisa entre cínica y burlona y con una expresión de compasiva superioridad capaz de exasperar y desconcertar al más pintado. Tales fueron sin duda los efectos producidos en el joven, quien pareció hallarse por demás violento bajo la fija mirada que clavaban en su rostro los azules ojos de Bourchier. Ruborizóse ligeramente y cambió de posición en su asiento. Sin duda no se sentía dispuesto á comenzar la conversación en circunstancias tan desventajosas para él. Por fin el dueño de la casa apartó de él su mirada y fijándola en la tarjeta que tenía en la mano, leyó:

—El señor Bourchier, Daniel Bourchier. Daniel es uno de nuestros nombres de familia. ¿Tengo la honra de estar emparentado con Vd.?

El interpelado iba recobrando su presencia de ánimo. Había ensayado aquella escena muchas veces, pero con un solo actor; ahora que la representaban dos parecíale su papel harto más difícil.

—Temo, señor Bourchier, que se sorprenda Vd. cuando le diga el parentesco que existe entre los dos, contestó.

—Muy cierto, cualquier parentesco entre nosotros me causaría mucha sorpresa. Pero no el que Vd. va á decirme que existe.

—¿Quiere Vd. que le exponga el objeto que aquí me trae? preguntó el joven, que empezaba á encolerizarse.

—Hágalo Vd. si cree que vale la pena. Pero sé exactamente lo que se propone Vd. decir: que es hijo de Juan Boucher y que éste es á su vez el dueño legítimo de mis bienes. Añadirá Vd. probablemente que ha nacido en los Estados Unidos, concluyó el señor Bourchier, que había notado cierto ligero acento, no del todo disimulado por el joven á pesar de sus esfuerzos.

—Pues le diré á Vd. algo más, exclamó éste con teatral ademán. Le diré que poseo todos los documentos necesarios para probar la legitimidad del nacimiento de mi abuelo. ¿Le importa y le conmueve á Vd. esto, señor Bourchier?

Ni lo más mínimo, á juzgar por las apariencias. El interpelado se encogió de hombros y contestó:

—Hemos oído decir eso mismo tantas veces que ya estamos acostumbrados. Lo único que puedo manifestarle, antes de darle á Vd. los buenos días, es que me complace ver en tan prósperas circunstancias á un miembro de la rama ilegítima de mi familia.

Y hablando así miraba de arriba abajo al elegante joven.

—Por ahora puedo permitirme vestir bien, dijo Daniel; y unos cuantos meses bastarán para ponerme en el lugar que Vd. ocupa hoy. Porque no dudo que está Vd. enterado de la muerte de mi padre.

Bourchier se mostró á la altura de las circunstancias.

—¿De veras? Pues lo siento. Su padre, por lo que he oído, era hombre demasiado discreto para malgastar su hacienda en pleitos inútiles. Sabía que había muerto su abuelo de Vd., pero no su padre.

Hablaba con tanto aplomo y naturalidad que su oyente quedó desconcertado por un momento, deplorando de todas veras el terreno desventajoso en que lo colocaban su juventud é inexperiencia. Sin embargo, tenía mejor juego que su adversario, porque conocía sus cartas, sin que éste lo sospechase siquiera. Aquel pensamiento le infundió valor.

—Sí, dijo, murió . . . hace poco tiempo. Yo soy ahora el dueño de la Casa Roja.

Bourchier saludó cortésmente.

—Si lo desea Vd., continuó el joven, le enseñaré los documentos que lo ponen fuera de duda.

—Totalmente innecesario, se lo aseguro á Vd. Su palabra vale tanto como el contenido de esos papeles.

El otro no hizo caso de aquel sarcasmo, y continuó :

—Tengo en el bolsillo la certificación del matrimonio de mis abuelos y las de nacimiento y matrimonio de todos los otros miembros de mi familia, sin excluir la de mi propio nacimiento.

Felipe Bourchier dejó su asiento. Su sonrisa ya no era afable ; á sus maneras corteses había reemplazado la expresión dura y severa.

—Para lo que á mí se me importa, dijo, lo mismo puede Vd. llevar encima un cargamento de certificaciones. Pero como afirma Vd. que Juan Boucher ha muerto, son papeles mojados, porque yo tengo sabido, sin asomo de duda, que el padre que Vd. se atribuye no dejó hijo alguno vivo.

Y tocó el timbre. Su aire resuelto impresionó al joven.

—Señor Bourchier, dijo seriamente, está Vd. en un error. Permítame demostrarle . . .

—Ni una palabra, caballero. Si osa Vd. prolongar su impostura irá á la cárcel por estafador. Retírese Vd. inmediatamente. Bautista, dijo al criado que había entrado, acompaña á este caballero.

—Despida Vd. á su criado, señor Bourchier, y escúcheme.

—Bautista, acompaña al señor como te he dicho, y cuida de que salga no sólo de la casa sino de los terrenos de la finca.

—Al hacer de mí un enemigo se arruina Vd., señor Bourchier.

—Mira, ve á las caballerizas y tráete un par de mozos que se lleven á este individuo si no se retira de buen grado.

El visitante prefirió marcharse tranquilamente. Al cerrarse la puerta á sus espaldas juró tomar dura venganza, pero no manifestó su despecho ante el criado, á quien deslizó en la mano una moneda de oro.

Felipe Bourchier se había conducido animosamente ; pero cosa extraña, al volver á tomar su revista se hizo la misma pregunta que en aquel momento se dirigía también el joven á quien había despedido con tan poca ceremonia.

—¿ Qué sabe ? fué lo que ambos se preguntaron.

Bourchier hubiera dado cualquier cosa por averiguar
qué sabía el pretendiente acerca de la muerte de Juan Boucher, y ni siquiera podía imaginarse cómo estaba enterado
de que había muerto. Y Jorge Manders, pues era él, se
preguntaba á su vez qué sabía su adversario de los asuntos
de familia de su víctima. Si se hubiera manifestado sabedor de que el hijo de Juan Boucher había muerto en la infancia, Manders hubiera renunciado á continuar la partida,
en cuanto á sus propias pretensiones se refería. Y en cambio, si Manders hubiese mostrado tener algún dato concreto
sobre el lugar ó manera de la muerte de su supuesto padre,
no hubiera estado Bourchier tan arrogante en su reto ni tan
despreciativo en su despedida. Aquel primer encuentro
dejó en ambos cierto grado de desconfianza en sus propias
fuerzas ; pero hasta entonces la victoria se inclinaba resueltamente á favor del dueño de Casa Roja.

Aquella escaramuza le hizo mucho bien. No temía que
el supuesto Daniel lo atacase por medio de los tribunales.
Era evidentemente un impostor ; Juan Boucher había declarado de la manera más clara y precisa que no tenía hijos
varones. Lo único que sentía era no haberle interrogado
sobre los pormenores de la muerte de Juan y averiguar si
sabía que éste y el malhechor á quien él había matado en
el camino de Renton eran una sola persona.

Daniel Bourchier, ó mejor dicho, Jorge Manders, fué
conducido hasta la verja de entrada. Dirigió al partir una
larga mirada á la finca y sus hermosos alrededores, y una
vez solo, murmuró entre dientes soez blasfemia. Aquel
primer paso en su villana empresa se parecía mucho á un
fracaso, lo suficiente para hacer creer á un novicio que la
honradez era la mejor política ; pero Jorge no se sentía abatido hasta el punto de aceptar todavía esa conclusión. Tenía
otras buenas cartas en su juego. Sabía en primer lugar
cómo había muerto su supuesto padre ; este era un triunfo
de primer orden. Si fallaba esa jugada, allí estaba Frances
entre bastidores, ignorante de los derechos que le pertenecían. Y respecto de ella podía elegir entre dos caminos ;
ó informarla de todo, ó dejarla en la ignorancia á cambio

de las sumas de dinero que pudiese obtener de Felipe Bourchier por su silencio. Pero lo esencial era favorecer ante
todo sus propios intereses ; con Frances sólo debía contar
como último recurso.

Dió un largo paseo, reflexionando sobre lo que más le
convenía hacer. Tomó el camino de Renton porque allí
había dejado su saco de viaje. Por la mañana había ido á
Renton á pie, y se sentía más que dispuesto á dar el paseo
de vuelta. Dura es la cuesta y fatigosa la subida yendo
desde Renton ; y cuando Jorge llegó á lo más alto del
camino se sentó á descansar un rato antes de emprender la
bajada. Poco le importaba la hora, pues iba á permanecer
en Braley aquella noche. Brillaba el sol ; sentado Jorge
al borde del camino, sin cuidarse de la humedad, no tardó
en recostarse sobre la hierba, cubriéndose los ojos con el
sombrero. Á poco parecieron mezclarse y confundirse el
suave rumor de las ramas, el canto de los pájaros y sus propios pensamientos, y se quedó dormido. Habrían pasado
unos veinte minutos cuando lo despertó un ligero tirón que
sintió hacia el bolsillo del chaleco, é incorporándose notó
que colgaba un extremo de la cadena de su reloj y vió á pocas
varas de distancia á un hombre que huía á todo correr.
Manders, joven y poco sufrido, siguió el impulso natural
de perseguir al fugitivo. Por mucho que éste corriese, las
vigorosas piernas de Jorge le permitieron ir ganando terreno, hasta que el presunto ladrón, echando una rápida
mirada atrás y convenciéndose de la imposibilidad de escapar si seguía huyendo en línea recta, saltó de pronto en
la maleza con la esperanza de esconderse y salvarse en
ella. Manders, justamente indignado por aquella tentativa de robo, le imitó, sin cuidarse de su traje. Dudoso le parecía el resultado de su carrera, pero en
aquel momento, por desgracia para el perseguido, se le
enredaron los pies es un matorral y cayó de bruces. Antes de que pudiera levantarse ya estaba Manders encima de él, y alegrándose de tener á mano alguien sobre
quien descargar su ira, le dió de puñadas á su sabor. El
caído recibió los golpes en silencio, limitándose á proteger
la nuca y cuello con ambas manos. Su agresor, jadeante
y con los puños cansados de golpear, suspendió por fin el
vapuleo.

—Ahora levántate, dijo dando á su víctima un puntapie final, y enséñame esa cara.

El aporreado, un robusto gañán con gorra de piel, se sentó eu el suelo.

—¡ Ea, basta ya ! dijo.　Quisiera saber qué derecho tiene Vd. para maltratar así á la gente.

Manders se echó á reir.

—¡ Y me lo preguntas, bribón, después de haber querido robarme !　¡ Arriba !　Ya te explicarás ante el juez más próximo.

—¡ Robarle !　Eso lo dice Vd. porque le parece, pero no puede probarlo.　Mi palabra vale tanto como la suya. Yo también entiendo de leyes, y sé que no puede Vd. mandarme á la cárcel con su propio testimonio ; ni pensarlo.

—Pues de todos modos ¡ arriba pronto !　Nada se pierde con probar, dijo Manders, á quien divertían mucho los argumentos de su prisionero.

—Pero hombre, si no va Vd. á sacar nada con eso, continuó el truhán, como no sea una porción de molestias.　Y cuidado que yo tampoco me morderé la lengua para decir que me ha dado Vd. una lluvia de mojicones.

—Vente conmigo, repitió Manders, que en realidad sólo quería asustarlo.　Veremos qué dirá mañana mi amigo el señor Bourchier.

Empleó este nombre porque sabía el terror que inspiraba á todos los bribones del país.　Al oirlo el ratero aguzó el oído.

—¿ Es amigo de Vd. ? preguntó.

Manders contestó afirmativamente.

—Pues bueno, lo que es el señor Bourchier no me pone á mí á la sombra.

—¿ Por qué no, tunante ?

—Porque no.　Le diré dos palabritas aparte y mandará que me suelten.

En las maneras y en el tono de aquel hombre había algo que hizo latir apresuradamente el corazón de Manders.

—Vamos, quizás yo también te permita largarte.　Pero antes dime lo mismo que le dirías al señor Bourchier.

—¿ Y á Vd. qué le importa ?

Manders reflexionó.　¿ Cómo saber lo que deseaba ?

También el desconocido parecía resolver un arduo problema allá en su obtuso cerebro.

—¿Es Vd. amigo del señor Bourchier?

—Ya he dicho que sí.

—¿Y extraño por estos lugares, me figuro?

—Por completo. Esta es la primera vez que pongo los pies aquí.

La esperanza renacía en Manders.

—Yo traté de hablar con el señor Bourchier, pero no quiso escucharme. Oiga Vd.; si quiere Vd. hacer un favor á su amigo, llévele un recado mío.

—Bien, hombre. Primero quisiste robarme y ahora me tomas por mensajero. No importa; oigamos de qué se trata.

—Dígale Vd. que el hombre que encontró un paquete perdido por él hace algún tiempo, se lo devolverá á cambio de diez libras esterlinas. No, de veinte libras; ni un céntimo menos.

Manders, aunque violentamente agitado, supo dominar su emoción.

—¿Tanto vale el paquete ése? preguntó con indiferencia.

—Puede que sí y puede que no; eso él lo sabe.

—¿Cómo te llamas? Porque tengo que decirle siquiera tu nombre.

—Me llamo Jaime Estoques y vivo en Renton.

—¿Y cómo te ganas la vida? le preguntó Jorge por decir algo, mientras coordinaba un plan de acción.

—Á veces con el sudor de mi frente, y otras veces como yo me sé.

—Bueno, pues ahora te largas y bien puedes decir que tienes suerte. Vuelvo á la Casa Roja y repetiré tus palabras al señor Bourchier. Si lo que le ofreces vale la pena, supongo que te mandará el dinero esta noche.

El cazador furtivo se levantó y salió del matorral. Manders le siguió despacio, cuidando de que Estoques no le observase para ver si volvía ó no á la finca. Después, seguro de que su enemigo se le había entregado inerme, fué al mesón y dispuso que le sirvieran la mejor comida que Renton podía ofrecerle.

Al obscurecer se puso en busca de la casa de Estoques

y obtuvo cuantos informes deseaba de un mozo de cuadra de la posada, dando por razón que buscaba á aquel canalla porque sabía que tenía un buen perro de venta. Los hombres como Jaime Estoques rara vez carecen de un perro que vender y el pretexto pareció muy natural á los que le indicaron su cabaña. La halló con algún trabajo, y á las ocho de la noche llamaba á la desvencijada puerta. Estoques abrió y Jorge entró en la casucha. Ardía en el hogar un fuego no muy vivo y como aquella era la única luz, poco podía verse. Sobre una mesa inmediata al fuego se divisaba vagamente una botella, indicando que Estoques no carecía de grato solaz en su aislamiento. No trató de impedir la entrada á Manders, pero sí gruñó, sin quitarse la pipa de la boca :

—¿Otra vez Vd.? Sepamos qué quiere ahora.

—Cierra la puerta y enciende una luz, dijo Manders.

Estoques echó el cerrojo á la puerta. Rebuscando halló una vela que encendió y cuya luz reveló la suciedad de aquella sórdida vivienda.

—He visto al señor Bourchier, dijo Manders, y me ha rogado que venga á verte y arregle el asunto en su nombre.

—Pues yo esperaba que viniese él mismo, en lugar de mandar á otro, refunfuñó Estoques, malhumorado.

—Yo sirvo lo mismo para el caso.

—¿Trae Vd. el dinero?

—Traigo *algún* dinero, contestó Manders con cautela. Pero antes de dártelo tengo que preguntarte, porque me lo encargó el señor Bourchier, si se trata del bulto que debió caerse del carruaje la noche de su lucha con el ladrón.

Hizo Estoques una maliciosa mueca y clavó sus penetrantes ojuelos en su interlocutor.

—Corriente, dijo ; es el paquete que se cayó del coche en el camino de Braley. El señor Bourchier lo reconocerá en seguida.

Manders le hubiera dado por el paquete el quíntuplo de lo que pedía, pues todos sus recursos los había destinado de antemano al buen éxito de su empresa, y el precio que pedía Estoques no era más que uno de tantos gastos incidentales conducentes á aquel fin ; pero nada se perdía con procurar obtenerlo lo más barato posible.

—¿Cuánto tengo que darte? Veinte libras ni pensarlo, es absurdo.

Estoques dió un tremendo puñetazo en la mesa y lanzando una blasfemia, gritó :

—He dicho veinte libras, ni un céntimo menos. Si las tiene Vd. ahí, vengan, y si no vaya Vd. á buscarlas si quiere que le entregue lo que hemos dicho.

Manders comprendió que no había regateo posible, y sacando cuatro billetes de cinco libras los echó sobre la mesa, cerca de la vela, teniendo la precaución de conservar la mano puesta encima. Los ojos de Estoques brillaron.

—Toma y daca, dijo Manders. Vé á buscar lo que me vendes.

Con la vista fija en los billetes, como temiendo que se evaporasen, dirigióse Estoques á un ángulo de su tugurio y sacó de un escondite el pequeño saco de mano que llevaba consigo Juan Boucher la noche de su muerte. Lo colocó delante de Manders, poniéndole las manos encima con tanta precaución como si se tratase de los billetes, los cuales se puso á examinar cuidadosamente apenas quedó hecho el cambio. Manders, no menos ansioso, se apresuró á abrir la maleta.

Había hecho bien en comprarla porque demostraba sin asomo de duda que el muerto era Juan Boucher. Sólo contenía objetos de uso personal, pero algunos de ellos bien conocidos de Manders. El cazador furtivo se guardó el dinero y le miró con curiosidad.

—Todo esto no parece valer gran cosa, dijo Manders con fingido desdén.

—Valga ó no valga, maldita la gracia que le haría al señor Bourchier saber que Vd. anda huroneándolo así.

—Atiende á tus asuntos y no te metas en camisa de once varas, exclamó Jorge. Has vendido, he comprado y se acabó.

Aunque veinte libras le habían parecido á Estoques una cantidad fabulosa, ahora que ya las poseía se le figuraban mucho menos de lo que tenía derecho á recibir, y se apoderó de él la idea de que se había robado á sí mismo en aquella transacción.

—Sí, he vendido, gruñó, vendido como un imbécil por veinte libras. ¡Maldito sea! continuó airado ; creo que

hubiera podido pedir cuarenta ó cincuenta libras por esa
bicoca.

Manders, que esperaba comprar todavía mucho más de
lo que ya había obtenido, notó con placer aquella creciente
codicia. Se echó á reir, pero sin negar que el vendedor
había hecho un mal negocio. Estoques empezó á perder
la cabeza. Hasta entonces se había conducido con gran
cautela. Había guardado el secreto sobre su hallazgo y
los graves sucesos que había presenciado, sin hablar de ello
ni aun á sus compañeros de francachelas. Había aguardado
el día de la cosecha y acababa de recogerla : veinte libras.
Y el grano quedó entrojado con tanta facilidad que le
pareció que no había introducido la hoz bastante profundamente en la mies.

—Oiga Vd., joven, dijo con entonación tal que Manders aguzó el oído ; dígale Vd. á su amo que puede que
tenga yo otras cosas que venderle, aunque no tan bara-
tas.

Había llegado el momento de jugar á cartas vistas. Á
Jorge, joven y audaz, le halagaba la idea de dar un golpe
atrevido á la vez que de cierto efecto teatral. Comenzó
por sonreirse tranquilamente y dijo :

—El señor Bourchier no es mi amo, y por lo pronto
hazte cuenta de que hasta la fecha nada le has vendido.
Lo que tenías que vender te lo he comprado yo. Bourchier
no sabe una palabra de todo esto.

La cara de Estoques era digna de estudio. Los sucesos
de aquella mañana (la verdad es que todavía le dolían las
costillas) le habían enseñado la fuerza del brazo de Manders ; de lo contrario hubiera emprendido con él una lucha
cuerpo á cuerpo. No se echaba la culpa á sí mismo por el
engaño de que había sido víctima ; ante todo tenía en el
bolsillo aquellos billetes nuevecitos, las credenciales indis-
cutibles de Manders, y se decía que sólo una persona muy
directamente interesada en el asunto podía dar veinte libras
por unos objetos que no valían diez chelines.

—Vamos á ver, dijo Manders, ¿qué más tienes que vender ? Me queda algún dinero y quizás podamos cerrar otro
trato.

Estoques soltó algunos tacos redondos y se volvió furioso hacia Jorge.

—¡Váyase Vd. de aquí! No sé quién es Vd. Salga Vd. de mi casa ó acabaré por asesinarlo.

—No, no harás nada de eso, buena pieza. Me iré cuando me convenga y cuando sepa todo lo que quiero saber. ¿Será necesario decirte quién soy?

Estoques declaró, echando sapos y culebras, que no se le importaba tres pepinos el saber quién era el otro y que quería estar solo en su casa, pero Manders le interrumpió, é irguiéndose cuando se lo permitía su alta estatura, dijo con severo acento:

—Pues sabrás quien soy, imbécil. ¿Te figurabas que yo iba á comprar tus baratijas por gusto? Soy un policía secreto venido de Londres á investigar este asunto. Sé casi todo lo que quiero saber, y como tú no me expliques algunos puntos bien clarito, te vienes conmigo y duermes esta noche en la cárcel de Lomer y cuando te saquen de allí será para colgarte alto y corto. ¿Entiendes? Con que ahora, explícate.

Estoques no chistó. Aquella entidad misteriosa que se llama agente de la policía secreta de Londres, le infundía miedo cerval. Las fuerzas le faltaron y con temblorosos labios se desplomó en su asiento.

—¿Qué tienes que decir? gritó Manders, asiéndole un hombro y sacudiéndolo bruscamente.

—Yo no fuí, como hay Dios, balbuceó el pobrete. Yo no me moví del ribazo. Lo único que hice fué coger del suelo la maleta.

—Escucha, dijo Manders; esta es tu única oportunidad. Dime cuanto sepas, sin ocultarme una sola cosa, porque si lo haces lo sabré. No quiero ser duro contigo, y si me dices la verdad entera y exacta te ganas otras veinte libras. De lo contrario, á la cárcel de Lomer y lo que vendrá después.

—Déjeme Vd. pensar un poco, contestó.

Lo de las veinte libras no cayó en saco roto. Decididamente mejoraba la situación. Manders sacó su reloj.

—Te concedo cinco minutos. Si entonces no me lo cuentas todo, te pego las esposas y duermes en Lomer.

El cazador de vedado inició sus meditaciones dando un prolongado tiento á la botella. Después, tirándose de las greñas, procuró hallar la mejor salida posible de aquel atolladero. Mucho menor hubiera sido su ansiedad si hubiese sabido que su interlocutor se hallaba en incertidumbre parecida á la suya y pensando qué le convendría más hacer si Estoques optase por resistirse y negarse á hablar. Exteriormente era la imagen viva de la más completa indiferencia. Curioso espectáculo : la mezquina choza alumbrada por la luz vacilante de un cabo de vela ; el pillo de Estoques furioso y abatido en su silla y lanzando una que otra mirada furtiva á su impasible verdugo ; éste, sentado sobre la desvencijada mesa, elegantemente vestido, parecía fuera de lugar en aquel cuadro miserable.

—Ya es hora, exclamó por fin Manders.

—Digo, ¿ pagará Vd. como lo ofrece, si canto de plano ?

—Á toca teja. Á mí nada me cuesta. Mira, aquí está el dinero ; y agitó los billetes ante su vista.

—Bueno, pues entonces diré cuanto sé.

—Todo, cuidado, dijo Manders severamente.

—Cuando digo todo, es todo, gruñó Estoques.

—Corriente. Busca otra vela y empieza.

Estoques obedeció. Sacó otra vela, que encendió en el cabo de la anterior, y después de tomar un buen trago empezó su relato, escuchado con toda la gravedad del caso por el supuesto miembro de la policía.

Manders se hizo repetir una y otra vez la historia del crimen. Interrogó al narrador sobre todos los detalles posibles, hasta quedar convencido de que decía la verdad y de que aquello que le contaba era todo lo que sabía. Grabó en su memoria todos los incidentes : hora, lugar, palabras pronunciadas y sucesos ocurridos. Fué minucioso y exigente al enterarse del orden en que ejecutó el señor Boucher cada uno de sus actos, después de la caída del desconocido del carruaje al camino. Lo que es por él hubiera seguido en compañía de Estoques hasta el amanecer, averiguando todos los detalles obtenibles ; pero ya fuese debido al inusitado esfuerzo que imponían á su cerebro las preguntas de Manders, ya á sus frecuentes consultas con la botella, lo cierto es que llegó un momento en que el narrador quedó completamente atolondrado y Manders comprendió que de nada podría servirle ya. Entonces se levantó y pagándole el dinero tan fácilmente ganado, le dijo con el mismo tono severo de antes :

—Oye bien lo que te digo. Vas á estarte muy tranquilo y muy callado, sin decir una palabra de todo esto á nadie, sea quien sea, hasta que yo te haga llamar. Todavía puedes ganar más dinero si sabes refrenar la lengua.

Estoques prometió obediencia con borracho énfasis, dió á Manders las buenas noches y no le escaseó las gracias, pues en definitiva la entrevista había sido muy provechosa para él.

No estará de más decir aquí que la posesión de cuarenta libras esterlinas sólo significaba para Estoques la posibilidad de comprar y beberse una cantidad de aguardiente por valor de cuarenta libras. Á la mañana siguiente cerró su cabaña y yéndose á Barton se dedicó con ahinco á gozar de su fortuna á su manera. No tardó en descubrir una marca de aguardiente más fuerte que todos los demás, que le supo á gloria; y cuando hubo consumido un número de botellas equivalente á treinta soberanos, empezó á ver tantas y tan horrendas visiones que la vida se le convirtió en carga pesadísima, hasta que en su delirio acabó por arrojarse desde la ventana de un cuarto piso á la calle y allí acabó su historia. Los vecinos de Renton que le conocían nunca supieron aquel trágico fin, ni lo echaron de menos ni preguntaron por él. Eso sí, al llegar el otoño los faisanes y demás caza abundaron mucho más que los años anteriores, en todos los cotos de la comarca.

Manders regresó á pie á su alojamiento, tarareando sus canciones favoritas más alegres y felicitándose por su astucia. Dijo en la posada que lo habían demorado y que no sólo tenía que pasar aquella noche en Renton sino también probablemente algún tiempo más. Ordenó que al amanecer fuese un mozo á Braley á buscar su maleta y después se entregó al descanso, tan satisfecho como un general que, si bien derrotado en un combate reciente, logra concentrar tales refuerzos y combinar movimientos estratégicos tan irresistibles después de su derrota, que le garantizan una victoria completa para la batalla del día siguiente, sin más punto dudoso que la mayor ó menor cantidad de botín que ha de constituir el premio del vencedor.

CAPÍTULO VII

SEGUNDO ATAQUE—VICTORIA

Felipe Bourchier estaba acabando su tardío almuerzo. Últimamente no se presentaba en el comedor hasta mucho después de haber almorzado los restantes miembros de su familia, y atribuía su tardanza á las malas noches que pasaba. Aunque sentado solo á la mesa, su esposa bordaba en el mirador de la misma habitación y le observaba solícita, notando con pena cuán poco bastaba para satisfacer su decaído apetito. De cuando en cuando le dirigía algunas palabras que él contestaba cortés pero distraídamente. Por fin, la buena señora preguntó :

—¿Quién era aquel caballero que vino á verte ayer?

—Un joven que tuvo á bien molestarme con un asunto enteramente personal.

—Tuviste que despedirlo, al decir de mi doncella.

—Sí, no quise seguir escuchándole. Á pesar de mis indicaciones se negó á darse por entendido y tuve que hablarle claro.

—¿Se llama Bourchier, no es verdad?

Lo había sabido también por su doncella, y ésta por el criado Bautista, quien había tenido muy buen cuidado de leer la tarjeta que llevó á su amo.

Aquellas preguntas fueron otro disgusto para Bourchier. Evidentemente su esposa esperaba una explicación.

—Ese es el nombre que él se da, contestó. Dice ser uno de los descendientes ilegítimos de mi tío Daniel. Yo creía que se habían acabado todos esos enojosos enredos.

—Espero que no te ponga pleito también. Esos asuntos son especialmente desagradables cuando empiezan á comentarlos los periódicos.

80

—Parece amenazarme con ello, pero no creo que lo haga.

—¿No sería mejor pagar mil ó dos mil libras de una vez y terminar la cuestión para siempre? Tú sabes mejor que yo lo que conviene hacer, Felipe ; pero no quisiera ver renovado el escándalo de la otra vez.

—Ni yo. De buen grado pagaría cualquiera cantidad razonable por evitar el pleito. Quizás anduve algo precipitado ayer y debí proponérselo. Trataré de volver á verlo pronto.

Bourchier decía la verdad. Hubiera dado una cantidad respetable á cambio de un arreglo definitivo.

En aquel instante se abrió la puerta y entraron dos lindas jóvenes, al parecer de unos veinte y diez y ocho años de edad, respectivamente. Vestían amazonas perfectamente ceñidas al talle y llevaban airosos sombreros y gruesos guantes. Ambas corrieron hacia Bourchier y le besaron cariñosamente. Al devolverles sus caricias suavizóse la expresión de su rostro, porque duro y altivo como era para los extraños, estaba orgulloso de sus hijos y los amaba entrañablemente. Quizás el recuerdo de éstos y la trascendencia que para su porvenir podía tener un pedazo de papel, fué lo que un día le decidió y le dió fuerzas para cometer una acción tan infame como cruel.

Sus hijas eran hermosas jóvenes de acabado tipo inglés. Bourchier era hombre de gran presencia y su esposa había sido muy bella. Mabel, la mayor de las hijas, había heredado la figura majestuosa de su padre. Josefina, la más joven, tenía las dulces facciones y la pequeña estatura de la madre. Mabel era inteligente ; algo frívola Josefina, cuya bonita cabeza estaba llena de ideas novelescas y de héroes del tipo usual en los novelones de muchos tomos : galanes hermosísimos, simpáticos, adorables, que en su mayor parte vestían el uniforme de la Guardia Real. La educación de ambas hermanas estaba terminada y Mabel había sido presentada en sociedad. Josefina debía serlo también aquel mismo año. Bourchier tenía gran concepto de las dotes y del carácter de su hija mayor, pero quería más á su hermana. Nadie en el mundo, ni aun Alano, su hijo mayor y heredero, se hubiera atrevido á decir y hacer á Felipe Bourchier las cosas que le hacía y decía Josefina con absoluta impunidad.

6

Mabel besó á su padre con reposado afecto; Josefina le echó los brazos al cuello, saludándolo de la manera más demostrativa imaginable.

—Ven, exclamó, vamos á dar un paseo á caballo hasta Lomer y tienes que venir con nosotras. Nada de negativas ¿estás?

Le miró agitando su latiguillo, é hizo una mimosa mueca al ver que su padre se preparaba á dar una excusa.

—¿Cartas? continuó la joven. Que esperen. ¿Personas á quienes ver? Pues que esperen también. Hace un día hermosísimo y hay que aprovecharlo. El mes que viene estaremos todos encerrados en Londres, y tú tan ocupado que apenas te veremos. ¡Vamos, pronto!

—Tu padre está cansado, niña, y de seguro preferiría que lo dejases en paz.

—Pero si precisamente eso de quedarse siempre metido en casa es lo que lo está enfermando al pobre, insistió Josefina. Después de un buen galope en una mañana como ésta se sentirá mucho mejor.

—Quizás te haga bien, Felipe, le dijo su esposa, inclinada á pensar como Josefina.

—Puede ser, contestó él, y de todos modos tengo que obedecer á mi tirano. Llama, Finita, y dí que ensillen mi caballo.

La joven aplaudió, volvió á besar á su padre y pidió el caballo en seguida.

Difícil hubiera sido hallar en toda Inglaterra un grupo más interesante que el formado por Felipe Bourchier y sus dos hijas al dirigirse por el tortuoso camino que conducía desde la casa á la verja de entrada. El padre montaba como sólo puede hacerlo un gran señor inglés acostumbrado á ese ejercicio desde su infancia; y á uno y otro lado iban sus dos hijas, luciendo sus talles perfectos y guiando de una manera tan graciosa como conforme con todas las reglas de la equitación. Bourchier parecía adelgazado y pálido, pero sonreía al oir la charla de sus compañeras. Apacible y gratísimo el aire primaveral, brillante el sol, alegres los campos y como refrescados por las recientes lluvias, todo parecía limpio, todo nuevo, sin un átomo de polvo en las hojas, en las flores ni en la hierba. Era una mañana encantadora, como había dicho Josefina y Bourchier resolvió olvidar por entonces enojos y pesares y gozar de los hechizos de aquel día y del paseo con sus hijas.

Pero el tal paseo debía ser muy corto. La mujer del portero abrió la verja, y saludando respetuosamente al padre y con cariño á las hijas, volvió á cerrarla tras ellos. Las jóvenes detuvieron un instante sus caballos para dirigir algunas palabras á la anciana, mientras que su padre tomaba por el camino. Del lado opuesto de éste se adelantó en aquel momento un joven alto, que asió con mano firme las riendas del caballo y lo obligó á detenerse. El jinete reconoció inmediatamente al pretendido Daniel Bourchier, su visitante de la víspera.

El joven había cambiado de traje por completo y vestía con más arreglo á las exigencias del campo; pero aquel cambio no bastaba á explicar la diferente expresión que se notaba en su rostro, cierta gravedad que sorprendió y alarmó á Bourchier. Al detenerse el caballo el joven se colocó junto á él, con la mano ligeramente posada sobre las riendas, como si temiese que el jinete tratase de escapársele.

—Tengo que hablar con Vd. á solas, dijo.

—Suelte Vd. mi caballo, exclamó Bourchier furioso pero en voz baja, porque sus hijas estaban cerca y podían oirle.

—No lo soltaré hasta que Vd. me prometa regresar conmigo á su casa. Tengo muchas cosas que decirle.

En su voz había una orden; más, una amenaza. Aunque nada acostumbrado á que le dictasen lo que debía ó no hacer, el señor de Redhills comprendió que tenía que someterse. Imposible arriesgar una lucha en medio del camino y delante de sus hijas; y además, ansiaba á la vez que temía saber lo que aquel hombre quería decirle. Las más desastrosas revelaciones eran preferibles á la incertidumbre en que estaba sobre lo que el joven ignoraba ó sabía.

En aquel momento llegaron las jóvenes riéndose de las ocurrencias de la buena mujer, y miraron con sorpresa al extraño que hablaba con su padre. Descubrióse aquél maquinalmente y pareció esperar ansioso la respuesta de Bourchier.

—Si tan urgente es el asunto, oyeron las jóvenes que decía su padre con voz clara é incisiva, tan urgente que no admite excusa ni espera, supongo que tendré que regresar á casa con Vd.

—Es de la mayor importancia, dijo el desconocido con firmeza.

—Muy bien, pues volveré atrás. Niñas, siento verme obligado á dejaros. Tengo que acompañar á este . . . caballero.

Josefina volvió la cabeza é hizo una mueca feísima á los árboles del otro lado del camino. Mabel dijo :

—Está bien, papá, pero lo sentimos mucho. ¿No podríamos esperarte?

—Temo que el asunto que me trae requiera bastante tiempo, dijo el joven, con una intención que no escapó al señor Bourchier.

—Lo mejor es que vayáis despacio, dijo éste ; enviaré enseguida un lacayo para que os siga. Y ahora, señor mío, sírvase Vd. venir.

Hizo dar vuelta á su caballo y Manders le siguió, después de saludar otra vez á las jóvenes con el mismo aspecto preocupado. Mabel y Josefina cambiaron una mirada de sorpresa y pusieron sus caballos al paso en dirección de Lomer.

—Cosa extraña, dijo Mabel. ¿Quién puede ser?

—¿Has reparado qué bien parecido es? preguntó su hermana.

—No me fijé mucho en él. Me irritó el verle molestar á papá precisamente en el momento de salir.

—¡Oh, un joven guapísimo! Igualito á los que vemos descritos en las novelas. Oye : rostro pálido, grandes ojos negros, facciones regulares y expresión melancólica.

—¡Ay, querida, no digas tonterías!

—Y no parecía tenerle miedo á papá, ni tanto así. Y eso que papá le habló tan severamente. Ya sabes como él hace : "Si es asunto tan urgente," etc.

Josefina imitó á su padre divinamente, resultado de larga y atrevida práctica.

—Quizás nos encontremos con él á la vuelta, continuó. Me muero por ver á papá y preguntarle quién es ese distinguido joven.

—¡Cuidado que eres tonta, Finita! dijo Mabel riéndose. Creo que el primer desconocido de aspecto romántico que encuentres, con rostro pálido, **nariz recta y ojos negros**, podría huir contigo si quisiese.

—**Lo cierto** es que jamás **me escaparé con un** ser grotesco de **cara** roja y **nariz chata, como el muy alto** señor Luis Coverton.

Este era un caballero **noble**, hijo **de Lord Coverton y** locamente enamorado **de Mabel.** Si ésta le hubiese **correspondido**, Josefina no se hubiera burlado jamás **de él,** porque las dos jóvenes eran cariñosísimas hermanas.

Entonces apareció el **lacayo, que** las siguió á la debida distancia, y las **dos jóvenes tomaron alegremente** por el camino de Lomer.

El **señor** Bourchier, acompañado de su importuno visitante, siguió **al paso** el largo camino desde la entrada **de** los terrenos **hasta la** casa y allí entregó su caballo á un palafrenero, á quien ordenó que acompañase á **las señoritas** cuanto antes. Seguido de Manders dió **vuelta á la casa** hasta **llegar al** balcón-puerta de **su biblioteca** y sacando una llave abrió y entraron ambos. **Indicando una silla al** joven, sentóse él **en su** sillon y procuró prepararse para **la** lucha que presentía. Resolvió no mostrar temor, aun cuando la situación empeorase para él ; aun cuando aquel Daniel Bourchier, ó como se llamase, le dijese que conocía la identidad de su padre con el supuesto malhechor ; aunque le **acusase de** haber matado á éste, **no** en defensa propia, sino **por conservar** la herencia que reclamaba su víctima. Propúsose acoger aquellas acusaciones con serenidad y desprecio, **sin mostrar** que le conmovían en lo más mínimo. Esperó entonces el ataque **de su** adversario, sintiéndose á la altura **de** la situación y capaz de afrontarla **con firmeza y** calma. Pero no sabía que las circunstancias más **inesperadas**, las revelaciones y sucesos más imprevistos, iban á **confundirlo** y derrotarlo completamente en aquella **lucha** próxima á comenzar.

Para explicarse bien la manera **como Manders** empezó su segundo ataque debe tenerse en cuenta su gran afición al aparato teatral y á **las situaciones** dramáticas. Su triunfo de la noche precedente sobre Estoques le había dado gran confianza en sus dotes **de** actor ; y en aquel momento lo que más **le interesaba de** su siniestra intriga era la sensación que **esperaba producir** revelando súbitamente á su antagonista el abismo que se abría bajo sus pies, y después de anonadarlo gozarse en su derrota. Manders había preparado maduramente su programa, felicitábase por lo ingenioso del medio que había elegido, y sin olvidar que Bourchier era enemigo más temible que Estoques, tenía plena confianza en sus armas y en sus recursos.

No aceptó la oferta de Bourchier, que le invitaba á tomar asiento, pero tampoco deseaba en manera alguna evitar sus miradas. Hallábase de pie, erguido, recibiendo de lleno la luz del balcón ; y cuando el señor Bourchier, después de esperar á que Manders hablase, levantó hacia él su mirada con fingida indiferencia, vió un espectáculo inesperado que lo conmovió profundamente.

El aspecto del joven había cambiado por completo. Su levita desabrochada, el cuello y la pechera de la camisa arrugados, los cabellos en desorden. El pálido rostro reflejaba la cólera, temblábanle los labios y sus negros ojos se clavaban amenazadores en el señor Bourchier. Parecía querer hablar, pero evidentemente su agitación era tan intensa que le impedía pronunciar una sola palabra. En cambio había alzado la diestra y señalaba á su interlocutor con tembloroso dedo.

Era, en verdad, un buen actor y logró lo que sólo los grandes actores consiguen : apoderarse de su auditorio y subyugarlo por completo. Bourchier sólo vió en él al hijo de su víctima, llamando con airado ademán las maldiciones del Cielo sobre el asesino de su padre. Á pesar de todos sus esfuerzos, el culpable sintió que su frente se bañaba en frío sudor y se humilló y tembló ante el vengador ; momento de debilidad que nunca se perdonó después. Aquel anonadamiento duró tan solo un instante, pero bastó para probar al actor que su arte triunfaría en la escena que preparaba.

—¡ Asesino ! dijo con sorda voz, acercándose á Bourchier. ¡ Asesino de un inocente !

Felipe Bourchier salió de su estupor. La voz de Manders le llamó á la realidad.

—Está Vd. loco ó ebrio, dijo con voz apénas alterada.

—¡ Ni ebrio ni loco, y bien lo sabe Vd. ! Anoche ví á mi padre, ví á Juan Boucher. ¿ Soñaba ? Debí soñar, aunque estaba despierto. Oiga Vd. mi sueño.

Y clavando en el rostro de Bourchier una mirada despavorida, como si ante sus ojos pasasen hórridas visiones, con todos los recursos de su hermosa voz puestos en juego, fué describiendo el sangriento cuadro y acrecentando el terror de su oyente á medida que le revelaba el supuesto sueño.

"Era una noche de luna, casi luna llena. El camino estaba tan claro como de día. Hallábame al pie de una pendiente colina, cuyas laderas estaban cubiertas de tiernos abetos y maleza, y ví venir hacia mí un coche que se detuvo precisamente donde yo estaba. En él iban dos hombres y la luna me mostró sus facciones; uno de ellos era mi padre. El que guiaba detuvo el caballo y después de hablar breves instantes con mi padre le entregó las riendas. Ví una llama, oí un disparo y mi padre cayó del coche moribundo. Tendido en medio del camino, sus ojos se encontraron con los míos, pero el terror me había paralizado y me fué imposible moverme. El otro saltó del vehículo, tomó uno de los faroles, examinó el rostro de su víctima y vació sus bolsillos, mientras la luna seguía brillando con luz viva cual nunca" . . . .

Continuó así su relato, animándose más y más á medida que avanzaba en él, describiendo con asombrosa precisión todos los incidentes de la noche fatal, fijos siempre los ojos en el rostro de Bourchier, mientras su voz clara y penetrante sonaba en los oídos de éste como un toque fúnebre que le anunciaba la muerte de su honra. Continuó sin omitir detalles, con despiadada minuciosidad, hasta que lanzó á su víctima, como un golpe final, la siguiente frase:

—¡Y el rostro que ví á la claridad de la luna, el rostro del asesino, fué el mismo que contemplo en este momento!

Todo hombre es supersticioso en mayor ó menor grado. Algunos logran anular ese sentimiento casi por completo; pero muchos que se ríen de las creencias sobrenaturales no dejan de preguntarse de cuando en cuando si después de todo habrá algo de verdad en ellas. Aun á los más escépticos se les erizan los cabellos en situaciones que traen á la mente ideas fantásticas, apariciones misteriosas; lo que prueba la verdad de nuestro aserto, que la superstición

latente existe en todo sér humano, y que puede revelarse
en determinadas circunstancias.

Tal sucedió á Felipe Bourchier: su terror fué en aumento á medida que sus actos todos, aun los más triviales,
que tan impresos estaban en su memoria, se reproducían en
las palabras y ademanes del hombre que decía haberlos presenciado como una visión y que se hallaba ante él, con-
fundiéndolo con su voz acusadora. ¿Cómo sorprendernos
de que cayera en el lazo y á pesar de su arraigada incredulidad se dijese que nadie podía describir así aquellas escenas
á no habérselas revelado un agente más que humano?
¿Cómo admirarnos de que al llegar el terror á su colmo
con la frase final del hijo de su víctima, se inclinase sobre
la mesa, oculto el rostro entre las manos, procurando huir
de lo que le parecía una visión espantosa?

Profundo silencio reinó en la estancia por algunos momentos, en tanto que Bourchier, con su actitud y anonadamiento, confesaba claramente su culpa. No era hombre
de sentimientos religiosos, pero como muchos otros que no
creen en las bondades del cielo, sentía oculto temor á sus
castigos. Permaneció inmóvil, sin dar señales de vida;
mas no tardó en imponérsele el instinto de la propia con-
servación, esa ley primordial de la vida, y haciendo un
esfuerzo logró reavivar sus agotados ánimos. Levantando
entonces la cabeza, procuró sonreir.

—Dispénseme Vd., dijo, he estado enfermo últimamente
y sus palabras me. . . .

Su mirada se fijó en Daniel Bourchier y vió instantáneamente el lazo en que había caído. El joven estaba
sentado en actitud graciosa, indiferente, desvanecido hasta el último vestigio de su apasionada y vehemente indignación; pero en cambio aparecía en sus labios una
sonrisa burlona y en sus ojos elocuentísima expresión de
triunfo.

—¡Ah! ¡Conciencia culpable! dijo el narrador casi
jovialmente. Creo que ha de ser cosa terrible para los
que la posean. Jamás me figuré que se vendiese y se
entregase Vd. tan pronto y de una manera tan completa,
añadió con el más marcado acento norteamericano.

Felipe Bourchier temblaba de ira y no tenía más que
una idea: vengarse. Con agitada mano procuró abrir un

cajón de la mesa que tenía delante, pero Manders vigilaba todos sus movimientos.

—Nada de bromas ¿eh? dijo llevándose la mano al bolsillo del pecho. Ya sabe Vd. que en mi país acostumbramos tirar primero, siempre que podemos.

Razón tenía en desconfiar, porque en aquel momento Bourchier lo hubiera matado como un perro, sin la menor vacilación.

—Ahora, dijo Manders, hablemos como hombres que no creen en apariciones. ¿Quiere Vd. que hable yo primero?

Bourchier guardó silencio.

—Anoche acerté á encontrar á un sujeto que presenció el asesinato de mi padre. Bien sabe Vd. si el relato que acabo de hacer es ó no exacto.

—El muerto era tan padre de Vd. como mío.

—Oiga Vd., señor Bourchier. Yo digo que era mi padre y Vd. afirma que no lo asesinó. Cuando Vd. pruebe lo segundo, poco me costará demostrar lo primero.

—¿Quién le ha revelado á Vd. todo eso? Porque si lo sabe uno pueden saberlo muchos.

—Nada le importe á Vd. ese individuo. Cuando yo lo necesite sabré encontrarlo. Y nada tema Vd. de él, que yo le cerraré la boca.

Bourchier tembló, no tanto por temor sino porque comprendió que estaba á merced de su enemigo.

—Aunque Vd. asesinó á mi padre, no quiero ser vengativo. Pórtese Vd. como debe con el hijo y arreglaremos las cosas muy aceptablemente para ambos.

—Vd. no es hijo de Juan Boucher.

—Digo que lo soy. Poseo todos los documentos que evidencian mis derechos. Estaban todos en la cartera de mi padre, la misma que él llevaba consigo aquella noche.

—¿Cómo la ha obtenido Vd.? exclamó Bourchier, quien por lo visto había renunciado á negar su delito.

—Un labrador la mandó por el correo y supongo que la hallaría en el camino. Aquí está la carta que incluyó en la cartera.

Y entregó al señor Bourchier la esquela del labriego Davis. La manera cómo Manders explicaba la obtención de los documentos era tan natural y tan sencilla que Bour-

chier le hubiera creído hijo del finado Juan, si al propio
tiempo Manders no hubiese tratado de especular tan fríamente con la muerte de su padre. Aquel cinismo le parecía
imposible en un hijo.

El diálogo anterior por su mismo carácter práctico y
prosaico, le permitió recobrar su calma habitual. Se confesó que aquel bribón lo había derrotado y que hasta cierto
punto lo tenía en su poder. Supuso que aprovecharía las
ventajas de su posición para sacar de ella el mejor partido
posible, y se resolvió á comprar su silencio, dándose por
muy satisfecho si con dinero podía echar tierra al asunto.
Hecha esta resolución no quiso perder un instante.

—Pues bien ¿ cuánto pide Vd.? preguntó resueltamente
y como si se tratase de un negocio cualquiera.

—No lo sé todavía á punto fijo.

—Pues resuélvalo Vd. desde luego. ¿ Cuánto es ?

—Para mí no es sólo cuestión de dinero.

—Pues sea lo que sea, piénselo Vd. ahora y fije también
la suma, para verme libre de Vd.

—Pues bueno, contestó Manders con su acento de ultramar, puesto que Vd. no quiere hablar de otras cosas equiva-
lentes al dinero, dígame el valor de sus bienes.

—Esa es cuenta mía, no suya. Fije Vd. su precio.

—Por aquí me aseguran, dijo con sorna el joven, que
tiene Vd. de diez á doce mil libras esterlinas de renta anual,
contando el mineral de hierro.

Bourchier no se dignó replicar.

—Con que pongámoslo en lo más bajo ; diez mil libras.
Me da Vd. la mitad, y en paz.

—¡ Necio ! exclamó Bourchier. ¡ Qué mal me conoce
Vd. !

—Pues entonces tomaré lo que me pertenece, es decir,
todo.

—Pruébelo Vd. Abiertos están los tribunales para todo
el mundo.

—Probaré, sí señor, y de todos modos á Vd. lo ahorca-
rán por asesino.

—Si entendiese Vd. algo de leyes sabría que, aun dando
por fundada su acusación, en Inglaterra no puede procesarse
á nadie dos veces por el mismo delito. Si lo duda Vd. le
enseñaré el artículo del Código que así lo dispone. Á bien

que aquí no escasean los **textos** legales, agregó mirando á los estantes llenos de libros.

El magistrado había recobrado su tono sarcástico.

—Es muy cierto, pero puedo **obtener** el mismo resultado contándole la historia á todo el mundo ; puedo hacerla imprimir y circularla por **todas partes** ; **hacer** que se hable del asunto en todo el **país**, sin que Vd. se **atreva** á chistar **para** impedírmelo.

Tenía razón, **podía hacer** todo lo que decía, no obstante la risa **despreciativa** con que Bourchier acogió sus palabras.

—Y **creo**, continuó Manders, **que** cuando el tribunal tenga que **decidir entre** nosotros **dos, no** le predispondrá mucho á favor de Vd. cierta maletita cuyo contenido demostrará palpablemente que mi **padre** y el hombre **asesinado** por Vd. eran una misma persona.

El respeto de Bourchier por su antagonista iba en aumento. Era más hábil de lo que **había creído.** Ya antes había admirado la prontitud con **que había prescindido** por completo de su comedia apenas hubo **conseguido su objeto,** considerando desde **entonces los sueños y visiones** como una puerilidad.

—No prolongaré esta discusión, dijo ; fije Vd. una cantidad **razonable** y le será entregada.

—Ya le dije á Vd. antes, al interrumpirme **tan** violentamente, que **no** pensaba sólo en **dinero.**

—¿Pues de qué otra cosa se trata ?

—Quiero **relacionarme** bien, ocupar cierta posición social.

—Con las **cualidades** de Vd. no lo **creo** difícil, dijo cortésmente Bourchier.

—**No, supongo** que no, continuó Manders prefiriendo **interpretar** aquellas palabras literalmente. Pero verá Vd. ; necesito un punto de partida, una persona cuyo nombre me **sirva como** de apoyo **para** entrar en determinados círculos sociales.

—**Prosiga Vd.**

—**Soy** su primo, Daniel Bourchier, é hijo tan legítimo como Vd., y **por** consiguiente soy yo el jefe de la familia. Quiero que Vd. me reconozca como tal pariente y que me permita **visitarle** aquí y en Londres, cuando me plazca. No tema Vd., que **no** tendrá motivos para avergonzarse de mí.

—Prosiga Vd., repitió Felipe Bourchier.

—Claro está, continuó el nuevo jefe de la familia, que he de tener algún dinero. Mil libras al año, ó cosa así. El dinero lo pediré cuando lo necesite ; pero lo que principalmente deseo es que Vd. me considere y me trate como primo suyo. Pronto se acostumbrará Vd. y verá que después de todo soy un buen muchacho. No dudo que acabaremos por llevarnos muy bien, como dos amigos.

Con el don de todo buen abogado de identificarse con su cliente, lo mismo que un buen actor siente y vive el papel que representa, así Manders hablaba con tanta naturalidad como si fuese en efecto Daniel Bourchier. Su interlocutor se quedó por un momento asombrado.

—¡ Como amigos ! dijo. ¿ Quiere Vd. ser amigo del hombre á quien achaca la muerte de su padre ?

—Le diré á Vd. Yo juzgo ese acto á mi manera. En primer lugar, no tenía amor entrañable al autor de mis días. Y en segundo lugar, me figuro que le persiguió y atormentó á Vd. hasta exasperarlo. Supongo que yo en lugar de Vd. hubiera hecho lo mismo, tratándose de un individuo que viniese á quitarme todos mis bienes. Yo sabré perdonar y olvidar todo eso ; entendámonos ahora y jamás aludiré á ello, de palabra ni obra. Póngame Vd. á prueba y verá como llego á ser honra de la familia.

Hablaba con tan alegre cinismo y tan agradable voz que al señor Bourchier le gustó aun más que antes. Admiraba la fría audacia de aquel hombre.

—Y ahora, le preguntó, ¿ querrá Vd. decirme qué me ofrece en cambio de sus modestas exigencias ?

—Haré lo que Vd. quiera excepto renunciar á mis derechos bajo mi firma. Eso no ; pero mientras se porte debidamente conmigo, no los reclamaré, ni de Vd. ni de su hijo después de Vd., siempre que á su muerte me deje Vd. una cantidad aceptable.

—Me guardaré muy bien de hacer semejante cosa. Lo único que haré, si Vd. me deja abrir este cajón, será firmarle ahora mismo un vale de dos mil libras, con la esperanza de no volver á verle nunca.

Manders se levantó furioso. Ya no fingía. Todo lo que en aquel momento iba á decir se proponía realizarlo al pie de la letra.

—No acepto otras condiciones que las expuestas. De Vd. no tomaré ni un céntimo. Lo echaré de la Casa Roja y proclamaré que es un asesino. Vd. cree que eso me perjudicará; no importa, con tal que le arruine á Vd. Algo es algo, suponiendo que no consiga que lo ahorquen. De aquí me voy á Londres y dentro de una semana ya tendrá Vd. noticias por demás interesantes. Hasta la vista. Se le presentó á Vd. una oportunidad inesperada y la ha dejado escapar. Juro que lo haré como lo digo. Yo no tengo gran cosa que perder; Vd. sí.

Y se dirigió hacia la puerta. Bourchier comprendió que hablaba de veras y qui si lo dejaba partir sobrevendrían las más desastrosas consecuencias para él.

—Un momento, dijo. No se precipite Vd. Necesito pensarlo.

—Le doy á Vd. de plazo hasta mañana y vendré á buscar la respuesta. Ella me hará su aliado ó su enemigo mortal.

—Yo iré á verle á Vd., dijo Bourchier para evitar que excitase más aún la curiosidad con sus visitas. Supongo que se hospeda Vd. en la posada.

—No, dijo Manders con sequedad. Yo seré quien venga á verle á Vd. mañana por la tarde. Si me veo entonces no sólo admitido en su casa sino invitado á su mesa y presentado á su familia bajo mi verdadero nombre, como primo de Vd., comprenderé que acepta Vd., sin necesidad de que me diga una sola palabra. Si se me niega la entrada sabré también lo que eso significa y las cosas seguirán su curso. De Vd. depende dar al asunto una solución pacífica.

Abrió la puerta y salió sin añadir palabra. Decíase que aquella vez era suya la victoria. Siguió con rápido paso el largo camino que llevaba á la verja de entrada y saludó jovialmente á la anciana portera. En el camino, á corta distancia, se cruzó con las dos jóvenes que volvían de su paseo. Las saludó otra vez, pero sólo la más joven le devolvió el saludo. Volvióse y admiró los esbeltos talles de sus nuevas primas y la perfección con que montaban. Josefina, con su curiosidad de niña, dirigió también una rápida mirada hacia atrás.

—Espero y deseo de veras, se dijo Manders, por demás susceptible á encantos como los de aquella joven, que todo se arregle mañana de una manera amistosa.

CAPÍTULO VIII

COMO BUENOS AMIGOS

Para un hombre como Felipe Bourchier, acostumbrado toda la vida á hacer su voluntad, era soberanamente desagradable saber y sentir que una mano extraña tenía el látigo levantado sobre él, obligándole á seguir la línea de conducta más opuesta á sus deseos. Tener un amo era cosa enteramente nueva para él y buscó en todas direcciones la manera de sacudir el irritante yugo. No dió la menor explicación á su familia sobre el objeto de la visita de aquel joven, hasta no tener bien resuelto y acordado el plan de conducta que más le convenía adoptar. La natural curiosidad de sus hijas la eludió atribuyendo la entrevista á "importantes asuntos particulares." Impuso silencio á su esposa rogándole que no le hablase de ello hasta el día siguiente, en que estaría mejor informado. Toda la tarde y gran parte de la noche las pasó formando planes para desembarazarse del intruso, ó cebando dorados anzuelos á los que, en su opinión, no podría resistirse aquél. Pensó en ello durante el almuerzo del siguiente día y en sus paseos por los terrenos de la finca toda la mañana, pero sin hallar manera alguna de salir del paso. Quedábanle ya muy pocas horas para tomar una resolución y sabía que si ésta no fuese conforme á los deseos del pretendido Daniel Bourchier, equivaldría á una guerra á muerte entre los dos. Si el pretendiente reclamase la Casa Roja, con las pruebas que tenía podría demostrar que él, Felipe, era el asesino de Juan Boucher. Y á pesar de todos los fallos que habían justificado su conducta ¿qué diría el mundo? Suponiendo que Daniel no tuviese bastante confianza en el éxito para llevar la cuestión á los tribunales y se limitase á publicar

y circular su historia por todas partes, según amenazaba
hacerlo ¿cómo impedirlo? Si lo demandase por calumnia
el otro alegaría justa causa y entonces . . . la sola idea de
lo que entonces resultaría hacía temblar á Felipe Bourchier.
El único recurso era comprar el silencio de aquel hombre, á
cualquier precio.

Entonces empezó á ceder y á dar las primeras señales
de sumisión. Escribió una esquela á su enemigo invitándole á ir á verle en seguida ó á decirle si prefería que fuese
él, Felipe, á visitarle á la posada. Al escribir el sobre se
le presentó una dificultad imprevista ; no se resignaba á
dirigirlo á "Daniel Bourchier" y sin embargo no le conocía
por otro nombre. Acabó por dejar el sobre en blanco, y
dijo á su criado que lo entregase al caballero que se hospedaba en la posada y esperase la respuesta. Al leerla se
estremeció de ira. Decía así :

"El señor Bourchier saluda al señor Felipe Bourchier
y tiene la honra de manifestarle que irá á verlo á la hora
que fijó ayer, para conocer su decisión sobre el asunto de
que le habló."

La arrogante manera cómo Daniel asumía el nombre de
"señor Bourchier," á secas, es decir, la jefatura de la familia, llamándole á él "Felipe Bourchier," era una nueva
declaración de guerra. Pero el dueño de la Casa Roja
sabía que sus armas no eran suficientes para permitirle
aceptar el reto y que debía someterse y aceptar las condiciones del pretendiente. Volvió, pues, á su casa y dijo á
su esposa :

—Adelaida, tengo que hablarte.

La buena señora cerró el libro que estaba leyendo y
esperó que su esposo continuase.

—Ya te he dicho quién es ese joven que estuvo aquí
anteayer y ayer.

—Sí, y espero que no nos cause nuevos disgustos.

—Mucho lo temo. Por lo pronto ya se ha encontrado
la certificación legal del matrimonio de Daniel Bourchier.
Yo mismo la he visto.

—¡Felipe! ¿Qué significa eso para nosotros?

—Apenas lo sé, dijo bruscamente. Pero si lo que alega
es cierto, puede significar para nosotros la pérdida de la
Casa Roja.

Su esposa le miró aterrorizada.

—¡ Parece imposible, dijo, después de tantos años !

—Sí, pero aquel maldito viejo, aquel Jaime Boucher, impidió que prescribiese la reclamación, renovándola con sus pleitos ; sin eso nada tendríamos que temer.

—¿ Qué piensas hacer ?

—Sobre eso quiero consultarte precisamente. El reclamante no parece opuesto á un arreglo ; y al decir esto la ira se apoderó de Bourchier, viendo que las circunstancias le obligaban ya á hablar favorablemente de su nuevo amo.

—¡ Oh, págale algo ! ¡ Trata de llegar á un acuerdo con él ! exclamo su esposa. Piensa en nuestros hijos.

—Así lo he hecho. Le he ofrecido una fuerta cantidad, pero impone además algunas condiciones.

—¿ Cuáles son ? Habla pronto.

—Insiste en que reconozcamos su legitimidad, en que lo recibamos aquí como uno de la familia. De lo contrario, acudirá á los tribunales.

Tan natural parecía aquella exigencia que la señora Bourchier no manifestó la menor sorpresa.

—¿ Tienes algo que objetar á ello? preguntó. ¿ Renunciará entonces á su reclamación ?

—Renunciar no, pero podría arreglarse el asunto. Mi objeción está en que con sólo recibirle aquí confieso ya la debilidad de mi causa.

—¿ Qué clase de hombre es ? ¿ Un caballero ?

—Apenas lo sé. Estaba yo demasiado agitado para notar su apariencia ó su lenguaje. Sí observé en él algo que revela al norteamericano.

—¿ Crees que realmente podría echarnos de aquí ?

—Tan seguro como que él es el nieto del viejo pleitista. La última vez que ví á Carson, mi abogado, me preguntó si había tenido más noticias de la rama bastarda de la familia. "¿ Qué sucedería," le pregunté, "si pudiera probarse el matrimonio de Daniel ?" "La propiedad de la Casa Roja," me contestó, "depende de ese matrimonio ; no tengo el menor inconveniente en decírselo á Vd. como abogado, por lo mismo que nunca se presentará la certificación del mismo. Es imposible hallar lo que no existe."

La pobre señora no pudo contener sus lágrimas.

—¡ Oh, qué vergüenza ! dijo. ¡ Pensar que podemos

vernos reducidos á la miseria de un momento á otro! ¿Qué hacer, Felipe, qué hacer?

—El único recurso que veo es acceder á lo que pide y más adelante llegar á una transacción con él.

—¡Hazlo! ¡Eso es! exclamó su esposa. Haz cuanto puedas. Invítalo á venir aquí si lo crees conveniente.

—Así lo creo, Adelaida.

—Pues invítalo desde luego. ¿Cuándo vendrá?

—Le prometí contestarle hoy. Esta tarde estaremos solos. Lo mejor será que coma con nosotros. Enviaré á decírselo.

Gran trabajo le costó pronunciar aquellas palabras; tanta degradación era para él no menos dolorosa y humillante que su mismo crimen. Su esposa no dejó de sorprenderse algo al ver la facilidad y la premura con que se avenía á recibir en su casa á aquel joven que de tal modo iba á modificar su vida entera y la de toda su familia.

—Haz lo que juzgues mejor, dijo. Le recibiré con buen ánimo y representaré mi papel lo mejor que pueda.

Su esposo la besó cariñosamente y fué á la biblioteca á escribir aquellas líneas que significaban su capitulación.

Pero al ceder entonces no se proponía en manera alguna continuar toda la vida á merced de aquel hombre. Se trazó una línea de conducta y resolvió recibirle, reconocerlo como primo suyo, disimular el disgusto que le causaba su presencia, permitir que el mundo llegase á mirarlos como amigos y proveerlo de dinero por algún tiempo. Procuraría averiguar quién era aquel misterioso testigo de Manders, y una vez conocido su nombre, embarcarlo para el fin del mundo ó disponer de él de cualquiera otra manera, para poder volverse por fin contra su verdugo, provocarlo y despedirlo de allí á puntapies, retándolo á que se vengase. Su historia la considerarían todos entonces como un acto de maliciosa venganza, como la invención de un impostor descubierto. La necesidad impone á veces extraños compañeros, que pueden ser enviados enhoramala llegada la ocasión. Cuanto más pensaba en su plan más practicable le parecía; sólo necesitaba esperar con paciencia, para demostrar á Daniel Bourchier, ó quienquiera que fuese aquel hombre, que había firmado su propia sentencia al empeñarse en seguir allí, viviendo en terreno enemigo.

—El verdadero Daniel Bourchier hubiera podido hacerlo, se dijo amargamente al escribir la invitación. Pero
como éste es un impostor, su presencia aquí es por su parte
una locura ó una necedad.

Esta segunda nota fué dirigida "al señor Daniel Bourchier" sin la menor vacilación, y la alegría del joven al
recibirla no tuvo límites. Comprendió que había triunfado
en toda la línea, y á no ser por la delicada prueba que le
aguardaba aquella noche hubiera celebrado su victoria con
repetidos tragos de aguardiente. Sin embargo, se dijo que
en los momentos de entrar en un terreno nuevo para él
importaba proceder con cautela; sin contar que tenía que
habérselas con un enemigo artero y nada escrupuloso.
Descuidando las precauciones, la victoria de hoy podía convertirse mañana en derrota. Cercana ya la hora fijada se
vistió cuidadosamente de toda etiqueta, no sin felicitarse
por su previsión al incluir en su equipaje el ceremonioso
frac. Había aumentado grandemente su confianza en sus
propias fuerzas; lo más difícil estaba hecho; lo restante
nada era para un hombre hábil. Al llegar á la verja de
la finca se volvió, y no temiendo ser observado porque
había obscurecido ya, pareció despedirse de una persona
imaginaria.

—Querido Jorge Manders, dijo, tenemos que separarnos
aquí, á la entrada de la casa señorial de mis abuelos. Adiós,
Jorge. Me acordaré siempre de tí con cariño porque has
sido un buen amigo para Daniel Bourchier; pero aunque
nos separamos afectuosamente, mi propio interés me obliga
á desear y esperar que nunca sigas mis pasos, ni me hagas
confesar que te conozco, ni te presentes cuando menos
cuenta me tenga. Adiós para siempre.

Recorrió la avenida que llevaba á la casa, llamó y fué
anunciado ceremoniosamente en la sala, con el nombre de
Daniel Bourchier, por el mismo criado que dos días antes
había recibido orden de acelerar su partida. El tal Bautista había aprendido en buena escuela y no manifestó la
menor sorpresa. Sólo allá por las cocinas puede permitirse
comentarios un criado de buena casa.

Daniel, ya que así se hacía llamar, temía naturalmente
que en aquella su primera visita predominasen cierta tiran-
tez y frialdad. Pero no fué así: el señor Bourchier se

mostró perfectamente cortés, le manifestó el placer que
tenía en volver á verle y le alargó la mano con su reserva
habitual, ni más ni menos que si se tratase de un nuevo
conocido. Después lo presentó á su esposa y á sus hijas.
Cruzáronse algunas frases sobre el estado del tiempo, el
aspecto de los campos y la precipitada pendiente de las
colinas cercanas, y se anunció la comida. El dueño de la
casa se dirigió primero al comedor dando el brazo á sus dos
hijas, y Daniel le siguió conduciendo á la señora Bourchier.
Sentíase muy complacido de la manera cómo su primo
había empezado á cumplir la parte del contrato que le correspondía, resolvió hacer la situación lo más agradable posible por su parte y casi llegó á persuadirse de que sentía
naciente afecto por sus nuevos deudos.

Á imitación de los viajeros que llegan á un país desconocido para ellos, empezó por darse cuenta de lo que le
rodeaba. Como los comensales eran pocos se sirvió la
comida en una habitación pequeña. Todo era de buen
gusto, sin ostentación, con escasas apariencias de riqueza.
Gran sorpresa ésta para Daniel, quien se imaginaba que
personas de aquella posición sólo podían usar vajillas de
oro y plata. Culpa era de su educación la ignorancia en
que estaba del alto valor de las porcelanas y del cristal
tallado que abundaban en aquella estancia, de los cuadros
colgados en las paredes y de las antiguas piezas de plata
que adornaban la mesa, porque Felipe Bourchier era hombre
de gusto exquisito. De los objetos inanimados pasó Daniel
á lo que comprendía mejor, á las personas. No le interesaba mucho su huésped, sentado á la cabecera de la mesa,
con sus bien modeladas facciones y sus maneras fríamente
corteses ; sabía de él cuanto había que saber, hasta el punto
de que empezó á beber su vino con algún temor, convencido
de que si Bourchier pudiese envenenarlo impunemente,
lo haría sin la menor vacilación. El gran objeto de su
curiosidad y de sus reflexiones eran las tres señoras. La
dueña de la casa estaba sentada á su izquierda, Josefina á
su derecha y Mabel enfrente. Gustábale el semblante de
la señora Bourchier, que le hablaba con bondad y simpático acento. No sólo lo hacía ella así para representar
el papel que se había impuesto, sino porque le era naturalmente imposible tratar con indiferencia ó como una de

tantas visitas de la casa al hombre que tenía en sus manos
la suerte de su esposo, de sus hijos y de ella misma. Difícil le hubiera sido á Daniel decir si admiraba ó no á la joven
que ocupaba el asiento opuesto al suyo. Era hermosa indudablemente, pero su rostro le recordaba demasiado el
del señor Bourchier. En cambio, respecto de Josefina no
había duda posible.

—Es lo que se llama una linda muchacha, decíase el
joven. No es una reina, como Frances, pero sí tan bonita.
Y resolvió hacer todo lo posible para caer en gracia á
Josefina.

No sería exagerado decir que el elemento femenino de
la familia examinaba al nuevo pariente con atención todavía mayor que la que éste les dedicaba. La señora de
la casa apenas sabía qué pensar de él ; pero era joven, parecía atento y de buen natural y esperaba que las cosas
irían por buen camino. Mabel admitía que era bien parecido y que se hallaba entre ellos como un hombre acostumbrado á la mejor sociedad ; y sin embargo, se decía, á no
haber nacido Bourchier, jamás le hubiera tomado por un
caballero. Josefina empezó por sentirse muy cortada en
presencia del joven, y después se puso á admirar sus ojos
y sus correctas facciones, preguntándose á cuál de sus
héroes favoritos se parecería por su carácter y si sería
experto jinete. Sentía gran curiosidad por saber cuanto
se refería á su nuevo primo, cuya existencia no había sospechado hasta aquella misma tarde. Á las niñas sólo se les
había dicho que era su primo, nada más ; no sospechaban
por lo tanto que pretendía tener el derecho de arrojarlos
á todos de aquella casa. Nada vieron de extraordinario en
la aparición de un primo ignorado hasta la fecha, pues
sabían que existían descendientes numerosos del primer
Roberto Bourchier en diversos países y suponían que el
recienllegado era uno de ellos.

Daniel representó bien su papel. No cometió graves
deslices en la mesa y cuando empezó á hablar no tardó en
decir algo sobre su educación norteamericana y su anterior
modo de vida, circunstancias que sirvieron de excusa para
solecismos de menor calibre. Poseedor de un gran espíritu
de imitación, sabía que muy pronto aprendería los detalles
y menudencias indispensables para obtener completo éxito

en la nueva vida en que entraba. Su buen sentido le hizo prescindir de toda afectación ; les dijo con la mayor naturalidad que su padre se había ganado la vida con su trabajo en el Nuevo Mundo y que hasta poco antes él mismo había creído tener que trabajar toda su vida, como su padre. Fué aquella la única alusión que hizo al reciente cambio ocurrido en su suerte y sólo el señor Bourchier y su esposa la comprendieron. Indiferentes como parecían aquellas palabras, enfurecieron al uno y atemorizaron á la otra.

—¿ Hace mucho que murió su padre ? preguntó la señora Bourchier.

—Muy corto tiempo, unos tres meses, dijo Daniel, visiblemente afectado.

—¿ Cómo murió ? preguntó bondadosamente la señora.

—Víctima de un accidente casual ; y al decir esto miró á Bourchier, cuyo rostro sólo expresaba la seriedad que exigían las circunstancias.

—¿ No tiene Vd. madre ? continuó la señora Bourchier.

—¿ Ni hermanas ? añadió Josefina, que había recobrado el uso de la palabra.

—Ni madre ni hermanas. Estoy solo en el mundo, contestó Daniel, apelando á la simpatía de sus oyentes con un ligero suspiro. Completamente solo. Creo que son Vds. los únicos parientes que tengo.

La conversación continuó durante la comida y el parecer de las señoras fué favorable al nuevo primo. Era atento y cortés y parecía ansioso de agradar al señor Bourchier. Habló á las jóvenes con desembarazo y naturalidad, aunque sin revelar familiaridad alguna á pretexto del parentesco. Cuando el señor Bourchier le dirigía la palabra, Daniel se mostraba tan respetuoso como debía serlo un joven respecto de un anciano y de un hombre de alta posición. Comenzó, pues, con buen pie, y cuando las señoras dejaron la mesa y pudieron hablar de él á solas se vió que les merecía muy lisonjera opinión.

Momentos de prueba para ambos enemigos aquellos que pasaron solos en el comedor, entre el vino y los postres. Bourchier cumplió como buen anfitrión, ofreciendo á su comensal las botellas de vinos y licores, pero por algún tiempo reinó el silencio. Daniel fué el primero en romperlo, animado por el buen éxito de sus planes.

—¿Mandará Vd. á buscar mi equipaje esta noche, ó prefiere Vd. que me instale aquí mañana?

—¿Cuánto tiempo se propone Vd. honrarnos con su compañía?

—¿Supongo que pensará Vd. regresar pronto á Londres?

—Dentro de una ó dos semanas.

—Pues de todos modos, estaré aquí hasta entonces.

El señor Bourchier se inclinó.

—Se trata de saber si quiere Vd. que me instale aquí esta noche ó mañana. Una noche más ó menos poco significa.

—Es Vd. muy amable. Pero desde el momento en que insiste en venirse á mi casa, lo mismo me da un día que otro.

Daniel se sonrió y vació una copa.

—Pues entonces, dijo, me quedaré aquí esta noche. ¿Quiere Vd. enviar por mi equipaje á la posada?

Bourchier llamó y dió las órdenes necesarias al criado.

—Repito, continuó el joven, que no quiero ser demasiado exigente con Vd. Más adelante se convencerá de que no soy tan malo como parezco.

—¿Un poco más de vino? preguntó Bourchier, conteniéndose para no contestar con violento sarcasmo á las últimas palabras de Daniel.

Este dió las gracias sin aceptar y manifestó que estaba pronto á seguir á su interlocutor.

—Un momento, dijo éste; supongo que no tendrá Vd. inconveniente en dejarme ver esos documentos que prueban la legitimidad de Jaime Bourchier.

—Con mucho gusto; y sacando una elegante cartera le entregó todas las certificaciones excepto dos: la del nacimiento de Frances y la del fallecimiento del niño Daniel.

Bourchier las examinó y se las devolvió en silencio. Los ojos de Daniel revelaban completo triunfo al guardarlas otra vez en su cartera. Bourchier se levantó y se le acercó.

—Óigame Vd. bien, le dijo en voz baja y dura. Vd. se me ha impuesto. Por razones que Vd. sabe me veo

obligado á permitir que alterne Vd. con mi familia. Pero
pronuncie Vd. una sola palabra algo ligera, falte Vd. una
vez siquiera á la cortesía y al respeto que debe á mis hijas
y lo mato á Vd. con mi propia mano, aceptando gustoso
todas las consecuencias. ¿Me ha comprendido Vd.?

—¡Oh, sí, perfectamente!

—¿Y sabe Vd. que lo haría como lo digo?

—¡Pues ya lo creo que lo haría! Ahora mismo me
mataría Vd. si pudiese hacerlo á mansalva.

—No vacilaría un momento. Y si la ocasión se presenta, lo haré. Ya está Vd. advertido.

Daniel, que nada tenía de cobarde, se echó á reir.

—Franqueza digna de elogio, contestó. Pero no me
importa. Ya cuidaré yo de que no se presente esa ocasión,
por muy listo que Vd. ande. Y eso que ahora andará Vd.
más despierto que nunca.

Bourchier, sin contestar, precedió á su huésped á la sala,
donde dijo á su esposa que Daniel dormiría aquella noche en
la casa y continuaría residiendo allí hasta nuevo aviso.
Manifestó ella cuánto se alegraba, dió gracias al joven por
haber aceptado una invitación hecha á tan corto plazo y
prometió hacer todo lo posible para que su permanencia en
la Casa Roja le fuese muy agradable. Decíase que un
tanto de atención y cortesía producirían siempre buen efecto
y servirían de mucho cuando se tratase de llegar á un acuerdo. Además, ningún esfuerzo le costaba mostrarse atenta
con el joven, que hasta entonces no la disgustaba en manera alguna.

El señor Bourchier, tan preocupado durante todo el día
que no había tenido tiempo de leer su correspondencia, dejó
el salón prometiendo volver antes de una hora. Entonces
Daniel resolvió ganarse las simpatías de madre é hijas con
el mayor de sus atractivos, su hermosa voz. Convertido
ya en huésped de la casa por tiempo ilimitado, dió á la
conversación un giro más familiar, aunque siempre irre-
prensible. Manifestó gran interés en la historia de la familia, pues su educación en este particular, dijo riéndose,
había sido lamentablemente descuidada. Sus preguntas le
hicieron muy simpático á la altiva Mabel, que se sabía de
memoria la historia genealógica de los Bourchier; y fué
por cierto un milagro que no preguntase de cuál de éstos

descendía Daniel. Escuchó él atentamente las explicaciones que le dieron, y agotado el asunto, pidió un poco de música. Tocó Mabel, cantó Josefina y su primo las aplaudió, pero sin mostrar gran entusiasmo. Ninguna de ellas pensó siquiera en preguntar si aquel pariente, dedicado al comercio en los Estados Unidos, conocía la música. No así la dueña de la casa.

—Quizás el señor Bourchier toque ó cante, dijo.

—¿Canta Vd.? le preguntó Josefina, disimulando una sonrisa al pensar en lo absurdo de su pregunta.

—Un poco. Probaré, si Vds. gustan.

Se levantó y se dirigió al piano, mientras Josefina hacía una señal á Mabel, como preparándola para el mal rato que iban á pasar.

Pero Daniel se sentó al piano y sus dedos recorrieron el teclado como si estuviera muy acostumbrado á aquel ejercicio; después, con suprema sorpresa de sus oyentes, se elevó su vigorosa voz de barítono, produciendo melodías nunca oídas hasta entonces en el salón de la Casa Roja. Su canto, aunque no á la altura del de un gran artista, era inmensamente superior á los esfuerzos de simples aficionados. Sus oyentes quedaron encantadas; rogáronle una y otra vez que continuase y él, más que dispuesto á complacerlas, cantó sin una nota de música delante, el repertorio ordinario de un artista. Majestuosos cantos sagrados unos, patrióticos y arrebatadores otros, apasionadas romanzas de amor, durante las cuales arriesgó una ó dos miradas dirigidas á Josefina, que hicieron palpitar el corazón de la romántica niña. Tanto madre como hijas, y sobre todo la menor de éstas, se hallaban vivamente complacidas. Todas eran muy aficionadas á la música; y si el lector también lo es, ó si ha oído á un buen artista, no en un salón de conciertos sino en la sala de una casa particular y ha observado la transformación que su arte opera en un hombre que quizás hasta aquel momento le había parecido insignificante y vulgar, comprenderá la sensación que produjo el canto de Daniel en aquel salón. Con una voz como la suya el sér más adocenado hubiera parecido interesante; cuanto más tratándose de un joven alto y buen mozo, de ojos negros, pálido rostro y rodeada su persona de cierto misterio; un apuesto galán que contaba en realidad veinte y cuatro años,

pero que por razones particulares decía no tener veintiuno
todavía. ¿Qué mucho que las señoras, aun la misma Mabel, subyugadas por los encantos de aquella voz, empezaran
á creer que la compañía de Daniel iba á ser para ellas una
verdadera felicidad?

Muy larga fué la hora que el señor Bourchier se propuso dedicar al despacho de su correspondencia. Ó las
cartas resultaron más importantes de lo que él se figuraba,
ó bien no sentía la menor prisa por verse otra vez en presencia de Daniel. Era casi hora de retirarse cuando se
presentó en la sala y el lector puede imaginarse lo que
sintió al ver á los tres jóvenes cantando juntos, de una
manera muy digna de aplauso y en términos de la mejor
inteligencia. También tuvo que dominarse lo más que
pudo cuando sus hijas empezaron á elogiar á porfía el tesoro
musical que acababan de descubrir. De nada podía culpar-
las, ni era hacedero prohibirles que cantasen con su nuevo
amigo; pero resolvió vigilar muy de cerca las relaciones
de éste con sus adoradas hijas.

Al separarse aquella noche se acercó á Daniel y le dijo
en voz imperiosa y baja:

—Acuérdese Vd.

Daniel contestó con una breve inclinación de cabeza y
se dirigió alegremente á su cuarto, tarareando la última
romanza de amor que había cantado. Antes de acostarse
tuvo la precaución, además de cerrar la puerta con llave,
de reforzarla bien con un par de sillas. Y tanto al dormirse como al despertar por la mañana, se sonrió socarro-
namente al pensar en el buen éxito de sus planes, que por
lo pronto le habían convertido en huésped honrado de su
enemigo, bajo cuyo techo podría permanecer todo el tiempo
que quisiese.

Allí continuaba dos semanas después. Había indicado
á la señora Bourchier que pensaba permanecer con ellos
hasta el regreso de la familia á Londres, algunos días más
tarde; y como él también se proponía volver pronto á la
capital, añadió que allí volverían á verse algunas veces, si le
permitían visitarlos. Ella, que hasta entonces nada había
notado que pudiera infundirle desconfianza y á quien era
simpático el carácter de Daniel, le invitó cordialmente á su
casa de Londres. La pobre señora anhelaba que se conclu-

yese y fírmase pronto algún acuerdo conducente á la renuncia de sus derechos sobre la finca, pero su esposo nada le dijo sobre el particular. Es más ; la sola mención del nombre de su huésped le era evidentemente tan desagradable, que su esposa apenas le hablaba de él. También ella tenía sus planes y creía que al cabo de algún tiempo sería más fácil que entonces hallar una solución satisfactoria. Después de todo, Daniel era un guapo mozo, ella sabía de labios de su marido que la finca era realmente de Daniel ; ¿ qué mejor arreglo que un matrimonio ? No era imposible que Mabel ó Josefina. . . . Al llegar aquí cortaba bruscamente el hilo de sus reflexiones y se reprendía á sí misma, diciéndose que ninguna de sus hermosas hijas tomaría jamás por esposo á un hombre tan inferior á ellas por su educación y por su clase.

Muy monótona hubiera sido aquella vida campestre para Daniel sin la ocupación á que asiduamente se dedicaba : hacer la corte á Josefina. Por rigorosa que fuese la vigilancia de Bourchier, éste no podía estar siempre con ellos. Cada vez que Daniel cambiaba con las jóvenes algunas frases que no fuesen los más banales cumplimientos, en presencia de su padre, una significativa mirada de éste le revelaba su disgusto ; pero como todo gran propietario, tenía que atender á muchos asuntos que á veces le obligaban á ausentarse. Por fortuna para Daniel, montaba á caballo aceptablemente, ya que no con la perfección de un hidalgo inglés ; y no pudiendo Bourchier prohibir á derechas que sus hijas paseasen á caballo acompañadas de su propio huésped, resultaba que Daniel era el constante compañero de aquéllas en sus diarias cabalgatas. Unas veces iba con ellos el señor Bourchier y otras no, y en este último caso el joven aprovechaba el tiempo todo lo posible. Su conversación y sus maneras eran tan diferentes en ausencia de su padre, que las jóvenes convinieron en que su primo tenía un miedo cerval al señor Bourchier. Josefina le bromeó un día sobre ello, y no pudo menos de notar la sonrisa especial con que el joven confesó alegremente la verdad de aquella suposición. Su conducta con las jóvenes en presencia de su padre era tan respetuosa, tan natural y exenta de toda galantería, que los temores de Bourchier por ese lado iban desvaneciéndose rápidamente ; y cuando hubieron pasado días y días sin la menor causa de queja ni sospecha, acabó por dejar solos á los primos, que siguieron cabalgando, tocando el piano y cantando juntos. Hicieron después excursiones á los puntos de interés de la comarca; y por lo menos para una de las lindas excursionistas el tiempo se deslizaba tan aprisa que empezó á deplorar el ya cercano regreso á la ciudad. Felipe Bourchier nada sospechaba. Su enemigo era demasiado hábil para dejarle ver un solo eslabón de la más sólida de todas las cadenas con que le iba sujetando firmemente.

Pocas personas fueron á la Casa Roja aquellas últimas semanas; á excepción de una pequeña comida que dieron los Bourchier, no hubo más que las visitas de costumbre. Lord Royal y su esposa y dos ó tres hacendados vecinos, acompañados de sus esposas, de sus hijas y de uno ó dos hijos para equilibrar en lo posible el contingente de uno y otro sexo, fueron los comensales de aquella comida. Objeto de gran interés para todos ellos fué Daniel, cuya presentación se hizo en debida forma. Todo residente del campo que se respete tiene que saber la historia detallada de sus vecinos, de modo que la presencia del joven primo causó sensación y abundaron las suposiciones sobre la rama de los Bourchier que representaba. Su triunfo en aquella comida fué completo; estuvo animadísimo, y cuando según la costumbre inglesa se retiraron de la mesa las señoras, entretuvo grandemente á los comensales con sus chispeantes historietas, sin caer ni por un momento en la vulgaridad. Más tarde, cuando cantó, el parecer unánime fué que tenía una voz portentosa. Bourchier, por lo contrario, parecía muy abatido, y no contribuyeron á mejorar el estado de su ánimo los elogios que le dirigió Lord Royal por el valor que había demostrado en su reciente encuentro nocturno; pues naturalmente, suceso de tal magnitud tenía que vivir largo tiempo en la memoria de aquellas buenas gentes del Vesire. Contestó lo más brevemente que pudo á las preguntas de Lord Royal, porque le pareció ver una expresión burlona en los ojos de Daniel. Sin embargo, no dejó de sentir ligera gratitud hacia éste cuando le vió cambiar diestramente el tema de la conversación y empezar á referir una chistosísima aventura yankee, que hizo temblar de risa el gigantesco cuerpo de Lord Royal. Por lo demás, nada grata debió ser para Bourchier la insistencia de todos sus invitados en elogiar á Daniel, asegurando que era lo más simpático del mundo.

También las señoras se pusieron todas de su parte ; y la anciana y bondadosa Lady Royal, que probablemente cogió al vuelo alguna de las miradas cambiadas entre los jovenes á espaldas de Bourchier, tocó ligeramente la mejilla de Josefina, diciéndole muy bajito :

—Primos hermanos, querida. No puede ser.

Al oirlo la tontuela se puso como una amapola, y Daniel, que adivinó lo que aquel rubor significaba, tembló al pensar que el padre de la niña podía notarlo también é indagar la causa.

Á los quince días de su instalación en la Casa Roja se le presentó una de las raras ocasiones que tenía de hablar á solas con Josefina. Asuntos de la magistratura tenían ausente á Bourchier, Mabel se había retirado á su cuarto con un dolor de cabeza y la señora de Bourchier con su hija menor se hallaban en el gabinete, procurando pasar el tiempo lo mejor posible. Daniel entró, sonriente y apuesto.

—¿Supongo que no hay esperanzas de dar un paseo á caballo esta mañana? preguntó.

—No, Mabel tiene dolor de cabeza, dijo Josefina.

—¿Quiere Vd. pasear por los jardines y visitar los invernaderos? Está el día demasiado hermoso para permanecer encerrada en casa.

La mirada de la joven se encontró con la de los suplicantes ojos de Daniel, aquellos ojos que á ella le parecían tan hermosos.

—¿Puedo ir, mamá? ¿Me necesitas?

—No ; ve si quieres, querida.

No veía la menor objeción á que los primos diesen juntos un paseo ; como tampoco vió la expresión de triunfo en el rostro de Daniel cuando cerró la puerta tras Josefina, que fué á buscar su sombrero.

—¿Volverá pronto el señor Bourchier? preguntó con indiferencia, pero en realidad muy deseoso de saber el paradero exacto de aquél.

—No creo que pueda hallarse de regreso antes de dos horas.

—Terrible tarea, en mi opinión, la de estar encerrado en día como éste, sentenciando vagos y merodeadores.

—En todas las profesiones hay deberes desagradables que cumplir.

—Pues entonces declaro que yo no sirvo para ellas. Lo único que pido es completa libertad y unos cuantos centenares de libras al año. Con eso sería feliz.

Muy agradablemente resonaron estas palabras en los oídos de la dama, y no menos grato le pareció el acento con que habían sido pronunciadas. Ambas cosas le indicaban que si la espada supendida sobre ellos llegase á caer, heriría muy ligeramente. Dirigió á Daniel una mirada de gratitud y muy complacida le vió cruzar por los jardines en compañía de su hija. Nada había observado hasta entonces que exigiese su intervención, y estaba casi resuelta á dejar que los sucesos que preveía siguiesen su curso, á pesar de la evidente antipatía de Bourchier hacia su huésped.

Josefina y Daniel empezaron su paseo por los bien cuidados jardines, visitaron el magnífico cedro, orgullo de la finca, rodearon el estanque de los peces y después de consultar el antiguo reloj de sol llegaron á la primera línea de las estufas. La joven miraba de soslayo á su acompañante, quien habló poco al principio. Josefina se sentía últimamente muy tímida con Daniel; la presencia del joven la imponía. En aquel momento le parecía esbelto y valiente; pensaba cuán hermosos colores tomaban cielos y tierra cuando se hallaba en su compañía, y cuán dulce era entonces el canto de los pájaros. Lo que no podía imaginarse era el hado á que la conducía el sendero que en aquellos momentos pisaba.

Recorrieron los invernáculos, los criaderos de orquídeas y pasearon bajo los emparrados, deteniéndose aquí y allá para admirar una flor, rozándose á veces sus dedos al levantar, para contemplarlo mejor, un capullo más hermoso que sus compañeros. Entraron después en la estufa de las orquídeas, donde las plantas crecían en largas hileras que se entrecruzaban en todas direcciones, formando verdaderas mamparas de flores que ocultaban casi por completo el mundo exterior. Sentados los jóvenes en uno de los repechos de piedra, empezaron á hablar, y entre todos los temas imaginables eligió Daniel el de la historia de la familia.

Tanto Josefina como su hermana ignoraban totalmente el lugar verdadero ó supuesto que el **joven** pretendía ocupar en el árbol genealógico. Daniel se proponía decir entonces á la joven qué línea de sus ascendientes representaba él; **y** como preliminar le tomó una mano, que ella no retiró . . . porque eran primos.

—Josefina, deseo comunicar á Vd. un secreto que me concierne.

Aquella frase bastó para que la imaginación de la joven **se** lanzase á todo vuelo; de seguro, pensó, Daniel iba á confesarle alguna aventura romántica; alguna acción de que entonces se arrepentía sinceramente; algo quizás que había tendido negro velo sobre su vida. Porque casi todos los héroes de Josefina tenían negros velos en sus vidas; obscuros nubarrones que empezaban á disiparse hacia la mitad del tercer volumen y que desaparecían completamente **al** final de la novela.

—¿Sabe Vd. á qué vine yo aquí, **Finita?** dijo, atreviéndose á llamarla con aquel diminutivo cariñoso que le daba su familia.

—Supongo que **á ver á sus primas,** contestó ella riéndose.

—No, vine á expulsarlos á todos **Vds. de** su casa, á reclamar **como** míos los bienes de su padre y á sumirlos á Vds. **en la** indigencia. Pero *ahora*, Finita, nada de eso haré.

No hubiera podido pronunciarse aquel "ahora" de una manera más significativa. La joven apenas lo notó, asombrada como estaba ante aquella afirmación del joven.

—¿Qué dice Vd.? exclamó. ¿Expulsarnos de **Casa** Roja? ¿Á nosotros, á los Bourchier?

Entonces Daniel le refirió la historia completa, todo lo concerniente á la rama mayor, cuyo tronco era Daniel Bourchier, y lo relativo á la serie de pleitos, de los cuales algo había oído hablar ella. Naturalmente, aquella historia que él tenía muy bien preparada resultaba mucho más conmovedora é interesante que la realidad y Daniel aparecía ser el héroe de aquella novela, realzada por la manera como él la refería. Después pasó á decir cómo su corazón se desgarró al contemplar la próxima consternación y desdicha de aquella familia; **cómo** luchó consigo mismo, y cómo por último resolvió renunciar los derechos que le daba su nacimiento, limitándose á reclamar sólo lo necesario para vivir con decencia, insistiendo únicamente en que se reconociese su legitimidad. Al llegar á aquel punto la conmovida joven murmuraba entre sus lágrimas : "¡Noble, bueno y noble!" y se decía que el hombre que junto á ella se hallaba era el héroe más sublime y más generoso que había existido en la tierra. ¡Pobre niña!

—¡Y papá sabía todo eso! dijo. ¡He ahí la causa de su desvío hacia Vd.!

Y estrechó entre sus manos las de su primo, para consolarlo de aquella injusticia y manifestarle su admiración. Josefina había encontrado á su héroe.

—Sí, dijo él bondadosamente ; pero no le culpo. Á duras penas podría manifestar cordialidad hacia un hombre á quien consideraba su enemigo, y que un tiempo lo fué en realidad ; pero no *ahora.*

Otra vez aquella palabra intencionadísima.

—¿No adivina Vd. por qué renuncié á mis primeros propósitos? continuó, acercándose mucho á la joven.

Si ésta lo acertó, no lo dijo ; pero se estremeció ligeramente y el rubor invadió su rostro.

—Fué por tí, por tu amor, adorada mía. Tú has salvado de la ruina á tus padre, á tus hermanos, á todos. ¡Dame un beso, Josefina, y díme que me amas!

La estrechó entre sus brazos y la besó apasionadamente, porque en realidad amaba á la joven, ó al menos creía amarla. Aunque ella era lindísima, Daniel se había identificado de tal modo con su papel que en aquel momento le parecía haber hecho en efecto grandes sacrificios por amor á Josefina.

Nada extraño que ella le creyese, que reclinase su cabeza sobre el hombro del galán y le diese el beso solicitado, diciéndole que creía haberle amado desde que le vió por primera vez, y sintiéndose profundamente dichosa por haber conquistado tan noble corazón. Tenía doble derecho á ser feliz, porque al unirse con aquel joven no sólo obedecía al amor que la embargaba, sino que confería también inestimables beneficios á su familia.

Parecíale que hombre capaz de semejante acto de abnegación no había de pedirle cosa que ella no pudiese conce-

derle; prometióle, pues, guiarse en todo por él y conservar
secreto su amor por entonces, ocultándoselo no sólo á su
hermana sino aun á su misma madre.   Acordaron que
Daniel seguiría tratándola con la indiferente cortesía de
siempre en presencia de su padre.   Le prometió amarlo
siempre, siempre . . . ¿no era acaso su ideal, su héroe? Y
entonces, próximo ya el regreso de Bourchier, el aventurero
la acompañó hasta la casa.   En aquel momento era Josefi..
la mujer más feliz del Reino Unido.

Daniel, aunque un bribón de marca, era joven y se sentía atraído hacia la hermosa niña cuyo corazón acababe de
conquistar.

—Muchacha adorable y linda de veras, se decía.   No
veo razón para que no seamos siempre muy felices; la
quiero con verdadera pasión y voy creyendo que acabaré
por verme sólidamente instalado en esta casa.

Pero por lo pronto aquella noche reforzó su puerta con
más muebles que de costumbre.   Convenía ponerse en
guardia por si Bourchier llegaba á averiguar de alguna
manera el acontecimiento de aquel día y se le venía encima
sin cuidarse de las consecuencias.   Pero nada de particular
ocurrió al día siguiente ni en los sucesivos.   Comenzó la
emigración de los que veraneaban en el campo y Daniel
salió también de la Casa Roja para la ciudad veinte y
cuatro horas antes que el resto de la familia, prometiendo
ir á visitarlos muy pronto en Londres.   El señor Bourchier
despidió al viajero con la mejor voluntad del mundo.

¿Cómo se arreglan esos libertinos, esos persuasivos bribones, para conseguir que una joven honrada, cuya educación nada deja que desear, dé un mal paso, sabiendo que
comete una mala acción?   ¿Cómo consiguen verse clan-
destinamente con sus víctimas, sostener una correspondencia oculta é inducirlas á consentir por último en un matrimonio secreto?   Problema es éste ajeno á la comprensión
de los honrados padres de familia, de todos los que nos
hemos unido á la mujer amada en plena luz, con todas las
ceremonias y los requisitos de costumbre.   Nada sabemos
sobre la manera cómo se consuman tales fechorías; lo que
nos consta es que ocurren de vez en cuando.   Apenas se
comprende que una joven, á instancias de un seductor cualquiera, abandone su casa, sus padres, los amigos que la han

querido desde la niñez, para confiar su porvenir, sin reserva ni precaución de ninguna clase, al hombre á quien ama.

Josefina podía tener alguna excusa. Era romántica, iba á casarse con un héroe, se sacrificaba por la felicidad de su familia. El secreto duraría poco, decíase ; cesaría tan luego tuviese en su dedo el anillo nupcial ; y sobre todo, Daniel lo quería así. Quizás suspirase en secreto por el ramo de azahares de la desposada, por la canastilla de bodas y demás accesorios acostumbrados. Pero inmediatamente después de celebrado el matrimonio se proponían anunciarlo ; es más, irían á pasar la luna de miel á Casa Roja, la quinta de su padre. De nada tendrían que avergonzarse.

Con estos y parecidos argumentos acalló Josefina la voz de su conciencia ; y por fin un hermoso día, á fines de Mayo, la señora de Bourchier se presentó á su marido, temblando y con una carta abierta en la mano.

—Estoy muy ocupado, Adelaida, le dijo él con impaciencia.

Pero su esposa le entregó la carta sin pronunciar una palabra. Era de Josefina. Una carta penitente, á la vez que triunfante. Se había casado con Daniel aquella mañana. Estaban en la Casa Roja, donde permanecerían algún tiempo. Sentía muchísimo haberles ocultado aquel paso, pero Daniel se lo había contado *todo ;* y estaba segura de que papá los perdonaría de todo corazón, á su esposo y á ella, cuando supiese cuán generosamente estaba dispuesto á conducirse Daniel *en el asunto.*

Felipe Bourchier leyó aquella carta fatal de la cruz á la fecha. En tanto su esposa aguardaba ansiosamente que manifestase su parecer, no sin decirse que el curso de los sucesos era en definitiva el más conveniente para todos. Su marido puso por fin la carta sobre la mesa de la biblioteca, le dirigió una mirada que le heló la sangre en las venas, y pronunció algunas palabras : una blasfemia horrible que la hizo temblar. Después extendió los brazos y cayó sin sentido sobre la mesa, manchada con la sangre que brotaba de su boca.

Su castigo había empezado.

CAPÍTULO IX

Estamos otra vez en primavera, y han pasado tres años desde los sucesos últimamente referidos. No nos rodea el verde de los prados, sino el de las olas; de esas olas pequeñas, turbulentas, que se lanzan en todas direcciones y que convierten al Canal inglés en terror de los viajeros. El vapor de Newhaven acaba de salir del puerto de Dieppe y sus pasajeros se preparan á gozar del viaje, ó á pretender que gozan de él y á soportarlo de la mejor manera posible. Todo depende de las condiciones marineras de cada cual, de su aptitud para sobrellevar las tretas de Neptuno; porque sopla un viento fresco y aunque no está la mar muy alborotada, basta para que los camareros de á bordo comprendan que habrá gran demanda de sus servicios.

Los vapores destinados á la carrera del Canal no son de muy grandes dimensiones, porque la rada de Dieppe no permite la entrada á barcos de mucho tamaño. Sin embargo, á pesar de lo largo de la travesía, es sorprendente el número de viajeros que prefieren la vía de Dieppe á la más corta de Calais y Douvres. El viaje desde París en ferrocarril es mucho más breve por la primera vía, y mientras los viajeros están en tierra afirman unánimes que prefieren con mucho el vapor á los reducidos vagones de los ferrocarriles franceses; pero á no ser buenos marinos, se arrepienten y se desdicen de aquella opinión á poco de embarcados, y pasan el resto del viaje por mar ansiando divisar las blancas rocas de la costa opuesta, como las divisan los que van por la vía de Calais casi desde el punto y hora en que se embarcan.

Sin embargo, una vez á bordo todo arrepentimiento es tardío, y hay que resignarse durante siete, ocho, nueve horas, las que sean. El vapor cabecea que es un contento, saltan y azotan las olas sus costados y se apresuran á borrar la blanca estela formada á popa. De vez en cuando una ola más osada y mayor que sus compañeras logra rebasar la proa del buque, para caer convertida en menuda y espumosa lluvia, y aun á veces consigue colarse á bordo, remojando á los pasajeros de proa y yendo á morir, en casi imperceptibles partículas, allá á mitad del barco. Hermoso día para navegar á la vela, de esos en que los botes pilotos arrían sus foques y corren ante el viento con las velas mayor y de trinquete, mojadas hasta una altura de dos ó tres pies.

Muchos pasajeros llevaba el vapor el día de que hablamos ; hombres y mujeres de todos los tipos y condiciones y en todos los grados de comodidad y de sufrimiento. Iban unos á sus anchas, otros había empeñados en parecer tan serenos como aquéllos, algunos que aun sabiendo lo que les esperaba luchaban contra su destino inevitable, y no pocos que sucumbían al primer embate y ocultaban sus ansias en los estrechos camarotes instalados sobre cubierta. Como sólo dos pasajeros nos interesan, prescindiremos de todos los demás.

Era el primero un joven alto, de tipo inglés muy marcado aunque sin llegar á la exageración. De unos veinte y cuatro años de edad, con ojos azules, facciones regulares, cabello castaño claro, color blanco y sano, pronunciada la barba, anchos los hombros, esbelto y con manos y pies bien proporcionados. Era en verdad un ejemplar excelente de la mezcla del primitivo bretón, sajón, danés, normando y sabe Dios qué otras razas ó pueblos. Cubríalo del cuello á los pies grueso y holgado abrigo y llevaba una gorra de viaje. Á pesar del viento luchaba por fumar un cigarro puro, y á pesar de las olas y los balances paseaba de arriba abajo por el castillo de popa.

El otro pasajero era una señora, una joven, de rostro y formas que indudablemente hubieran despertado en todo artista deseo vivísimo de reproducirlos en lienzo ó mármol. Llevaba un rico vestido de color obscuro ; y aunque joven y llena de salud, parecía tomar especiales precauciones para proteger su garganta y pecho. Sentada en uno de los asientos que rodeaban el tragaluz en el centro de la cubierta, gozaba al parecer con los balances y le agradaba sentir en su rostro el viento fresco y puro del mar. Levantábase de vez en cuando, y dirigiéndose á la borda miraba las bulliciosas olas y respiraba con delicia. En el asiento inmediato al suyo se veía una abrigada manta de viaje. Joven como era, tenía el porte majestuoso de una reina y la circunspección de una mujer de mediana edad.

Ni aun las más graves preocupaciones hubieran podido impedir que el joven reparase en seguida en su bonita compañera de viaje, y ésta á su vez en aquel galán que pasaba ante ella cada quince segundos. El último no tardó en decirse que era en extremo hermosa, que hubiera deseado muchísimo hablarle y sobre todo saber quién era ; mas no por eso la miró fijamente, como otros hubieran hecho, y mucho menos pensó en sentarse cerca de ella para trabar conversación. Estaba enteramente sola y por largo tiempo nadie se le acercó. El mareo parecía no tener terrores para ella, como tampoco los tenía para su silencioso admirador. Rara es la mujer que guste de los balances de un vapor y á quien agraden, en lugar de asustarla, las fuertes brisas del mar y no hay hombre que no la admire. Desde luego, toda mujer de ese temple tiene la ventaja de poder viajar sin convertirse, como la mayoría de sus compañeras, en pesadísima molestia ó en objeto de compasión para los viajeros del sexo fuerte.

—Supongo que toda su familia estará abajo, víctima del mareo, se dijo el joven. Mujer tan seductora no puede viajar sola ; y sin embargo, continuó, con ese porte majestuoso bien podría ir de San Petersburgo á Londres, sin acompañante y sin el más mínimo temor de verse ofendida.

En estas reflexiones estaba cuando una mujer, probablemente una doncella de servicio, se acercó á la viajera. El mareo había hecho estragos en la recienllegada, que apenas podía tenerse de pie y cuyo rostro estaba tan verdoso como el agua del mar. Á costa de heroicos esfuerzos pudo llegarse hasta su señora y preguntarle en francés si podía servirla en algo.

—¡ Pobre muchacha ! ¿ Servirme tú ? No, ve á acostarte otra vez y procura pasar el resto de la travesía lo más cómodamente que puedas. Anda ; ya no falta mucho.

En aquel momento se hallaba el joven cerca de las dos
mujeres y no pudo dejar de sonreirse al ver á la pobre
camarera, mareada á más no poder, ofreciendo sus servicios
á su joven ama. Esta acertó á mirar entonces al viajero y
adivinando sus pensamientos, volvió la cabeza para ocultar
á su vez la sonrisa que daba á su rostro una expresión deliciosa.

El interés del joven iba en aumento. Decíase que á él
le tocaba, por cortesía, ofrecer también sus servicios ; pero
á la vez comprendía que la hermosa no necesitaba absolutamente nada, que se sentía muy satisfecha y que sus ofreci-
mientos serían inútiles. Deseaba vivamente una oportunidad de hablarle sin pecar de importuno y por fin la consiguió de la manera más inesperada y un tanto risible.

Una ola mayor que las otras alcanzó de través al buque
y el fuerte balance que siguió á la embestida le hizo perder
el equilibrio, precisamente al pasar frente á la joven. Cayó
desplomado en el asiento inmediato al de ésta y sólo haciendo un vigoroso esfuerzo evitó caer de lleno en su regazo.
Levantóse y pidió perdón por su torpeza ; absolvióle la
viajera con una ligera inclinación y él se descubrió y prosiguió su paseo, sintiendo no haber tenido bastante presencia
de ánimo para aprovechar mejor aquel incidente, del que
bien podía decirse que casi los había arrojado uno en brazos
de otro.

Al caerse tenía el cigarro en la mano y en su turbación
se aferró á él como al proverbial clavo ardiendo, pero la
extremidad encendida salió del lance deshecha y apagada.
No valía la pena de volverlo á encender y se lo arrojó á los
peces.

Á las pocas vueltas notó un fuerte olor á quemado, y
buscando la causa no tardó en observar que la manta de
viaje inmediata á la joven se hallaba en estado de combus-
tión lenta pero segura. Horrorizado ante la enormidad de
su crimen, asió la manta y arrojándola sobre cubierta apagó
el fuego con los pies ; en seguida procedió á excusarse por
segunda vez, tarea que le hizo muy fácil la risa que retozaba
en los labios de la viajera. Ya aceptadas sus excusas, arriesgó algunas palabras más y acabó solicitando de ella permiso para sentarse á su lado. Á los pocos minutos estaban
en animada conversación. El se alegró infinito al descubrir

que no era francesa, como la creía desde que la oyó hablar
á su mareada doncella. Conocía bastante bien aquel idio-
ma, pero naturalmente prefería el suyo propio. Después
de hablar un rato sobre la travesía, el vapor, la mar y el
viento, le dijo cómo había estado á punto de pedirle perdón por su torpeza en francés y cuánto le placía ver que
era inglesa.

—Pero es que no lo soy, observó ella.

—¡Que no es Vd. inglesa! ¡Pues todo el mundo lo
creería!

—No, soy norteamericana.

—Es lo mismo. Formamos todos una gran familia.
Seguro es que desciende Vd. de ingleses.

—¡Oh, sí! mi padre lo era.

—Pues entonces la reclamamos á Vd. como nuestra,
desde luego.

—No me opongo á ello. Creo que me gustará Inglaterra.

—Pero supongo que conoce Vd. el país.

—Sólo unos meses he pasado en Londres, en toda mi
vida. Pero nada sé del resto del país, nada fuera de esa
ciudad. Anhelo recorrer los campos ingleses y conocer á
las gentes del pueblo.

—¡Ah, pues para formarse el mejor concepto de unos y
otras debería Vd. ir al Vesire!

—¿Vesire? Supongo que en él reside Vd., puesto que
así lo recomienda.

—Sí, allí tengo mi casa, es decir, la casa de mi padre;
por más que yo me ausento de ella con frecuencia.

—¿Vive su padre? preguntó ella como si le envidiase
aquella felicidad. ¿Y quizás tenga Vd. madre, hermanas?

—Sí, las tengo. Y también un hermano.

—Es Vd. dichoso. Pero no dudo que conoce y sabe
Vd. apreciar esa felicidad. Para saber lo que vale una
familia hay que estar solo en el mundo.

—Muy cierto es. Mas no olvide Vd. que cuando se
tienen parientes hay que compartir también las penas y
desgracias de algunos de ellos.

—Compártalas Vd. sin quejarse, satisfecho con saber
que tiene á quienes, llegado el caso, sabrán consolarle y
sobrellevar también sus propias desdichas.

La joven hablaba con toda sinceridad. Sin saber por qué se sentía satisfecha y llena de confianza en compañía de aquel desconocido, que se expresaba discreta y juiciosamente y tenía el buen gusto de no dirigirle lisonjas ni cumplidos. Era tal la seriedad de su carácter que se imaginaba de más edad que su compañero y le hablaba como si lo fuese, aconsejándolo.

—Para mí no hay en el mundo felicidad mayor que la de pertenecer á una numerosa familia, donde las alegrías ó las desdichas de uno son también las de todos los demás, continuó ella con los ojos fijos en las olas y como hablándose á sí misma.

—Bello ideal, pero muy distante de la realidad. Hay que tener siempre en cuenta los matrimonios que ocurren en las familias y que vienen á ser como un elemento de discordia. Á ellos se debe la entrada de personas extrañas en aquel círculo encantado del hogar doméstico ; y de ahí disgustos y amarguras, el olvido de los primeros ideales, la sustitución de un amor por otro.

—No le comprendo á Vd. bien.

—Pues ya que somos extraños uno á otro, puedo explicarme con alguna mayor claridad. Hace tres años que una hermana mía, la niña mimada de nuestra casa, se casó en secreto con un hombre á quien había visto por primera vez algunas semanas antes y totalmente desconocido para mí.

—¿ Es pobre, ó indigno de ella ?

—Ambas cosas. Poco hubiera importado su pobreza, porque no nos faltan bienes de fortuna y mi padre hubiera provisto á su bienestar. Pero el marido es un bribón, un aventurero tan hábil como bien parecido. Se hizo amar de mi hermana y al cabo de un año se cansó de ella.

—Razón de más para que Vd. la quiera con redoblado cariño.

—La quiero tiernamente, pero de nada le sirve mi fraternal afecto. Mujer al fin, continúa viviendo con él aun después de haberla tratado vergonzosamente, y creo que si el tal muriese lloraría ella su muerte. Á pesar de que es un truhán, y ella lo sabe, debe quererle más que á sus padres y hermanos, ó de lo contrario se separaría de él. ¿Cómo explica Vd. esto ?

—Fácilmente, con sólo recordar que es mujer, dijo ella sonriéndose.

—Mi padre se puso á la muerte cuando tuvo noticia del matrimonio y desde entonces se ha verificado en él un cambio marcado. Pero ¿para qué molestarla á Vd. con el relato de ajenos disgustos? Muy bondadoso ha de ser el carácter de Vd. para haberme animado á elegir semejante tema de conversación.

La joven se sonrió. Aquel era un cumplimiento, pero de los que ella podía aceptar con placer.

—¿Viene Vd. de muy lejos? preguntó él, cambiando de asunto.

—De Milán, con un descanso de pocos días en París.

—¿Y viaja Vd. sola?

—Sí, sola. No se escandalice Vd., porque estoy acostumbrada á verme reducida á mis propios recursos. Mi único amigo, abogado, curador, la verdad es que ni sé cómo llamarle, se proponía esperarme en París, pero asuntos importantes se lo han impedido.

El joven sentía viva curiosidad por saber la posición social de su compañera de viaje y no pudo menos de preguntarle:

—¿Vive Vd. en Londres?

—No; como le dije á Vd., no tengo una residencia fija, un hogar, en esa ciudad. Sin embargo, creo que ahora tendré que residir casi siempre en Londres.

Mucho hubiera dado su interlocutor por saber su nombre, pero no podía, no quería tener la impertinencia de preguntárselo. Lo único que pudo hacer fué confesarse que era la mujer más encantadora que había visto en su vida, y casi empezó á desear que el vapor sufriese alguna avería grave que prolongase el viaje indefinidamente y aun que los hiciese naufragar, con la esperanza absurda de salvarle la vida ó prestarle algún servicio. Deseo muy natural en él, pero tan egoísta como injusto para los demás pasajeros.

Aunque la travesía fué algo más larga que de costumbre, á él le pareció cortísima. En Newhaven procuró hacer todo lo posible por servirla, pero sin encontrar apenas pretexto suficiente. Es cierto que la viajera tenía mucho equipaje, pero estaba, naturalmente, en la bodega del buque; lo único que pudo hacer fué llevar á tierra el abrigo y el saco de mano de la joven y sostener compasivamente á la desventurada camarera. Vió después cómo su compañera de viaje saludaba á un caballero de mediana edad que esperaba su llegada y con quien tomó asiento en el tren, pero él no se permitió entrar en el mismo coche. Al llegar el tren á Londres la buscó con la vista, pero no pudo divisarla y siguió su camino desconsolado, preguntándose si volvería á verla, como ardientemente lo deseaba.

Poco antes de separase había obtenido algunos informes adicionales, lo suficiente para dejarlo aun más curioso y perplejo. Al acercarse el vapor á Newhaven se sintió pesaroso y un tanto sentimental. Habían hablado tan amistosamente, como antiguos conocidos, que naturalmente le disgustaba su próxima separación.

—Cosa extraña, había dicho él, y casi puedo llamarla también triste para mí, esto de que cuando el vapor atraque al muelle sigamos Vd. y yo nuestros caminos respectivos, quizás para no volver á vernos nunca.

—Yo lo sentiría de veras, dijo ella sonriéndose ; pero por mucho que aquellas palabras pudieran halagar la vanidad de cualquier hombre, el tono con que las pronunció decía bien claro que soló la urbanidad las dictaba.

—Sin embargo, continuó la joven, soy bastante presumida para atreverme á esperar que Vd. me oirá y me verá todavía con frecuencia.

Aquellas palabras lo dejaron confuso.

—No comprendo ; ¿ me conoce Vd. ó conoce á alguno de mis amigos? preguntó, recordando que en su conversación había citado los nombres de varios de ellos.

Pero su interlocutora movió la cabeza negativamente.

—No conozco á media docena de personas en Inglaterra.

—¿ Pero volveremos á vernos?

—No digo precisamente á vernos, sino que según toda probabilidad Vd. me verá á mí.

El sorprendido viajero empezó á preguntarse si estaría hablando con alguna princesa, la prometida, quizás, de uno de los príncipes de la Casa Real, á quien él volvería á ver en público y á distancia, como ella indicaba. Pero no le dió más explicaciones y poco después se separaron como queda dicho.

El viajero tomó un coche que le condujo al hotel, pasó aquella noche en Londres y al siguiente día salió para la Casa Roja, pues se llamaba Alano Bourchier y era el hijo mayor de Felipe Tremaine Bourchier.

Pasaron días y días, pero el recuerdo de aquellas hermosas facciones no desapareció de su memoria. Culpóse duramente por su falta de maña para averiguar quién era, ó por lo menos para saber su nombre; porque á pesar de las misteriosas palabras de la joven temía que pasasen años antes de verla otra vez. Por extraño que á él mismo pudiera parecerle, el tiempo no alteró en lo más mínimo la viva impresión que en él produjera la joven; y la esperanza de encontrarse con ella fué el verdadero motivo de su regreso á Londres, quince días después de su llegada á Casa Roja.

La bella viajera por su parte pensaba también en él algunas veces y sentíase pesarosa de no haberle preguntado su nombre. Recordaba cuán solícito y atento se había mostrado, le placía el recuerdo de su conversación sensata é interesante, sin cumplidos ni atrevimientos; y sobre todo, no podía negarse á sí misma que aquel joven, el primer caballero inglés á quien había hablado en su suelo natal, era muy bien parecido y contrastaba grandemente con los tipos masculinos de ojos negros y moreno color de que había estado rodeada tanto tiempo en Italia. No hubiera vacilado en preguntarle su nombre, á no ser por aquellos detalles sobre asuntos de familia de que él le había hablado y que le impidieron cometer lo que en tales circunstancias hubiera sido una indiscreción.

Pero, volvieran ó no á encontrarse, tenía ella por entonces otros y muy importantes asuntos á que atender. Pocas semanas la separaban del día en que debía aspirar á muy altos honores artísticos, en que se presentaría ante un auditorio de críticos para que decidieran de su porvenir como cantatriz, y para saber ella misma si aquellos tres años de asiduos estudios en Milán habían sido tiempo y trabajo perdido, ó si su voz era realmente tan poderosa como no vacilaban en asegurarlo muchos y muy severos jueces, por extremo competentes. Mientras llegaba el día de tan dura prueba había resuelto residir con sus buenos amigos los Trenfil en su quinta del Támesis. Tanto el señor Trenfil como su esposa habían insistido en ofrecerle allí un hogar y Frances Boucher aceptó gustosa su ofrecimiento, alegrándose de ver que tenía por lo menos dos buenos amigos en Inglaterra.

Todos la recibieron allí cordialmente. Los Trenfil, padre, madre é hijos, habían aprendido á quererla en el corto tiempo que había residido antes con ellos, y á considerarla como de la familia. No habían vuelto á verla desde su salida de Inglaterra, pues aunque le habían prometido hacerle una visita en Milán, siempre ocurría algo que les obligaba á posponer el viaje de año en año. Sin contar con que era aquella familia lo más casera imaginable y por lo tanto ajena á la moderna manía de los viajes. Pasados los primeros saludos de bienvenida y después de enviar á la pobre doncella de Frances á descansar de las fatigas del viaje y recobrar por ende su natural vivacidad francesa, la señora Trenfil condujo á la recienllegada hasta ponerla bajo las luces de la sala para que iluminasen su rostro, pues ya había obscurecido.

—Y ahora, querida mía, dijo, déjeme Vd. ver lo que ha ganado en estos tres años.

Frances se quitó el abrigo y permaneció en el lugar designado. Nada tenía que temer de aquella inspección, aun cuando se tratase de jueces menos cariñosos que los que la rodeaban.

¿Habíanla cambiado mucho aquellos tres años? No. Las jóvenes de su tipo apenas cambian; mujeres á los diez y nueve años, continúan siéndolo á los veinte y dos. Pero aquel plazo había servido para perfeccionar todos sus encantos, para darle un porte todavía más gracioso y digno y para infundirle confianza en sí misma; habíale enseñado á arrostrar sin temor las miradas de hombres y mujeres y convencídola de que ella valía por lo menos tanto como cualquiera de ellos. En nada había perjudicado á su salud el clima templado de Italia; erguida, fuerte, arrogante, verdadera imagen de lo que deberían ser las madres de una raza vigorosa. Para su carrera de artista tenía por lo pronto todas las condiciones requeridas en cuanto á la buena presencia y á la robustez corporal se refería. Tanto la señora Trenfil como su marido la contemplaron con sincera admiración, sus hijas con orgullo de tener tan hermosa amiga, y su hijo, un jovencillo de nacientes patillas y gran admirador de los clásicos, quedó conquistado hasta el punto de embrollar sus citas y repetir no sabemos qué resonante verso sobre unos "ojos de diosa."

Sin embargo, la hermosura de Frances nada tenía de altiva, como tampoco se notaba frialdad alguna en sus maneras y en su trato. Era ante toda una mujer cariñosa, de leal corazón, con suficientes rasgos femeniles para atraerse el amor de las personas de su propio sexo. Pocos momentos le bastaron para conquistarse la simpatía de todos con su encantadora franqueza. ¿Cansada del viaje? ¿Retirarse á descansar? Nada de eso. Lo único que deseaba era cambiar de traje, bañar su cara en agua fresca y sobre todo que le dieran de comer. Media hora después se sentaba á la mesa con sus amigos, tan lozana, vivaz y dispuesta como al salir de Dieppe aquella mañana.

Había estado en continua correspondencia con ellos, de suerte que conocían todos los detalles de su permanencia en Milán. Habló de su viaje y de lo bien que había sabido componerse para efectuarlo sola. Las dos hijas de Trenfil la miraban con respeto creciente al pensar en el valor que había desplegado para venir de tan lejos sin la menor protección. El abogado volvió á pedirle perdón por no haber podido ir á esperarla á París, y Carlitos, el hijo, suspiró al pensar que bien pudo su padre haberlo comisionado á él para tan grata tarea, y se dijo que en toda su vida no volvería á presentársele una ocasión semejante.

—¿Es decir que se detuvo Vd. algún tiempo en París? preguntó el señor Trenfil.

—Sí, diez días. Tenía algunos asuntos que atender allí.

—¿Dónde paraste? le preguntó á su vez la hija mayor, convencida de que una joven que se atrevía á quedarse sola en aquella ciudad poseía un valor superior á su sexo.

—En una casa de huéspedes muy selecta, muy tranquila y muy fastidiosa. Como que casi no había allí más que viejos, así señoras como caballeros. Pero todos fueron buenísimos conmigo.

—Pero vamos á ver, dijo el señor Trenfil, ¿se puede saber qué clase de asuntos tenía Vd. en París? Porque hasta que Vd. me deje cesante yo continúo siendo su consejero legal y tengo el derecho de pedir explicaciones ¿eh?

—Pues en París me gasté un dineral, amigo mío, y sepa

Vd. que eso es todo lo que me propongo decirle y no hay más explicación que valga.

—¡Hola! ¿Con que tan caras son allí las casas de huéspedes?

—¡Ah, tonto! dijo su esposa; ¿no adivinas qué importante asunto es ese de que habla?

—Ni remotamente; pero espero que todo saldría á pedir de boca.

—Perfectamente, contestó Frances. ¡Oh, son hermosísimos! ¡Uno de ellos sobre todo es ideal, delicioso!

Gran conmoción entre las señoras al oir tan interesante anuncio.

—¿Cuándo los veremos? ¿Los has traído contigo? preguntó una de las jóvenes.

—Están en mi equipaje y creo que éste ha llegado ya. Los veremos mañana y me los probaré todos.

Las lectoras comprenderán el placer con que era esperado aquel mañana.

—¡Ah, vamos! exclamó Trenfil. Se trata de vestidos.

—No, señor, de obras maestras, de poemas, de maravillas artísticas.

—Por supuesto. Pero en fin, Vd. es joven y no pudo resistir á la tentación. Y en eso se gastaron los dineros. Corriente. ¿Apuesto á que costarán un ojo de la cara?

Frances se echó á reir, sacó y abrió su portamonedas y vació sobre la mesa todo su contenido, dos ó tres monedas de oro.

—Vea Vd., dijo, lo único que me queda de todo el dinero que Vd. me mandó.

—¡Aprieta! ¡Vaya una manera de gastar! De seguro que me echa Vd. á perder á mi mujer y á mis hijas con tal ejemplo.

—No. Hago como el jugador que arriesga una crecida apuesta; ó mejor dicho, soy una mujer que invierte su capital. Si mis cálculos salen fallidos no sé qué haré con mi flamante guardarropa. Desde ahora se lo ofrezco á su buena esposa, prometiendo hacerle una gran rebaja.

—¡Ah, no! exclamó Trenfil. Los fracasos no se han hecho para Vd. Sin contar con que aun sin su carrera artística tiene Vd. lo suficiente para vivir. Ahora ya no habrá dificultades para reclamar la herencia de su padre, y en ello nos hemos de ocupar desde luego.

Frances se entristeció. El único dolor de su vida era aquel fin misterioso de su padre. Jamás había cejado en su propósito de buscar á Jorge Manders y obligarle á hablar. Sabía que Trenfil no había obtenido noticias suyas, pero no dudaba que tarde ó temprano ella descubriría su paradero.

Las señoras pasaron á la sala, donde Trenfil prometió reunírseles muy pronto, en seguida que acabase de fumar un cigarro más pequeño que de costumbre, dijo, porque se hacía tarde.

El joven Carlos, que le hizo compañía, no pudo estarse quieto un momento y acabó por pedirle permiso para irse á la sala con las señoras. Trenfil le miró con sonrisa bondadosa, aunque algo irónica.

—Digo, Carlitos, hijo mío, oye el consejo de la experiencia y no te enamores de la señorita Boucher.

Carlos se ruborizó y bajó la vista, confuso y sorprendido de que su padre pudiese leer tan claro sus más ocultos pensamientos.

—Es una joven tan buena como hermosa y tú eres un muchacho muy aceptable. Me siento orgulloso de tí, pero ten muy en cuenta que según todas las probabilidades ella verá á sus pies, dentro de pocos meses, á lo más escogido de la buena sociedad; que su nombre será famoso en toda Inglaterra. Con que piensa bien las esperanzas que puedes tener, y como te digo, no vayas á enamorarte de ella.

—No lo haré, si está en mí el evitarlo, dijo Carlos muy contrito.

—Tienes que evitarlo. Si noto síntomas alarmantes, te advierto que te tendré en la oficina hasta las nueve de la noche sin faltar un día, con buena copia de arrendamientos, contratos de compraventa, poderes y demandas, y te enviaré á casa tan cansado que te darás por bien servido con meterte en cama cuanto antes. Ya estás prevenido; ahora, ve á la sala, si gustas.

Así lo hizo y se halló en ella muy fuera de su centro, por cierto, pues su madre y hermanas anticipaban el placer del día siguiente oyendo una descripción detallada de los famosos vestidos. Sería injusto acusar á Frances y sus amigas de frivolidad; lo más derecho sería culpar al autor por describir á las mujeres como son, aun las mejores y más inteligentes. Baste recordar que se trataba de varios trajes venidos directamente de los talleres de uno de los grandes árbitros de la moda parisiense, para comprender lo que pasaba en aquella casa, donde las mujeres estaban en decidida mayoría.

Pero su conversación se vió interrumpida muy pronto por un violento campanillazo, seguido de grandes golpes en la puerta de la calle. La señora Trenfil se quedó estupefacta. ¡ Visitas á semejante hora ! ¿ Quién podría ser ?

¿ Quién sino el amable Herr Kaulitz, presa de la más profunda emoción, que parecía haber invadido hasta sus inseparables anteojos impartiéndoles inusitado brillo ? Entró, apenas anunciado, y siempre cortés comenzó por pedir perdón á la señora de la casa.

—¡ Ah, querida señora, Vd. me dispensará ! exclamó tomándole la mano. No he podido evitarlo. Sabía que la señorita Boucher llegaría hoy, esta noche. Perdón mil veces. Imposible dormir sin verla.

Cumplido aquel deber, corrió á Frances y le estrechó las manos de la manera más vigorosa. Ella se alegró sinceramente de volver á verlo ; cada una de aquellas bienvenidas afectuosas que recibía en Inglaterra le causaba verdadero placer.. Hízole pues sentar á su lado, le preguntó por su salud y sus progresos, por la acogida que había dispensado el público á las composiciones con que él se había dignado favorecerlo ; y no olvidó elogiarle y darle las gracias por algunas que el buen profesor le había enviado á Milán. En una palabra, estuvo con él atenta, cariñosa. Sin embargo, el maestro no tardó en parecer inquieto, moviéndose sin cesar en su asiento, limpiando una y otra vez sus espejuelos, alborotándose el cabello aun más de lo que solía estarlo de costumbre y lanzando repetidas miradas á un lado de la sala. Estaba tan nervioso como el amante que se prepara á pedir la mano de su adorada. Era tal su desasosiego que la señora Trenfil y sus hijas se dirigieron algunas miradas, como preguntándose si al buen alemán le iría á dar un súbito ataque de locura. La misma Frances le miró interrogativamente, obligándole á ruborizarse y á decir en voz baja :

—¡Ah, si me atreviese! Pero no, después de tan largo viaje no estaría bien.

—¿Atreverse á qué, mi buen amigo? preguntó Frances.

—Se lo he oído decir á muchos, á todos. Escribo á éste y me contesta: "¡Admirable!" Pregunto al otro y exclama "¡Portentosa!" Y todos están de acuerdo. Yo me desespero por oirlo con mis propios oídos. Pero no puede ser; ¡es muy tarde!

Había tal acento de abnegación y sacrificio en las últimas palabras, que Frances se echó á reir alegremente.

—Lo que Vd. quiere es oirme cantar. ¿No es así?

—¡Ah, no! Sería cruel esta noche.

—Pues ya lo creo que lo sería, dijo la señora Trenfil. Nada, Herr Kaulitz, la deja Vd. tranquila esta noche y queda Vd. invitado á venir á oirla cantar mañana.

—Sí, me iré y volveré mañana, dijo el infeliz, con una cara como la de un mártir. Buenas noches.

—¡Qué tontería! exclamó Frances. ¿Yo cansada? Á ver, Herr Kaulitz, venga Vd. al piano y toque el acompañamiento que guste.

El hombrecillo la obedeció regocijado.

—Es Vd. un ángel, demasiado buena; ¡pero deseo tanto oirla!

Sentóse al piano y recorrió el teclado.

—¡Hola! dijo á la señora de Trenfil, lo ha hecho Vd. afinar. Tanto mejor.

Sin añadir palabra, preludió el aria de las Joyas, de *Fausto*, y miró á Frances, que hizo una señal de asentimiento.

Era Herr Kaulitz uno de los mejores acompañantes del mundo. Cuanto menos se diga de sus composiciones originales, tanto mejor. Pero sabía enseñar música y acompañaba á un artista como nadie podía hacerlo. Ni seguía al cantor, ni le precedía; le acompañaba. Siempre que podía tenía la costumbre de observar el rostro y en especial los labios del cantor ó cantatriz; y en aquella ocasión al contemplar á Frances, al verla ensanchar el vigoroso pecho y al oir su voz, que se elevó con fuerza y pureza que aun él, su gran admirador, apenas creía posibles, su emoción fué tal que estuvo á punto de sucumbir á ella y suspender su acompañamiento. Logró terminarlo, sin embargo, tan magistralmente como lo empezara ; y cuando cesó aquella armonía dulcísima, cuando la habitación quedó como vacía y sin vida ni color al faltarle el encanto de aquella portentosa voz, Herr Kaulitz saltó de la banqueta del piano, abrazó estrechamente á la gran cantatriz y estampó dos sonoros besos en sus mejillas. Por sorprendente que fuese aquel acto, no se ofendió la joven ; comprendía perfectamente lo que significaba, sabía que el entusiasmo había enloquecido al anciano profesor, y sabía también que aunque ella hubiese sido la mujer más fea del mundo, su saludo hubiera sido idéntico ; que no la besaba á ella, sino á su voz. Mucho le agradó aquel fallo, porque Herr Kaulitz había oído y juzgado á todas las reinas del canto de su época.

La agitación del maestro era demasiado profunda para permitirle expresarse en inglés ; así fué que dió libre curso á sus felicitaciones en alemán, en una rápida sucesión de frases guturales, intercaladas de exclamaciones tan resonantes, que cuantos las oían parecían imaginarse que la pobre Frances estaba recibiendo impávida un chaparrón de invectivas violentísimas. Como final soltó el hombrecillo una retahila de participios é infinitivos que no había más que oir y que aturrulló á todos los presentes. Después sacudió enérgicamente ambas manos de la artista, y haciendo un esfuerzo pudo volver á expresarse en su averiado inglés, excusándose con toda modestia por las libertades tomadas.

—Pero ella comprenderá, sí, ella comprenderá, decía dirigiéndose á los demás, que yo no he saludado á la mujer, sino á la artista.

—Poco lisonjero es eso para mí personalmente, Herr Kaulitz, dijo ella sonriéndose, por mucho que lo sea para la cantatriz.

—¡ Oh, no ! exclamó su admirador ; yo no puedo lisonjearla. Está Vd. por encima de todas las lisonjas, como mujer y como artista.

Frances se inclinó con cómica modestia.

—Y ahora, recójase Vd. No debió haber cantado esta noche, ni aun para mí. Yo me voy ahora mismo y ella tiene que retirarse á descansar, continuó, dirigiéndose á la señora Trenfil. Sólo pensar que se haya excedido algo, que puede enfermarse . . . ¡ Oh, sería terrible !

9

Presa de sus remordimientos, se retiró tan rápidamente como había entrado. La señora Trenfil insistió en que se siguieran los consejos del maestro y Frances la obedeció con gusto, porque en realidad la jornada empezaba á parecerle larga.

Pero tardó algún tiempo en conciliar el sueño. Decíase que estaba ya en Inglaterra y que se acercaba el día para ella tan solemne de su estreno. No comprendía ni aceptaba término medio entre una victoria completa y un fracaso definitivo. No se había dedicado á su arte para ganar dinero como cantatriz de segundo ó tercer orden ; aspiraba á un lugar tan alto que su propia temeridad la asustaba á veces, pero con nada menos hubiera quedado satisfecha. Lo que muchas otras hubieran considerado como buen éxito, habría sido para ella un fracaso indiscutible. Proponíase hacer la prueba, y si el resultado no correspondiese á sus deseos, allí quedaría terminada para siempre su carrera artística. "Sólo uno entre muchos alcanza el anhelado fin," se decía con frecuencia. ¿Sería ella la favorecida por la suerte, ó figuraría entre las medianías? Algunas semanas bastarían para dejar contestada la pregunta.

Porque Frances, ó la señorita Francini, que era el nombre con que el público la conocía, debía hacer su estreno formal á principios de la temporada teatral, con el papel de protagonista en la ópera *Lucía*.

CAPÍTULO X

El próximo estreno de una tiple produce siempre alguna sensación en el mundo artístico. Las cantatrices favoritas del público suelen afectar indiferencia, pero no dejan de sentir algún temor ante el triunfo posible de su nueva rival. Anunciada ésta con bombo y platillos, según costumbre, puede pertenecer al número de las muchas que fracasan, como puede también estar destinada á compartir aplausos, honores y gloria con las artistas ya famosas y á eclipsar en todo ó en parte su popularidad. Por regla general poco saben de su nueva competidora y tienen que esperar con paciencia hasta que el público haya dado su fallo. En cambio los empresarios saben cuanto hay que saber sobre los méritos de la recienllegada, cuyos estudios y progresos han seguido paso á paso, algunas veces durante años enteros. Si vale la pena, el empresario que la contrata tiene que emplear no poca diplomacia y aun alguna estratagema para lograrlo. Pero por mucho y muy bueno que sepan, son por regla general los empresarios gente que calla y espera, hasta pasado el estreno ; prudencia muy natural, debida á previos y numerosos desengaños. Después reciben la recompensa de su previsión y sus esfuerzos, ó sufren en silencio las pérdidas ocasionadas por su propia falta de criterio.

Cuando se anunció, entre las grandes novedades de la temporada, que la señorita Francini cantaría por primera vez en Inglaterra, fué cortísimo el número de personas bien informadas respecto de los méritos y antecedentes de la nueva *Lucía*. Y lo más curioso era que aun esas contadas personas tenían de ella los informes más contradictorios. Quién aseguraba que poseía una voz magnífica y una pre-

sencia insignificante. Otro sabía de buena tinta que su
voz no era gran cosa, pero en cambio la artista era hermosísima. No faltó quien anunciase que sabía representar,
mas no cantar, y alguno sostenía todo lo contrario. Y
seguían los informes : ni podía cantar, ni accionar siquiera ;
no tenía rival como cantatriz ni como actriz ; era inglesa,
italiana, francesa, alemana y española ; estaba casada con
un conde italiano ; era hija de unos mercaderes suizos ; don
Fulano de Tal, siempre al acecho, la había descubierto algunos años antes cantando y tocando el violín ante la posada
de un pueblo. Sería cosa de nunca acabar. No negaremos
que todas esas hablillas contribuían al gran elemento del
éxito en nuestra época, el anuncio ; sin contar que nada fa-
vorece tanto los deseos de quienes aspiran al favor del público como el aparecer rodeados de cierto misterio.

Pero tratándose de la señorita Francini no debió existir
misterio alguno. La sencillez misma de su historia, la ausencia de todo episodio novelesco en su vida, contribuían
probablemente á activar la inventiva de los que todo lo
saben y á suponerle todo género de cualidades y defectos,
sin cuidarse de las contradicciones inevitables. Su verdadera historia se reducía á lo siguiente.

Cuando dejó á Inglaterra se puso en buenas manos.
Estudió con gusto, con constancia y de una manera inteligente ; esto último porque confió en la experiencia de los
que conocían bien el tecnicismo del arte. En ese terreno
los siguió ciegamente, se atuvo á sus consejos, aprendió
todos los detalles y aun podemos decir todas las tretas del
oficio. Sabía que todos esos recursos son indispensables,
pero no ignoraba la existencia de algo superior á todo ello,
que no podían enseñarle sus maestros ; algo que no puede
describirse con palabras y cuyo nombre es inspiración. De
ésta dependía su triunfo ó su caída ; lo demás no le infundía el menor temor. Aprendió cuanto podían enseñarle,
como discípula de canto y como actriz. De carácter reposado y prudente, no quería probar la suerte sin plena preparación. Si el resultado fuese desfavorable no se debería
á culpa ú omisión suya. Cuando sus maestros le dijeron
que había llegado la hora de demostrar lo que valía, tuvo
la satisfacción de poder decirse que no había rehuido trabajo ni esfuerzo alguno de cuantos el arte le exigía. Ter-

minada la tarea de sus maestros, empezaba la suya. Había
recorrido toda la rutina, cantado con éxito en teatros italia-
nos de poca monta ; ahora le tocaba solicitar y aguardar el
fallo de las grandes capitales del mundo.

La elección entre éstas dependía de ella, pues una tiple
de voz tan extensa y poderosa como la suya, es tan rara
como un gran poeta y buscada y solicitada con mucho más
empeño que un inspirado vate. Y es que la maravillosa
voz puede hacer la fortuna de su poseedor y de una docena
de personas más y en cambio los poetas suelen morir insol-
ventes. En todas las naciones de Europa podía contar con
numeroso público, pronto á brindarle la ocasión que deseaba ; pero entre todos ellos prefirió ser juzgada por un público inglés, convencida de que ante él se sentiría más confiada y tranquila que en presencia de un auditorio italiano,
alemán ó ruso. Firmó, pues, su primera contrata con el
empresario de uno de los grandes teatros de Londres, á
quien vendió su voz por un plazo de tres años ; pero con
una generosidad que dejó atónito á éste, insistió en concederle el derecho de rescindir el contrato dentro del mes
subsiguiente á la primera representación. Esto lo hizo la
artista para evitarle pérdidas si ella no mereciese el favor del
público. En cambio se estipulaba también que la Francini
sólo se encargaría de los primeros papeles en todas las óperas que se cantasen.

El empresario quedó más que satisfecho con tal arreglo,
y no dudó del buen éxito de su nueva tiple.

—Aunque sólo supiese cantar pasablemente, solía decir,
su rostro y su presencia bastarían para librarla de un fracaso.
¡ Pero con cara, cuerpo y voz !

Poco después de su llegada á Inglaterra comenzaron á
aparecer en los periódicos algunos breves párrafos relativos
á la Francini. Los críticos musicales la citaban en sus re-
vistas y crónicas. Los corresponsales londonenses hablaban
de ella en sus cartas á los periódicos de fuera de la ciudad.
Los revisteros de salones "tenían entendido que la nueva
prima donna," etc. ; y algunos aludían á su hermosura.
Entre las noticias disparatadas no faltaban otras tan exac-
tas en todos sus detalles que la misma interesada se preguntaba quién podría ser su autor. Quizás su empresario
hubiera podido decírselo ; hombre hábil como era, no des-

cuidaba nada absolutamente. Por fin, el terreno quedó perfectamente preparado y Frances comprendió que el público fundaba en ella grandes esperanzas.

Muy atareada pasó los últimos días que precedieron al estreno. Tenía mil cosas que hacer. Había que recibir á muchas personas, importantes algunas de ellas, pertenecientes al teatro, músicos, modistas, etc. Necesitaba estudiar y aprender continuamente, concurrir á los ensayos y volver al incesante estudio. Y para variar tenía también algunos asuntos judiciales á que atender, pues el señor Trenfil había obtenido en su nombre la autorización legal necesaria y por fin quedó á disposición de la hija la cantidad depositada en el banco á nombre de Juan Boucher. El tribunal no suscitó el menor obstáculo y el asunto no llamó la atención de los gacetilleros; de otra manera Felipe Bourchier hubiera podido llevarse una buena sorpresa al abrir un día el *Times* de Londres y leer allí la noticia de aquellos procedimientos.

Trenfil felicitó á Frances por la posición relativamente desahogada que aquella herencia le creaba.

—Voy á procurarle á Vd. una buena inversión para ese capital.

—Sí, disponga Vd. de él como guste. ¿Cuánto me producirá?

—Me figuro que unas trescientas libras al año.

—Con las cuales podría vivir cómodamente si la suerte me fuese contraria el mes que viene. En tal caso regresaría á los Estados Unidos.

—¿Para probar de nuevo ante el público de Nueva York?

—¡Oh, no! Si no tengo buen éxito ahora no volveré á cantar en público. Las circunstancias todas me son favorables; si fracaso, á nadie podré culpar más que á mí misma. No; lo que haría en tal caso sería buscar á Manders.

—Pero eso es absurdo. Una joven no puede echarse á recorrer el mundo en seguimiento de un hombre, joven también.

—Pues yo lo haré algún día, contestó ella, con firmeza y resolución tales que disiparon toda duda en el ánimo del abogado.

—No invierta Vd. todo ese dinero de que me hablaba,

amigo mío, continuó **Frances, porque voy á** necesitar buena
parte de él.

—¿ Qué, más vestidos ?

—No, tengo que **comprar** algunos diamantes.

—¡ Y yo que creía que á Vd. no le gustaba lucir joyas !

—Así es **en** efecto, pero tendré que ponérmelas. El
público espera ver á las artistas con diamantes ; ya es cosa
convenida. Yo misma **confieso** haber pensado **como** el
resto del público siempre que **he** ido á oir **á** una **gran** cantatriz.

—Muy cierto es eso. Ahora recuerdo que mi familia
no ha regresado nunca de un buen concierto sin hablar de
los magníficos diamantes que llevada la señora de Tal ó
Cual. No parece sino que se comenta más su aspecto que
su voz.

—Precisamente para los conciertos es para lo que necesi-
taré alguna pedrería. Sin embargo, no la compraré hasta
después de haber cantado en *Lucía*.

—Eso me recuerda la previsión de mi mujer, que el año
pasado no quiso mandar á hacerse un vestido **nuevo hasta**
saber si una tía mía que estaba **enferma se moría ó se**
curaba.

—El principio es exactamente el mismo, contestó Frances sonriéndose. Y es que tanto **ella como yo** somos mujeres prudentes.

En Tuquenán hacían una vida muy tranquila. La joven
artista **se** negó á **contraer nuevas** amistades y relaciones,
vió únicamente á **las personas á** quienes tenía que **ver** y
recibió gustosa, eso sí, las visitas de Herr Kaulitz. Sin
embargo, un día fué á visitar á la señora Estela, dueña de
la casa de huéspedes donde ella estuvo alojada con su padre
y Jorge. La buena **mujer** la recibió contentísima y la invitó á tomar una taza de te, considerando **como gran** honor
para ella la visita de persona tan distinguida y elegante.

—¿ Canta Vd. todavía ? preguntó á **Frances después** de
tomar el te.

La pregunta hizo mucha gracia á la futura tiple.

—Oh, sí señora, tanto ó **más que antes.** ¿ De modo que
se acuerda Vd. de mi canto ?

—¿ Cómo no acordarme, **mi** buena señorita ? Pues si
solía yo **subir callandito** la escalera y ponerme á escuchar

en el corredor.   Nunca en mi vida he oído cosa semejante, nunca.

—Crea Vd. que jamás supe eso que me dice ahora, pues de lo contrario la hubiera invitado á entrar en la sala.

—Gracias, dijo la señora Estela.   Pero yo bien quisiera oirla otra vez.   Vamos ¿no me cantará Vd. aunque sólo sea una cancioncita corta?   El huésped del primer piso tiene un piano, y está fuera de casa.

La buena mujer lo pedía con tal empeño que Frances no tuvo el valor de negarse.   Siguió á la señora Estela á la salita que tan conocida le era y acompañándose con el muy desafinado piano propiedad del huésped del primer piso, cantó dos ó tres sencillas romanzas, que hicieron asomar las lágrimas á los ojos de su oyente.

Á pesar del severo tipo clásico de sus facciones y de la dignidad de su porte, el carácter de Frances le permitía apreciar el lado cómico de determinadas situaciones.   La señorita Francini, la artista cuyo nombre andaba en labios de todos los inteligentes y aficionados músicos, que desde su llegada á Inglaterra no había cantado, fuera del teatro, más que para una sola persona, Herr Kaulitz, estaba allí haciendo primores en beneficio exclusivo de una pobre mujer, agobiada de trabajo con su casa de huéspedes, acompañándose con un pianillo de mala muerte, bueno sólo para leña ó para hacer ratoneras con sus pedazos.   La situación era por demás cómica y trabajo le costó contener la risa.

—También el señor Manders cantaba bien, dijo doña Estela.   ¿Sabe Vd. donde está?

—No, yo iba á preguntarle á Vd. por él.   ¿Supongo que no volvió?

—Nunca, y eso que dejó aquí algunas cajas y trastos. Pero jamás ha enviado á buscarlos y no sé qué hacer con ellos.   Temo que el pobre joven haya muerto.

—No lo creo así, dijo Frances reflexionando.

Muy extraño le parecía en efecto que Jorge no hubiese reclamado aquellos efectos de su pertenencia.

—Si llega Vd. á saber de él, si escribe ó envía á buscar esas cajas que dejó aquí, prométame Vd. que avisará en seguida al señor Trenfil.

—Lo haré sin falta.   ¿Se va Vd. ya?   ¡Qué buena ha sido Vd. en venir á verme!

Grande fué la sorpresa de la señora Estela al recibir, algún tiempo después, dos billetes para el Teatro de la Ópera. Acompañábalos una esquela de Frances diciendo que en vista de lo muy aficionada á la música que era la señora Estela, probablemente le gustaría hacer uso de aquellas localidades. Muy lisonjeada la buena mujer, púsose su mejor vestido y acompañada de su hijo, el aspirante á subastador, fué al teatro y se quedó asombrada de lo que allí vió y oyó.

El triunfo de Frances, dado que lo obtuviese, habría de ser debido á sus propios méritos exclusivamente. Fuera de la señora Estela, Herr Kaulitz, los Trenfil y una ó dos personas más que su empresario había creido conveniente presentarle, nadie de la parte de afuera del telón podía dedicarle una sola palmada por razones de amistad. No es extraño que la joven, animosa como era, se sintiese á veces aislada y triste y que envidiase á Alano Bourchier la posesión de una familia.

Pensó alguna que otra vez en el apuesto joven que había sido su compañero de viaje. El señor Trenfil, que lo había visto despidiéndose de ella en Newhaven, le dirigió algunas bromas sobre el asunto. Ella lo vió una vez en Londres. Había alquilado un modesto carruaje que la llevase de la estación al teatro ó adonde tuviese que ir y pasando un día por Piccadilly vió á Alano en la escalinata de entrada de un club, hablando con dos amigos y en posición que le impidió divisar á la persona que ocupaba el coche. Lejos estaba ella de figurarse las horas que el joven dedicaba á ver pasar coches y personas, con la esperanza de volver á verla á ella. Y Alano por su parte tampoco podía imaginarse que el objeto de sus pesquisas acababa de pasar á su lado. Sonrióse Frances al recordar la sorpresa manifiesta del joven cuando se separaron ; y de haber sabido su nombre, es muy probable que le hubiese enviado un palco para la noche de su estreno, guardando el incógnito, naturalmente. Si todos los críticos hubiesen sido como él pronto hubieran desaparecido los temores de la artista. Pero ignorando su nombre, se limitó á desear que formase parte del público aquella noche, imaginándose su viva sorpresa al reconocerla.

Llegó por fin el gran día. Antes de la medianoche todo

habría terminado y sabría ella á qué atenerse, pero resuelta
estaba á considerar como adverso todo fallo que no fuese
indiscutiblemente favorable.   Decir que Frances estaba
tranquila y confiada en aquellas circunstancias equivaldría
á suponerla distinta del resto de los mortales.   Mucho decir
es que logró dominarse hasta el punto de no revelar sus
esperanzas ni sus temores á cuantos le dirigieron la palabra ;
como impidió también que esos mismos temores la angus-
tiasen y pusiesen en un estado nervioso que probablemente
la hubiera hecho desfallecer y perderse al primer obstáculo.
Por la mañana dió sola un largo paseo á pie, ensayó después su papel por última vez y durante algunas horas de las
que precedieron inmediatamente á la representación permaneció acostada, procurando descansar.   Por fin sonó la hora.
    No la hubiera aplazado ella aunque hubiese estado en
su mano hacerlo.   Hallábase en la mejor salud y en voz
perfecta.   Había afrontado ya al público en otros escena-
rios y se creía exenta del terror que se apodera de los artistas noveles y los paraliza.   Así fué que pocos minutos antes
de presentarse en escena estaba más tranquila que algunos
señores profundamente interesados en el buen resultado de
su estreno, que le dirigían sus últimas palabras de aliento
y consejo.
    Había puesto como condición desde un principio que la
noche de su estreno se cantase la gran ópera de Donizetti.
Mientras su rival la ópera alemana no logre expulsar del
teatro á la italiana, el papel de *Lucía* será siempre el favorito entre las tiples de altas aspiraciones.   Cierto que abunda
esa ópera en situaciones absurdas, pero el papel de la heroína
ofrece amplias oportunidades á la cantatriz como á la actriz.
El amor, el terror, la locura crean impulsos de pasión, emociones violentas, de gran efecto en las tablas.   Bien había
hecho la Francini al decidir que con *Lucía* tenía que triunfar ó que caer.
    Sabía de memoria hasta el último compás de la parti-
tura y desde bastidores los oyó pasar uno á uno, como caen
los granos en un reloj de arena.   Terminó el primer coro.
Enrico, Normanno y *Raimondo* se hallan en las tablas ;
termina la escena y oye *Lucía* la potente voz de barítono
de su cruel hermano que comienza la cavatina "*Cruda,
funesta smania.*"   ¡Cuán rápidamente pasan, vuelan, una

tras otra, las páginas de la partitura! ¡Qué pronto ha terminado aquel tremendo juramento de venganza, tantas veces repetido y tan melodioso! Concluye la escena segunda. Óyense los preludios de la siguiente y el corazón de la artista comienza á latir como no ha latido jamás. Si entonces hubiese podido ¡cuán gustosa hubiera aplazado la dura prueba! El empresario, que se hallaba á su lado, la miró rápidamente y en seguida, como hombre práctico en achaques de teatro, apartó de ella la vista. Ya era muy tarde para advertencias ni consejos. Un momento después, sin que ella misma pudiera explicarse cómo, se hallaba *Lucía* en el inmenso escenario, al lado de su compañera *Alisa* y frente al temido auditorio.

¿Qué pensamientos la asaltaban en aquel instante? El primero fué un desencanto, tan vacío le pareció el gran teatro; el segundo fué preguntarse dónde estaba su voz, que por el momento parecía haber huído de su garganta y de sus labios. Sin embargo, con gran sorpresa suya logró articular las tres palabras que forman el recitado, *"Ancor non giunse!"*, con que empieza el papel de *Lucía*.

Fortuna fué que enseguida tocase á *Alisa* elevar su voz por algunos compases. Por corto que fuese aquel descanso bastó á Frances para respirar y dirigir un pensamiento de gratitud al compositor. Bastóle también para recobrar toda su confianza en sí misma, para olvidarse del público, del lugar donde se hallaba, de lo mucho que dependía de aquella prueba, y para transformarse en la pobre niña perseguida á quien representaba. Terminó la escena de la manera más perfecta, y empezó el solo de la tiple, *"Regnava nel silenzio,"* que exigía de ella su primer esfuerzo serio y que también le permitía desplegar sus facultades de actriz. Con su auxilio podría expresar el horror que le causaba la aparición del fantasma junto á la fuente, y la transición del espanto á la alegría dulcísima, cuando palabras y música describen el amor eterno que siente por *Edgardo*. Á medida que su argentina voz purísima, bastante poderosa á la vez para llenar todo el teatro, fué elevándose y bajando con las cadencias de la música, las reinas del canto rivales que habían acudido á juzgar por sí mismas, comprendieron que al dejar el teatro aquella noche la nueva tiple sería por lo menos su igual.

Edgardo entró en escena. Frances tuvo la fortuna de verse amada en las tablas por el tenor de moda, que no sólo sabía cantar sino que era buen actor. El dúo de amor entre los infortunados amantes tuvo éxito completo. Se mostraron tiernos, apasionados, temerosos, todo cuanto podía ser tan romántica pareja. *Edgardo* tenía bella presencia en la escena y el amor de *Lucía* por él parecía muy natural. Un tenor de poca estatura ó demasiado grueso representa siempre con gran desventaja el papel de señor de Ravenswood, tan romántico y que por lo mismo requiere un tipo correspondiente al personaje. El *Edgardo* de aquella noche hizo el amor á *Lucía* de una manera encantadora y el elemento masculino joven que formaba parte del público no le hubiera perdonado falta alguna á ese respecto, pues la hermosura de la joven le había conquistado la admiración de todos desde que se presentó en las tablas. Pocos hombres llegan á ser críticos musicales, pero todos ellos son por naturaleza buenos jueces de la hermosura femenina.

Cualesquiera que fuesen las dudas y los secretos temores del empresario, de los cuales, dicho sea en honor suyo, no habló á nadie una sola palabra, quedaron disipados por completo al caer el telón después del primer acto. La espontánea llamada á la escena demostró que la Francini había triunfado. El tenor salió con ella á las tablas, y cuando se retiraron *Lucía* llevaba en la mano un ramo de flores, el primer ramo de una artista. ¿Le parecerá á ella menos hermoso que al autor de un libro la primera prueba de imprenta de su obra?

El teatro estaba lleno al presentarse Frances en el acto segundo. Convencida ya de que el éxito estaba asegurado, se excedió á sí misma. Así con *Enrico* como con su no correspondido admirador *Arturo*, cantó de una manera soberbia y nada dejó que desear como actriz. No sólo se había llenado el teatro sino que estaba también representada la familia real por un príncipe, gran admirador de la música, que tenía toda su atención puesta en el escenario. Al acabar el acto segundo hubo dos, tres llamadas á la escena, y fué tal el número de ramos que *Edgardo* se retiró cargado de flores.

El empresario se frotó las manos y empezó á pensar en la fortuna que le esperaba. Hubiera querido abrazar á su

nueva "estrella" apenas calculó lo que podría producirle
en los tres años siguientes. Había tenido muchos desastres
como empresario y también había contratado algunos buenos
artistas, pero el triunfo de aquella noche prometía ser el
más productivo negocio de toda su vida.

—Con tal que pueda resistir hasta el fin de la ópera, se
decía, mi nueva tiple será proclamada la mejor *Lucía* de
cuantas se han conocido hasta la fecha.

Á Frances le quedaba por hacer aún el esfuerzo decisivo.
La escena de la locura en el acto tercero es para la *Lucía*
del teatro la piedra de toque de su reputación artística.
Para volverse loca en el escenario y salvar lo absurdo de
la situación se necesita una verdadera actriz, capaz de hacer
olvidar al auditorio aquellos otros actores que la rodean y
que contemplan sus paroxismos delirantes con la más suprema indiferencia. En su locura, después de darse por
supuesto que ha herido á *Arturo*, tiene que expresar casi
todas las pasiones que pueden agitar á un sér humano. Por
largo tiempo su personalidad domina el escenario. Hay en
él otros actores, pero han de quedar eclipsados por completo y todo el interés, la acción entera concentrados en
Lucía. Y ésta estuvo aquella noche á la altura de su papel.
La ternura con que recordó las escenas de amor entre ella
y *Edgardo*; el temor retratado en rostro y ademanes ante
la memoria del fantasma amenazador; la transición del
espanto á la alegría con que allá en su mente cree asistir á
la celebración de sus bodas con *Edgardo*; los duros re-
proches á *Enrico*; la explicación de su infidelidad al imaginario amante; la afirmación de que sólo en él tiene
puesta su alma entera; todos los detalles más salientes
realzados con perfección; los ademanes, la expresión, verdaderos; en tanto que su voz parecía ir ganando en extensión y dulzura, á medida que su papel se acercaba á su fin;
y cuando la pobre, engañada niña cayó sin sentido brillaban
las lágrimas en los ojos de numerosos espectadores.

¡Triunfo! Difícil sería hallar otro parecido en los
anales del arte lírico. Cantaba el infortunado *Edgardo* su
patética despedida cabe la tumba de sus padres antes de
poner fin á su vida, á tiempo que un mensaje del palco
regio invitaba á la artista á presentarse en él. Y una vez
allí, el más alto personaje de cuantos ocupaban el palco la

felicitó cordialmente, empleando al hacerlo aquellas formas delicadísimas, aquellas frases tan oportunas de que sólo él parece poseer el secreto. La artista se inclinó y manifestó su gratitud por el altísimo honor de que era objeto, viéndose después obligada á regresar presurosamente al escenario en momentos en que caía el telón después de la muerte de *Edgardo* y el público podía manifestar todo su entusiasmo, como lo hizo sin pérdida de tiempo.

Las aplausos estallaron cual se desencadena la tempestad. Una y otra vez tuvo que presentarse en escena la ya célebre Francini; el público no se cansaba de verla y aplaudirla. Aquel entusiasmo era de los que se presencian en Francia ó Italia, rara vez tan prolongado en un teatro de la fría Albión. Tantas veces tuvo que volver á salir y saludar, que cansada ya empezó á desear que terminase aquella ovación. Por último dejó de contar el número de sus llamadas á la escena; cualquiera que fuese, sobraba para demostrarle la solidez de su triunfo. El público se cansó también por fin y abandonó el teatro; y la heroína de aquella noche pudo encaminarse, bajo la protección del señor Trenfil, al hotel donde se proponía pasar la noche. El éxito había superado á sus más lisonjeras esperanzas y aun á las de sus más entusiastas admiradores. Su triunfo era completo. No tenía en el teatro amigos personales que iniciasen los aplausos; su magna ovación provenía del público en masa, que libre y espontáneamente se la había tributado y que había ido al teatro tan dispuesto á censurarla como á aplaudirla, según sus merecimientos. Sentíase muy dichosa, muy satisfecha.

En el hotel cenó tranquilamente, entre amigos. Toda la familia de Trenfil pasaba aquella noche allí con ella, y convidaron también á Herr Kaulitz. Este virtió lágrimas de gozo ante el triunfo de su discípula predilecta. Carlitos Trenfil, que tenía las manos hinchadas á fuerza de aplaudir, estuvo un tanto triste durante la cena, al pensar que allí acababan las locas esperanzas que había llegado á concebir. Su padre tenía razón: la señorita Boucher vería muy pronto al mundo entero á sus pies.

Aun cuando así fuera, Frances estuvo aquella noche tan bondadosa, tan franca y modesta como siempre. Se alegraba de ver terminada aquella durísima prueba y alegrábase mucho más de no haber sufrido un doloroso desengaño.

Al desnudarse para gozar del bien merecido descanso, asomó á sus labios una sonrisa. Se preguntaba si aquel joven alto, cuyo nombre ignoraba, habría estado en el teatro. Deseaba que así fuese, por más que no se explicaba la razón de aquel deseo. Probablemente no volverían á verse nunca.

CAPÍTULO XI

Muy cercano á la verdad anduvo Allan Bourchier al decir á su compañera de viaje que el dolor causado por el matrimonio clandestino de su hermana estuvo á pique de ocasionar la muerte á su padre ; por más que ignorase los verdaderos motivos de la emoción que dejó á éste exánime y que le tuvo por algunos días en estado de suma gravedad. No sabía que el furor ciego producido por aquella noticia le había hecho más daño que el dolor causado por la conducta de Josefina. Como ignoraba también que su padre se acusaba á sí mismo más que á su hija, culpándose de no haber comprado el silencio de aquel aventurero aun á costa de la mitad de su fortuna ; de haber sido débil hasta el punto de ceder ; de no haber desafiado abiertamente la ira de su enemigo. El peligro ya pasado parece siempre menor.

Felipe Bourchier se preguntaba cómo había podido dejarse engañar por aquel farsante ; cómo él, hombre de mundo, se había convertido en juguete de un mozuelo, en instrumento para destruir la felicidad de los séres que le eran más queridos. Volvíase loco de ira al pensar en el porvenir de Josefina, confiado á semejante hombre ; y sus palabras y ademanes revelaban tan claramente la agitación de su espíritu, que el médico comprendió y le dijo que si no lograba sosegarse un tanto, su curación quedaría aplazada indefinidamente. Mientras siguiese enfermo nada podría hacer por su hija ni por sí mismo, y reconociéndolo así, se vió obligado á obedecer al médico y á dominar los impulsos de ira, la cólera terrible que le obscurecía la razón al pensar en su malvado yerno.

Apenas recobró en parte la salud, escribió á Daniel ordenándole ir á Londres y avistarse con él. Su carta halló al joven muy satisfecho y muy cómodamente instalado en la Casa Roja. Para Josefina la vida seguía siendo un sueño placentero, dedicada como se hallaba á tributar su adoración al hombre generoso y noble que le había dado su amor. Daniel se mostraba tierno y afectuoso para con ella ; y la verdad es que difícilmente hubiera podido ningún hombre, aun el más perverso, conducirse de otra manera inmediatamente después de su matrimonio con tan encantadora joven. El la quería, ó creía quererla, y aun tuvo la generosidad de esperar y desear que su afecto por ella no amenguase con el tiempo y que las atenciones y caricias de su esposa no llegasen á serle un día insoportables por lo empalagosas.

La única nube en la felicidad de Josefina era la enfermedad de su padre, que ella no podía menos de atribuir en parte á su propio matrimonio. Su madre le había escrito algunas líneas á toda prisa, diciéndole que su padre se había indispuesto repentinamente, y Mabel había seguido informándola día por día del estado del enfermo. Ni una ni otra le escribieron una sola palabra de censura ni de felicitación ; Mabel porque su madre se lo ordenó así y ésta porque la asustaban de tal modo las graves consecuencias de aquel suceso, que no se atrevía á dar un paso sin anuencia de su marido.

De aquí que en la luna de miel de Josefina no faltasen remordimientos y disgustos, pero Daniel se encargaba de disiparlos. ¿ Qué mala acción habían cometido? No habían huido como criminales, sino regresado inmediatamente á la casa de su padre, es decir, á la casa que él permitía al señor Bourchier continuar poseyendo. Lo único que ella había hecho era consentir en que el matrimonio se verificase secretamente ; aquel matrimonio que iba á salvar de la ruina á toda su familia, pues él se proponía cumplir la palabra que había dado á Josefina en toda su extensión, no conservando para sí y su mujercita más que lo suficiente para vivir cual convenía á personas de su clase, y confirmando á su padre, y á su hermano en su día, en la posesión de todo el resto de los bienes. "Todo acabará bien," decía, y con un beso disipaba las tristes ideas de Josefina, á quien invitaba enseguida á dar un paseo á pie por el bosque, ó á caballo por los vecinos campos. Seguíale ella más consolada, diciéndose que debía de tener razón y que no existía un marido más bueno, hermoso y noble que su Daniel.

Una mañana llegó la carta de Bourchier para éste. Alegróse de recibirla porque ansiaba saber qué línea de conducta se proponía seguir su suegro, ó como él decía, "si tragaría la píldora á las buenas ó pateando." La carta no satisfizo su curiosidad. Era una invitación fría, casi una orden, dirigida al señor Daniel Bourchier, para que fuese á ver al firmante á su casa de Londres, sin pérdida de tiempo. Daniel la leyó y la entregó desdeñosamente á su mujer, cuyos ojos brillaron al ver la letra de su padre.

—¡ Oh, cuánto me alegro ! Puesto que escribe él mismo debe de estar mejor.

—Papá no trata muy cariñosamente á su nuevo hijo, comentó Daniel.

—No, dijo Josefina, muy descontenta con el contenido de la carta. ¿ Pero irás á verlo ?

—Sin duda alguna. Mañana mismo.

—¿ Podré yo ir contigo ?

Daniel reflexionó.

—¿ Quieres ir ?

—¡ Que si quiero ! Estoy anhelando ver á papá, á mamá y á Mabel. Además necesito porción de cosas. Apenas tengo ropa que ponerme. ¡ Ya lo creo que iré contigo !

—Temo que tengamos él y yo una tremenda agarrada. ¿ No sería mejor quedarte á distancia ?

—No señor, nada de eso. Si hay regaños que sufrir yo quiero llevarme tambien mi parte. Tanta culpa tengo yo como tú. Pero ¿ por qué han de reñirnos ? Y háganlo ó no, tengo que ir ; no seré completamente feliz hasta obtener el perdón de todos ellos.

—Corriente. Pues iremos mañana.

Daniel la besó y encendió un cigarro. Estuvo muy callado y pensativo todo el resto del día, pasando revista á sus armas para la lucha del día siguiente, que se figuraba había de ser ardua y tenaz.

Llegó por fin la joven pareja á la casa paterna y tanto madre como hija recibieron á Josefina afectuosamente, pero con tristeza ; saludaron á Daniel con mucha frialdad y para nada se refirieron al nuevo lazo que los unía. Avisaron á Daniel que el señor Bourchier le esperaba en la biblioteca y Josefina manifestó el vivo deseo de acompañarle. Tenía la idea de que á ambos les bastaría implorar de rodillas el perdón de su padre para que éste, tras algunas palabras de reprensión, los perdonase enternecido y los estrechara en sus brazos. Comenzó á alarmarse cuando su madre insistió en que Daniel viese á su padre á solas; pero Daniel la tranquilizó con un gesto y siguió á la señora Bourchier con muy seguro paso hasta la biblioteca, cuya puerta abrió ella para dejarle pasar, sin anunciarlo.

El impostor, malo como era, sintió algo parecido á la compasión al ver á Bourchier, endeble, gastado, envejecido como si hubiesen pasado diez años desde su última entrevista. Si Daniel hubiese sido quien pretendía ser, el hijo del hombre asesinado, no hubiera podido vengarse más cruelmente del asesino. La salud de Bourchier había quedado profundamente quebrantada; sin embargo, se veía en su rostro la firme resolución de luchar hasta el último extremo, y Daniel se preguntó si su última trama no habría sido la gota que haría rebosar y derramarse aquella copa de hiel por él servida á su víctima.

Esperó que Bourchier hablase, contando con un torrente de invectivas y amenazas y no le hubiera sorprendido mucho una agresión personal por parte de aquél. Lejos de eso, Bourchier muy poco dijo, después de mirarle con ira y desprecio.

—Pensé matarle á Vd., pero he cambiado de idea. Aunque es Vd. un solemne pícaro, esta vez se ha conducido como un necio. Pronto se convencerá Vd. de ello. Mi único objeto es hoy discutir la cuestión de intereses.

Daniel quedó sorprendido. No comprendía por qué Bourchier le trataba de necio. La verdad era que en su última jugada había contado mucho con el amor del padre por la hija.

—Cuestión de intereses, dijo. Sí, algo hemos de acordar sobre eso. Si Vd. quiere, yo estoy dispuesto á . . .

—Cuando su esposa llegue á la mayor edad, le interrumpió Bourchier, dispondrá de trescientas libras de renta anual que le pertenecen. El capital está invertido en nombre de ella, de lo cual me alegro. ¿Con qué recursos cuenta Vd.?

—Poseeré unas diez mil libras de renta en cuanto resuelva reclamarlas.

—Dejemos eso aparte. ¿Qué más?

—Tengo en este momento más de doscientas libras en el bolsillo, contestó Daniel echándolas de bravucón.

—¡Gran suma es! exclamó Bourchier con su antiguo sarcasmo. No está Vd. mal provisto para un aventurero.

—¡Me insulta Vd., señor Bourchier! Y al decir esto se irguió con todas las reglas del arte escénico.

—Y como mi hija, continuó Bourchier sin hacer el menor caso de las palabras ni de la actitud del joven; como mi hija, no obstante ser la mujer de Vd., tiene que vivir cual conviene á una señora, en cuanto sea eso posible dadas las circunstancias, pagaré cada tres meses doscientas libras á favor de ella en la casa de banca de Baring. Cuando llegue á su mayor edad rebajaré de esos pagos míos las trescientas libras que ella empezará á cobrar entonces por cuenta propia. Ahora, sírvase Vd. retirarse.

—Pero todo eso es absurdo, señor Bourchier.

—Sírvase Vd. retirarse. No, espere Vd. un momento. Debo añadir que siempre estaré dispuesto á ver á mi hija; pero si Vd. llega á acercárseme, yo sabré impedir que vuelva á intentarlo. Iré á la Casa Roja la semana que viene y si para entonces no se ha marchado Vd., lo haré salir de allí á puntapies.

—Es Vd. muy imprudente, rugió Daniel, blanco de cólera. Yo sabré vengarme y perderle.

—No soy yo el imprudente. Ya lo dije antes: esta vez se ha pasado Vd. de listo. Vd. estaba de venta, yo hubiera pagado un buen precio y Vd. prefirió cobrarse á su manera. Vd. mismo se ha tapado la boca. Ahora no espere hallar quien dé crédito á sus patrañas.

—Si es verdad que me he vendido y reducídome al silencio, el precio de la venta, no lo olvide Vd., dijo con perversa intención, es su hija favorita.

Aquellas palabras hicieron estremecer á Bourchier. Levantóse de su asiento y señaló la puerta.

—Salga Vd., dijo. No vuelva Vd. á hablarme nunca. No quiero volver á ver su cara.

Daniel comprendió que el tiro había dado en el blanco.

—Está bien, dijo con la mayor indiferencia. Por esta vez me voy, pero antes de separarnos para siempre uno de otro, tendremos mucho y mucho que hablar.

Josefina le estaba esperando, muy ansiosa. El la saludó con una sonrisa y un beso que la hicieron ruborizarse, porque su madre y hermana estaban en la habitación y aquellas caricias conyugales en público eran para ella una novedad.

—Anda á ver al viejo, le dijo Daniel al oído. Nada puedo hacer con él; está lo más gruñón . . . Daré un paseo de media hora y volveré á buscarte.

—¿Pero nos vamos esta misma tarde? exclamó ella sorprendida.

—Oh, sí, por el tren de las cuatro y cuarenta. No tenemos ya mucho tiempo disponible.

Como ni su madre ni Mabel hicieron objeción alguna, Josefina obedeció á su marido.

Cuando vió á su padre comprendió lo que había hecho. La mirada que él le dirigió le dijo tan claramente como se lo hubieran dicho las palabras, que todo aquello era obra suya. Pero no fué una mirada de cólera. Muy al contrario, la impulsó irresistiblemente á acercársele, á arrodillarse ante él y á prorrumpir en amargos sollozos, apoyada la cabeza en el pecho de su padre y pidiéndole perdón con entrecortada voz. El acarició dulcemente sus hermosos cabellos.

—Pobre niña, pobre Finita, yo te he perdonado ya. Ninguna censura mía aumentará el cúmulo de amarguras que te esperan en este mundo. Pobre mariposita mía, la alegre primavera de tu vida ha terminado ya.

Besó el rostro que tan cerca del suyo se hallaba y aquel beso convenció á la joven de que su perdón era completo y de que su padre seguía queriéndola. Aun el criminal puede amar á sus hijos con profunda ternura. Ese amor es un instinto puramente animal, regulado en los hombres, al decir de los frenólogos, por tales ó cuales protuberancias existentes en la parte posterior del cráneo. Bourchier se mostraba á veces frío y severo con sus hijos, pero no había en el mundo otro padre que los adorase como él. Daniel le había cobrado, en verdad, altísimo precio por su silencio.

Por muy dichosa que se sintiera Josefina al obtener su perdón, se alarmó con aquellas palabras que lo acompañaban.

—¡Mi vida futura! dijo. ¡Pero papá, si voy á ser lo más feliz ahora que tú me has perdonado! Daniel lo ha hecho por nuestro bien.

Su padre la contempló, pensativo y triste.

—¡Pobre hijita mía! Dime, Josefina; si tuviese que sucederte una gran desgracia ¿preferirías estar preparada, ó bien que cayera sobre tí de repente, como el rayo?

—No sé, dijo asustada Josefina. Pero dime qué significa eso, porque me haces temblar.

—Sí, creo mejor decírtelo. Abrázame, soy tu padre y te quiero.

Ella le abrazó y le besó cariñosamente. ¡Cuán débil y enfermo parecía!

—Josefina, te he dicho que tu vida futura será un cúmulo de amarguras. ¡Pobre hija! ¡Te has casado con el peor bribón que existe en toda Inglaterra!

La joven se incorporó, encendidas las mejillas, llorosos los ojos.

—¡Oh, papá! ¿Cómo puedes decir tal cosa, tú menos que nadie? Es preciso que sepas cuán bueno y noble es, todo lo que renuncia por consideración á nosotros. Por eso me casé con él como lo hice.

—¿Entonces, no le amas? preguntó ansiosamente su padre.

—¿Cómo no amarle? Tan bueno, tan generoso. Pero papá, yo me figuraba que tú te alegrarías tanto de que todo se arreglase así. No esperaba que tratases duramente á Daniel.

—¿Pero qué ha sacrificado él? ¿Á qué renuncia?

—Á la Casa Roja, papá; á toda tu fortuna, dijo Josefina con orgullo.

Bourchier apretó los puños y mentalmente lanzó una maldición más sobre la odiada cabeza de Daniel. Venganza tan supérflua como ineficaz, porque si sus maldiciones hubieran tenido alguna virtud ya haría tiempo que su yerno habría cesado de existir.

—Josefina, dijo con gravedad, á la vez que con ternura, soy tu padre y tengo derecho á que me creas. Ese hom-

bre no tiene sobre mi fortuna más derechos que el último
de mis criados. Dígate lo que quiera, por muchos documentos que te enseñe, todo ello es una impostura.

Josefina estaba más que asombrada, aturdida. ¿Qué
significaba todo aquello? Oprimióse las sienes con las
manos y trató de reflexionar. ¿Qué era lo cierto, qué lo
falso?

—Pero papá, dijo con vacilación, si lo que Daniel pretende no es exacto ¿por qué lo invitaste á residir en nuestra propia casa y nos dijiste que era nuestro primo?

Bourchier se estremeció. ¿Qué sucedería si ella le hiciese á su marido aquella misma pregunta? Pero no podía
creer que él se atreviese á decirle la verdad. Era ésta un
arma de dos filos que heriría al mismo Daniel, pues Josefina vería enseguida la impostura de su marido y probablemente lo abandonaría para volver al lado de su padre, por
grandes que fueran las culpas de éste.

La voz de Bourchier denunciaba su profunda emoción
al contestar á su hija.

—Falta ó desgracia mía fué; pero si me amas, Josefina, nunca me preguntes por qué lo hice, ni se lo preguntes
á tu marido. Fíjate bien; tengo toda clase de razones
para decir que es tu primo, pero su reclamación de nuestra
fortuna es toda una patraña, su generosidad el cebo que
empleó para engañarte. Te perdono porque yo fuí quien
lo llevé á nuestra casa; te veré siempre con placer, y el
día en que tengas algún disgusto ó sufras, dirígete á mí.
Dame otro beso y dime adiós.

¿Á quién debía ella creer? Á su padre, que había oído
balbucear sus primeras palabras, ó á su esposo, que algunas
semanas antes era un extraño para ella? Como toda mujer, por triste que sea decirlo, creía á su marido. La verdad es que toda la vida futura de una mujer se halla en
manos de su esposo, y de humanos es el luchar contra la
desgracia el más largo tiempo posible, el apartarla de nuestras cabezas, aplazando lo más que sea dable hacerlo la
hora de recibir sus dolorosos golpes, que nos privan, no de
la vida, sino de la esperanza, la juventud, la fe, el amor,
todo lo que hace atractiva la vida. Compadezcamos á Josefina, no la censuremos. Bien pronto necesitará de toda
nuestra conmiseración.

Salió de la biblioteca llorando amargamente. Desde la ventana del comedor vió á su marido que se paseaba fumando un cigarro, como era su costumbre. Para ello no tenía horas ni lugar fijos ; fumaba siempre que podía. Aquel era uno de los defectos de menor cuantía que Josefina había perdonado hasta la fecha.

—Tenemos que darnos prisa, dijo cuando Josefina le llamó. ¿ Quieres empaquetar algunos objetos ?

—Sí, necesito llevarme varias cosas.

Mabel y Josefina subieron al piso inmediato, y aunque la primera se había propuesto reñir muy severamente á su hermana, cambió de resolución al ver á la pobre niña tan afligida y se puso á consolarla y acariciarla. Todas sus censuras se las dedicó á Daniel, no á Josefina. Mabel había sido siempre, por su edad y su conducta para con aquélla, la hermana mayor ; pero aquel día Josefina con sus angustias y preocupaciones se imaginaba tener muchos años más que Mabel. Además, no se atrevía á decirle una palabra de lo que había pasado entre su padre y ella en la reciente entrevista y se limitó á manifestarle que su padre la había perdonado, pero no á Daniel.

—¿ Cómo ha de poder perdonarlo ? dijo Mabel, profundamente irritada contra su cuñado.

Apenas tuvieron tiempo de tomar el tren de las cuatro y cuarenta. Ambos guardaron silencio en el coche que los condujo á la estación. Josefina se sentía demasiado acongojada para hablar y su marido reflexionaba, tratando de resolver una cuestión muy delicada. Estaba ya convencido de que Bourchier tenía razón, de que él había llevado las cosas al extremo, recibiendo ó tomándose á cambio de su silencio una recompensa que no le traía cuenta. Con un poco más de sentido práctico y menos desenlaces novelescos hubiera podido poner una pica en Flandes, sacándole á Bourchier veinte ó treinta mil libras contantes y sonantes. En su lugar tenía que contentarse con ochocientas libras anuales y su mujer, después de tantos planes tan laboriosamente preparados. Se había engañado á sí mismo. Hábíale atraído irresistiblemente, como á todos los jugadores, una combinación complicadísima y ésta había fracasado. El nuevo triunfo que su matrimonio le proporcionara era el amor de su antagonista por su hija ; pero ese triunfo no le había permitido realizar la gran jugada que él esperaba. Hablando en plata, Bourchier lo había desafiado ; ¿ y cuál podía ser su venganza ? Ocupaba entonces una posición más débil que el día en que su enemigo lo había despedido ignominiosamente después de su primera entrevista, y se preguntaba qué valor podría tener á la hora presente el testimonio de Estoques, que un tiempo cambió por completo la situación. ¿ Y Josefina ? Desde luego la quería mucho, como quería á todas las muchachas bonitas que le amaban, es decir, durante algún tiempo.

Para empezar, su mujer no le parecía en aquel momento tan linda como otras veces. Bourchier había tenido razón en llamarla mariposa. Así como la lluvia perjudica á éstas, las lágrimas no favorecían á Josefina. El dolor y el llanto proporcionan nuevos atractivos á las hermosas morenas, de grande y trágica belleza ; pero las mujeres de tipo delicado, pequeñas, de sonrosado color, deben renunciar al llanto. Su piel muy tenue y su complexión nervioso-sanguínea, las hacen enrojecer con mucha facilidad. Josefina alegre y feliz era la rubia más seductora ; pero las lágrimas la transformaban desventajosamente y durante el trayecto lloró con desconsuelo. Su dolor aumentaba al pensar que sus padres habían obligado á los nuevos esposos á partir en un coche de alquiler, en lugar de conducirlos á la estación un carruaje de la familia. Primer desengaño, precursor de su triste porvenir. Incidente nada patético, pero de ominosa significación.

Daniel notó aquel cambio en su aspecto y se maravilló de haberla hallado antes tan hermosa. Aquello era, como suele decirse, el principio del fin.

—¿ Qué te dijo el viejo ? preguntó.

Josefina se estremeció ligeramente. La forma de aquella pregunta le pareció, si no atrozmente vulgar, por lo menos de una familiaridad de gusto pésimo.

—¡ Oh, no puedo decírtelo ! Cosas terribles, Daniel. Nada de ello es cierto ¿ no es así ?

Su pregunta no implicaba duda, sino el deseo de ver confirmada su opinión.

—¿ Que si es cierto ? Si se trata de cosas que me perjudican, desde luego puedes asegurar que todo es falso. Mejor haría en callarse, por la cuenta que le tiene.

Guardó silencio por algún tiempo, sumido en sus propios pensamientos y olvidado de la presencia de Josefina.

—¡Maldito viejo loco! exclamó de repente y de la manera más enérgica.

—¿Quién, Daniel? ¿Quién? preguntó ella, á tiempo que volvía á aparecer ante sus ojos el rostro pálido, entristecido, pero siempre cariñoso de su padre.

El vió la falta que había cometido.

—Ese estúpido cochero. Jamás llegaremos á tiempo para alcanzar el tren. La explicación era hábil, pero no satisfizo del todo á Josefina, porque el cochero era un joven y porque precisamente en aquel momento estaba dando latigazos á su caballo y llevaba el coche á escape, con la esperanza de ganar la propina que le habían prometido. No se atrevió á formular su duda, ni aun quiso pensar en ella; pero se hallaba en la situación de un prosélito del Profeta de Khorassan* que por un momento hubiese visto deslizarse el velo de aquél y quedase en la duda de si las facciones horribles que le había parecido divisar eran ilusión ó realidad.

Daniel le hizo algunas preguntas sobre su hermano mayor. No se habían visto nunca, pues los sucesos referidos ocurrieron mientras Alano se hallaba prosiguiendo sus estudios en la Universidad de Oxford. Tampoco conocía al hijo menor, Roberto, algo delicado de salud y cuya educación estaba confiada á un profesor particular, con quien residía en Linden. Josefina dió gustosa numerosos informes sobre Alano y terminó su panegírico aludiendo á la amistad que desde luego contraerían dos hombres tan superiores como su hermano y su marido. Mientras hablaba Josefina se decía este último:

—Me parece que el viejo se va. Y cuando su hijo le suceda . . . ¡oh, entonces sí que le apretaré las clavijas al joven Alano!

Esta idea lo puso de buen humor, y todo el resto del camino estuvo muy atento con su esposa. Tomaron el último tren que salía de Milton y habiendo telegrafiado para que enviasen el coche á esperarlos á Braley, llegaron á Casa

---

* "El Profeta Velado de Khorassan," canto del poema oriental *Lalla Rook*, de Thomas Moore.

Roja aquella noche. **Cinco** días después **los** esposos Daniel Bourchier regresaron **á Londres** y alquilaron una casita, donde **los** dejaremos **instalados.**

Todo esto **ocurrió, y** el lector lo **sabe, unos** tres años antes **del** brillantísimo estreno de **la Francini** en *Lucía.* Cuando ésta obtuvo su triunfo, ya **Josefina** comprendía perfectamente **la** significación de los tristes vaticinios de su padre. El ídolo que **antes adoraba** había caído de su **pedestal, roto y despreciado ;** pero su caída había matado en ella **la alegría y era** entonces una niña en años y una mujer por sus pesares **y sus perdidas ilusiones.**

Por algún **tiempo vivieron** pasablemente ; la joven esposa conseguía engañarse á sí misma y se negaba á admitir la verdad. Mientras su esposo la amó ó pretendió amarla, ella se empeñó en creer en él, por más que su fe tuvo **que** sufrir algunos rudos embates. Deseosa de justificar su matrimonio, quería naturalmente que su esposo firmase aquella famosa renuncia de sus derechos **de nacimiento, como** él grandilocuentemente la llamaba. **Al principio se** limitó **Josefina** á indicarle el asunto lo más **delicadamente que pudo ;** más tarde le pidió con **toda** claridad que hiciese la prometida renuncia. Daniel comenzó por cambiar de asunto y después le dijo resueltamente que no volviese á hablarle de semejante **cosa. Le** desagradaba pensar en ello, añadió, porque su suegro lo había tratado vergonzosamente, y porque á Bourchier era á quien le tocaba hablar primero del asunto, **y no á** él. Cuando su suegro solicitase un arreglo, entonces él cumpliría todo lo prometido. Pero pasaron **meses y** Bourchier **no** dió señales de **vida.** Mortal temor **fué** apoderándose **del corazón** de la joven. Preguntábase si habría **sido engañada,** si su padre le habría dicho **la verdad. Y** en **tal caso** ¿ qué concepto podía merecerle su **marido ?** Desde entonces su ídolo amenazó caer **convertido en** pedazos.

Alano y Daniel no simpatizaron. Aquél **fué á ver á su** hermana varias veces, pues la quería demasiado para abandonarla porque había contraído un imprudente matrimonio. **Ambos** cuñados se vieron, se hablaron y su antipatía fué recíproca. Alano dijo á Mabel, sin andarse con rodeos, que Josefina había sido víctima de un farsante ; á él no le engañaban las apariencias. Y la verdad era que desde hacía algún tiempo Daniel ni siquiera se tomaba el trabajo de fingir, y prescindiendo de sus maneras corteses, hacía y decía cosas que sorprendían, por no decir que ofendían, á la esposa que le adoraba.

Después empezaron los apuros pecuniarios. Daniel tenía gustos costosos y Josefina no daba valor alguno al dinero. Al fin del primer año estaban ya acosados de deudas y Daniel escribió á Bourchier pidiéndole dinero para pagar á sus acreedores. Su carta le fué devuelta rasgada en dos pedazos. Entonces exigió Daniel que Josefina apelase personalmente á su padre, quien la recibió triste y bondadosamente, pero se mantuvo inflexible en su negativa. Quizás pudiera atribuirse el mal resultado de su embajada al poco empeño que mostró Josefina. Su esposo había dejado de ser su ídolo. Le parecía que aquella petición la degradaba y sólo los ruegos, y aun podría decirse las órdenes de su marido habían logrado humillarla hasta tal extremo. Pero todavía no conocía ella á Daniel, jamás lo había visto como era en realidad hasta el punto y hora en que regresó de su desagradable misión con las manos vacías. Entonces él se quitó la máscara y dejó ver toda su profunda maldad, sin tratar de atenuarla ó disculparla. Josefina oyó las maldiciones que sobre ella lanzaban los labios de su marido, y tembló horrorizada, porque comprendió lo que había hecho y el porvenir que la aguardaba. ¡Cuán cierto era que habían terminado los días alegres de la pobre mariposa!

Desde aquel instante comenzó para Josefina una vida de abandono y de malos tratamientos, consecuencia de un plan deliberado de Daniel, que se proponía conseguir su objeto por tan viles medios. Quería herir al padre maltratando á la hija, hasta obligarle á comprar la felicidad de ésta, ó por lo menos su tranquilidad. No llegó al extremo de hacerla víctima de violencias personales, pero por algún tiempo empleó todos los medios que tiene un hombre para atormentar á una mujer, sin faltar abiertamente á la ley. Josefina, lejos de mostrar debilidad, reveló en aquellas difíciles circunstancias ciertas cualidades y rasgos de carácter que nadie hubiera sospechado en ella. Sabía que había sido engañada y ofendida, y aquella convicción le permitió afrontar valerosamente á su verdugo por algún tiempo.

Además, todos los Bourchiers eran orgullosos y el orgullo de Josefina le permitió ofrecer una resistencia inesperada. No solicitó la protección de su padre hasta que la vida se le hizo insoportable. Eso era lo que su brutal marido esperaba. La siguió, entró por fuerza en casa de Bourchier y reclamó á su esposa. Alano se hallaba en casa y sólo las órdenes terminantes de su padre le impidieron arrojar á Daniel por una ventana. El resultado de todo ello fué otra entrevista de éste con Felipe Bourchier; una cínica confesión de que maltrataba á la hija para sacarle dinero al padre; la intimación perentoria de que le fuese devuelta su mujer; la amenaza de que si se entablase una demanda de divorcio para librar á Josefina de sus garras, daría publicidad á otras cosas, aunque él mismo, Daniel, saliese perjudicado en el desastre general. En cambio, ofrecía tratar bien á su mujer si se le daba el dinero que pedía y se le garantizaba una anualidad mucho mayor en lo futuro. Con él tenía que volverse de todas maneras; y en tanto que le diesen lo que quería, su mujer no tendría más motivos de queja que los millares de esposas que viven bajo el mismo techo que sus maridos y en realidad á leguas de distancia de ellos. Pero era condición indispensable que Josefina siguiese viviendo con él.

Su víctima se resistió y luchó, pero acabó por ceder. Daniel recibió el dinero y se logró que su mujer regresase con él á su casa, bajo ciertas condiciones. El dolor más agudo, la parte más cruel de su castigo fué para Felipe Bourchier el tener que aconsejar á su hija que volviese al lado del hombre á quien odiaba, del esposo que en tan corto tiempo había demostrado su perversidad y villanía inauditas. Pero su padre le hizo prometer que á la primera señal de que su esposo se proponía renovar las hostilidades, se separaría de él y volvería al hogar paterno.

Al terminar el tercer año la situación era la misma creada por este segundo acuerdo, con poca diferencia; Bourchier había cumplido su parte del contrato; Daniel no había faltado á la suya abiertamente. Josefina vivía con su marido, pero viéndole y hablándole sólo cuando era necesario. No le temía. Le despreciaba profundamente, y el temor y el desprecio no suelen ir juntos. Aunque había perdido toda esperanza, no era enteramente desgraciada.

Tenía algunas amigas que la compadecían y simpatizaban con ella. Vivía lo más independientemente que podía, sin dar ni pedir cuentas á su marido, sin dirigirle nunca la menor reconvención. Él por su parte no le intimaba orden alguna, cuidando sólo de que su mujer no se ausentase por largo plazo. No quería perder de vista por mucho tiempo el recurso mágico que obligaba á Bourchier á ceder á su capricho; y ya había tenido que amenazar á éste dos ó tres veces con represalias sobre su hija. La amenaza nunca dejaba de producir efecto y Bourchier entregaba las cantidades exigidas.

Daniel pensaba por entonces en Frances con mucha frecuencia. Decíase que debía de estar próxima la época de su primera aparición en público, y cuando vió anunciado el estreno de la Francini, no dudó que ésta y Frances fuesen una misma persona. Tenía que evitar, como muy peligroso, todo encuentro con ella, por mucho que desease verla y oirla cantar. No se atrevía á esperar su perdón y sabía que si la suerte volviese á ponerlos cara á cara ella le exigiría explicaciones sobre la muerte de su padre. Y como unas explicaciones traerían otras muy peliagudas para Daniel Bourchier, lo único que podía hacer era evitar encontrarse con la joven, cosa á la verdad poco difícil. Sólo en la calle podía tener efecto el encuentro, pues los compañeros de Daniel no eran de los admitidos entre los amigos de la famosa *prima donna*. Aquél se había encanallado bastante; había renunciado á la vanidad que en un principio le animara y que le impulsaba á ambicionar una posición distinguida en el mundo. Su enemistad instintiva hacia Alano Bourchier se había exacerbado con la negativa rotunda de éste á proponerlo como socio de un club á que Alano pertenecía. El único gusto refinado que Daniel poseía, su afición á la música, iba desapareciendo rápidamente. Ya la música le importaba poco; su voz sólo se elevaba para entonar canciones tabernarias que divertían á sus compañeros de bacanal, así hombres como mujeres, pues no sólo estaba muy entregado á la bebida, sino que tenía otros vicios. Así se explica que Josefina lo despreciase profundamente, y que, abandonada á sí misma, buscase distracción y consuelo en la sociedad de algunas amigas. ¡Pobre joven! Apenas cumplidos los veintiún años veía su vida entera emponzoñada por aquel primer acto imprudente de una niña sin experiencia.

Cuanto al resto de la familia, Bourchier estaba enfermo hacía tiempo, pero no debido á los remordimientos. Más de un asesino come, bebe y duerme como el resto de los mortales. Había cometido su crimen á sangre fría, en beneficio propio y de sus hijos. Empezaban á borrarse de su memoria las facciones de su víctima, cuyo recuerdo le había atormentado algún tiempo. Es probable que Felipe Bourchier hubiera acabado por olvidarse del asesinato, sin el descubrimiento é intervención de Jorge Manders; quizás se hubiera alegrado algún día de aquella oportunidad que se le presentó para retener la posesión de sus bienes y también de haberla aprovechado descargando de una vez un golpe terrible, pero seguro. No, no era el remordimiento lo que lo había convertido prematuramente en un viejo decrépito. Era el temor, la espada que el impostor tenía siempre suspendida sobre su cabeza. Era también el dolor que le causaba la suerte de Josefina, cuya felicidad era el precio pagado por el silencio de su enemigo. Era así mismo la idea terrible de verse denunciado algún día, de tener que prolongar aquella lucha continua con su posible delator, desafiando á veces su cólera para temer en seguida su venganza, pagándole tributo y esforzándose por reducir éste todo lo posible.

Lo que lo mataba era también el horror de pensar que algún día su esposa y los hijos á quienes adoraba podrían verse obligados á considerarle como un asesino. Aun prescindiendo de todo remordimiento, motivos más que suficientes eran aquellos para quebrantar la salud de Bourchier.

El insomnio era la raíz de su mal. No podía dormir sin el empleo de narcóticos y el hombre que no duerme, ó muere ó pierde la razón. Se resistió y luchó cuanto pudo antes de resignarse á ser una víctima más del cloral. Pero de nada le valió su resistencia. En lugar del sueño que huía de sus párpados, asaltábanle en tropel sus tristes pensamientos, hasta que se confesaba vencido y tomaba una dosis más del temido narcótico. Sólo su esposa sabía la cantidad de éste que había consumido en los últimos meses. Dicen que el cloral destruye el cuerpo, mas no la inteligencia. ¡Cuánto mejor para Bourchier, si sus efectos hubiesen sido igual-

mente destructivos para ésta que para aquél ! Hombre de
firme voluntad, luchó resueltamente contra aquel nuevo
enemigo. Tomó parte activísima en la política, como pocas
veces suelen hacerlo los diputados conservadores rurales.
Frecuentó la sociedad. Todo inútilmente. Entonces renunció á la lucha y se sometió á su destino. Pronto comenzó á manifestarse en él aversión á la compañía de todos los
que no eran los miembros más inmediatos y más queridos
de su familia, lo cual le perjudicó en el desempeño de sus
deberes como miembro del Parlamento. Tuvo también
que reducir sus gastos, porque las exigencias de Daniel
eran ya una pesada carga.

Abandonó su residencia de Londres y se trasladó á la
Casa Roja para pasar allí el resto de sus días en la soledad.
¡ Hora fatal en verdad aquella en que Felipe Bourchier admi-
tió á un desconocido en su carruaje para llevarlo de Braley
á Renton !

¿ Y su esposa ? Era lo que siempre había sido, una
compañera solícita y fiel. Su marido era su Dios. En él
se resumía su vida entera. El era su amo y señor, en
buena ó mala fortuna, rico ó pobre, enfermo ó sano, respetado ó caído. ¿ Podía hacer más una esposa ? Lo único que
ella veía era la pérdida gradual de la salud de su marido,
acelerada probablemente por el mal aconsejado matrimonio
de Josefina. Esto era lo único de que la señora Bourchier podía culparse, la sola vez que había procedido sin
consultar á su marido. Lloró y deploró aquel fatal enlace,
pero como Josefina era tan desgraciada, la perdonó de
corazón.

Mabel había contraído un buen matrimonio. No con
aquel infortunado Luis Coverton de quien hablamos y que
inútilmente la pretendía, sino con el señor Meser, representante de una antigua familia de Sorlán. Su marido poseía
propiedades de gran valor y con el tiempo heredaría un
título de nobleza, de modo que el porvenir de Mabel parecía risueño. Josefina no podía menos que observar el contraste entre su propia vida y la de su hermana, pero ésta
seguía queriéndola como antes y las horas más felices de
Josefina eran las que pasaba con Mabel en Sorlán.

Alano, á cuya existencia apenas nos hemos referido en
alguno de los capítulos anteriores, había terminado su

carrera universitaria y obtenido su grado con lucimiento, dedicándose por lo pronto á gozar de la vida como podía hacerlo el heredero de una importante fortuna. Ya al cumplir la mayor edad heredó un capital que lo hizo independiente desde el punto de vista pecuniario. En las tradiciones de la familia Bourchier no entraba que el primogénito ejerciese profesión alguna, de modo que Álano llevaba una vida ociosa, si tal puede decirse de un joven de veinte y cuatro años. Le gustaban los viajes, los ejercicios corporales, los objetos de arte y otras muchas cosas, de suerte que para él la existencia no carecía de atractivos.. Tenía alquiladas habitaciones en Londres, pues su padre había renunciado ya á su casa de la ciudad, pero pasaba largas temporadas en la Casa Roja. Notaba con pesar, y sobre todo en los últimos tiempos, la prematura decrepitud de su padre; y como la mala salud de éste databa del matrimonio de Josefina, fácil es imaginar los sentimientos que le agitaban al pensar en Daniel.

Roberto, el hijo menor, se preparaba á entrar en la universidad de Oxford, y todavía no era cosa decidida si lo dedicarían á la iglesia ó al foro.

Tal era la situación de la familia Bourchier cuando Frances regresó á Inglaterra y, cumpliendo la profecía de Herr Kaulitz, conquistó gloria y fortuna en un instante.

CAPÍTULO XII

ALANO BOURCHIER, después de comer en su club, estaba en la sala de fumar del mismo, preguntándose qué haría para pasar el resto de la noche lo más agradablemente posible. No tenía el menor compromiso para aquel día y casi resolvió ir á uno de los muchos teatros de la capital. No era gran admirador del arte dramático. Le atraía la realidad, tanto en las personas como en hechos y acciones, y de aquí que prefiriese la vida de Londres á la del campo, con la única excepción del ejercicio al aire libre que esta última le proporcionaba. Gustábale observar aquella vida activa que le rodeaba ; mezclarse en aquel torbellino de hombres ocupados y afanosos. Á veces deploraba no tener que seguir una carrera y que crearse una fortuna. Esperaba verse algún día en el Parlamento, como miembro activo y no puramente de adorno ; pero todavía no había llegado la hora. Pensaba en todo esto sentado en la sala de fumar de su club ; en la gran ciudad que le rodeaba y los millones de seres que contenía. De Londres pasó su pensamiento á París, de París á Dieppe y saliendo de esta última ciudad permaneció largo tiempo á bordo del vapor, en el Canal, preguntándose quien sería aquella joven cuya imagen no podía olvidar. Recordaba todas las líneas, todos los detalles de su rostro y aun los cambios de expresión tan marcados que él había notado y seguido en aquellas facciones. Casi había renunciado á la esperanza de verla otra vez, después de tantas semanas de infructuosas pesquisas en Londres. ¿ Por qué no le preguntó su nombre ? Así pensaba y soñaba Alano, contemplando el clásico perfil de aquel hermoso rostro entre las nubes de humo de su cigarro.

Soñando despierto continuaba cuando sintió que una mano se posaba en su hombro, y volviendo á la realidad reconoció á su amigo Ernesto Belfor, más joven que Alano, muy rico, bastante calavera, pero apreciado de cuantos le conocían. Era, en fin, un muchacho á quien la vida de Londres debía convertir en hombre de provecho ó malearlo por completo, según lo quisiese la suerte. No estaba echado á perder todavía, pues de lo contrario no hubiera sido amigo de Alano Bourchier.

—¿Perdido entre las nubes, Alano, aunque sean de humo de tabaco?

—Me estoy preguntando dónde pasaré la noche.

—Le envidio á Vd. Mi suerte está echada: te, música y jugar al dominó.

—Vamos, que los dos primeros casi compensan lo último.

—No, no hay compensación posible; sólo me disculpa la idea del deber. Como que voy á ver á mi abuela.

—Lo mismo haría yo, pero la mía está fuera de Londres.

—Feliz Vd. En cambio la mía prefiere la ciudad é insiste en verme de cuando en cuando. Le digo á Vd. que una abuela con treinta mil libras que legar es una verdadera calamidad.

—Eso depende de la manera como las legue.

—Precisamente. La cantidad apenas vale la pena de luchar por ella, pero es demasiado importante para perderla por negligencia. Me voy, pues. ¿Dónde decía Vd. que se proponía pasar la noche?

—Eso es lo que no puedo resolver. ¿Quiere Vd. que lo acompañe y que lo recomiende á la buena señora?

—No, la amistad tiene sus límites. Pero en recompensa de su generosa oferta, aquí tiene Vd. mi billete para la ópera. Vaya Vd. á oir á la Francini. Yo pensaba llegarme por allá durante el primer acto.

—¿Tan buena es?

—¿Buena? ¡Vamos, hombre! Es soberbia, encantadora. ¿No la oyó Vd. en *Lucía?*

—No, estuve ocupado.

—Pues vaya Vd. ahora y en sus transportes de entusiasmo acuérdese de mí. Entregó el billete á Alano, que le dió las gracias y Belfor salió, no sin mirar al reloj y decir á su

amigo que fuese al teatro en seguida para no perder una
sola nota de la gran artista. Naturalmente, Alano había
oído hablar mucho de ella y leído los entusiastas elogios y
las muy favorables críticas. Hizo propósito de oirla, pero
hasta la fecha no lo había realizado. Muy aficionado á la
ópera, dejó el club apresuradamente y llegó al teatro cuando empezaba la sinfonía. Aquella noche la Francini cantaba por primera vez el papel de *Margarita*. Sus triunfos
anteriores habían despertado vivamente el interés del público y el teatro estaba lleno, según costumbre. Cuando la
artista se presentó en escena, Alano, que hasta entonces
había esperado plácidamente, estuvo á punto de saltar de su
asiento y comprendió instantáneamente que *Margarita*, la
cantatriz famosa cuyo nombre estaba en boca de todos, era
la bellísima joven en cuya compañía había cruzado el Canal.

Entonces comprendió también lo que significaban sus
palabras. Ella esperaba que Alano la viese y oyese con
frecuencia. ¿Cómo no había comprendido desde luego el
sentido de aquella frase? ¡Verla y oirla! Al escuchar su
voz magnífica á la vez que admiraba sus hermosas formas,
sin perder una mirada ni un gesto, descubriendo en ella
nuevos encantos cada vez que salía á la escena, Alano acabó
por decirse que la divina artista era su ideal.

Decir que quedó extasiado sería insuficiente; estaba
perdidamente enamorado. Entonces comprendió que la
había amado desde el primer momento. Sentado en su
butaca, la devoraba con los ojos y á la vez era todo oídos;
tenía impulsos de atraer su atención, preguntándose si ella
lo reconocería. Una vez se le figuró que la mirada de la
cantatriz había encontrado la suya, que lo había reconocido; pero no estaba seguro de ello. Lo esperaba así, y
bendijo á la abuela de Belfor, cuya afición á la compañía de su ingrato nieto era la causa primaria de su presencia en el teatro y de haber resuelto el misterio que
rodeaba á la hermosa desconocida.

Dejó el coliseo y llegó á su casa como en un sueño delicioso. Parecía que se le había abierto el cielo. La había
encontrado. La amaba. De esto no le quedaba la menor
duda. Pero ¿qué hacer? Aquello era divisar la felicidad
sin poder alcanzarla; muchos son los jóvenes que desean
ser presentados á una artista famosa sin que se les otorgue

ese favor, y muchos más los que quieren obtener su amor y jamás lo consiguen. Si Alano la hubiese visto y oído aquella noche por primera vez, probablemente la hubiera admirado como todos admiramos á una gran artista en las tablas ; pero su primera entrevista había ocurrido en circunstancias especialísimas y era la mujer, no la artista, quien había despertado el interés que sentía por ella. Á pesar de su hermosura, entre los accesorios y adornos de la escena ; no obstante aquella voz maravillosa que conmovía los corazones, á él le parecía más bella con su vestido de viaje, hablando y comportándose como simple mortal, desafiando las brisas del mar, que jugueteaban con los pequeños rizos de castaños cabellos esparcidos sobre su frente. No, su amada no era la reina de teatro, sino la hermosa mujer, á la vez graciosa y arrogante, á quien halló en sus viajes.

Llegó á deplorar que hubiese alcanzado posición tan distinguida. No porque en su opinión el primogénito de una antigua familia no debiese tomar por esposa á una mujer del teatro. No tenía prevención alguna en ese sentido, ó si la tenía se despojó de ella en un instante. Alano poseía firmeza de carácter y sin más ambages se dijo que la señorita Francini era digna de ocupar un trono, que él estaba muerto de amor por ella y que lo único que podía hacer era procurar que ella le amase á su vez, sin omitir esfuerzo para conseguirlo. Entre sueños y esperanzas, ahora regocijado con la seguridad del buen éxito, ahora desalentado al pensar en los obstáculos de su empresa, permaneció hasta la madrugada, ideando planes y preguntándose cómo daría los primeros pasos.

—¿Qué le pareció á Vd. *Margarita?* le preguntó Belfor al día siguiente. ¿No es divina ?

—Sí, dijo Alano con tanta frialdad é indiferencia que sorprendió á su amigo ; pero la verdad era que desesperaba de expresar como hubiera querido toda su admiración y sus elogios.

—¿Sabe Vd. quién podría presentarme á ella ? preguntó Alano, porque Belfor conocía á mucha gente.

—¡Hola ! ¿Flechado también ? No me extraña. Todo el mundo está haciendo la misma pregunta. Ojalá pudiera presentarle yo mismo.

—¿ Qué es ?

—Nadie lo sabe.   Algunos dicen que americana.

—Sí, eso lo sé.

—Pues puede Vd. felicitarse, porque sabe más que casi todos nosotros.

—¿ La conocerá Sincler? continuó Alano, refiriéndose á un acreditado compositor amigo suyo.

—Por supuesto que la conoce. Y si así no fuese, no tendría más que presentarse antes á sí mismo y después á Vd. Los genios pueden prescindir de los formas sociales acostumbradas. Daría cualquier cosa por ser un genio.

—Vamos, no desee Vd. imposibles, le dijo Alano.

¿ Pero acaso él mismo no estaba deseando lo imposible? Sí, mas aunque lo fuese, no podía luchar contra su destino ; aparte de que á los veinte y cuatro años el número de cosas imposibles parece siempre limitadísimo y aun esas sobra valor para intentarlas.

Al principio Alano pensó vagamente en escribir á Frances solicitando una entrevista, pero pronto renunció á ello. No pertenecía al número de hombres distinguidos á quienes la artista desearía sin duda recibir. Era sencillamente un caballero particular y comprendía que á duras penas podía fundar pretensión alguna á su amistad en el hecho de haber sido su compañero de viaje por varias horas ó en su profundo amor por ella. Esta última razón hubiera sido aun más pobre que la primera ; y como conocía el mundo, ó mejor dicho, como conocía muy bien á Londres, no se le ocultó que para entonces ya muchos le habrían hecho declaraciones de amor, tan sentidas en apariencia como pudiera serlo la suya. Por fin resolvió esperar hasta hallar quien le presentase ó hasta que la casualidad los reuniese en casa de un amigo común. Porque Alano procuraba contraer amistad con la mujer, no con la artista. Entretanto, iría á oirla cuantas veces cantase en público, derecho indiscutible del cual usó con sin igual constancia ; y en los quince días siguientes, siempre que la Francini encantaba á sus oyentes hubiera podido verse entre éstos á un joven que la escuchaba como si hubiera querido apropiarse exclusivamente todas aquellas mágicas notas, y que clavaba en la artista una mirada persistente, reveladora de su admiración y de su entusiasmo.

Frances había cantado ya varias veces en grandes óperas y por fin fué anunciada como uno de los mayores atractivos de importante concierto, su primera aparición en Inglaterra fuera de las tablas. Alano Bourchier concurrió al concierto, según su costumbre invariable. Tan puntual había sido siempre que ella cantaba, que Belfor le bromeaba sin compasión por sus atenciones á la nueva "estrella," sobre todo cuando descubrió que todavía no había conseguido la deseada presentación.

El concierto se efectuó en uno de los mayores locales de Londres. Hallábanse presentes varias famosas cantatrices, cada una de las cuales tenía sus respectivos admiradores sobre quienes reinaba sin rival, de suerte que no era posible proclamar á una de ellas soberana del canto sobre todas las demás. En la primera parte del concierto Frances cantó un aria y en un dúo, y fué recibida, por lo menos, con tanto aplauso como sus grandes rivales. Si la primacía hubiese dependido de las dotes personales, no habría existido la más mínima duda sobre su adjudicación, porque la hermosura de Frances se imponía. La de sus rivales era lo que la luz de una bujía ante el esplendor del sol. No le eran necesarios los ademanes dramáticos, las sonrisas y las ojeadas para producir grata impresión en el auditorio. Parecía lo que realmente era, en la escena ó fuera de ella : una reina entre las demás mujeres. Su traje, una de las obras maestras de París antes citadas, le sentaba admirablemente. Intentaremos describirlo.

De magnífico raso, color de limón ; todo el frente adornade con profusión de encaje blanco y bordado de perlas. Era ceñido, según la moda predominante entonces, y aunque otras temían y detestaban dicha moda, la Francini no tenía el menor motivo de queja, vista la simetría de las formas que dejaba adivinar. La falda terminaba en larguísima cola ; el escote cuadrado descubría su cuello de blancura deslumbradora, cercado por un collar de gruesas perlas, del que pendía un dije de diamantes. Á un lado del pecho un ramo de pensamientos morados. El contraste de éstos con el vestido color limón era sorprendente y admirable. Gruesos solitarios en las orejas y otros diamantes hábilmente colocados entre sus suaves y abundantes cabellos de castaño color. Cubrían sus torneados brazos ¡ oh exigen-

cias de la moda ! ocultando su belleza y blancura, largos
guantes con muchos botones y de color exactamente igual
al del vestido. Si alguna de mis lectoras duda del encantador efecto producido por aquel triunfo de la moda y del
arte, le aconsejamos que se haga uno igual y no quedará
descontenta del resultado, sea ó no tan hermosa como la
Francini. Pertenecía ésta al número de las mujeres que
parecen destinadas á llevar joyas. Hay manos en las que
una sencilla sortija de oro parece más que suficiente ;
otras pueden estar cubiertas de anillos y pedrería, con perfecto gusto. Por muy amiga de la sencillez que fuese
nuestra artista, la riqueza en el vestir le sentaba divinamente. Los diamantes parecían hechos para adornar su
cuello, manos y orejas. Sin necesitar de ellos, le caían
bien ; y sabedora de lo que valen las apariencias para con
el público, había invertido una parte de su capital en piedras preciosas. Su traje, joyas y aspecto general mere-
cieron casi tantos elogios como su canto.

Alano fué probablemente el único de cuantos se hallaban en el concierto que vió aquellos diamantes con disgusto. Con motivo ó sin él, la posesión de joyas tiene siempre algo de sospechoso tratándose de una actriz. El público
se pregunta enseguida si le habrán sido regaladas, y por
quién y por qué. Y tales preguntas revisten á la que es objeto de ellas de cierto interés picante. El mismo Alano tenía
la idea de que pocas artistas compran sus joyas ; y aunque
no podía creer que aquella joven de noble rostro, de ojos
límpidos y franca mirada aceptase regalos de nadie, se hubiera sentido mucho más feliz y tranquilo de haber sabido
que aquellas hermosas piedras las había comprado ella misma y pagádolas con su propio dinero. De todas suertes,
resolvió que los tales presentes serían devueltos á sus respectivos donantes, tan luego pudiera él llamarla su esposa.
De carácter firme y resuelto, tenía fe en el porvenir y lo
esperaba con la confianza que da la juventud.

El amigo de Alano y notable compositor Alfredo Sincler concurrió al concierto ; había gozado grandemente con
la primera parte y esperaba saborear aun más la segunda,
compuesta de música popular y en la que figuraban una ó
dos composiciones suyas. Aquella misma mañana había
puesto en música exquisita un poema sentimental y deseaba

vivamente que la señorita **Francini** "patrocinase" su composición, como dicen en la parla del teatro. Sólo los compositores y los editores de música saben lo que significa que una primera tiple "patrocine" tal ó cual romanza y cuántos miles de ejemplares vendidos, gracias á la condescendencia de la artista, que no deja de recibir muy buena remuneración. Sincler se contaba naturalmente entre los conocidos de la tiple y en aquel momento procuraba obtener de ella una entrevista para darle á conocer sus últimos melodiosos esfuerzos y obtener la cooperación de la cantatriz para popularizar aquel producto de su genio. Llegado el intermedio emprendió á toda prisa el camino del escenario para presentar su petición, pero lo detuvo una mano posada en su hombro; al volverse vió la alta figura y risueña faz de Alano Bourchier.

—¡Hola! ¿Cómo va, Bourchier? y añadió rápidamente: Dispénseme Vd. porque tengo muchísima prisa.

Comprendió que Alano deseaba hablarle.

—¿Adónde va Vd. tan apresurado?

—Sólo deseo hablar dos palabras con la **Francini**.

Sincler no tenía la menor idea de expresarse irrespetuosamente, pero ya es cosa aceptada el llamar á las cantatrices por su apellido, sin más aditamento que el artículo.

—¿Es decir que la conoce Vd.?

—Por supuesto. ¿Cómo no la había de conocer?

El acento con que se expresaba Sincler implicaba que era absurdo suponer que una artista se hiciese famosa sin estar forzosamente en buenas relaciones con persona tan distinguida en los círculos musicales como lo era él.

—¿La conoce Vd. lo suficiente para presentarme á ella, y en tal caso, querría Vd. hacerlo, si yo se lo pidiese como favor muy especial?

Sincler movió la cabeza negativamente.

—No creo poder valerme hasta ese punto de mis relaciones con ella, que son puramente artísticas. Y Vd., Bourchier, no es poeta, ni pintor, ni músico. . . .

—Pero deseo vivamente serle presentado.

—Lo mismo desean todos. Mejor sería que aplazase Vd. el comienzo de sus relaciones con ella hasta encontrarla en alguna de las grandes casas donde cuenta Vd. amigos. Sería de mejor gusto.

Alano se sintió algo ofendido, pero no lo dió á conocer á fin de no malquistarse con al compositor, cuyo auxilio necesitaba para sus fines.

—Pues entonces ¿querría Vd. solicitar su permiso para presentarme? Supongo que en ello no habrá inconveniente.

—¿Y qué le diré? ¿El señor Alano Bourchier, miembro de una antigua y rica familia de provincia, desea presentar en persona sus respetos?

—No, dígale Vd. que el caballero que viajó con ella de Dieppe á Newhaven está ansioso de serle presentado en debida forma. Bien puede Vd. hacer eso por mí, Sincler.

—Sí que lo haré, contestó éste, que deseaba complacer á todo el mundo y muy particularmente á los jóvenes pertenecientes á la buena sociedad. Espéreme Vd. aquí; volveré en seguida.

Desapareció por una puertecilla que parecía conducir debajo del escenario y Alano aguardó muy esperanzado. Aquella obscura puertecilla pintada podría ser para él puerta del cielo. Pronto regresó Sincler.

—Corriente, venga Vd., exclamó.

—¿Qué dijo? preguntó Alano.

—Dijo que sí; de lo contrario no hubiera vuelto yo á buscarle.

—¿Nada más?

—No, pero se sonrió. ¡Por Dios vivo, qué sonrisa la de esa joven!

Alano le siguió esforzándose por parecer tranquilo, si bien el corazón le latía precipitadamente.

La habitación destinada á los artistas, así en el teatro como en el salón de conciertos, va acompañada en la mente de los profanos de cierto solemne misterio, idea que en ciertos casos de que se tiene noticia ha persistido hasta la tercera visita al sagrado recinto. Cuando más siente un hombre la insignificancia de su posición es en los momentos en que vá á penetrar en la morada temporal de esos séres radiantes y espléndidamente dotados que encantan la vista y el oído del público. ¿Quién es él para atreverse á pisar aquel suelo, para respirar el mismo aire que aquellos cuyos nombres lleva la fama por todo el mundo? Entonces es cuando el más modesto individuo desea haber escrito una obra notable, pintado un gran cuadro, cruzado el **Canal en un globo**, inventado una medicina de patente, ó haber hecho, en fin, algo que dé á su nombre resonancia **suficiente** para justificar su intrusión. **Sólo cuando empieza á comprender que las tiples** de agudísima voz, las aplaudidas **contraltos, los tenores tan senti-mentales** y los rollizos barítonos **son** en su vida particular, ó siquiera fuera de la escena, **ni más ni menos que los demás** mortales, sólo **entonces comienza** el profano á **recobrar la calma.** Y entonces suele suceder también que al **renacer la tranquilidad se pierden ¡ ay !** las ilusiones y desaparece para siempre el misterioso atractivo de la sala de los artistas.

Es indudable que Alano hubiera traspuesto su **umbral** humilde y reverente, á no haber sido por su compañero, que entró **como Pedro** por su casa y en ejercicio de un derecho indiscutible, cerrando inmediatamente la puerta tras ellos, para impedir la entrada al **gran enemigo** de los cantores, las corrientes de aire. El espectáculo que allí les aguardaba era de lo más prosaico. Media docena de señoras, cuyos ricos trajes **desaparecían casi por completo bajo los gruesos abrigos** que las cubrían, ocupaban asientos en diversos puntos de la sala, por la **cual andaban también otros tantos** cantantes. Hablaban poco entre sí, **probablemente** porque se veían tan á menudo que casi habían agotado los temas de conversación. Dos ó tres **visitantes** platicaban con sus **amigos y Alano** observó que el primer tenor hablaba **con Frances** en un ángulo de la habitación, empleando una mezcla de inglés é italiano. Era el señor Celicour un artista de ojos negros y grandes bigotes, con una voz como la de un ruiseñor. Al verle tan absorto en su conversación sintió Alano un impulso de odio hacia el jovial italiano, quien, dicho **sea de paso, tenía** esposa y cinco hijos á quienes idolatraba. **Pero á** pasar de aquella primera y natural impresión de disgusto, Alano **no** pudo menos de notar y **agra-decer** la prontitud **con** que el **señor** Celicour saludó **y se** retiró, al llegar ellos al ángulo **donde** estaba sentada Frances, á quien fué debidamente presentado.

La joven le **dió la mano** sonriéndose.

—Me alegro de verle á **Vd.** ¿ No le dije que nos encontraríamos más adelante ? **Y** por cierto que parecía presunción por mi parte contar con el buen éxito como cosa segura y con tanta **anticipación.**

Había tanta franqueza y naturalidad en sus palabras que Alano recobró desde luego toda su calma, como si estuviesen todavía á bordo del vapor y soplase el viento agitando las olas. Algo bueno hubiera dado Alano porque así fuese.

Él le dijo cuán grande había sido su sorpresa, y cuán grata, al reconocerla, y le dió las gracias por haber permitido á Sincler conducirle á su presencia.

—De ninguna manera, contestó la joven. Yo soy la que me alegro de poder darle á Vd. las gracias por sus atenciones en la travesía del Canal. Y ahora, siéntese Vd. y hablemos. Tengo mucho tiempo disponible antes de que me toque volver á cantar.

Alano se sentó á su lado en el banco forrado de rojo, lleno de contento al ver que ella le recibía como un antiguo amigo.

—¡ Qué magnífico triunfo el de Vd. ! Permítame felicitarla de corazón.

—Gracias. He tenido mucha suerte y el público ha sido buenísimo.

—¡ Qué carrera la que se abre ante sus pasos ! Lejos estaba yo de figurarme con quién hablaba la primera vez que nos vimos. Sin embargo, no noto gran cambio en Vd.

—Yo no he cambiado, dijo Frances sencillamente.

—¡ Pero qué alteración tan radical en su vida entera !

—Es lo que siempre esperé y deseé, como resultado de mis estudios.

—¿ Y le gusta á Vd. ?

—Amo la música y el canto. Me deleita verme en las tablas y saber que conmuevo al público. También Vd. parecía complacido, por lo que pude juzgar.

—Pero entonces ¿ me vió Vd. ? preguntó Alano con voz que delataba su alegría.

—¡ Oh, sí, varias veces ! Un día pasé cerca de Vd. en la calle, poco antes de mi estreno. Tenía grandes deseos de enviarle á Vd. un billete.

—Ojalá lo hubiera Vd. hecho. ¿ Por qué no me lo envió ?

—Por varias razones; la primera y principal que no sabía su nombre.

—Ahora lo sabe Vd. ¿Me atreveré á esperar que no se le olvidará?

—No por cierto, no lo olvidaré. Es un nombre que me gusta, por ser algo parecido al mío.

—¿Supongo que tiene Vd. ya muchos amigos? preguntó él.

—Muchos conocidos, sí; pero hasta ahora pocos amigos. Creo que este título no debe darse á la ligera.

—Los grandes honores deben alcanzarse con grande esfuerzo. Tiene Vd. razón.

Alano sentía lo que decía y hablaba con toda seriedad. La joven no pudo menos que dirigirle una mirada de gratitud. Evidentemente aquél no empezaba mal si su objeto era conquistar la amistad de Frances. Todavía no le había dirigido el menor cumplido absurdo sobre su hermosura ó su voz. Parecía dar por sabido que ella conocía muy bien los méritos de una y otra y no necesitaba que se los repitiesen; y que ella estaba igualmente convencida de que él apreciaba altamente tanto su voz como su belleza. Así pues, habló á la artista como un caballero habla á una dama cuya compañía le es altamente agradable. Si hubiese conocido exactamente el carácter de la joven no hubiera podido conducirse de una manera más grata para ella.

Por su parte, su interlocutor la interesaba vivamente. Sus maneras formaban marcado contraste con las de algunos que había conocido recientemente, pues una primera tiple no puede hacer vida de reclusa. Hay que permitir las presentaciones y no sería buena política cerrar la puerta, por ejemplo, á personas de alto rango que deseasen presentar sus respetos á una aplaudida artista. Muchos, pues, habían podido saludarla personalmente, y juzgándola por las otras cantatrices que conocían, creyeron que cuanto más incienso quemasen mejor recibidos serían. Pero se equivocaban. No le eran indiferentes los elogios. Tributados por un Gounod, un Wagner, un Rubinstein ó cualquiera otro cuyo nombre diese valor á su aprobación, ésta le hubiera parecido deliciosa. Otros aplausos la dejaban indiferente. Fundaba sus esperanzas acerca de la realidad y estabilidad de su triunfo en el fallo general del público. Las opiniones particulares le importaban poco. Alano había evitado aquel error tan común, error en cuanto á

Frances se refería, y lo había hecho instintivamente. Tanto mejor para él.

—Á ese paso no verá Vd. mucho de los hermosos campos ingleses de que me habló Vd., continuó Alano. ¿Quizás no sea ya tan vivo su deseo de admirarlos?

—No los olvido, y no dejaré de recorrer el campo á la primera oportunidad.

—Yo prefiero á Londres, dijo Alano.

—Y yo empiezo á creer que me va gustando demasiado.

—¿Es decir que se siente Vd. feliz en el ejercicio de su profesión?

—Sí, soy muy dichosa; aunque naturalmente todo tiene sus percances y molestias y yo no puedo ser la única excepción.

—Cuénteme Vd. algunos de esos disgustos. Tengo para mí que Vd. podría soportar muchos de ellos sin que la afectasen gran cosa.

En aquel momento y como contestación á su pregunta, ocurrió un incidente desagradable de aquellos á que la joven se refería. Tocaba el turno de salir á cantar á una gran artista, que se levantó, se quitó el abrigo, y al volverse arrojó la cola de su vestido y el polvo en ella acumulado hacia Frances, por no decir encima de ella, de la manera más despreciativa que pudiera imaginarse. Fué un ademán elocuentísimo, un insulto que sólo podía sobrellevarse en silencio. Un espíritu algo filosófico hubiera considerado tal acción como muy lisonjera, pues indicaba que la cantatriz famosa que hasta entonces había reinado sin rival, acababa de hallarse por fin con una competidora bastante temible para merecer su enemistad. Pero para una mujer la ofensa tenía que ser dolorosa. La sangre se agolpó á las pálidas mejillas de Frances y Alano sintió impulsos de tratar á la vengativa cantatriz como merecía.

Algunas de las pocas personas que presenciaron el hecho tuvieron el mal gusto de sonreirse: pero una de ellas, una señora sentada no muy lejos de Frances, se inclinó hacia ésta y la acarició cariñosamente. De madura edad y muy querida de todas las artistas, había obtenido grandes aplausos en su día, pero ya no podía pensar más en papeles de jóvenes y hermosas heroínas.

—No haga Vd. caso, querida; es cuestión de educación.

Precisamente ; falta de educación. Porque la despreciativa cantatriz tan brillante entonces, se había criado en la miseria más sórdida allá por Moldo-Valaquia ó Rumanía, hasta que un maestro afortunado descubrió que su voz era un tesoro. Á los pocos años la niña harapienta vestía de raso y seda y los soberanos se disputaban el honor de rendirle homenaje. Era lista y logró modificar sus maneras pasablemente, en consonancia con su nueva posición ; pero no consiguió desprenderse de dos cosas : primera, su genio insoportable y segunda, su afición desordenada á cierto queso olorosísimo, propio de su país y que en su niñez había sido su principal alimento. Ambos defectos no dejaban de perjudicarla muchas veces y muy gravemente en la opinión de sus admiradores.

Y Frances pensó que efectivamente todo era cuestión de educación, se encogió de hombros y quedó consolada.

—¿ Supongo que ese es uno de los enemigos que tiene Vd. que sufrir, la envidia ? murmuró Alano.

—Hay que contar con ella y soportar sus ataques, dijo Frances. Algunas tienen buen natural y otras no. Lo único que deseo es no verme nunca envidiosa de una artista novicia, ni procurar atormentarla.

—Eso no lo hará Vd. nunca, seguro estoy de ello, dijo Alano afectuosamente.

Se acercaba el momento en que Frances tenía que volver á la escena. Él la siguió hasta el pie de las escaleras que conducían al escenario y desde allí la oyó cantar y oyó también regocijado los aplausos que le dedicaron de todos los ámbitos del local. Frances bajó sonriéndose, seguida de su acompañante, pero los aplausos redoblaron y tuvo que volver á subir. Al pie de la escalera había muy poco espacio y Alano notó que la doncella esperaba allí para desplegar y sostener la cola del vestido cuando la artista volvía á subir. Á la tercera llamada, Frances oyó que Alano decía á la camarera que le permitiera reemplazarla y no se le ocultó que la mano del joven fué la que sostuvo los pliegues de su vestido y los dispuso debidamente al presentarse ella para saludar al público. El sonrosado color de sus mejillas al regresar al lado de Alano era probablemente consecuencia de la animación que le comunicaba su triunfo artístico.

Alano creyó que era tiempo de retirarse y Frances le dió un cordial apretón de manos.

—¿Me permitirá Vd. hacerle una visita? preguntó Alano tan tranquilamente que la joven no pudo figurarse lo mucho que para él significaba su respuesta.

—Ciertamente, contestó ella con toda franqueza, si quiere Vd. tomarse ese trabajo.

—¿Dónde vive Vd.?

—Acabo de instalarme en la Avenida de la Ópera.

—¿Qué hora es preferible para Vd.?

—La que Vd. guste. Por lo general estoy en casa siempre que no me retienen fuera de ella mis deberes profesionales.

—Iré á verla á Vd. muy pronto, dijo Alano.

Sonrióse ella sin hacer la menor objeción y el joven se retiró, considerándose uno de los hombres más dichosos del mundo. ¿No la había visto y hablado, no había tenido en sus manos la orla de su vestido y sobre todo no acababa de hallarla franca, afectuosa y natural como siempre? Era evidente que su magno triunfo no la envanecía. Parecíale que podría obtener su mano, sin otro obstáculo que el de su profesión, no por lo que á él se refería sino por parte de ella. ¿Consentiría en abandonar gloria y aplausos para dar su amor y unirse para siempre á un simple hacendado? Deseó que en lugar de artista célebre fuese ella una modesta joven de la misma clase social á que él pertenecía, y al mismo tiempo se censuró por haber formulado tal deseo. No, estaba resuelto á no omitir esfuerzo para obtener el amor de aquella encantadora mujer, á renunciar por ella á todas las tradiciones de familia y preocupaciones sociales, si necesario fuese, modelando su vida por la de ella, considerando como propios sus triunfos y conservando quizás la gratísima esperanza de que algún día, cansada de ovaciones, renunciaría al teatro para reinar en la Casa Roja como reinaba desde la escena en las grandes capitales. Profundamente enamorado, lo asaltaban las dudas y temores que suelen sentir la mayoría de los amantes; pero todos aquellos obstáculos más ó menos imaginarios se eclipsaban por completo ante el único que él ignoraba, que hasta entonces no podía él siquiera sospechar, y que era sin embargo el grande y verdadero obstáculo que mediaba entre él y su amada.

Aunque las dos entrevistas de Frances con Alano no habían bastado para que la artista se enamorase de éste, merecíale sí especial interés. Se alegraba de haberle visto y hablado otra vez, y también, aunque no se lo decía á sí misma, de que hubiese pedido su venia para visitarla. No veía razón para no procurarse un amigo sincero en Alano Bourchier. Como gran parte de las jóvenes, creía firmemente en el amor platónico; los años se encargan de disipar esa ilusión, como otras tantas.

Algunos días después de su conversación con Alano hallábase en la escena extasiando al público con su ejecución de una de las más bellas romanzas conocidas. De repente, en medio de su canto, le pareció ver á gran distancia la cara inolvidable de Manders. Á pesar de hallarse el espectador en la semi-obscuridad de los últimos asientos, en una de las galerías más altas, ella le reconoció al instante y se dijo también que él lo sabía, porque se habían encontrado sus miradas. Es probable que la sorpresa echase á perder una nota alta y que algún crítico moviese la cabeza ominosamente; pero nada más. La artista triunfó, y á excepción de aquel ligero desliz, nunca había cantado mejor. Antes de dejar la escena notó que el rostro cuya vista le causara tanta sorpresa había desaparecido. Esto le demostró que no se había equivocado, que Jorge Manders estaba en Londres, que sabía que ella lo había visto en el teatro y que deseaba evitarla.

CAPÍTULO XIII

VICTORIA DE AMOR

Todos los dependientes del señor Trenfil trabajaban afanosamente en el doble escritorio corrido situado en la primera pieza de las que componían sus oficinas. Por regla general no se fijaban mucho en la llegada y salida de los clientes, dejando á un empleado secundario la obligación de recibirlos, anunciarlos y conducirlos al bufete del abogado. Los copistas no sentían el menor interés en los asuntos de la clientela hasta que éstos tomaban la forma de grandes pliegos de papel con extrañas abreviaturas, enmiendas, alteraciones y frases escritas entre líneas, todo lo cual era su deber descifrar y copiar en limpio con clara y hermosa letra. Trabajaban de firme, empezando á las nueve de la mañana, con la regularidad de máquinas. Y en efecto, poco se diferenciaban de éstas, á no ser que por la mañana esperaban y deseaban oir sonar la hora de la merienda, y por la tarde sabían que cada página que terminaban los acercaba á la hora en que el ferrocarril subterráneo ó el ómnibus los llevaría á sus hogares respectivos. Pero la entrada de la señorita Francini en las oficinas causó verdadera sensación. Las plumas fueron á parar detrás de las orejas, asomaron las cabezas por encima de la verja de madera y miraron otros por la rejilla que circuía y aislaba en cierto modo las carpetas. Apenas se cerró detrás de la artista la puerta forrada de bayeta verde que conducía al despacho del señor Trenfil, los empleados de la oficina exterior se permitieron un rato de descanso para dedicarlo á comentar aquella visita.

—¡Pues no es nada! exclamó el caballero Timins, á quien daban muy furibunda expresión los dos cabos de pluma que asomaban por encima de sus orejas, uno para tinta roja y otro para tinta negra. ¡La Francini! ¡Eso es lo que se llama saber cantar!

—Es mi bello ideal de la mujer, dijo el joven Grin, que se expresaba siempre en lenguaje muy atildado.

—¿La oyó Vd. en *Lucia?* preguntó Timins con ínfulas de crítico.

Pronunció el nombre "Lucía," como suena, pero Grin tuvo la bondad de indicarle la debida pronunciación italiana.

—Sí, y me dejó absorto. Entiendo que muy pronto ganará cosa de ciento cincuenta libras por noche.

—¡Vive Dios, qué mujer! ¡Ganar en una sola noche tanto como nosotros en todo el año, sudando la gota gorda! ¡Quién pudiera hallar otra parecida y casarse con ella!

—Pida Vd. la mano de ésta, Timins, dijo Grin. Si la mitad de lo que Vd. nos cuenta es verdad, de seguro que no le dará á Vd. calabazas.

Porque Timins tenía siempre alguna aventura que referir, algún lance con tal ó cual gran señora que se había mostrado muy cariñosa con él. Después aquellos hombres-máquinas reanudaron su trabajo, procurando ganar el tiempo perdido.

El señor Trenfil recibió á la joven cordialmente. Carlitos, que se hallaba en el bufete, se ruborizó como un culpable sorprendido, porque había estado pensando en ella toda la mañana.

—¿Qué la trae á Vd. por estos barrios? preguntó el abogado.

—Manders está en Londres. Lo ví anoche.

—¿Quiere Vd. que haga salir á mi hijo? preguntó Trenfil, creyendo que la joven iba á hablar de asuntos particulares.

—¡Oh, no! Carlos puede oir cuanto tengo que decir.

—¿Dónde vió Vd. á Manders?

—En el teatro. Y él lo notó, porque se marchó en seguida.

—¿Estaba solo?

—Lo supongo. No ví que hablase con nadie. ¿Qué me aconseja Vd.?

—Confiar en que la casualidad lo ponga otra vez en su

camino. En Londres está casi tan fuera de nuestro alcance como en los Estados Unidos. Podría Vd. anunciar, pero creo que no contestaría.

—No. Es evidente que desea ocultarse de mí.

—Eso es. Ó tiene muy mal gusto ó no le faltan motivos para huir de Vd.

—Si lo veo, donde quiera que sea, lo seguiré hasta tener una oportunidad de hablarle.

—Cuidado. Mire Vd. bien adónde le sigue. ¿ No sería mejor, Frances, dejar las cosas como están? Su padre ha muerto, indudablemente, y ya poco importa saber cómo murió.

—Á mí me importa mucho y lo averiguaré.

—¿ Qué tal le va á Vd. en su nueva casa? preguntó el señor Trenfil para cambiar de conversación.

—Divinamente. Y la señora Melvil es un tesoro.

—¿ Con que un tesoro, eh? ¿ De modo que ya son Vds. buenas amigas?

—Sí. Al principio temblaba con sólo oir nombrar el teatro. Pero ya está resignada á su suerte y creo que con el tiempo se convertirá en concurrente asidua á la ópera.

—Eso es. Díme con quién andas y te diré quién eres. ¡ Y la pobre señora Melvil que estaba tan orgullosa de sus buenas costumbres! Ahora, si tiene Vd. algo más que decirme, á ello; si no, Carlos la acompañará á Vd. á su carruaje.

Frances se echó á reir al verse despedida de aquella manera, y salió del despacho acompañada por Carlos, que la llevó hasta el coche.

—Venga Vd. á verme pronto, Carlitos, le dijo ella, dejando al pobre muchacho inundado de felicidad con su invitación. Sabía que para él no había esperanza, pero siempre era una gran cosa visitar á toda una primera tiple y no dudaba que todos sus amigos lo envidiarían.

La señora Melvil citada por Frances había sido elegida para la dirección y el cuidado general de la casa de aquélla, para acompañar á la artista, atenderla, en una palabra, para cuanto se la necesitase. Era amiga de la señora Trenfil, que había concluido aquel arreglo; pero no sin dificultad, pues aunque la buena señora, viuda y con pocos recursos, deseaba muchísimo aceptar la oferta de Frances, hubo que vencer un obstáculo que al principio pareció insuperable. Nos referimos al horror que le causaba todo lo que al teatro se refería. Sin ser una mojigata, había vivido desde su juventud entre personas que consideraban el teatro como centro de perdición y que á lo más toleraban tal cual visita á un circo ecuestre. Cuando oyó por primera vez la proposición de la señora Trenfil, contestó asustada que no volviese á hablarle del asunto; pero su amiga insistió porque conocía sus buenas cualidades. Frances la había visto varias veces y la estimaba; y por su parte la buena viuda sentía por la joven muy profunda simpatía, hasta el punto de vacilar en su primera resolución y empezar á decirse que si todas las actrices y cantatrices eran como aquella, las había juzgado muy severamente. Entonces la esposa del abogado, deseosa de que las negociaciones tuviesen buen resultado en beneficio de ambas amigas suyas, volvió á conferenciar con la señora Melvil y por fin logró convencerla y que aceptase la colocación ofrecida, haciendo, como ella decía, el sacrificio de sus opiniones. Pudo influir en su ánimo la esperanza de apartar á Frances de lo que ella llamaba la peligrosa senda que seguía; pero si tales propósitos tuvo, renunció muy pronto á ellos. De aquellos dos caractéres el más poderoso, el de Frances, no tardó en imponerse al otro y fuéronse modificando paulatinamente las opiniones de la señora Melvil, hasta el punto de justificar el aserto de Frances en el bufete de Trenfil: la señora Melvil sentía ya el deseo de presenciar aquellos triunfos de que tanto había oído y leído.

Frances había alquilado una casa amueblada por el resto de la temporada. Aparte de que Tuquenán estaba muy lejos de Londres, no quería abusar de la hospitalidad de los Trenfil. Comprendía también que su renombre, su nueva posición, consecuencias de la victoria conseguida, no se avenían con la tranquilidad y metódica vida de aquella casa; y por estas razones resolvió ponerla propia, con ayuda de la señora Melvil, tan luego se convenció de que ante ella se abría la carrera de artista y artista popularísima, en lugar de la vida privada que hubiera continuado haciendo en caso de mal éxito. La casa, aunque pequeña, era cuanto ella necesitaba; se permitió el lujo de amueblar de nuevo la sala á su gusto y quedó muy satisfecha con su nueva resi-

dencia, prometiéndose ser muy feliz en ella. La señora
Melvil se encargó de todos los cuidados y deberes que impone el manejo de una casa y desempeñó con gran dignidad
el papel de protectora de la artista. Los que visitaban á
ésta se preguntaban quién sería aquella señora de alguna
edad, tan grave y circunspecta. Acabaron por decirse que
se trataba probablemente de una parienta de la joven, pues
nada en sus maneras indicaba que estuviese á sueldo en
aquella casa.

Para Frances era un tesoro. Ya dado el primer paso se
desvanecieron sus escrúpulos de conciencia. En otro tiempo había vivido en muy buena sociedad, aunque algo intransigente y severa ; y precisamente por esto había deseado
tanto la señora Trenfil ponerla al lado de Frances, pues
sabía que las dos resultarían favorecidas.

Alano Bourchier no había hecho todavía su anunciada
visita. Había estado, sí, en la ópera, aunque no entre bastidores. Frances sabía que iría á verla y quizás desease ya
su visita. Sentada cerca de ella la señora Melvil, una mañana, se dedicaba á una de esas mil labores femeniles que
sirven de pasatiempo y que si bien ocupan las manos no
impiden sostener una conversación.

Frances se había sentado al piano y colocado en el atril
una romanza manuscrita que trataba de interpretar. Era
el último esfuerzo de un compositor ávido de fama, quizás
el mismo Sincler ; y aunque no podamos dar aquí la música, la letra decía así :

Un beso, el último ; el postrer adiós ;
Una lágrima triste que revele
El supremo dolor que al alma hiere,
La muerte del primero y dulce amor.
　Libre ya, de otra bella las caricias
Borren las huellas de fugaz dolor . . .
Mas ¡ay! que ya no encuentro en sus delicias
La dicha inmensa del primer amor !
　Canción divina que tu voz entona,
Pura y serena, del laúd al són ;
Bella sonrisa que á tu labio asoma
Y redobla el ardor de mi pasión . . .
　Pero es que tu sonrisa, es que tu canto
Cual eco triste de otros tiempos son ;
¡No tienen, no, el perfume, ni el encanto
De aquel primero, inolvidable amor !

La señora Melvil suspendió su labor al terminar el canto.

—No creo que las romanzas del día valgan, ni con mucho, lo que las de mi tiempo, dijo.

—Puede ser, pero recuerde Vd. que de todas las antiguas composiciones sólo las mejores han sobrevivido.

—Sin embargo, recuerdo numerosas canciones de mi juventud que me parecían mucho más dulces que las de hoy. Quizás me suceda lo que al viejo que prefería mil veces los juguetes de su niñez á los que se fabricaban y vendían cuando él peinaba canas.

—Ya sabe Vd. que los gustos varían.

—Pero es que no hay romanza moderna que no tenga por tema unos amantes desesperados y melancólicos, niños angelicales ó marineros absurdos.

—¿Y qué temas tenían las canciones de antaño?

La señora Melvil pareció algo desconcertada.

—Apenas lo recuerdo, dijo, pero eran bonitas y conmovedoras. Diferentes, en mi opinión, de las que se cantan en el día.

Frances se echó á reir.

—Sospecho que venían á ser lo mismo, dijo, y que los poetas líricos van siempre dando vueltas en el mismo círculo. De vez en cuando una de sus producciones se destaca de las demás, deja el trillado camino y llega á ser una canción famosa, pero eso sucede rara vez.

—Puede que tenga Vd. razón. Quizás estuviese yo enamorada cuando aquellas romanzas me parecían tan conmovedoras, dijo la señora Melville dando un suspiro.

—Entonces es muy probable que las modernas me produzcan el mismo efecto cuando yo me enamore. Esperaré y veremos.

—El señor Bourchier, anunció en aquel momento una sirvienta, abriendo la puerta.

Alano entró, tan jovial y apuesto como siempre. Frances le dió la bienvenida y lo presentó á la señora Melvil, quien se mostró muy atenta con él. Durante media hora hablaron de la manera más grata para todos, hasta que Alano se levantó para despedirse.

—¿Supongo, dijo Frances, que no conocerá Vd. á un

joven, de algunos años más que Vd. probablemente, llamado Manders, Jorge Manders?

Alano movió la cabeza negativamente.

—Conozco á una infinidad de jóvenes, pero ninguno de
ese nombre.

—¿Me haría Vd. el favor de repetir esa misma pregunta
á algunos de sus amigos?

—¡Oh, sí! se apresuró á decir el joven, ansioso de servirla. ¿Quién es? ¿Qué señas tiene?

Frances le hizo una descripción minuciosa de Manders,
pero rara vez puede identificarse á una persona, por muy
conocida que nos sea, sin más auxilio que una descripción
verbal de la misma, y de nada sirvieron todas las señas y
los detalles que oyó Alano.

—Debe de ser todo un buen mozo, á juzgar por las señas,
dijo algo contrariado.

—Sí, lo es, en cierto modo. Hace años que no sé de él
y deseo mucho volver á verlo.

—¿Es, pues, un amigo?

—Sí, un antiguo amigo.

Alano había hecho la pregunta con un acento que indicaba la gran importancia que para él tenía, y Frances no
pudo menos de ruborizarse al contestarla. ¿Se ruborizaba por
él ó por Manders? Mucho hubiera deseado Alano saberlo.

—Preguntaré por él y le comunicaré á Vd. lo que averigüe, dijo despidiéndose.

—Hasta otro día, señor Bourchier, le dijo la señora
Melvil. Me alegro de haberle conocido, como conocí también á su señor padre. Recuerdo que bailé con él hace años
en una fiesta campestre y le ví después varias veces en casa
de unos amigos. No creo que haya cambiado tanto
como yo.

—Lo que sé es que ha cambiado mucho, dijo Alano tristemente. Á veces temo un fatal desenlace.

Se alegró de ver que la señora Melvil había conocido á
su padre, pues la creía parienta de Frances y le agradaba
saber que las amistades de la familia pertenecían al mismo
círculo social que los Bourchier. No que para él fuese el
caso de importancia esencial, sino porque pensaba que más
adelante, si lograse su objeto, tendría que informar á sus
padres de la conquista que había hecho.

—Me gusta ese joven, dijo la señora Melvil después de haber salido Alano. Sus intenciones son rectas, es bueno y honrado y no tiene nada de tonto. Es también el primogénito y la Casa Roja es una valiosa propiedad.

—Tanto mejor para él, observó Frances.

—Sí. Apenas existe posición mas envidiable que la de esos grandes hacendados. Su padre ha representado á su distrito en el Parlamento, y lo más probable es que al hijo le llegue también su turno algún día.

Frances nada dijo.

—Felipe Bourchier era un arrogante mozo, aunque no tan bien parecido como su hijo. Cuando le conocí no era muy popular, bastante altanero y se contaban de él algunas curiosas aventuras. Pero luego cambió de carácter y se formalizó. Hace tiempo le pusieron pleito sobre sus bienes.

—¿Fué el pleito lo que le convirtió en hombre formal?

—No sé, contestó la señora Melvil sin notar lo absurdo de la pregunta. Puede que así fuese. Los pleitos son grandes calamidades. Uno de ellos consumió todos los recursos de mi marido.

La señora Melvil había observado durante la visita de Alano lo que Frances no supo ó no quiso notar. En las palabras, miradas y acciones del joven se revelaba su amor lo suficiente para que una persona experimentada leyese en ellos el estado de su alma; y dado el vivo interés que Frances inspiraba á su compañera, ésta no podía desearle mayor ventura que verla casada con Alano Bourchier, en quien parecían reunirse todos las cualidades requeridas. Gracias á las ideas especiales que tenía acerca del teatro, jamás se le ocurrió dudar que Frances, aun en los comienzos de su risueña carrera, renunciase sin vacilar á toda la gloria que la esperaba para convertirse en esposa de un hidalgo destinado á ocupar en el Vesire tan alta posición como la de Alano el día en que se llamase Bourchier de Casa Roja. Temía la oposición probable de la familia de Alano á su matrimonio con una cantatriz, si bien no podía ocultársele á ella, á pesar de sus preocupaciones y del alto valor que daba á la aristocracia provincial, que Frances sería una verdadera adquisición para cualquiera familia en que entrase. La buena señora y casamentera quedó, pues, deseando que

Alano repitiese su visita y que la querida joven confiada á sus cuidados acabase por oir los modernos cantos de amor tan conmovida como ella había oído los de la generación anterior, allá en los días de su primera pasión.

Alano menudeó sus visitas, con suerte unas veces, cuando encontraba solas á las señoras, y menos afortunado los días en que hallaba la sala llena de gente, pues el número de amigos de la señorita Francini aumentaba rápidamente. Allí vió también á hombres que conocía y por cierto que la sola presencia de uno ó dos de entre ellos en aquella casa le hizo temblar de ira. Sin embargo, no podía culparla. Según las convenciones sociales, aquellos hombres hubieran podido visitar á su propia madre y hermanas y además, la protección de la señora Melvil no la abandonaba un instante. Bendecía á la buena señora, si bien otras veces, cuando él era el único extraño en la casa, hubiera querido verla levantar el vuelo y desaparecer mientras durase su visita.

Alano y Frances llegaron á ser grandes amigos. Una ó dos veces le había permitido ella acompañarla á visitar exposiciones de pinturas y otros lugares de interés, y al cabo de algún tiempo la señora Melvil tuvo compasión de ellos y los dejó solos con frecuencia. Él aprovechó aquellas ocasiones para revelar su pasión hasta donde se atrevió á hacerlo y poco á poco la esperanza fué tomando todas las formas de la realidad. Sentíase profundamente dichoso ; comprendía que Frances le recibía como no recibía á ningún otro admirador ó amigo ; que le hablaba como nadie la había oído hablar nunca ; que con él era más tierna, más dulce, aun más humilde, cual si desease, por razones que ni aun á sí misma se atrevía á confesarse, agradarle como mujer, no recibir su homenaje como artista. Á decir verdad, aunque Alano no osaba esperarlo, el joven no le era indiferente, ni mucho menos.

El no le había preguntado todavía si lo amaba. No se atrevía á arriesgarlo todo con una sola pregunta. Sabía que algo más tarde ó más temprano llegaría el momento en que le sería imposible guardar su secreto, si lo era todavía ; que cuando menos lo pensase una palabra ó un acto cualquiera de ella le arrancaría su apasionada declaración. Ese momento llegó antes de lo que él esperaba.

Un día se presentó en casa de Frances muy temprano.

La sirvienta lo condujo á la sala y le dijo que la señora Melvil estaba indispuesta y no podía dejar su cuarto, pero que la señorita Francini bajaría en seguida.

Fuese que la muchacha olvidase anunciar su llegada ó que Frances no la oyese ó no la entendiese, lo cierto fué que esperó largo tiempo, hasta que la espera llegó á parecerle interminable. Por fin, se abrió la puerta y Frances entró precipitadamente, sin ver al joven. Cruzó la sala dirigiéndose hacia su escritorio, con trágico ademán, tan insólito en ella fuera de la escena que Alano se quedó sorprendido é inmóvil en lugar de adelantarse á saludarla. Tenía contraídas las cejas, encendidas las mejillas, y su cuerpo parecía erguido cuanto se lo permitía su esbelto talle. Era evidente que una emoción poderosa la agitaba y al entrar notó Alano que tenía en la mano un papel que rasgó en menudos fragmentos.

Un instante le bastó para observar todos aquellos detalles. Por muy trastornada que se hallase Frances no tardó en descubrir la presencia de Alano, y aunque sorprendida un momento, se esforzó por recobrar su calma habitual y saludó al joven. Al hacerlo sonreía, pero sus ojos estaban llenos de lágrimas. Actriz como era, aquella vez le faltaron sus facultades. Su sonrisa no hubiera engañado á nadie, y mucho menos á quien la observaba con la penetración que da el amor.

—Dígame Vd. lo que la atormenta, exclamó Alano tomando su mano. Ordene Vd., si puedo servirla en algo.

—¡Decírselo á Vd! contestó como asombrada de tal idea, á la vez que arrojaba en una cestilla los pedazos de papel. ¿Decirle lo que me pasa? ¡Ah, no!

—Á mí, sí. ¿No somos amigos? Si tiene Vd. pesares, déjeme Vd. compartirlos.

—Hay dolores que una mujer no puede comunicar á sus amigos.

—Pues entonces ¿no somos nosotros algo más que amigos? ¡Contésteme Vd., Frances!

Él comprendió que había llegado el momento. Hablaba á la joven con ese acento que dice aun más que las palabras, que revela lo que siente el corazón. Frances no pretendió ignorancia sobre la significación de aquellas palabras, pero retiró la mano que él trataba de tomarle otra vez. Bajó los ojos al suelo, reflexionó un momento y habló luego con acento despreciativo y agitada voz, aunque pronunciando las palabras distinta y pausadamente.

—¿Deberé decirle á Vd., preguntó, que dos hombres me han ofrecido hoy su amor, en términos explícitos, por escrito?

Súbito rubor encendió las mejillas de Alano, seguido de densa palidez.

—Sí, continuó ella, y ambos son ricos, ambos tienen millares de libras esterlinas de renta. Uno de ellos, añadió señalando casi imperceptiblemente hacia la carta hecha pedazos, ostenta uno de los primeros títulos del reino.

—¿Qué más? preguntó Alano, comprendiendo que le quedaba algo por decir.

—Una pequeñez, un detalle. Quizás á Vd. mismo le extrañe que una actriz ó una cantatriz tome ese detalle en consideración. Ambos son casados.

Pronunció estas últimas palabras con amargo desprecio. Alano tembló de ira.

—Tan parecida es la fraseología de las dos cartas, continuó ella, que se las creería escritas por una misma persona. ¿Existe por ventura una fórmula especial para tales casos? Uno y otro deploraban tener que escribir, hubieran preferido hablarme; por desgracia se les había hecho extremadamente difícil verme á solas . . . ¿Son estos los caballeros ingleses, señor Bourchier?

¿Qué podía él decir en defensa de sus compatriotas? Muy poco. Lleno de indignación, no tenía sobre quién descargarla. Conocía muy bien las debilidades humanas, quizás las juzgaba con benevolencia, pero hubiera despreciado profundamente al hombre capaz de degradar á una mujer honrada ante sus propios ojos de una manera tan cruel, sin una palabra ni una mirada que pudiera animarlos en esa senda. Mal lo hubieran pasado los autores de aquellas cartas si hubiesen caído en aquel momento en manos de Alano Bourchier. Pero no hay mal que por bien no venga. Alano tomó la mano de la joven y la atrajo hacia sí.

—Te amo, dijo, y tú lo sabes. Frances, amor mío, ven á mí, acéptame, déjame protegerme contra tales vilezas. ¡Que en lo futuro, el que insulte á mi esposa tenga que darme cuenta terrible de su ofensa!

Habían bastado unos cuantos segundos. Su declaración estaba hecha. Sus brazos rodeaban á Frances y la estrechaban más y más.

—¡Dime que me amas! la imploró, al ver que una oleada de púrpura coloreaba el rostro y el albo cuello de su amada.

Quería oir aquella declaración de sus propios labios, aunque ya no dudaba de su amor por él, pues sabía que de lo contrario Frances no le hubiera permitido estrecharla en sus brazos.

—Sí, te amo, dijo ella en voz baja; y despúes, presa de una mezcla de felicidad, rubor y confianza, apoyó su cabeza sobre el pecho de Alano y prorrumpió en sollozos.

Alano la consoló como suelen hacerlo en tales casos los amantes y no tardaron en verse sentados uno al lado de otro, hablando de su porvenir y contemplándose amorosamente, hasta que llegó la hora de separarse.

—Iré á la Casa Roja mañana para darles á todos la noticia, dijo Alano al despedirse.

—Sí, contestó Frances sencillamente.

Aquello le parecía lo más natural que él podía hacer. Jamás se le ocurrió que el paso dado por Alano pudiese disgustar á su familia. Alano salió de allí preguntándose por qué le había estado reservada tamaña felicidad y Frances fué en busca de la señora Melvil, cuya dolencia no era tan grave que le impidiese oir en seguida la gran noticia.

—¡Oh, querida amiga! dijo á Frances ¡cuánto me alegro! He estado deseando este desenlace desde el primer día en que él se presentó aquí. Nada mejor podía suceder. La felicito de corazón y sobre todo me alegro infinito de que deje Vd. el teatro.

Frances abrió los ojos asombrada.

—¡Dejar el teatro! repitió.

—Sin duda alguna. ¿Por qué había de continuar en él la esposa de uno de nuestros ricos hacendados? ¿No lo dijo él así?

Con su falta de experiencia la señora Melvil ignoraba todo lo relativo á contratas, fuertes indemnizaciones pagaderas por violación de las mismas, etc.

—Jamás dijo tal cosa, observó Frances. Es más, yo comprendí precisamente lo contrario.

—Querida, es que lo dió por entendido. Será lo primero que exija.

La joven permaneció silenciosa unos instantes.

—No lo creo, dijo. Espero que no.

Pero quedó pensativa, preguntándose si la señora Melvil estaría en lo cierto. Al día siguiente, cuando Alano se presentó, Frances resolvió aclarar aquel punto desde luego.

—Vida nómada la que conmigo te espera, Alano, dijo.

—No importa; será la vida contigo ¿qué más puedo pedir?

—Juntos recorreremos casi todo el mundo. Francia, Italia, Alemania, América; sabe Dios adónde me llevará mi profesión.

—¿Es decir que no piensas renunciar á ella?

No era una súplica; era simplemente una pregunta.

—No puedo, por largo tiempo todavía. ¿Lo harías tú, con fama y fortuna por conquistar? ¿Eres rico, Alano? Me importa tan poco que seas rico ó pobre, que bien puedo hacerte esa pregunta.

El le dió un beso para probarle que la creía.

—Cuento hoy con recursos suficientes, dijo, y desde luego seré rico algún día; pero ojalá que ese día tarde en llegar, porque será el de la muerte de mi padre.

—¿Me aceptarás como soy, Alano, sin pedirme que abandone mi profesión?

Él le tomó ambas manos y la contempló apasionadamente.

—Ámame y sé mi esposa, le dijo. Nada más te pido. Conformaré mi vida á la tuya y sé que será una vida de felicidad. Quizás llegue un día en que te canses de tus triunfos, de todo excepto de mi amor, y entonces viviremos tranquilamente en nuestra casa. Pero entretanto, no hablemos más de ello.

Mucho era lo que prometía, más de lo que él se imaginaba. Su oferta era imprudente, pero ¿quién no lo sería á su vez y quién podría no prometerlo todo, cuando ojos tan elocuentes estuviesen prontos á darle las gracias y labios tan hermosos la recompensa?

—¡Ah! eso lo dice él ahora, amiga mía, comentaba poco después la señora Melvil, pero espere Vd. algo más. No hay hombre que no quiera guardar su mujer para sí

solo, sin que ésta tenga que dividir su atención entre su
marido y el público, á no ser que se proponga vivir á costa
de ella, lo cual no sucede en el caso de Alano. Ya verá
Vd. ; pero cuando llegue el momento, siga Vd. mi consejo
y haga lo que le pida su marido.

Alano fué á su casa al día siguiente. Dejó á Londres
sin sentir temor alguno sobre el resultado de su entrevista
con sus padres, ó por lo menos tratando de convencerse á sí
mismo de que nada temía por ese lado. ¿Y por qué no había de ser así? Iba á darles la hija más hermosa y mejor
que pudieran desear. Si bien existía cierta prevención vulgar contra la carrera del teatro, su futura esposa ocupaba
en ella el puesto más alto y su reputación estaba exenta de
toda sospecha. Sin embargo, á medida que se acercaba á
la casa paterna disminuía su seguridad. Empezó á pensar
en tales y cuales obstáculos y se le ocurrieron objeciones
numerosas. Pero sobre todas las dificultades predominaba
su amor apasionado, su promesa de matrimonio y su firme
propósito de hacer á Frances su mujer, con la menor dilación posible. Decíase que con el consentimiento de sus
padres ó sin él, tan luego volviese á Londres fijaría con ella
el día de la boda. Tales eran sus propósitos al dirigirse á
la Casa Roja.

Su llegada fué ocasión de júbilo para todos. Parecióle
que su padre se hallaba algo más fuerte, y se alegró de
ello, pues la revelación que iba ó hacerle no dejaría de
agitarlo algo. Después de comer, estando padre é hijo
solos en la mesa, abordó la cuestión resueltamente.

—He venido á decirle á Vd. que pienso contraer matrimonio.

—Ya me figuré que tenías algo que decirme ; noté que
estabas preocupado. Al principio creí que habrías contraído deudas, pero la noticia que me das es mucho mejor.

—Sí, desde hace algún tiempo me ha venido Vd. diciendo que debería casarme, y he resuelto seguir su consejo.

—Dime quién es ella, Alano, aunque no tengo la menor
duda sobre el acierto de tu elección.

Se lo dijo todo, sin la menor excusa, sin detenerse á asegurar á su padre que Frances estaba exenta por completo
de la más ligera sospecha, que á ella no la alcanzaba esa
sombra que, con razón ó sin ella, suponen algunos en torno

de la gente de teatro. Habló con tanta firmeza y confianza, con tal acento de gratitud por la gran dicha de que era objeto, que su padre, conociendo como conocía su carácter, comprendió que el matrimonio, bueno ó malo, era cosa resuelta ; que toda oposición por su parte sería lamentada, pero no atendida. Dolorosa fué la noticia para él, pero escuchó sin comentarios cuanto Alano tuvo á bien decir ; tampoco expresó su opinión, pues aunque le causaba vivo sentimiento, había renunciado en los últimos años á esperar de esta vida otra cosa que disgustos y desengaños.

—Supongo, Alano, dijo cuando éste acabó de hablar, que te propones hacer tu voluntad en este asunto, consienta yo ó no.

El joven no replicó.

—Vienes á pedirnos á tu madre y á mí que aceptemos como hija á una joven á quien viste por primera vez hace pocos meses, una cantatriz pública.

—Véala Vd. y no se admirará de mi elección.

—¿Deduzco que es inútil que yo mande ó ruegue ?

—Así lo temo, mejor dicho, espero que no lo haga Vd.

—En tal caso, no sé qué más puedo decir. No me es posible impedirlo y tú no esperarás que yo te dé mi aprobación. Cuanto á mi futura conducta para contigo dependerá de las circunstancias.

—No las temo, padre mío.

—Allá veremos. De todos modos, supongo que siempre podrás vivir con lo que gane tu mujer.

La sangre afluyó al rostro del joven.

—El golpe es certero y doloroso, padre, contestó. Pero la amo ; es lo único que puedo decir.

—No he pensado en ofenderte. Eres mi hijo mayor y á nadie quiero en el mundo como te quiero á tí.

Su voz revelaba profundo afecto, y Alano no pudo menos que estrechar la mano de su padre.

—Vé á decírselo á tu madre, prosiguió Bourchier. Déjame reflexionar.

Alano obedeció. No le disgustaba el resultado de la confesión, pues á duras penas esperaba que su padre accediese desde luego á sus deseos. Tarea mucho más fácil creía tener con su madre, pero se equivocaba. La buena señora se escandalizó con sólo pensar en una nuera que cantaba en público por dinero, y quiso tratar el asunto como una niñería. Alano se contuvo con gran trabajo y estuvo á punto de tener un disgusto serio con su madre. Sólo se evitó acordando ambos dejar al señor Bourchier la decisión del asunto.

—Y él nunca permitirá semejante cosa, nunca, le dijo su madre.

Y sin embargo, lo hizo. Con gran sorpresa de Alano le anunció que volvería con él á Londres, y una vez allí fué á su hotel y pasó el día tomando informes de muy delicado carácter. Tenía muchos amigos que sabían cuanto ocurría y conocían á todo el mundo. Pronto tuvo en su poder cuantos datos sabía el público acerca de la señorita Francini, y algunos á quienes confesó el objeto de sus averiguaciones le dijeron claramente que su hijo debía ser objeto de envidia, no de censura. El anciano Lord Sever, por ejemplo.

—¡Por vida de! exclamó; le digo á Vd., Bourchier, que su hijo tiene suerte de veras. Esa joven podría casarse con quien ella quisiese en toda Inglaterra. Ojalá le gustase mi título; en diez años su voz redimiría una por una todas las hipotecas que pesan sobre mis fincas de Sever. Pongo á disposición de la pareja una cualquiera de mis residencias para que pasen allí la luna de miel. Vaya Vd. á verla, amigo Bourchier; la sola presencia de tan hermosa mujer le hará á Vd. bien.

Bourchier fué á verla al día siguiente. La visita tuvo efecto á petición suya. Frances le recibió encantada de verle, con naturalidad, sin ningún embarazo. Después regresó á su casa y dijo á su esposa que por su parte no se oponía al matrimonio de Alano. Su voluntad era ley para la señora Bourchier, de modo que allí terminó el asunto.

Las mismas palabras empleó dirigiéndose á Alano, quien le dió las gracias y añadió que sabía que no habría oposición desde el momento en que su padre viese y hablase á Frances.

—Á propósito, Alano, dijo aquél al separarse, ¿cuál es su verdadero nombre?

—Muy parecido al nuestro : Boucher.

Su padre se sobresaltó. Era un nombre ominoso. Pero lo consideró como mera coincidencia, porque el nombre de Boucher es relativamente común.

13

—¿ Supongo que es inglesa ?

—Sí, contestó Alano, que siempre la consideraba como tal. Además sabía que su padre tenía cierta prevención contra los americanos y no quiso disgustarlo.

—¿ Qué parientes tiene ?

—Ninguno, es huérfana.

—Tanto mejor, se dijo su padre, y terminó la conversación. ¡ Cuán lejos estaba Frances de pensar qué sangre manchaba las manos de aquel hombre á quien había recibido con placer y orgullo á la vez, el padre de Alano !

Cosa sorprendente era en verdad que un hombre tan altivo como Felipe Bourchier consintiese con tanta facilidad el matrimonio de su hijo con la cantatriz Francini, ó ya que no diese á las claras su consentimiento, renunciase por lo menos á toda oposición. Para comprenderlo hay que tener en cuenta los secretos pensamientos que le agobiaban. En primer lugar amaba apasionadamente á sus hijos, y el temor que le roía el corazón, que minaba de día en día su salud, era el de verse un día convicto de asesinato ante su familia, gracias á los datos que Jorge Manders poseía. Aquella amenazadora espada podía caer sobre él de un momento á otro, y las miradas de sus hijos, que aun temiéndole le amaban, podían llegar á apartarse de él algún día, con tanto horror como pesar, sus vidas enlutadas para siempre por el crimen de su padre. Quería conservar á toda costa el amor de sus hijos, tanto tiempo como le fuera posible. Si había de llegar un instante en que Alano le acusase y maldijese en silencio, no quería que pudiese culparlo también de haber puesto obstáculos á la realización de lo que su hijo juzgaba ser la felicidad de toda su vida. Sabía que Alano no retrocedería en su propósito, y él optaba por dejarle hacer su voluntad. Su hijo había elegido, quizás con acierto ; pero hiciese bien ó mal, padre é hijo continuarían siendo amigos hasta que llegase la hora de la catástrofe.

Alano y Frances se casaron pocas semanas después, con tan poco anuncio y aparato que apenas media docena de extraños se enteraron de la boda. Tan bien guardado fué el secreto que cuando llegó á conocimiento del público era ya un suceso muy atrasado para que los periódicos le dedicasen gran atención. Temían dar noticias viejas ; las mur-

muraciones del día, las nuevas de última hora son el único
material aprovechable para el periódico moderno.

La felicidad de los reciencasados fué grande, muy
grande. Sin embargo, mucho se equivoca el marido de
una cantatriz famosa si cree que su vida futura estará exenta por completo de disgustos y enojos.

CAPÍTULO XIV

Daniel Bourchier y su esposa vivían en un barrio apartado de Londres, y en una casa menor aún de lo que hubieran podido procurarse con lo que Daniel llamaba la miserable pitanza que su astucia había logrado arrancar al señor de Casa Roja. El aventurero no se quejaba de la exigüidad de la casa, porque cuanto menos se gastase en ella más dinero le quedaría para despilfarrar por su cuenta y á su gusto. Cada trimestre, según lo prometido, les pagaban cierta cantidad á nombre de Josefina, quien desde luego la acreditaba á su marido en un talón de banco, por orden expresa de éste ; ó por lo menos todo lo que quedaba de dicha cantidad después de pagar á los proveedores de la casa y demás cuentas pendientes. En este particular ella no cedía un ápice y aunque Daniel hubiera preferido acumular cuentas sin pagarlas hasta que se cansaran los acreedores, para en último caso hacer que las saldase su suegro, Josefina insistió siempre en no dejar pendiente cuenta alguna al cabo del trimestre. De aquí que la casa no tuviese deudas ; y aunque en los últimos dos años Felipe Bourchier había tenido que entregar directamente á su yerno sumas numerosas, Josefina poco ó nada supo de ello.

Entre once y doce de la mañana, Daniel, desgreñado y nada presentable, en zapatillas y con una bata vieja, procuraba despachar su almuerzo. Los excesos de la noche anterior le habían proporcionado un fuerte dolor de cabeza y recordaba con pesar aquellos días en que por mucho que fumase, bebiese ó trasnochase su apetito no sufría la menor alteración. Viendo que no podía comer, abrió una pequeña alhacena destinada á guardar los licores y llenó una copa

de cognac. La bebió de un trago, volvió á llenarla, y po-
niéndola sobre la mesa encendió un cigarro y empezó á
fumar, sacudiendo las cenizas de cuando en cuando en el
plato que contenía los restos de su almuerzo. Josefina entró en aquel momento, y como él no cambió de actitud ni
ocupación, es de creer que no había en ellas nada de extraordinario ni anormal, y que así se conducía generalmente
en presencia de su mujer. ¿Dónde estaba el galán noble
y caballeresco de otro tiempo, convertido en aquel sér
desaseado, envilecido, que fumaba sentado á la mesa del
almuerzo y tomaba bebidas alcohólicas á mediodía?

Por muy tirantes que sean las relaciones entre marido y
mujer, mientras vivan bajo un mismo techo tienen que
verse algunas veces y aun dirigirse algunas palabras indiferentes, á no ser inmediatamente después de una disputa violenta. Josefina nunca se permitía un altercado con su esposo, como tampoco se tomaba el trabajo de evitar su
encuentro. Lo único que hizo fué prescindir de él por
completo y no cuidarse de dónde estaba ni qué hacía. Era
una joven animosa que lo despreciaba demasiado para te-
merlo. Por las mañanas, cuando Daniel iba á salir, le preguntaba si comería en casa ó no. Si contestaba afirmativamente, hacía preparar la comida y se sentaba con él á la
mesa. De lo contrario, Josefina no volvía á acordarse de
él y hacía lo que mejor le cuadraba. Cuando su marido
volvía á casa algo bebido, como había sucedido muchas
veces, ella lo dejaba solo y se retiraba á su cuarto hasta la
mañana siguiente. Y una vez que Daniel se presentó ebrio
y dió en perseguirla con sus caricias, le hizo comprender
claramente que la menor familiaridad le sería más odiosa
que un golpe y produciría los mismos resultados; es decir,
que la obligaría á dejar la casa. Tan resuelta se mostró
que desde aquel día su marido renunció á golpearla y acariciarla, aunque á veces sentía impulsos de inferirle ya uno
ya otro ultraje.

El héroe de Josefina había desaparecido y en su lugar
sólo quedaba el aventurero procaz, vicioso y cobarde.

Aun mucho después de haber descubierto ella el verdadero carácter de su marido procuró éste continuar engañán-
dola con sus pretendidos derechos sobre la Casa Roja, hasta
que Josefina le declaró que nada la complacería tanto como

verle presentar **abiertamente** su reclamación y quedar **ésta** resuelta de una vez y para **siempre**. Por fin llegó el día en que ella se convenció de que aun **en esto** le había mentido, de que no había tales derechos. Entónces desapareció del corazón de la esposa el último vestigio de amor. Desde aquel instante fueron **dos** conocidos que vivían bajo el mismo techo ; nada más.

—¿ No ha habido cartas esta mañana? preguntó Daniel al entrar Josefina en el comedor.

—Una sola, de mamá para mí.

—¿ Los viejos siempre tan valientes, eh ?

Se complacía en hablar de sus padres de la manera más irrespetuosa, figurándose que con ello la disgustaba. Pero la joven no dió la menor señal de pesar ni indignación.

—Continúan como **de** costumbre. Papá sigue algo mejor.

—¿ No hay más noticias ?

—Ninguna que pueda interesarte, **á no ser la de que** Alano se casa.

—Noticia muy interesante para **mí.** Espero **que la** novia sea rica. Puede llegar el día en que Alano necesite el dinero de su mujer. Tiene muy escasos títulos á mi **consideración.**

Josefina no **hizo caso de** aquellas **palabras.** La impostura era ya muy añeja.

—También él va á contraer un matrimonio desacertado, dijo, sin poder evitar aquel "también."

Daniel se rió de la manera más desagradable que pudo.

—Lo mejor que le deseo es que sea tan feliz como yo. ¿ Cómo se llama la novia ?

—Es la señorita Francini, la nueva tiple.

—¿ Quién ? exclamó él.

—La Francini. Habrás oído hablar de ella. Parece que las buenas voces son un gran **atractivo** para los miembros **de** mi familia.

Evidentemente su marido no le infundía temor alguno. Este nada dijo y continuó fumando, pero se puso á reflexionar **tan** profundamente como **se** lo permitía su dolorida cabeza. Josefina, admirada al **ver** la sorpresa que había manifestado, sorprendió la perversa sonrisa, entre maliciosa y triunfante, que asomó varias veces á los labios de Daniel.

Aquella sonrisa reflejaba sus pensamientos. El proyectado matrimonio iba á favorecer sus designios. Odiaba al hijo mayor de Bourchier, y para un miserable como él era un placer disponer á su antojo de la felicidad de su enemigo, destruirla cuando bien le pareciese, con una sola palabra. La nueva combinación que había ideado lo llenaba de júbilo. Cierto que el matrimonio de Alano con su prima le confería irrevocablemente la propiedad de Casa Roja; pero cuando hubiese tomado posesión de su herencia ¿que no pagaría, qué podría negar á Daniel, á trueque de que éste no divulgase que su padre era el asesino del padre de su esposa? Comprendía que Alano amaría á Frances con pasión; él mismo, se decía, estaba dispuesto á adorarla, no unas semanas, como lo había hecho con su linda mujer, sino por siempre. Aquella noticia era la mejor que había recibido en mucho tiempo. El único peligro era el descubrimiento prematuro de su propia personalidad, y para evitarlo importaba no dejarse ver de Frances cuando fuese esposa de Alano y aun tener á Josefina alejada de ella todo lo posible. Ocultándose de la artista los tenía á todos en su poder.

Su regocijo era tan evidente que Josefina lo notó y se alarmó, pero no quiso rebajarse hasta interrogarlo. ¿Qué significaría aquello?

—Es decir que el famoso Alano se va á casar con la divina Francini, dijo él. Pues les deseo grandes felicidades. Ella es encantadora.

Había en su acento algo que sobresaltó á Josefina.

—¿La conoces? preguntó.

—Si no la conozco, sé por lo menos algo y aun algos de ella.

El tono, la intención con que pronunció aquellas palabras eran los mismos que en un club ó en un café bastan para poner en duda la reputación de una mujer sin achacarle una ligereza ó una mala acción concreta. Josefina sentía viva inquietud. Fácil es suponer que su madre no se manifestaba en su carta muy satisfecha con el anunciado enlace; es más, Josefina comprendía al leerla que no sólo merecía toda su desaprobación sino que temía sus resultados. Por lo pronto, el hecho de que Daniel conocía á la futura esposa de Alano ó sabía algo de ella, era un dato desfavorable. Josefina amaba á su hermano y hubiera hecho cualquier sacrificio por evitarle una suerte parecida á la suya y un arrepentimiento tardío como el que amargaba su propia vida.

—Dime cuanto sepas de ella, repuso imperiosamente.

Daniel la miró con burlona expresión.

—Querida mía, dijo, me guardaré de poner obstáculos á los planes de un miembro cualquiera de tu familia y mucho menos á los de Alano, que tiene ya edad suficiente para saber lo que hace.

—¿Tienes algo que decir de ella que la desfavorezca?

—Nada absolutamente. Jamás hablo mal de una mujer hermosa. Cuando sea mujer de Alano supongo que tendrás que visitarla, pero hasta entonces no hay necesidad ninguna de ello.

Se levantó, dejó el comedor y poco después salió de la casa. Sus palabras habían producido efecto, tanto que Josefina, después de pensar mucho en ellas, salió en busca de Alano.

Dos veces estuvo en sus habitaciones sin hallarlo, pero á la tercera tuvo mejor suerte. Su hermano se alegró mucho de verla y supuso que habría sabido la noticia.

—¿Vienes á felicitarme, Finita? le preguntó, dándole un beso.

La pobre no sabía como componérselas para dar un consejo á su hermano mayor. Precisamente éste la había considerado siempre como la loquilla de la familia, y su mal aconsejado matrimonio no había contribuído por cierto á modificar aquella opinión. Sin embargo, Josefina hizo un esfuerzo atrevido para salvarlo del peligro que se imaginaba.

—¡Oh, Alano! exclamó, piénsalo bien antes de casarte con esa joven. Me dicen que es muy hermosa, pero no te precipites. Piensa en lo que me ha pasado á mí con mi marido.

Alano no se irritó. La comparación entre Daniel y Frances era tan absurda que sólo podía causarle risa.

—No te rías, Alano, le rogó ella. Te hablo seriamente. Comprenderás mi ansiedad cuando te diga que mi marido pretende saber porción de cosas referentes á ella. No te enfades, querido.

No se enfadó con ella, pero se encolerizó. Ya no era cuestión de risa.

—Josefina, repíteme palabra por palabra lo que ha dicho tu marido.

Su aspecto era imponente y dura la mirada que dirigió á la delicada niña, tan diminuta comparada con la alta estatura de su hermano.

—Dijo . . . dijo que sabe algo acerca de ella.

Al hablar comprendió que sus palabras no producirían efecto, porque jamás podría ella darles el acento, la mala intención con que las había pronunciado Daniel.

—No fué tanto lo que dijo como lo que dió á entender, añadió.

—Tu marido es un miserable, Josefina. De lo contrario jamás hubiera engañado á una niña como eras tú entonces, induciéndote á consentir en un matrimonio secreto, ni hubiera tenido la desfachatez de vivir desde entonces á costa tuya, con tu dinero. Me tiene mala voluntad, como yo se la tengo á él, y esa es su venganza.

Su hermana no se atrevió á decirle que Daniel le había prohibido visitar á Frances. Temía que la cólera de Alano estallase terrible.

—Considera lo que yo he hecho con mi propia vida, dijo. Reflexiónalo bien, Alano, antes de decidirte.

Estaba tan bonita y parecía tan niña, con lágrimas en los ojos, que no pudo Alano irritarse con ella. Además, su hermana no había visto á Frances.

—Oye, Finita, le dijo. Voy ahora mismo á casa de Frances. Ven conmigo. Cuando la hayas visto lo comprenderás mejor todo.

Era curiosa como toda mujer, pero no se atrevió. De ninguna manera podía dar su aprobación, ni indirectamente, al matrimonio de su hermano con una mujer de quien su propio marido hablaba con tales reticencias.

—No ahora, Alano, dijo. Cuando estéis casados . . . quizás ; es decir, si llegas á casarte.

—Como gustes, contestó él muy secamente ; pero ten en cuenta que ningún hombre puede olvidar semejante desaire, aun cuando proceda de una hermana.

—¡ Oh, Alano ! exclamó Josefina sollozando. ¡ También tú ! ¡ No me abandones, no te declares contra mí !

Su hermano nada dijo. La besó, la acomodó en un coche y la envió á su casa; pero al dirigirse á la Avenida de la Ópera se decía que su mayor placer sería retorcer el pescuezo á Daniel Bourchier.

En su opinión Daniel era un impostor. Después del matrimonio de Josefina y cuando supo cómo había sido admitido aquél en la casa de su padre, se le ocurrió desde luego que la aparición repentina del nuevo primo había de tener graves consecuencias para él y para su vida futura. Pidió francamente á su padre una explicación y éste se vió obligado á admitir que Daniel lo había alarmado y engañado con una historia y pruebas tan falsas una como otras; que por un momento creyó perder la posesión de todos sus bienes, y que si bien al presente había descubierto la falsedad de todas aquellas pretensiones, ya el impostor había logrado casarse con su hija favorita. Jamás creyó Alano que Daniel fuese el verdadero representante de la rama ilegítima de su familia. Para él no era más que un hábil impostor, que aprovechando los datos que poseía sobre la historia de la familia y haciendo creer al señor Bourchier en su legitimidad, había penetrado á la fuerza en el círculo de la familia con los dolorosos resultados que conocemos. No era muy agradable contar aquella historia, así fué que Alano se limitó á decir á Frances que su hermana se había casado con su primo y que éste había resultado ser un bribón. Y como probablemente Daniel y Frances no llegarían á intimar nunca, no había necesidad de hablar más del asunto.

Josefina visitó á Frances después de su matrimonio. Estaba resuelta á no quererla y lo consiguió en parte. Sus maneras no pasaron de atentas y su cortesía fué forzada. Frances lo notó, y comprendió claramente que desaprobaba su matrimonio. Aunque mujer mucho más altiva y sensible que su visitante, su corazón estaba favorablemente dispuesto hacia una hermana de su esposo, tan desgraciada en su vida doméstica, y no dijo una palabra sobre la repulsión evidente de Josefina. Pero preguntó á su esposo:

—¿Quieres que visite á tu hermana algunas veces?

—Preferiría que no lo hicieses. Quisiera que no entrases nunca en la casa donde habita su marido. Recibe bien á la pobre Josefina siempre que venga á verte, y dile que

yo no te permito ir á su casa. **Ella comprenderá perfecta-**
mente por qué lo hago.

—Muy bien, dijo Frances.

—¿ Supongo que no conoces á su esposo ?

—¿ Cómo había de conocerlo ? ¿ Por qué lo dices ?

—Á Josefina le parecía **haberle oído decir** que te **había**
visto y tratado en alguna parte.

Frances movió la cabeza negativamente.

—Tú **eres la primera persona** de apellido Bourchier á
quien he conocido.

Á pesar **de la** semejanza aparente de ambos apellidos,
Bourchier y Boucher, su diferencia al pronunciarlos es tan
marcada que ni aun la coincidencia de ir unido el primero
al nombre de Daniel llamó la atención de Frances. Quizás
había olvidado ó no había oído jamás el nombre de aquel
hermanito suyo que murió tan niño y á quien nunca conoció.

Así fué cómo Frances y Jorge Manders, aunque tan
estrechamente relacionados por sus respectivos matrimonios, no llegaron á verse. Él no tenía la menor prisa
por hallarse en su presencia. Tan luego como muriese el
señor Bourchier se proponía tener una entrevista con Alano. Imaginábase que Bourchier no podría vivir mucho
tiempo. Conocía su verdadera dolencia y de cuando en
cuando la agravaba con nuevas amenazas y peticiones de
dinero. Decíase que lo mejor era esperar algún tiempo
más ; si Bourchier mejorase, á él debería descubrirle el verdadero nombre de la mujer de Alano y con él tendría que
concluir el nuevo pacto, á reserva de renovarlo más adelante con Alano. Pero tenía el firme propósito de no cometer otro error como el primero ; de lo que se trataba era de
obtener una fuerte suma al contado y una vida más independiente y más alegre en América, porque estaba ya cansado de Londres.

Josefina fué varias veces á casa de Alano, casi siempre
á petición de éste, pero sin que aumentase su simpatía por
su cuñada. Recordaba sin cesar las insinuaciones de Daniel
y estaba convencida de que aquella vez no mentía, cosa rara
en él. Su sorpresa se había manifestado muy naturalmente
para ser fingida. Josefina se veía forzada á admitir que la
belleza de Frances absolvía á su hermano del cargo de precipitación que al principio le había dirigido ; tampoco podía

hallar objeción alguna en las palabras, ideas ó acciones de su cuñada ; pero á pesar de todo no podía renunciar á la creencia de que Alano se había casado con una mujer indigna de él. Sin embargo, se reservó aquellos temores para sí y en sus cartas á su madre y á Mabel nada dijo en desdoro de su cuñada.

Tampoco hubiera dado oídos á Daniel si éste hubiese tenido á bien ampliar sus confidencias respecto de Frances. Era demasiado altiva para tolerar insinuaciones ofensivas para la que era ya mujer de su hermano. Así pues, Josefina no volvió á hablar del asunto y Daniel la imitó porque juzgaba que sus medias palabras habían producido todo el efecto deseado, impidiendo que su mujer y Frances llegasen á ser amigas íntimas y disipando sobre todo el peligro de un descubrimiento prematuro.

Dos meses de casado llevaba Alano y ya empezaba á darse cuenta de algunas de las desventajas que implicaba el ser esposo de mujer tan famosa como la Francini. Siendo contadísimo el número de hombres casados con primeras tiples, bien podemos permitirnos indicar algunas de aquellas desventajas, sin gran disgusto ni escándalo ; es decir, que el número de los escandalizados ó disgustados tendrá que ser también forzosamente muy reducido. Nadie negará que son muy pocos los hombres de buena posición casados con cantatrices famosas, que no se hayan arrepentido de su matrimonio ; nos referimos á aquellos cuyas esposas han seguido ejerciendo su profesión después de casadas. No parece sino que la intervención de una cara mitad exclusivamente musical en los asuntos domésticos, acaba por ser tan perjudicial como lo sería la de una melodiosa cocinera en la preparación de guisos y salsas. Pero ¿cómo censurar al bueno de Alano por la indiferencia con que miraba el ejemplo y las desgracias de los que le habían precedido en matrimonios análogos? ¿Acaso no era Frances, se decía, diferente de las demás mujeres y muy superior á todas ellas?

Su matrimonio se verificó, según queda dicho, con la menor ostentación y publicidad posibles. El señor Trenfil entregó la novia al esposo. En la iglesia estaban también las señoras Trenfil y Melvil y Herr Kaulitz, á quien se puso en el secreto y que desaprobó rotundamente el matrimonio, pues en su opinión Frances no debía pensar sino en su arte, lo menos durante tres ó cuatro años todavía. Su amor debería ser la simulada pasión por tal ó cual tenor, el que cantase con ella en esta ó aquella ópera. Decía también que antes de poner obstáculos á su carrera con la posesión de un marido, tenía que cantar y triunfar en todas las grandes capitales del mundo. Después, si le pareciese, podría hacer un matrimonio brillante, con un título, y dejar el teatro en el apogeo de su gloria y de sus triunfos. Pero casarse con un propietario provincial como Álano, recorrer el mundo con un marido detrás, siguiéndola á todas partes, era, en opinión del viejo profesor, "monstruoso." No le disgustaba Alano, á quien veía con buenos ojos. Era bien parecido, inteligente, atento y gran admirador de Frances. Tampoco culpaba al joven, pues comprendía que cualquiera hubiera deseado obtener semejante esposa. No, para él la culpable era Frances.

—¡Ay de mí! decía desconsolado. Después de todo no es sino mujer. Yo creía que era algo más.

Pura verdad. La gran artista era mujer. Amaba á su marido y porque lo amaba se había casado con él. ¿Por qué no? Á nadie tenía que consultar sino á sí misma; y nadie tenía derecho á protestar contra su decisión, á no ser el astuto empresario que la tenía contratada por tres años, y quien se manifestó profundamente contrariado cuando ella le comunicó sus propósitos. Protestó y pronosticó todo género de calamidades, pero inútilmente. Él no quería oponerse á su felicidad, pero no le gustaba tener contratas con primeras tiples casadas, porque los maridos de éstas le habían proporcionado amarga experiencia, mostrándose mucho más exigentes que sus esposas. La señorita Francini era suya por tres años, pero él miraba todavía más allá; y aun llegó á discutir la cuestión con Alano, no porque esperase convencerlo, sino para expresar su opinión y desahogar su mal humor.

—Querido mío, le decía con toda familiaridad, porque era hombre influyente y de buena posición social; para mí es un gran trastorno. Precisamente cuando yo la necesite para algún papel ó trabajo de entidad, empezará á tener hijos, con todo lo que eso implica. Daría cinco mil libras esterlinas por que no se verificase tal matrimonio.

La observación no era de lo más cortés, así es que Alano

contestó seca y brevemente, indicando al empresario que no se mezclase en asuntos ajenos.

—¡Cómo ajenos! exclamó el aludido. Míos y muy míos. Vd. se casará por placer y me atrevo á decir que lo mismo le pasa á ella ; pero para mí es cuestión de negocio, un triste negocio, por cierto. Vd. debió haberse quedado en Vesire y casádose con la hija de un rico propietario ó banquero. . . .

—Esa es cuestión mía y no de la incumbencia de Vd., dijo Alano. El empresario no añadió palabra, pero lo dicho bastó para indicar al joven cómo la continuación de Frances en la escena podría perjudicar á su felicidad doméstica. Mas aun cuando perdiese alguno de los goces que usualmente proporciona al hombre su matrimonio con la mujer amada, se consideraba en todo lo restante mucho más afortunado que los demás mortales. Además, ambos eran jóvenes y probablemente al cabo de algunos años podrían empezar su verdadera y aun más feliz vida de casados.

La modestísima ceremonia no fué de su agrado. Aunque aborrecía todo lo que fuese ostentación y aparato, parecíale algo humillante é indigna de él aquella oculta manera de entregarse á la mujer que amaba. Frances había deseado y pedídole que el matrimonio se verificase así, casi en secreto, para evitar los parrafillos murmuradores de los periódicos. Una vez terminada la ceremonia no ocultarían su unión, aunque tampoco se proponían anunciar el acontecimiento á voz en grito. Habían tomado una casa más espaciosa y mejor en la misma Avenida de la Ópera, amueblada, por supuesto, pues á Frances le era imposible saber cuál sería el punto de su destino al terminar la temporada teatral en Londres. Quizás acordasen recorrer las ciudades inglesas de provincias, ó pasar al extranjero, más probablemente lo último ; y en tales circunstancias hubiera sido tan erróneo por parte de los reciencasados amueblar una casa, como lo sería por parte de un jefe del ejército que esperase de un momento á otro la orden de ir á prestar servicio fuera de su país. Sin embargo, una casa amueblada por extraños no es el nido que un reciencasado suele elegir para instalarse con su amada.

Su luna de miel, ese intervalo sagrado en que los nuevos esposos prescinden por completo de las penas, trabajos y molestias de la vida diaria y eluden ó esperan eludir la curiosidad del mundo entero, fué también muy poco satisfactoria, comparada con lo que usualmente se llama y significa la luna de miel. De la iglesia salieron para Linden por tres días. La Francini estaba anunciada para cantar al cuarto día. Probablemente en toda su carrera teatral no sintió tan vehementes deseos de alegar una indisposición como aquella vez. Pero era demasiado leal para hacerlo así y ambos tomaron el camino de Londres y del teatro, donde Alano desde su butaca oyó cantar á su esposa, quien le dirigió y dedicó todas las frases de amor que en buena ley pertenecían al pobre tenor, á quien el libreto de aquella ópera convertía en uno de los galanes más infortunados del mundo.

Volvieron á marcharse por dos días y regresaron al tercero para cantar ella en un concierto en el llamado Salón de las Flores. Entre idas y venidas su luna de miel fué muy poco satisfactoria, incompleta, fragmentaria, una luna llena de eclipses, sin aquel reposo y retiro absolutos que parecen condiciones indispensables para la felicidad de ese período memorable en la vida de todos los casados.

Sin embargo, eran profundamente dichosos y por fin regresaron á Londres, dispuestos á prolongar lo mejor posible aquella interrumpida luna de miel en su propia casa, cuya puerta permaneció cerrada para todos por espacio de dos semanas, con la única excepción de aquellas personas á quienes la artista tenía que recibir y consultar por razones de su profesión.

La señora Melvil lo tenía todo preparado y los recibió cordialmente. Estaba acordado que seguiría viviendo con ellos, pues Frances la quería mucho y Alano la estimaba también. Nada le importaba á éste el pobre concepto que ella tenía formado del teatro en general; y en cambio su presencia y su compañía libraban á Frances de toda censura. Además necesitaban una persona que se encargase del manejo de la casa. Por muy hacendosa que sea una primera tiple, á duras penas puede disponer las comidas, vigilar á los criados y atender al gasto diario. De todos estos y otros detalles se encargó la señora Melvil, y lo hizo tan bien que la vida doméstica de Alano reunió todas las comodidades apetecibles. Demasiadas, se decía él á veces.

La casa en que vivían era espaciosa, estaba bien amueblada y el alquiler era proporcionadamente subido. La Francini ganaba dinero abundante. Las condiciones de su contrata primitiva, ya muy satisfactorias para ella, habían sido modificadas á favor suyo por el generoso empresario, en vista de su indiscutible triunfo. Así pues, Frances no vió necesidad alguna de moderar sus gastos. Gustaba de tener muchos criados y los había tomado. Era indispensable tener coche. En fin, había puesto la casa sobre un pie lujoso, y aunque Alano tenía una buena renta, del todo independiente de la de su padre, vió desde luego que no bastaría para cubrir todos los gastos. Se lo dijo á Frances y ésta se rió de él.

—¡ Ah, tontuelo ! le dijo. Estoy ganando dinero á montones y ganaré más todavía. Si quieres te lo entregaré todito y tú te encargarás de pagar las cuentas y atender á los gastos, sin exceptuar una sola partida.

Esto era precisamente lo que él quería, pagar todos los gastos ; pero pagarlos con su dinero, no con el de su mujer. Su deseo hubiera sido poner aparte y á nombre de Frances hasta el último céntimo de cuanto ella ganase. Así se lo dijo y Frances comprendió las ideas que le asediaban. Era más altivo de lo que ella había creído.

Consiguió persuadirlo, pero con bastante trabajo. Díjole que cuanto uno de ellos poseía pertenecía también al otro ; que era indiferente que él ó ella aprontasen el dinero para tales ó cuales pagos. Lo esencial era hacer uso de ese dinero para vivir á su gusto. Podría suceder que algún día tuviese él que sostenerla á ella, además de subvenir á sus propios gastos. Estas últimas palabras le permitieron entrever un porvenir tan delicioso, que Alano se limitó á cubrirla de besos, diciéndole que era la mujer más encantadora, que la amaba y que todo se haría como ella quisiese. Pero allá para sus adentros deseaba poder arreglar la cuestión económica á su manera.

La señorita Francini no podía tener cerradas siempre las puertas de su casa, que muy pronto quedaron abiertas para cuantos tenían derecho á entrar por ellas. Su matrimonio era ya cosa bastante sabida y Alano se veía objeto de numerosas enhorabuenas siempre que se presentaba en los clubs y casinos. Por entonces era objeto de gran curiosidad para sus amigos. Belfor se vanagloriaba de haber predicho aquel matrimonio desde un principio.

—¿Pero logra Vd. verse alguna vez á solas con su cara mitad? preguntaba á su amigo.

—No le quede á Vd. la menor duda de ello, le contestaba Alano.

—Me es imposible pensar en la Francini y llamarla señora de Bourchier. Entiendo que todavía canta en público.

—Por algún tiempo, cuando menos.

—Pues hombre, bien; deseo que sea Vd. muy feliz. Pero esa vida le va á parecer algo dura algunas veces. ¿Supongo que su matrimonio ha dado al traste con todas las tradiciones de familia, eh?

—Desde luego; pero ambos somos felices y es todo lo que deseo.

—Tiene Vd. razón mil veces. Si me lo permite iré á visitarlos.

—No deje Vd. de hacerlo. Le veremos siempre con verdadero placer.

Y los visitó Belfor y lo mismo que él hicieron otros muchos. Todo el mundo deseaba ser presentado á la señorita Francini, como seguían llamándola. Muchos personajes querían á su vez que ella honrase sus casas con su presencia. Llovieron invitaciones, y aunque muchas quedaron descartadas, no fué pequeño el número de las que tuvieron que aceptar. Algunas de ellas hubiera sido de todo punto imposible desairarlas. El resultado fué que entre las horas dedicadas á los deberes de su profesión y las que le consumían sus compromisos sociales, Frances pasaba el día ocupadísima. Alano la acompañaba siempre que podía. Por fortuna para él era conocido en la buena sociedad, pero aun así no dejó de disgustarle la distinción que muy pronto notó y que todos hacían: él no era ya el señor Bourchier, sino el esposo de la señorita Francini. No hay hombre á quien no agravie y humille tal distinción.

Agradábale ver á Frances triunfante, solicitada, objeto de mil honores; todo lo tenía ella muy merecido. Pero ¡ah! con cuánto mayor placer la hubiera él visto invitada como su esposa, y no como artista emérita, á todas aquellas mansiones del gran mundo. Sin el menor sentimiento

14

egoista, deseaba que todo aquel renombre fuese suyo, y no de su esposa. Nada podía hacer por ella. Frances se había creado la posición que ocupaba. No hay hombre á quien no halague el pensar que su esposa mejoró de situación al casarse con él ; y esta satisfacción no podía gustarla Alano. El mismo dinero con que vivían, ó la mayor parte de él, procedía de Frances. ¿ Qué le había dado él ? ¿ Qué podía ofrecerla ? Nada más que su amor, y éste le era correspondido con igual pasión, de suerte que ni aun en aquel delicado terreno le era permitido obtener la menor ventaja.

Varias de las invitaciones que Frances recibió hubo que considerarlas como órdenes, pues emanaban de personas de la familia real. Algunos de los príncipes ingleses son muy entusiastas y conocedores de la música, y la joven tuvo que cantar en su presencia una ó dos veces. Distinción lisonjera, pero que no hizo la menor gracia al joven Bourchier, á quien mortificaba aquello de que una persona, por alta que fuere, pudiese hacer comparecer á su esposa á discreción y para su propio esparcimiento. Pero Frances se sintió muy satisfecha con aquella honra y Alano tuvo que aparentar que también lo estaba.

Pasaron semanas y meses y se convenció, como lo había predicho la señora Melvil, de que su papel de esposo de la artista mimada del público no dejaba de tener graves contrariedades. ¿ Pero sintió lo que había hecho ? Nunca, ni por un momento. Cuando vivían el uno para el otro, en la intimidad del hogar doméstico, hallaba en Frances la mujer buena, sencilla y amante que desde un principio creyó ver en ella ; cualidades que correspondían á las del mismo Alano. Pero ¡ cuán cortos y escasos eran aquellos dichosos momentos ! Es decir, que sin deplorar su matrimonio, deseaba que la situación fuese muy diferente ; felices como eran, comprendía cuánto más lo serían viviendo tranquilamente, sin otro objeto que su amor. Con frecuencia se imaginaba el cuadro encantador de Frances señora de la Casa Roja, querida y admirada de todos y suya todas las horas de su vida ; la señora de Alano Bourchier y no la señorita Francini, la de los ensayos, estudios y otras mil ocupaciones, que eran otros tantos obstáculos al libre y tranquilo curso de su amor.

Alano ocultaba á Frances todos estos pensamientos. Jamás aludió ni aun indirectamente á su retiro de la escena. Una promesa suya era solemne é inviolable. La única persona que sospechaba algo, porque simpatizaba con él, era la señora Melvil. Mujer de viva inteligencia, notó enseguida su disgusto y desasosiego cuando su esposa estaba ausente. Vió también que aunque expresaba á Frances su satisfacción por cada nuevo triunfo conseguido, era sólo por complacerla, no porque lo sintiera. Y por último, comprendió que el día en que Frances empezase á perder el favor del público, sería también el comienzo de una época mejor y más feliz para Alano. Y al comprender todo aquello la señora Melvil, á la vez que simpatizaba con Alano, no podía menos de preguntarse con temor que si tal era la situación entonces, qué sería al cabo de algunos años.

—Siempre queda el consuelo, se decía, de que si bien el público puede ser su rival, en cambio Alano no tendrá jamás rivales en el afecto de su mujer. Eso, que sería terrible para él, es imposible tratándose de una mujer como Frances.

Todos los otros miembros de la familia de Alano se habían portado con su esposa mucho mejor que la desgraciada Josefina. El señor Bourchier había rogado á su hijo que llevase á Frances á la Casa Roja siempre que pudiese; y la señora Bourchier, quien es de presumir que habría tomado también informes por su cuenta, secundó la petición de su esposo. La misma Mabel, que por razones muy atendibles no había ido aquel año á Londres, visitó á Frances, acompañada de su esposo, tan luego le fué posible alejarse por un solo día de la primera y principal de aquellas razones, es decir, su primer hijo. Mabel era la más altiva de todos los Bourchiers y ese mismo orgullo de familia le prohibía desairar á la esposa de su hermano mayor. Así pues, fué á Londres á cumplir un deber y éste se convertió en placer gratísimo. Los caracteres de ambas jóvenes tenían sin duda muchos puntos de contacto, y aun viéndolas juntas era imposible no hallar entre ellas gran semejanza física. El embarazo de los primeros momentos duró poco, y muy pronto fueron amigas. La señora de Meser, que así se llamaba entonces Mabel, se retiró con la promesa de

que Alano iría á visitarla con Frances á su casa de Sorlán.

Los reciencasados hicieron ambas visitas, á la Casa Roja
primero y después á Sorlán. Fueron cortas necesariamente
y tanto la madre como la hermana se quejaron de que
Alano tenía monopolizada á su esposa de manera que nadie
podía verla apenas. No era extraño, porque Alano pasaba
aquellos días anticipando el placer que soñaba, el abandono del teatro por Frances. Á su madre le sucedió lo
mismo que á Mabel ; de carácter afectuoso y bueno, se vió
pronto atraída y conquistada por las afables maneras de
Frances y deseó verla con más frecuencia. La visita á
Sorlán tuvo también éxito completo y Frances fué admiti-
da al ejercicio de todas las prerrogativas de tía del chiquitín
que algún día llegaría á ser probablemente Par de Inglaterra. Así Alano como su esposa convinieron en que aquellos días habían sido los más dichosos desde su matrimonio.

Antes de que terminase la temporada logró Alano vivir
á solas con su esposa, sin ensayos ni representaciones, durante un corto intervalo. Por desgracia aquel descanso se
debió á una enfermedad. Frances se vió atacada de una
afección de garganta, el terror de todos los cantantes. El
más hábil especialista de Londres se encargó de combatir
la enfermedad, y viendo que ésta resistía al tratamiento
por más de tres días, apeló á un complicadísimo aparato
con cuyo auxilio examinó detenidamente aquella garganta
privilegiada, productora de tan divinas notas. Su examen debió de ser satisfactorio, porque al cabo de una semana volvió
á cantar la Francini, tan bien como antes. Pero un día que
ella había salido se presentó en su casa el especialista para
hablar con Alano.

—Ahora que su esposa está curada, dijo, quiero hacerle
á Vd. una advertencia. No hay motivo para alarmarse,
pero bueno es que Vd. sepa que la garganta de su esposa
es muy delicada, por absurdo que parezca decir tal cosa
después de haberla oído cantar anoche.

Había ido á oirla, dijo, como médico, impulsado por la
curiosidad profesional.

—¿Hay alguna probabilidad de que pierda la voz?
preguntó Alano. Parecía tan afectado al hacer la

pregunta que el médico sintió haberle hablado del asunto.

—Como Vd. comprenderá, no puedo asegurarlo, contestó. Por ahora no hay peligro, pero puede haberlo algún día.

—¿Y entonces?

—Entonces temo que perderá la voz por completo.

Alano sintió enrojecerse su rostro y lo deploró, temiendo que su interlocutor interpretase mal los sentimientos que le agitaban.

—¿Puede hacerse algo para evitarlo? preguntó.

—Nada absolutamente. Es cuestión de suerte. Procure Vd. que no abuse de su voz, que no trate de esforzarla demasiado. Quizás en el extranjero la conserve siempre. Si sufre detrimento en ella se lo causará el tono altísimo en que hay que cantar aquí para complacer al público inglés.

—Gracias; así se lo diré, contestó Alano.

—Que tenga cuidado, sí. Nada más. ¿Por qué alarmarla con un peligro que quizás no se presente nunca? Sólo el temor de perder la voz puede hacerla cantar mal. He creído deber advertírselo á Vd., y no hay más que hablar.

Alano siguió su consejo, y se limitó á rogar á su esposa que cuidase de su voz, que la economizase lo posible, en una palabra; solicitud que ella le agradeció.

—Querido Alano, dijo, si yo perdiese la voz un día de estos ¿lo sentirías de veras?

El le estrechó las manos, sin contestar.

—Pues yo lo sentiría mucho, continuó Frances, y tú también, aunque sólo fuese por hacerme compañía.

Puesta la cuestión en ese terreno, no le quedaba más recurso que manifestarse de acuerdo con ella.

—Algún día te tocará tu turno, Alano; toda buena cantatriz llega á lo más alto de la escala y entonces empieza á bajar sus peldaños. Pero yo, cuando llegue á la cúspide, trataré de inscribir allí mi nombre, diré adiós á la escena y me dedicaré á ser tan buena para tí como tú lo eres para mí ahora.

Alano la besó apasionadamente y lo olvidó todo excepto su amor por ella.

Una semana después supo el público que la señorita Francini visitaría los Estados Unidos al terminar la temporada teatral en Londres ; pero el sentimiento del público inglés al perderla se mitigó un tanto con el anuncio de que sería una de las cantatrices favoritas del Teatro de la Ópera de Londres en la siguiente temporada.

La casa de la Avenida de la Ópera quedó desocupada y Alano acompañó á su esposa á Nueva York.

CAPÍTULO XV

Varios meses duró la permanencia de Alano y su esposa en América, y en ese período nada digno de mención ocurrió en la vida de los Bourchier que habían quedado en Inglaterra. La de Felipe Bourchier transcurría triste y monótona en la Casa Roja ; era un inválido sin dolencia determinada, por quien los médicos nada podían hacer en tanto que el cloral siguiese anulando sus esfuerzos. Cuando renunciase á él, decían, tratarían ellos de curarlo ; promesa que no les obligaba á mucho, pues demasiado sabían lo difícil que es renunciar á esa pasión, á ese vicio, una vez contraído y sobretodo tan arraigado como estaba ya en el señor de Casa Roja. Además, Bourchier no hacía el menor esfuerzo por librarse de aquel enemigo de su salud y de su vida. Las dos únicas cosas que anhelaba en este mundo eran el sueño y el olvido, y ambas las hallaba en el cloral, aunque sabía muy bien á qué precio. Probablemente deseaba que la muerte lo reclamase antes de la hora fatal en que sus propios hijos lo mirasen con el horror que inspira un asesino. No le quedaba la menor duda de que esa hora llegaría, tarde ó temprano, y esta era la verdadera causa de su misteriosa dolencia ; éste el enemigo implacable contra el cual no podía luchar. Muchas veces había estado casi resuelto á poner término á su existencia, ya de un pistoletazo, ya tomando tan fuerte dosis del narcótico que lo convirtiese en veneno y le proporcionase el sueño eterno. Sólo se lo impedía la fascinación que ejerce entre otros peligros el más temido, el deseo de ver llegar por sí mismo aquella hora de la fatal revelación.

Aunque se arrepentía continuamente de su crimen, no

tenía remordimientos en el sentido que de ordinario se da
á esa palabra. El asesinato había sido un error, una locura,
pero había estado á punto de proporcionarle un triunfo
completo. Sin aquel misterioso testigo cuyo nombre ignoraba todavía, nadie hubiera poseído su secreto y éste habría sido para él carga muy ligera. Aun en las circunstancias presentes, su crimen favorecía á sus hijos en lo
que á su felicidad material se refería ; si bien asaltábale el
temor de que si Alano llegase á saber toda la verdad, se
negase á seguir gozando de una fortuna adquirida con sangre. Hacía tiempo que estaba convencido de la vil impostura de Daniel.

Pasaron muchos meses sin nuevas complicaciones ni
disgustos para el señor Bourchier. Su yerno parecía haber
suspendido por el momento sus demandas de dinero, acompañadas casi siempre de encubiertas amenazas. Pero aquel
respiro no le hacía concebir falsas esperanzas, pues sabía
que mientras él y Daniel viviesen, éste lo perseguiría sin
piedad. Aquella calma la parecía más bien precursora de
próxima tempestad.

La verdad de lo ocurrido era que Daniel Bourchier
ganaba dinero por su cuenta desde hacía algún tiempo, y
se estaba tratando á cuerpo de rey. Jugador desde la ado-
lescencia, habíase visto obligado á arriesgar puestas pequeñas hasta que encontró á Bourchier, con quien jugó la partida mayor que había aventurado en su vida y por cierto
que hasta la fecha parecía llevar él la mejor parte. Cuando
Frances se embarcó para América y mientras Daniel esperaba el momento de dar á Bourchier el último golpe, el
hastío de la vida tranquila que llevaba le hizo desear y buscar alguna distracción á su gusto. Tenía amigos ó conocidos de baja estofa y uno de ellos lo presentó en un llamado club particular, uno de esos garitos junto á los cuales
el juego público de Monte Carlo parece la distracción más
inocente del mundo. Abundan en Londres los tales antros
y en la mayoría de ellos el *baccarat* es el juego favorito.
Las ocasiones de probar fortuna nunca faltan, porque el
número de jugadores es grande y á los que podrían impedir
el juego les tiene más cuenta hacer la vista gorda y embolsarse el subido precio de su tolerancia.

Esos clubs permanecen abiertos toda la noche y desde

una hora dada se impone á los jugadores una contribución adicional por cada hora que transcurre ; hasta los perdidosos pagan sin dificultad, con la esperanza de seguir jugando y recobrar lo perdido y el resultado es que los propietarios de esas casas hacen su agosto. Persona autorizada ha calculado que entre pérdidas, gastos y contribuciones extraordinarias, bastan unos tres años para que todo el capital de un socio de esos mal llamados clubs pase á poder de los que lo dirigen ó administran.

Un amigo del autor, que ha perdido una fortuna sobre el tapete verde y por consiguiente debe de saber lo que dice, asegura que el *baccarat* es el mejor y más seguro juego para ganar dinero, si el jugador aprende á detenerse ó retirarse á tiempo. Y como ese juego es tan deliciosamente fácil, suponemos que toda la ciencia de él estará precisamente en eso mismo, en saber retirarse á tiempo. Ciencia que Daniel parecía poseer intuitivamente, pues noche tras noche ganó cantidades de consideración. No llegaban sus ganancias á grandes sumas de una sentada, sino que se embolsaba cuarenta ó cincuenta libras esterlinas por noche, una ó dos veces cien libras y hubo un día de doscientas. Sus pérdidas fueron insignificantes, de suerte que en poco tiempo se vió envidiado de todos y considerado como el favorito de la vendada diosa.

Uno de los más asiduos concurrentes al club era un disipado corredor de bolsa, que jugaba fuerte y que algunos meses después no pudo cumplir sus compromisos. Una noche, ó mejor dicho una madrugada, el tal corredor y Daniel salieron juntos del club y anduvieron buen espacio antes de encontrar un coche.

—¡Qué suerte la suya, Bourchier! dijo con envidia el compañero de Daniel. Á Vd. nunca le llega la mala hora.

—Sí, tengo bastante suerte, dijo Daniel con el tono de quien atribuye sus ganancias más bien á sus propios méritos que á la casualidad, achaque muy común entre jugadores.

—Es extraño que no haya Vd. intentado hacer algo en la Bolsa mientras le dura tan buena fortuna. Con eso á la vez que me daba ocupación se podría Vd. ganar una bonita suma.

Daniel estaba muy dispuesto á ganarla, pero las opera-

ciones sobre acciones y valores le infundían respeto ; no
sabía gran cosa de ellos y tenía la idea de que cuantos se
metían en tales honduras, con pocas excepciones, salían
con las manos en la cabeza.

—Permítame Vd. que venda por su cuenta algunos Orinocos ; la baja es segura, lo sé de buena tinta.

—Lo pensaré, dijo Daniel metiéndose en un coche.

Cumplió su promesa y lo pensó, con tanta mayor razón
cuanto que el corredor volvió á darle igual consejo al siguiente día y se mostró más seguro todavía de la próxima
baja anunciada.   Daniel lo pensó, pues, y acabó por tomar
una resolución que demostraba su sagacidad.

Siendo los Orinocos valores americanos, sabía que sus
fluctuaciones las dirigirían sus propios compatriotas, gente
lista si la hay y muy amiga de embolsarse la mayor cantidad posible de dinero inglés.   Si de él hubiese dependido
el precio de los Orinocos, se decía, hubiera cuidado ante
todo de hacer creer á los demás que la fluctuación esperada
era la diametralmente opuesta á aquella de la cual contaba
aprovecharse.   Tuvo el buen sentido de reirse de los datos
é informes de su amigo, y tuvo también valor suficiente
para reunir todo el dinero que pudo y ponerlo por vía de
introducción ante un corredor cuya solvencia no le infundía el menor recelo, encargándole, no que vendiese sino que
comprase cuantos Orinocos pudiese con aquella suma.   El
respetable corredor le miró con curiosidad y por un momento
Daniel sintió que le faltaba el valor.

—Nunca me permito dar consejos á mis clientes, dijo el
corredor, pero sí deseo comprender claramente la orden de
Vd.   ¿ Quiere Vd. que compre ?

—Eso es, contestó Daniel, retirándose cuanto antes por
temor de cambiar de parecer.

Estaba casi arrepentido, pero se consoló pensando que no
podía perder más que la cantidad arriesgada.   El corredor
cuidaría de no excederse, por la cuenta que le tenía.

Pero ¿ quién hablaba de perder?   Se efectuó la compra
de las acciones, que fueron muchas y una semana después
un gran hacendista, por no darle otro nombre, hizo lo que se
llama una restitución, ó concesiones.   Los Orinocos subieron
como por ensalmo, y el especulador, que había adquirido
muchísimas acciones, se halló con la conciencia limpia y los

bolsillos repletos. Una prueba más de que la honradez es la mejor política.

Poco le faltó á Daniel para perder la cabeza. Se quedó asombrado cuando le pagaron sus ganancias, pero mostró gran reserva ante su corredor, quien al entregarle la cantidad ganada menos el corretaje, lo felicitó por su previsión. Aquello convenció á Daniel de que era un especulador de primer orden. Le bastó un momento para comprender, en su opinión, todas las maniobras y el complicado mecanismo de la especulación. Cuanto al pobre Bourchier, bien podía dejarlo tranquilo. Veíase ya dueño de una fortuna colosal al cabo de seis meses y consideraba el episodio Bourchier como un medio que le había servido en su día para obtener un fin determinado, pero merecedor ya de todo su desdén, como cosa indigna de un hombre de su genio. Desde entonces pasó días enteros en la Bolsa consultando las cintas de los aparatos que anunciaban las alzas y bajas en el precio de las acciones, fumando los mejores cigarros, consumiendo grandes cantidades de la bebida favorita de los especuladores, el champaña, y por algún tiempo se creyó el más hábil y sagaz de los mortales.

Durante una temporada fué también un gran cliente para el corredor, si bien éste, aun á riesgo de perder su clientela, cuidó de tener siempre en caja una cantidad en efectivo perteneciente á Daniel, que bastase para cubrir con exceso toda posible pérdida. Había conocido á muchos de esos especuladores atrevidos, cuyos efímeros triunfos no los libraban de la inevitable ruina.

Lo mismo sucedió con Daniel Bourchier. Pasado algún tiempo, cuantas operaciones intentó le salieron mal, y llegó el día en que el atento corredor liquidó por su cuenta y riesgo la última jugada de su cliente y le anunció que despúes de apropiarse el depósito hecho por Daniel resultaba todavía un pequeño déficit contra él, pero que no se molestase en cubrirlo pues lo cargaría á ganancias y pérdidas. Y á renglón seguido le indicó que si efectuase otro depósito de fondos, él tendría mucho gusto en continuar sus relaciones de negocios con él; de lo contrario no, pues el depósito era una regla invariable de su casa, sin excepción alguna.

Todo esto ocurrió con gran rapidez, pero no impidió que

Daniel, en sus esfuerzos por recuperar lo perdido últimamente, perdiese también todo lo que le quedaba de sus ganancias y llegase hasta el extremo de obtener que sus banqueros, con quienes había hecho grandes transacciones durante su carrera de jugador de Bolsa, le descontasen un pagaré de mil libras esterlinas, aceptado por Felipe Tremaine Bourchier.

· La falsificación de ese pagaré le preocupó muy poco; lo que le dolió fué la pérdida de su dinero. Su propósito había sido redimir aquél tan luego realizase una operación afortunada; y como ésta no se presentó, todo quedaba reducido á que en lugar de ser él quien buscase el dinero tuviese que aprontarlo el señor Bourchier. Ni por un momento dudó que éste dispusiese de dicha cantidad, sobre todo después de tan largo intervalo en sus peticiones de dinero. Daniel era bastante hábil para comprender que distaba mucho de dominar todos los secretos de la Bolsa, como había llegado á pretenderlo. Resolvió, pues, sobrellevar su derrota con buen ánimo, procurarse las mil libras cuanto antes y retirar el pagaré, pues no se le ocultaba que si se llegasen á despertar las sospechas del banco podría pasarlo muy mal; y aunque faltaban algunas semanas para el vencimiento, creyó lo mejor arreglar el asunto desde luego.

La cantidad era mayor que cuantas hasta entonces había pedido y obtenido del señor Bourchier de una sola vez y por lo mismo creyó más acertado comenzar el ataque valiéndose de Josefina. Esperaba que ésta se negaría á complacerle, pero también estaba resuelto á hacerle pagar muy cara su negativa.

—Josefina, dijo, tienes que escribir á tu padre por el próximo correo.

—Le escribí ayer.

—Bueno, pues escríbele otra vez. Á él siempre le gusta tener noticias tuyas. Y dile que necesito mil libras; no, mil doscientas libras, para la semana que viene, sin falta.

—Me guardaré muy bien de hacer tal cosa, contestó la joven, levantándose para salir de la habitación.

Él le interceptó el paso.

—Haz lo que te digo, ó será peor para tí y para todos.

—No. Déjame pasar.

—Si no le escribes iré yo mismo á pedirle ese dinero. Entiendo que no anda muy bien de salud y puede que mi visita lo trastorne algo. Pero tú tendrás la culpa.

Josefina se detuvo. La horrorizaba pensar que su marido fuese otra vez á la Casa Roja para arrancar dinero á su padre, después de todo lo que había hecho por él. Sabía que la sola presencia de Daniel bastaba para poner á su padre fuera de sí.

—No sé por qué tu padre me odia de tal modo, y desde luego tengo perfecto derecho á todo el dinero que quiero y pido.

—Mejor será que no hablemos de tus derechos, le dijo ella con acento de amargo desprecio.

Daniel la miró furioso.

—¿Enviarás la carta? gritó.

—Sí, para evitarle que vayas tú á atormentarlo.

—Pues en seguida, ya lo sabes.

Hizo ella un ademán afirmativo y lo dejó. El primer correo para la Casa Roja llevó la siguiente carta:

"Querido Papá: Mi marido dice que necesita £1,200 la semana próxima. Te escribo, no porque él me lo pide así, sino para impedir que vaya á molestarte en persona."

No era aquella precisamente la clase de carta que Daniel hubiera preferido, pero esto poco le importaba á Josefina. Desde hacía tiempo sabía que su marido era objeto del odio de su padre y á veces creía comprender que éste le temía; pero se achacaba toda la culpa, diciéndose que si su padre no abandonaba por completo á Daniel, debido era al matrimonio con su hija.

Los ojos de Bourchier brillaron de cólera al leer la carta de Josefina. Razón tenía al creer que el silencio de su yerno no significaba nada bueno. El final parecía ya muy cercano. ¡Mil doscientas libras la semana próxima! ¿Por qué no diez ó doce mil el próximo año? Tan fácil le era pedir una suma como otra, é igualmente difícil y peligroso rehusarle el pago de cualquiera de ellas. Lo mejor, se dijo, era negarse rotundamente desde luego y afrontar las iras de su yerno. Sabemos que cuando cedió por primera vez á las exigencias de éste y lo presentó á su familia como primo legítimo, se proponía ya abandonarlo tan luego llegase el día en que su historia del asesinato pudiese quedar desacreditada y tratada por todos como una invención maliciosa y absurda. Los sucesos posteriores le hicieron modificar aquel plan. El matrimonio con Josefina, el golpe magno de Daniel, había cambiado la faz de las cosas. Bourchier comprendía que su enemigo podía herirle en su hija, proporcionando á ésta una vida insoportable. Á no ser por ese temor, creía llegado el momento de romper abiertamente con Daniel. Alano y Mabel lo detestaban y no darían crédito á sus acusaciones, ni se detendrían á examinar las pruebas que él quisiera presentarles. Roberto, su hijo menor, no había visto nunca á su cuñado. Cuanto más lo pensaba más se inclinaba á un rompimiento. Aquella nueva demanda de dinero parecía proporcionarle ocasión propicia. Y aunque Daniel hiciese todo lo posible por perderlo en el concepto del mundo y de sus hijos, por lo menos no obtendría más dinero de él. Desde el momento en que comunicase á otros el secreto de su fuerza, se desvanecería ésta. Cuanto á los auxilios pecuniarios que había proporcionado á aquel bribón en los tres últimos años, podría explicarlos por el cariño que profesaba á su hija. No dudaba que ésta sería la primera víctima de la brutalidad de Daniel desde el momento en que se rompiesen las hostilidades; pero Josefina podría entonces abandonar desde luego á su marido y su padre volvería á recibirla bajo su techo con profunda alegría.

Sí, proponíase lanzar á Daniel un reto definitivo. Que se presentase en la Casa Roja, que estallase en amenazas, pero lo esencial era no darle un céntimo. Se echó en cara el haber permanecido tanto tiempo esclavo de aquel hombre, cuando era evidente que un esfuerzo enérgico lo libraría de sus garras para siempre. Decíase que quizás le fuese posible convertirse en acusador y enviar á Daniel á presidio por su impostura. Una vez preparado para aquella lucha final se sintió con más ánimos y mejor de lo que lo había estado en mucho tiempo. Cuanto antes se presentase su yerno en la Casa Roja, mejor. Escribió, pues:

"Mi queridísima Josefina: La suma acostumbrada será satisfecha á tu nombre el día en que venza el próximo trimestre. Esto es más de lo que tu marido tiene derecho á esperar, y desde luego es todo lo que estoy dispuesto á hacer por él."

Josefina entregó la carta á su marido, sin un comentario. El la leyó y por un momento su mujer creyó que todo el torrente de su rabia iba á descargar sobre ella ; pero Daniel se dominó y al cabo de unos momentos logró calmarse en apariencia, por más que en su interior rugiese la ira.

—¿ Es decir que papá se niega á hacer cosa alguna por su cariñoso yerno? dijo lentamente, marcando mucho las palabras. Papá es un viejo estúpido, Josefina.

Esta volvió la cabeza, pero nada dijo.

—Es todavía más estúpido de lo que yo lo había creído. Es un gaznápiro tan arrogante como terco, querida mía.

Su esposa recogió su labor y se dirigió á la puerta. Aquel "querida mía" hubiera bastado para que ella lo dejase solo, sin contar con los insultos que estaba dirigiendo á su padre.

—No te vayas, mujercita mía ; espera que yo complete mi opinión de tu papá. Es un . . .

La puerta se cerró tras ella, pero no tan pronto que no llegasen á sus oídos algunas desvergüenzas que lanzó Daniel, dirigidas probablemente á ella tanto como á su padre. Encaminóse á su cuarto y según su costumbre se encerró en él. Nunca había visto á su marido tan colérico ; no sólo comprendía que bajo sus palabras se escondía la maldad más profunda, sino también que podía valerse de ella para conseguir sus fines. Sentíase muy atemorizada y arrojándose sobre su lecho prorrumpió en llanto. Su único consuelo era que la carta de su padre no manifestaba el menor temor á su yerno.

Lloró hasta quedarse adormecida, cuando oyó unos golpes dados con los nudillos en la puerta.

—Adios, Josefina, querida mía, decía una voz ronca y burlona. Voy á Barton. Allí dormiré esta noche y mañana á primera hora saldré para Casa Roja. ¿ Tienes algún encargo que darme ?

—No, dijo ella secamente.

—¿ Ni siquiera que les diga lo bien que estás y cuán feliz eres ?

Josefina no contestó y él sacudió la puerta.

—¿ No me dejarás entrar para decirte adiós, bonita mía ? Mira que somos marido y mujer.

La joven dirigió una temerosa mirada á la puerta, preguntándose si trataría de abrirla por fuerza. Estaba asustadísima porque conocía que Daniel había bebido. En aquel momento comprendió su temeridad en vivir con él como había vivido hacía dos años. Hasta entonces nunca le había tenido miedo ; lo despreciaba, lo odiaba quizás, mas no lo temía. Pero en aquellos instantes veía que él era un hombre vigoroso y ella una débil mujer, y tembló.

Sus temores eran infundados y respiró más tranquilamente al oir que se alejaban los pasos de su esposo. Pero éste volvió atrás y llamó á la puerta para atraer su atención.

—Finita, amor mío, le oyó decir, estremeciéndose al escuchar de sus labios aquellas cariñosas expresiones, ¿me oyes? Contesta, ó echo abajo la puerta.

—Te oigo, contestó ella temerosa de las consecuencia si seguía guardando silencio.

—Voy á Casa Roja, Finita, á ponerle las peras á cuarto al viejo idiota de tu padre.

Entonces se marchó, pero ella no se atrevió á salir del cuarto hasta mucho después de haber oído y visto el coche en que se fué. Grande era su temor, pues aunque ignoraba lo que iba á suceder y la verdadera significación de la amenaza de Daniel, sabía que lo guiaba la resolución de causar á su padre todo el daño posible.

Como Daniel no podía llegar á Casa Roja hasta la mañana siguiente, Josefina telegrafió á su padre á fin de que la presencia de su marido no le cogiera de sorpresa. Pero pudo ahorrarse esa precaución, porque fuese que Daniel no quisiese sorprender á su suegro, ó fuese fanfarronería, telegrafió también, encargando además que se mandase un coche á esperarlo á Braley. Bourchier, fiel á su nuevo plan de guerra, rasgó en pedazos el telegrama, sin hacer caso alguno de su contenido.

—El viejo memo está furioso de veras, dijo Daniel con amenazador acento, al bajar del tren en la estación de Braley y no hallar coche alguno esperándolo.

Se trataba evidentemente de un combate en toda regla, de una lucha desesperada. Bourchier, cortés como era, empezaba por desoir aquella apelación á su cortesía. La ausencia del coche produjo en Daniel honda impresión.

Era como si uno de los combatientes sintiese por el otro tan profundo desdén que no quisiese mostrarle ni siquiera la más insignificante atención. Aquello era la guerra declarada ; y Daniel se decía que cuanto mayor fuese la resistencia de su enemigo más dura y desastrosa resultaría su derrota, y que en la hora del triunfo no olvidaría aquel desaire, que no por parecer insignificante dejaba de ofenderlo vivamente.

Pero lo primero era llegar á Casa Roja. Fué á la posada de Braley y allí le proporcionaron un carruajillo vetusto tirado por un rocín de mala muerte. Con ayuda de ambos llegó por fin á lo que él solía llamar jovialmente la mansión de sus abuelos ; pero el aspecto de su cochero, caballo y vehículo era tan risible que vió ó le pareció ver una burlona expresión en la mujer que guardaba y le abrió la verja de entrada. Mas poco importa la manera como el general arribe al campo de batalla, siempre que llegue á tiempo y con sus fuerzas en buen orden.

Era evidente que lo esperaban. Bautista, el antiguo servidor de los Bourchier para quien Daniel había sido siempre objeto de antipatía, lo condujo á presencia de su amo sin decir palabra. El señor Bourchier estaba escribiendo una carta y por algún tiempo ni siquiera levantó la vista del papel ; otro indicio de la fiera lucha que se preparaba. Daniel no había hablado con él desde aquella entrevista celebrada poco después de su matrimonio, así fué que le miró con curiosidad procurando darse cuenta del tiempo que le restaba de vida. No quedó muy satisfecho de su examen, pues la excitación de la lucha ya próxima daba al señor Bourchier una falsa apariencia de salud y robustez. Parecía poder vivir todavía años y años y Daniel se dijo que él y no Alano sería el pagador.

—Hermoso día, señor Bourchier, dijo Daniel, ansioso de comenzar el ataque.

—No estamos aquí para hablar del tiempo. Sírvase Vd. dejarme acabar esta carta.

La acabó y la puso á un lado, no queriendo manifestar prisa ni interés en presencia de su visitante. Daniel empezó á amenazar.

—Bien pudo Vd. haber enviado su carruaje á buscarme, en lugar de dejarme venir aquí como pudiese.

15

—Yo no le dije á Vd. que viniese. Su presencia me es soberanamente desagradable. ¿Por qué había de enviarle mi carruaje?

—¿Por qué? Demasiado lo sabe Vd.

Hablaba groseramente y con tono brusco. Bourchier lo miró fijamente.

—Me parece, dijo, que sus maneras han sufrido un cambio tan radical como desfavorable, cosa que hubiera creído imposible. Me dicen que bebe Vd. de firme.

Daniel se puso blanco de ira. Su enemigo se burlaba de él.

—¡No he venido aquí á oir insultos!

—¿No, eh? Pues entonces ¿á qué ha venido Vd.?

—Antes le dije á Vd. lo que quería. Ya no es eso; ahora son dos mil libras. Y las tendré antes de partir.

—Muchos son los que quieren dinero y no lo consiguen, contestó Bourchier con gran calma.

—Pues lo que es yo lo conseguiré, y de Vd.; eso y más todavía.

—No lo creo. Siento que haya Vd. malgastado su tiempo en venir aquí con semejante pretensión. En mi carta le dije á Vd. todo lo que me proponía acordar. Y aun eso es sólo por ahora.

Al decir esto Bourchier clavó los ojos en Daniel, quien le devolvió su mirada. Ambos se comprendieron perfectamente.

—¡Hola! exclamó Daniel, hablando con gran lentitud. ¿Con que esas tenemos, eh?

—Ni más ni menos, contestó Bourchier.

Daniel apartó de él los ojos y pareció meditar unos instantes, mientras silbaba por lo bajo.

—Si tiene Vd. algo más que decir, dígalo; y si no, largo de aquí, continuó Bourchier.

—Tengo mucho que decir, no tema Vd. por ese lado. ¿Es decir que no suelta Vd. el dinero?

—Ni un céntimo.

—Y naturalmente espera Vd. que yo le haga todo el daño que pueda. ¿No es eso?

—Ni más ni menos, repitió Bourchier.

—Pero ¿sabe Vd. todo lo que yo puedo hacer?

—En cuanto se me alcanza, tratará Vd. de propalar una

historia sin pies ni cabeza, que nadie creerá. El habérsela guardado para Vd. tanto tiempo le quita toda su fuerza, y los tres años de sus relaciones con mi familia no añadirán por cierto gran peso á sus asertos.

—¡Qué listo es Vd.!

—Para hacerme más daño todavía, se dirigirá Vd. á mis hijos, procurando hacerles creer que soy un asesino. No creo que la palabra de un impostor como Vd. valga gran cosa. Por lo que á Vd. se refiere, eso es todo lo que puede hacer.

—Oyéndolo á Vd. cualquiera diría que es así, comentó Daniel, con un ademán de aprobación.

—Yo por mi parte, continuó el señor Bourchier, pediré desde luego una orden de prisión contra Vd., por haber pretendido llamarse Daniel Bourchier y haber obtenido dinero de mí bajo ese nombre. Lo cual significaría trabajos forzados.

—Pero habría un proceso y saldrían á relucir muchas cosas.

—¿Qué cosas? ¿Cómo podría Vd. sacarlas á luz? Y aunque así fuese ¿de qué le serviría? Como Vd. no pruebe que es Daniel Bourchier, lo facturan para el presidio de Portland, sin remisión.

—Lo dicho. ¡Cuidado que es Vd. listo! Pero ¿cómo no pensó Vd. antes en todo eso?

Lo mismo se preguntaba Bourchier en aquel momento, tan fácil y tan natural le parecía aquella solución.

—Si lo que Vd. dice es lo que la ley dispone, continuó Daniel, lo mejor que puedo hacer es poner pies en polvorosa. Pero antes iré á casa y daré una tunda á Josefina; siempre será una satisfacción.

—¡Infame! exclamó Bourchier, saltando de su asiento.

—¡Ah! ya me figuraba yo que esa sería siempre la cuerda sensible. Pero vamos á ver; supongamos que abandono el campo bonitamente y los dejo á todos en paz; ¿qué me ofrece Vd. en cambio?

Al oir aquello, el corazón de Bourchier le saltó en el pecho. Era demasiada felicidad para ser cierta. Su primer impulso fué decirle que nada haría por él, pero en seguida pensó que no convenía impulsar al enemigo á la desesperación.

—Si firma Vd. un acta de separación de Josefina, me escribe Vd. una carta declarando que no es el hombre que pretende ser y me entrega Vd. todos los documentos y certificaciones, yo le pagaré el pasaje á Australia y depositaré dos mil libras esterlinas en un banco de aquel país, para serle entregadas á Vd. á su llegada.

Daniel se rió con sorna, de una manera que crispó los nervios á Bourchier. Además, ¿qué derecho á reirse podía tener el enemigo vencido?

—¿Qué contesta Vd.? preguntó duramente, pero más que dispuesto á duplicar y aun triplicar la suma ofrecida.

—Repito que tengo mucho, pero mucho que decir. ¿Entiendo que quiere Vd. mucho á sus hijos?

—¡Necio! exclamó Bourchier amargamente, sólo el amor que les profeso ha podido obligarme á cederle á Vd. en lo más mínimo.

—¡Bravo! Admiro ese cariño paternal. Ahí está Alano, un guapo mozo, aunque me odia.

—Sabe que es Vd. un impostor.

—Concedido. También lo sabe Vd. Desde luego, yo no soy Daniel Bourchier.

—Jamás he creído que lo fuese Vd.

Tanta franqueza era alarmante.

—¡Oh, sí! Soy un impostor, señor Bourchier. Y Vd. es otro. Y otros muchos lo son también. Pero hablábamos de Alano. Me gusta ese joven y me propongo hacerle un buen servicio.

Bourchier ignoraba por completo á dónde quería ir á parar Daniel, mas no por eso fué menor su alarma.

—Alano es feliz. Casado con la muchacha más encantadora del mundo, me dicen que adora el suelo que ella pisa. Está aun más enamorado de su mujer que yo de Josefina.

Su interlocutor creyó comprender el objeto de toda aquella charla. Daniel iba á servirse de Frances para lograr sus fines y Bourchier se dijo que si algo existía realmente contra ella, era cuenta de Alano, quien se había casado por su voluntad y sabiendo perfectamente lo que hacía. Sin embargo, se propuso aceptar á beneficio de inventario todo lo que aquel sarcástico bribón pudiese decir contra ella.

—He conocido á la que es hoy mujer de Alano por muchos años, como conocí también á su padre, Juan Boucher.

—¿Su padre, Juan Boucher? repitió el anciano.

Empezaba á preguntarse si Daniel sería el demonio en forma humana, venido al mundo para castigarle.

—Sí, su padre, Juan Boucher, asesinado por Vd. No diga Vd. ahora que no tengo buen corazón; como que podré decir á Alano que su matrimonio le asegura por completo la posesión de sus bienes.

El señor Bourchier se puso lívido y no pudo hablar.

—La pobre Frances ha estado buscándome por espacio de cuatro años. Sabe que puedo enterarla de todo lo concerniente á la muerte de su padre y está ansiosa por conocer los pormenores. Hasta ahora he logrado permanecer fuera de su alcance, pero en cuanto vuelva de América tendré el gusto de reanudar nuestra amistad. ¡Y cuidado con el placer que van á causarle mis informes, sin contar con el agradecimiento de Alano hacia el hombre que quitó de en medio á Juan Boucher! ¡Vaya si serán después dichosos marido y mujer! Nunca conviene tener misterios en las familias.

Bourchier seguía repitiéndose que aquel malvado debía ser el demonio en carne y hueso. En un segundo, con la rapidez del rayo, vió ante sí el cuadro de la futura felicidad de Alano destruída para siempre, desde el momento en que Daniel viese á su esposa; y tembló al imaginarse á su hijo acusándole de haber aniquilado todo lo que podía hacerle agradable la vida. ¡Pensamiento atroz! Su enemigo lo había vencido y destrozado por completo una vez más. Se acercaba el fin, pero tenía que aplazarlo un poco, á toda costa. No por sí mismo, ya en eso no pensaba, sino por Alano. Había que ocultarle aquello á su hijo, cualesquiera que fuesen los sacrificios que le costase.

—Ya le advertí á Vd. que me quedaban muchas cosas por decir, concluyó Daniel con burlona sonrisa. Me vuelvo á mi casa. Piénselo Vd. bien y envíeme el dinero pedido antes de que regrese Alano.

CAPÍTULO XVI

La Francini y su esposo regresaron de América quince días después de la entrevista de Daniel con el señor Bourchier. El viaje había sido altamente satisfactorio para todos, excepto para Alano, quien pudo apreciar por dolorosa experiencia la anómala posición del esposo de una *prima donna* que en medio de los triunfos de ésta suspira por la calma y las delicias del hogar doméstico, incompatibles con la marcha triunfal de su esposa por los Estados Unidos. Días de completa felicidad fueron los del viaje de regreso, pero el período que precedió á éste fué siempre de amarga recordación para Alano. Muchos motivos de queja había tenido en Inglaterra, pero la situación se hizo cien veces peor en América. Allí la vida de familia desapareció por completo.

La Francini estaba en manos de muy hábiles personas, que sabían perfectamente cómo preparar el triunfo de la artista allende los mares. Porque los norteamericanos, aunque muy capaces de distinguir la medianía del genio y de negarse á aceptar una por otro, cualesquiera que sean los anuncios y artificios que acompañen á aquélla, son también muy dados á desconocer el verdadero genio si éste no cuenta con el auxilio y los recursos de personas hábiles para preparar el terreno debidamente. Particularidad curiosa, pero muy sabida de cuantos entienden en la contrata de artistas para nuestros primos de Ultramar, que por lo demás son críticos sagaces.

Los anuncios laudatorios y pomposos, el agente enviado con anticipación para preparar el terreno, el estímulo de la pública curiosidad por medio de numerosos parrafillos y gacetillas, refiriendo ora un rasgo personal ó una aventura, ora tal ó cual rareza ó excentricidad de la "estrella" anunciada, es todo un arte y los que lo conocen á fondo son muy pocos y por consiguiente altamente apreciados. Todos los que tienen un artista nuevo y notable que presentar al público norteamericano se disputan esos agentes. Los empresarios de Frances habían contratado á uno de los mejores, de suerte que poco después de su llegada hubiera podido Alano compilar varias biografías muy interesantes de su esposa con los datos contenidos en los periódicos. Muchos de los sueltos publicados eran altamente cómicos y le permitían bromear á Frances sobre los incidentes de su vida aventurera; en cambio otros contenían frases é insinuaciones más ó menos veladas, que le hacían hervir la sangre y anhelar más que nunca la santidad y el retiro de la vida privada.

Todo se preparó y dirigió de un modo maestro. Después de haber cantado y justificado plenamente los elogios anticipados de la prensa, se anunció oficialmente que la Francini era americana; maniobra habilísima entonces, cuando el éxito parecía ya seguro. El entusiasmo patriótico fué extraordinario; hasta las cantatrices nacidas bajo la bandera norteamericana, decía el público, iban á eclipsar á todas las restantes del mundo. Un periódico anunció muy formalmente que Frances iba á dejar plantados á los ingleses la temporada siguiente, pues había resuelto permanecer en América con objeto de cantar el himno nacional "La Bandera Estrellada" ante el público de Nueva York el 4 de Julio, aniversario de la proclamación de la independencia. Otros periódicos dieron noticias igualmente absurdas.

¡Pues y las entrevistas con los gacetilleros! Alano empezó á temer la presencia de toda cara desconocida, creyendo que lo amagaba otro cazador de noticias con la inevitable entrevista. La nueva tiple estaba en el apogeo de su fama y los redactores de todos calibres se acercaban á hablarle siempre que podían y conferenciaban con los empresarios cuando bien les parecía. Tampoco Alano escapaba á sus ataques, por más que brillase tan sólo con luz reflejada. Y no le valía negarse á recibir á los representantes de la prensa, pues declaraban impávidos que lo habían visto y hablado con él y se salían con la suya.

Como esposo de la Francini era objeto de gran interés, y
ya que su vida no ofreciese lances extraordinarios, fué necesario **exornarla** y hacerla todo lo pintoresca é interesante
posible **en** atención **al público**. Era, pues, natural que lo
describiesen como **heredero de una** inmensa fortuna, árbi-
tro de la moda, poeta, artista, jugador arruinado hoy y em-
bolsándose mañana £20,000, ganadas en las carreras de
caballos de Derby ; había conquistado el corazón de la
Francini de la manera más romántica y dado muerte á dos
rivales en otros tantos duelos descritos con gran copia de
detalles. Su matrimonio con la Francini había dado á
Alano **toda la** notoriedad pública que podía ambicionar el
más exigente.

Su buen **criterio le** hacía comprender su impotencia ante
tales circunstancias, mas no por eso dejaba de leer cuantos
párrafos y entrevistas salían á luz en la prensa, temiendo
que de no hacerlo **así le** persiguiese la idea de que fuesen
aun más ficticios y groseros de lo que eran en realidad. En
los periódicos de todas las grandes **ciudades** que visitaban
hallaba extensas descripciones de su esposa, de sus vestidos
y **sus** joyas, con cuenta detallada de lo que comía, bebía y
hacía, desde que **se** levantaba hasta la hora de retirarse á
descansar. Por fortuna se detenían allí, si bien un corres-
ponsal encantó á sus lectores con la descripción minuciosa,
color, material y corte de la bata de mañana y del peinador
de la Francini.

Los viajes incesantes, las rápidas visitas á una y otra
ciudad, los teatros, los salones de conciertos, la vida en
los enormes hoteles, todo aquello era otro motivo de disgusto y hastío para Alano. Su pensamiento volaba una y
otra vez á Casa Roja. Imaginábase un día claro y fresco,
el paseo en coche, á caballo ó á pie que darían juntos ; el
regreso á casa para comer ; la agradabilísima velada después. Otras veces se figuraba la vida en Londres ; él,
miembro del Parlamento, afanándose por ilustrar su nombre ; su esposa, partícipe de su **noble** ambición, ayudándole
con sus consejos, reina acaso **en los salones** de la buena
sociedad como señora de **Alano** Bourchier, no como la
señorita **Francini**. ¿Vería realizados algún día aquellos
hermosos sueños ?

Pero no se arrepentía en lo más mínimo. Decíase que

de todas aquellas molestias y sinsabores le recompensaba
altamente el galardón obtenido, aquella esposa de quien no
había tenido nunca el menor motivo de disgusto y á quien
hallaba tan amante como en los primeros días de su matrimonio siempre que podía gozar con ella unos momentos de
tranquilidad.

Terminó por fin la temporada en los Estados Unidos,
con todo su bombo y platillos y sus legítimos triunfos, y
Alano se despidió con regocijo, pero también con gratitud,
de aquella tierra que había hecho á su esposa tan cordial
acogida y que la veía partir con pesar. Contaba no volver
nunca á los Estados Unidos en las circunstancias en que les
había hecho aquella su primera visita.

Habían acordado dirigirse á la Casa Roja tan luego
llegasen á Inglaterra. Nadie tenía tanto derecho al descanso como Frances, y Alano merecía también una vacación.
Su proyecto era permanecer en casa de su padre una ó dos
semanas, visitar á Mabel en Sorlán y después tomar casa en
Londres, pues Frances tenía que prepararse para la próxima
temporada teatral.

Su amigo el empresario de Londres supo con placer que
hasta entonces no se habían realizado sus temores. Y aquello que á él le producía satisfacción era motivo de pesar
para Alano, quien había contado con el afecto y los cuidados de la maternidad para inducir á su esposa á abandonar
el teatro.

Bourchier leyó regocijado la carta que, precediendo á
sus hijos en su viaje á Europa, le anunció su regreso y su
visita. Privado de las alegrías de la vida, quedábale el
amor á sus hijos y esperaba con placer aquella ocasión de
contemplar la felicidad de su primogénito. Se había con-
formado por completo con aquel matrimonio, si bien esperaba como Alano que Frances se cansaría algún día de sus
triunfos para hacer la tranquila vida que le ofrecía la posición de su marido. Bourchier creía que así sucedería, pues
el corto tiempo que había tratado á su nuera le había permitido formar un juicio tan alto como justo del carácter de
ésta. Muy perverso ha de ser el hombre incapaz de ver, ya
que no de apreciar, la bondad de otros; y por muy criminal
que fuese Bourchier, su maldad no llegaba al grado de la de
otros hombres, de Jorge Manders, por ejemplo. Sin em-

bargo, desde el momento en que llegó aquella carta la situación cambió radicalmente. ¿Cómo podría Bourchier ver y hablar á Frances, sentarse con ella á la misma mesa, oirla dirigirle á él la palabra con el respeto debido al padre de su esposo, sabiendo que su crimen la habia dejado huérfana y lo que era peor aún, sabiendo que tan luego se viese con Daniel Bourchier, ó como se llamase aquel malvado, habría de descubrirse todo? El único medio de aplazar ó evitar aquella catástrofe era acceder á las exigencias de Daniel.

Éste recibió, pués, su dinero. No las dos mil libras esterlinas que había pedido, sino mil quinientas; por más que al franquear Bourchier la carta que contenía el talón de banco por aquella suma, presintió que la cantidad sería insignificante para su insaciable yerno y que pronto tendría que elegir entre la ruina y la revelación de su crimen.

Daniel, seguro de que no tardaría en recibir el dinero, regresó á su casa de muy buen humor. Nada dijo á Josefina sobre el resultado de su expedición, ni ella le preguntó cosa alguna; pero sus risotadas y su aspecto satisfecho le hicieron esperar con ansiedad noticias de su familia, y escribió preguntando por la salud de su padre.

La señora Bourchier en su contestación dejó entrever que Daniel y su suegro habían tenido una entrevista tormentosa y que el señor Bourchier había quedado postrado á consecuencia de ella; la carta concluía encargando mucho á Josefina que no permitiese más visitas de Daniel á la Casa Roja bajo ningún pretexto. La pobre niña se sonrió al leer aquellas líneas. ¿Qué influencia tenía ella sobre su esposo?

Algunos días después Daniel abrió una carta acabada de recibir y enseñó á Josefina un talón firmado por su padre, por la cantidad pedida. Su expresión de triunfo fué un nuevo disgusto para la joven.

—¡Aquí está! exclamó él. Esto te probará que yo sé cómo convencer á papá. De seguro que tú no le pediste el dinero de la manera debida. Él no es difícil de manejar; todo está en saber hacerlo.

Josefina quedó sorprendida y pesarosa. Presentía que aquel dinero le había sido arrancado á su padre á la fuerza, y se preguntaba si su carta habría contribuído también á ese resultado y si Daniel le habría hablado en nombre é interés de ella para lograr sus fines.

—No comprendo, dijo á su marido, pero me parece una vergüenza. Espero que no habrás pedido ese dinero por mí ni para mí.

—Nada de eso. Por mi sola cuenta. Y me propongo pedir más algún día, confiando en que papá tendrá bastante sentido común para no volver á rehusarme lo que le exija.

Josefina había llegado á odiar á su esposo. Parecíale que cada día, cada hora revelaba una nueva bajeza de su carácter, ó ponía al descubierto un nuevo vicio. Desde el fin del primer año de su matrimonio hasta poco antes de la fecha de que hablamos había sentido por él más desprecio é indiferencia que otra cosa. Considerábale como un marrullero que se había casado con ella valiéndose de un subterfugio y con miras interesadas. La había engañado y ofendido, pero suyo era el error, suya la culpa y á ella le correspondía sufrir el castigo. Su padre le había indicado, por razones que él tendría seguramente, su deseo de que continuase viviendo con su esposo mientras le fuese posible tolerarlo; de manera que Josefina consideraba su regreso á la Casa Roja como el último recurso, al cual no debía apelar hasta que ya su situación se le hiciese insoportable.

Pero ahora que el odio profundo, no sin mezcla de temor, había sucedido al desprecio y apoderádose de ella, se le ocurría con insistencia la idea de huir de aquella casa. Mas si lo intentase ¿ la haría él regresar ? ¿ podría obligarla á ello ? Parecíale que su presencia allí era necesaria á Daniel para el buen éxito de sus tramas.

Aquella última extorsión de que había sido víctima su padre la preocupaba mucho. ¿ Por qué había accedido éste y sacrificado tan gran cantidad ? Decíase una y otra vez que había sido por ella, por evitarle algún daño, y se preguntaba si su regreso al hogar paterno evitaría á su padre ulteriores peticiones de igual género, ó le daría por lo menos el derecho de negarse á satisfacerlas. Y yendo aún más allá ¿ no podría ella librarse para siempre de aquel hombre apelando á la ley, recobrar su libertad y quizás, al cabo de algunos años, olvidar aquel doloroso episodio de su vida y volver á ser feliz ? El solo pensamiento de esa dicha futura hizo afluir la sangre á su rostro. Pero quería la libertad absoluta ; nada de separación judicial ni arreglo alguno análogo ; quería romper por completo aquellos odiados lazos, quebrantar hasta el último eslabón de la cadena que ella misma se había forjado. La manera de obtener tan feliz resultado llegó á ser para ella una idea fija.

No dudaba que el examen de la conducta de Daniel desde su matrimonio proporcionaría pruebas abundantes contra él. Muchas eran las cartas que había en su propia casa, escritas con letra de mujer ; y ya fuese por cinismo ó por ofenderla, las había abierto y leído en su presencia. Era evidente que no le faltarían determinadas pruebas, pero eso no bastaba. La abundancia de los divorcios es tanta que pocas mujeres ignoran que el remedio concedido por la ley es sólo parcial, á no poder probarse también sevicia ó abandono. Hasta entonces Daniel no había incurrido en una ni otro. Algunas veces había estado próximo á golpearla, y Josefina se decía que tarde ó temprano llegaría hasta aquel extremo. ¿Podría ella resignarse á esperar acto tan brutal ? ¿ Podría someterse á sabiendas á semejante humillación ? Sí, se decía ; eso y aun más estaba dispuesta á sufrir á cambio de la libertad que anhelaba con todas las fuerzas de su alma.

Daniel, encantado de la facilidad con que había dominado á Bourchier merced á la nueva arma con que contaba, fué á Londres para hacer efectivo el talón de banco y retirar aquel pagaré que en determinadas circunstancias podría ocasionarle un serio disgusto. Lo derecho hubiera sido depositar el talón en su banco y girar contra éste por el importe del pagaré, para retirarlo de la circulación ; pero los hombres de su temple prefieren siempre atiborrarse los bolsillos de dinero en efectivo, porque así sus ganancias les parecen más tangibles y mayores. Daniel se dirigió al banco contra el cual estaba extendido el talón, y en cambio de éste, que era al portador, recibió catorce billetes de cien libras y las cien restantes en moneda menor. Con el bolsillo lleno de dinero y el ánimo de buenos propósitos, cruzó la calle y entró en las oficinas de su propio banco. Estaban éstas atestadas de gente y mientras esperaba su turno le asaltó una tentación. ¿Por qué pagar, se decía, mil libras de aquel dinero que tanto le había costado obtener ? ¿ Qué le importaba el pagaré? Unos cuantos días antes de su vencimiento le escribiría á Bourchier, diciéndole con toda frescura que tenía que hacer frente á aquel pago, y se acabó. Precisamente para entonces ya sería tiempo de volver á sacarle dinero al suegro. El resultado fué que salió del banco, comió en cierto establecimiento muy conocido y ya con una botella de champaña en el cuerpo, sintió que le sobraban ánimos para todo, como si poseyera inagotable mina de oro.

Su suerte le parecía inmejorable, y no es extraño que con mil quinientas libras esterlinas en el bolsillo se sintiera atraído por el recuerdo de sus recientes operaciones bursátiles. Cierto que se había jurado no volver á intentar fortuna por ese medio, pero nadie como los jugadores para absolverse de tales juramentos. Poco después ya estaba examinando las cotizaciones en los periódicos y tan luego sintió los efectos del champaña en toda su plenitud, nada le costó ir á ver á su antiguo corredor, cumplir la condición impuesta por éste y lanzarse de nuevo en el vertiginoso juego de la bolsa. No guardaba rencor alguno al respetable corredor que lo había atado corto en sus previas jugadas ; Daniel se decía que en su lugar él hubiera hecho lo mismo. Lleno de esperanza planteó sus operaciones y después tomó el tren para un lugarcillo á veinte millas de la ciudad, llamado Belden, donde había alquilado algunos meses antes una tranquila casita, rodeada de amplio pero mal cuidado jardín. Era allí objeto de gran curiosidad, cosa que á Daniel le importaba muy poco.

Alano y Frances regresaron de los Estados Unidos pocos días después del último pago hecho por Bourchier para comprar el silencio de su yerno. De Liverpool fueron á Londres, donde permanecieron dos días ; Frances vió á las personas á quienes tenía que ver y después salieron para el Oeste.

Frances había sentido gran simpatía por el señor Bourchier siempre que había tenido ocasión de verle. Deploró mucho hallarle tan enfermo y avejentado prematuramente ; pero su mayor sentimiento fué notar que la acogía siempre con frialdad y parecía querer evitarla. Invariablemente cortés y atento, procurando hacer todo lo posible para que su visita le fuese agradable, Frances observaba sin embargo que si ella entraba en la habitación donde se hallaba su

suegro, éste no tardaba en salir de ella, excusándose lo
mejor posible. No la saludó con un beso á su llegada y
sólo le tendió una mano que quedó fría é inerte entre las
suyas. Parecía poco inclinado á hablar con ella ; en una
palabra, mostraba desear evitarla y sentirse intranquilo en
su compañía. El mal estado de su salud podía disculparle
en gran parte ; fuera de esto sólo cabía una interpreta-
ción, la de que el señor Bourchier no simpatizaba con
ella.

Aquella conducta la apesadumbró profundamente. Alano se limitó á felicitarse por la manera como Frances se
había conquistado la buena voluntad de su amante pero
rígido y severo padre. Cuanto á las simpatías de su madre,
nunca dudó que su mujer se hiciera desde luego objeto
predilecto de ellas, como en efecto sucedió. Cosa fácil
para Frances la conquista de aquel carácter bondadoso y
dulce.

Cuando su primera visita á la Casa Roja, Bourchier
había demostrado muy marcadamente el alto aprecio en
que tenía á la esposa de su hijo. Pero al presente todo
había cambiado en él. Alano no sospechaba todavía el
menor cambio, pues Frances notaba que cuando su padre se
hallaba en compañía de ambos procuraba mostrarse el mismo
de antes ; su frialdad y reserva para con ella sólo se mani-
festaban en ausencia de su hijo. ¿ Qué había hecho ella
para merecer aquel desvío ?

Llegó á pensar que podía haber llegado á su noticia alguno de aquellos anuncios disparatados que en los Estados
Unidos les habían proporcionado más de un disgusto á ella
y su marido. Frances sabía que Bourchier era hombre altivo, orgulloso de su posición, de su familia y de su nombre.
Exenta de toda culpa como estaba ella, no por eso le censu-
raba ; comprendía que debían ofenderle aquellas poco gratas aunque inevitables consecuencias de toda carrera pública. Pero deploraba que las habladurías absurdas de tal
ó cual periódico americano hubiesen llegado hasta el punto
de modificar sus sentimientos para con ella. Aunque sólo
fuera en interés de Alano resolvió averiguar los motivos
de tal cambio. Una tarde que su esposo había salido, llamó
á la puerta de la biblioteca donde se hallaba solo el señor
Bourchier. Sentado cerca del balcón, contemplaba distrai-

damente el paisaje. La Casa Roja lo dominaba por su gran altura, y aunque no se divisaba el pueblo de Renton, construído al pie de la colina, veíase sí la torre de su iglesia. Bourchier miraba en aquella dirección cuando Frances entró en la biblioteca.

No le dirigió él la vista desde luego, creyendo que sería alguno de los criados ; después volvió la cabeza y se halló cara á cara con Frances.

Fuera de la escena nadie era menos actriz que ésta ; presentía que la entrevista iba á ser seria y por lo tanto su rostro reflejaba la gravedad de las circunstancias ; buscaba al señor Bourchier con un objeto determinado y aquel propósito se leía claramente en su semblante. Al contemplarla creyó Bourchier que había sonado la hora fatal y que en aquel instante iba á caer sobre él la amenazadora espada. Se estremeció visiblemente y apartó de ella los ojos ; cualesquiera que fuesen las palabras que iba á pronunciar renunciaba desde luego á cruzar su mirada con la de Frances.

Tan marcado fué aquel movimiento que la joven se detuvo desconcertada y el rubor invadió su rostro. ¿Qué significaba una aversión tan evidente ? Su primer impulso fué retirarse, pero pensó enseguida que si no por ella por Alano tenía el deber de dominarse, de disipar aquella antipatía si posible fuese, ó por lo menos de averiguar en qué se fundaba.

La cortesía innata del señor Bourchier vino en su auxilio. La saludó y le ofreció un asiento. Después pronunció algunas palabras insignificantes sobre el estado del tiempo y aun le dió las gracias por haber ido á verle. Un instante le bastó para comprender que se había equivocado y que la hora temida no había llegado todavía.

Frances tomó asiento en una silla cercana á la suya.

—¿Puedo permanecer aquí un ratito ? preguntó. ¿No le molesto á Vd. ?

—No, ciertamente. Nada hacía. Estaba mirando por la ventana.

—He venido á hacerle á Vd. una pregunta. Tiene Vd. que contestarme con toda sinceridad, porque el asunto es de importancia para mí.

Sí, estaba resuelto á responderle sinceramente, excepto

en lo tocante á un solo punto. ¡Quisiera el cielo que á aquel punto no se refiriesen sus preguntas!

—Vd. juzgará mejor que yo si estoy ó no equivocada, continuó Frances, hablando con tanta animación como dulzura; pero esta visita nuestra no ha sido tan agradable como la anterior.

—Siento mucho oirte decir eso.

El acento del señor Bourchier revelaba que sus palabras eran expresión fiel de sus sentimientos.

—Sí, dijo Frances, y vengo á preguntarle á Vd. la razón de esa diferencia. Yo me enorgullecía al pensar que iba conquistando el afecto de la familia de mi marido, pero esta vez noto que Vd., su padre, se muestra, ¿cómo decirlo? por lo menos algo cambiado respecto á mí.

El señor Bourchier no supo qué contestar.

—¿He hecho algo que haya podido ofenderle á Vd.? continuó Frances.

—Nada, nada. Tú eres la bondad misma.

—Tampoco puede ser mi falta de amor para con Alano. Demasiado lo sabe Vd.

—No. Todo lo debes atribuir á tu propia imaginación, querida Frances. Ó á mi mala salud y á mi deplorable manera de conducirme.

—He tratado de hacerlo así, pero sin conseguirlo. Dispense Vd. mis preguntas. ¡Esas ideas me han tenido tan preocupada!

—Desecha todo recelo. Ten presente que yo soy de carácter poco afectuoso.

—Pero ama Vd. á todos sus hijos. ¿Por qué no amarme también á mí? Si Vd. me lo permite, yo seré otra hija cariñosa.

Al decir esto le miró con ansiedad. Bourchier permaneció callado y trató de evitar la mirada de Frances. La suya fué á posarse en la torre de la iglesia de Renton, que se veía por la ventana.

—No tengo padre ni madre, ni un solo pariente en el mundo, continuó ella, y llegué á esperar que los encontraría en la familia de Alano.

Lejos de lo que Bourchier esperaba al verla entrar, era ella quien suplicaba, no él. Tenía que contestar y tenía también que hacer todo lo posible por tranquilizarla y complacerla.

—Frances, le dijo, haciendo un esfuerzo para mirarla frente á frente, créeme cuando te digo que aquí todos te queremos y te consideramos como hija de la casa. Tú te imaginas que mis maneras han cambiado. Soy de carácter poco expansivo, estoy enfermo y aun pudiera decir que cansado de la vida; pero amo á mi hijo, declaro que al tomar esposa ha elegido bien y discretamente y aunque nada más puedo decir, sé que quedarás satisfecha con esa afirmación mía.

Era evidente que sentía lo que decía y Frances se levantó convencida de que se había alarmado sin motivo. Se sentía contenta y feliz, como aliviada de un gran peso.

—¡Cuánto me alegro! dijo. Estoy segura de que Vd. comprende y aprecia los móviles que me han impulsado á solicitar esta explicación. Ahora, deme Vd. un beso, dígame que me perdona y me iré contentísima.

Acercó su rostro al de Bourchier y éste no pudo dejar de besarla, sobre todo después de las palabras que había dirigido á la joven. Posó ligeramente sus labios sobre la frente de ésta y se estremeció al pensar de quién era hija. Los ojos alegres y francos de Frances se fijaban en los suyos, y parecía esperar á que hablase.

—No volvamos á mencionar este asunto, dijo. Después preguntó con voz conmovida: ¿Amarás siempre á mi hijo, Frances? ¿Lo querrás en la adversidad como en los días afortunados, pobre ó rico, aun criminal, si el crimen llegase á surgir entre los dos, amenazando separaros? ¿Lo amarás aun cuando se aleje de tí, aunque te abandone?

—Como lo amo ahora así lo amaré siempre, dijo Frances solemnemente, admirada al ver la emoción que embargaba al señor Bourchier.

—¡Júralo! exclamó éste.

—No es necesario, pero lo juro; y como para dar más fuerza á su promesa volvió á presentarle su frente, que el besó aquella vez sin la menor vacilación, y Frances salió de la biblioteca.

Más de una hora permaneció él allí, mirando tristemente por la ventana y siempre en la misma dirección. Sólo una cosa le impedía amar á Frances como á sus propias hijas;

16

y era que al contemplar la torre de la vecina iglesia, sabía que su sombra caía en aquel momento sobre una humilde tumba, sin nombre que indicase quién reposaba en ella. Aquella tumba se alzaría siempre entre él y la esposa de su hijo.

CAPÍTULO XVII

Felipe Bourchier no dudó un momento que Frances fuese hija de Juan Boucher, como lo había dicho Daniel. Poco á poco iba haciéndose supersticioso, porque veía cómo todo se volvía contra él desde aquella noche fatal ; cómo, cuando lo creía tòdo terminado y oculto su secreto, había surgido un testigo presencial de sus actos y renovado sus temores ; cómo se veía castigado por medio de los únicos séres que podían hacer intolerable su castigo : sus propios hijos. Pensando en todo esto comenzaba á creer en el destino, en la fatalidad y le parecía la cosa más natural del mundo que Alano hubiese elegido por esposa precisamente á Frances Boucher.

No faltaban indicios abundantes que confirmasen las palabras de Daniel. Alano se había casado sin saber gran cosa de la familia de Frances, quien le había dicho que su padre y abuelo habían sido respetables comerciantes, pero que estaba enteramente sola en el mundo. Después de su matrimonio había referido todo lo que sabía sobre la misteriosa desaparición de su padre y aun había obtenido de Alano la promesa de ayudarla á buscar á Manders. Alano conferenció con el señor Trenfil sobre el asunto y lo halló tan convencido de que Juan Boucher había sido asesinado con objeto de robarlo, que consideró inútil toda pesquisa. Trenfil le dijo que la víctima había dejado la oficina de sus banqueros llevando consigo lo que todos suponían ser valores de consideración y que no se había vuelto á tener noticia de él. Es muy posible que el abogado hablase de un señor Jaime Boucher, de Norton, pero este nombre no despertó la menor sospecha porque Alano era todavía niño la última

243

vez que se renovó el pleito y además el asunto, como muy desagradable, estaba excluído de las conversaciones de su familia.

Frances por su parte hablaba poco de sus parientes. Sabía muy bien que la hija de un modesto negociante no era la igual de Alano, aunque sí lo sería la Francini el día que se viese aclamada como una de las grandes cantatrices de su época. Prescindiendo de su belleza y cualidades, le bastarían pocos años para ganar sumas verdaderamente regias. Muy lejos estaba de avergonzarse de sus padres, pero sabía que acusa tanta vulgaridad por parte de una persona el sacar siempre á colación su humilde origen como el tratar inútilmente de ocultarlo ó negarlo. Cuando no la interrogaban sobre el particular prefería guardar silencio, si bien hablaba frecuentemente con Alano de su padre y de su gratitud por haberle dado una educación muy superior á su posición social.

En la Casa Roja, por tácito y común acuerdo, nadie hablaba del encuentro nocturno de Bourchier con el presunto asesino. Su familia comprendió muy pronto que le disgustaba oir hablar de ello y por consiguiente aquel episodia iba pasando al estado de tradición. Frances había oído decir cómo un día su suegro tuvo que matar á un hombre en defensa propia ; pero como en su juventud había visto á varios sujetos autores de igual hazaña, hizo muy pocas preguntas sobre el caso. Le habían dicho que el suceso databa de varios años, pero aun cuando hubiese sabido la fecha exacta no le hubiera llamado la atención, pues recordaba que la muerte de su padre ocurrió en Londres, hasta donde decían haberle seguido desde Norton los agentes enviados en su busca. Es decir, que teniendo á Daniel tranquilo y lejos de Frances podía Bourchier seguir guardando su secreto. No es pues extraño que con ese fin continuase sacrificando su dinero en beneficio de su yerno.

Cuando los jóvenes esposos lo visitaron por segunda vez, Bourchier dirigió á su hijo algunas preguntas sobre el padre de Frances. Alano le dijo cuanto sabía, y el anciano comprendió enseguida que lo que le había referido Daniel era absolutamente cierto. También supo entonces el nombre del falso Daniel Bourchier, quien no podía ser otro que aquel Jorge Manders tan ansiosamente buscado por **Frances.** Pero de poco le servía saber **quién era** el impostor.

—**No** te preocupe el asunto, **Alano,** dijo. Fué asesinado, sin duda, y tras tan largo tiempo nada se ganaría con averiguar exactamente lo ocurrido.

—Lo mismo pienso yo, pero mi pobre mujer se muestra muy ansiosa de saber la verdad.

—Bien, pues de todos modos si llegas á **encontrar á ese** Manders, **oye tú** su historia antes de que vea á Frances y entonces juzgarás si conviene ó no que ella también **la co**nozca.

—Así lo haré, dijo **Alano.**

Mucho le costó á Bourchier dar aquel consejo ; **su** orgullo **se** rebelaba contra la mentira dicha á su hijo. **Pero** quería que si había de saberse la verdad la oyese **ante**todo Alano. Este podía perdonarlo y compadecerlo ; **Fran**ces, decíase, no lo perdonaría nunca.

Terminó la visita á la Casa Roja, **y Alano y su** esposa salieron de allí para Sorlán. Á Frances **no le** pesaba el cambio. Por más que **hacía no podía** negarse que entre el señor Bourchier y ella **había algo** que los separaba. En Sorlán todo marchó á pedir de **boca.** Mabel sentía de día en día más cariño por su nueva hermana, y Meser, su esposo, consideraba á Frances como un sér superior. Hombre sencillo **y** bondadoso, sentía gran respeto por el genio artístico de su cuñada y consideraba como una gran honra el alojar á la Francini en su casa. La presencia **en** ella de grandes señores de la aristocracia era diaria ocurrencia ; pero la de una *prima donna* era gran rareza. **Frances** se vió pues muy obsequiada, **y Alano se** hubiera **sentido** perfectamente satisfecho, **á no ser por las** duras **pruebas** que le esperaban en la ya próxima **temporada** de ópera. Sin embargo, por desagradables que **fuesen** en Londres, sabía que no podrían compararse con las de los Estados Unidos.

—Espero que verás á Josefina **en Londres, dijo** Mabel á Frances la víspera de la partida de **ésta.**

—Trataré de verla, contestó Frances.

—Es mi hermanita querida. **Pero** ¡ qué triste vida la suya ! ¡ Con un marido á quien aborrece y sin un hijo á quien adorar y que **la haga dichosa** ! dijo la **señora de** Meser, besando al futuro **Par del Reino, que** yacía en sus brazos como otro chiquitín cualquiera de más modesta alcurnia.

—Le escribiré tan pronto estemos instalados, repuso Frances, diciéndole que vaya á verme á menudo. Yo iría á su casa, pero Alano se opone.

—Y tiene razón. El esposo de Josefina es un malvado. Ella comprenderá por qué no la visitas. Haz cuanto puedas por conquistarte su cariño, añadió Mabel. Así será algo más dichosa.

—Lo conquistaré si puedo, dijo Frances, recordando que con Josefina no le había sido tan fácil entenderse como con Mabel.

Al regresar á la ciudad, Alano pensó también en la desgraciada Josefina.

—¿Escribirás á Josefina, querida mía? preguntó.

—Sin duda; pero por mucho que yo lo desee, Alano, temo que nunca seamos muy amigas. He tratado de conseguirlo, pero creo que Josefina no me quiere.

—¡Qué tontería! ¿Quién puede no quererte?

—No todos me ven con tus ojos, Alano, dijo ella riéndose.

—Mabel está á tus pies, y no tengo la menor duda de que lo mismo sucederá con mi querida Finita.

—Bien, haré todo lo posible, pero no te sorprendas ni disgustes si mis esfuerzos no dan resultado.

—Estoy seguro de que lo darán.

Tan luego hallaron una casa que les convino y volvieron á sacar á la señora Melvil de la semi-obscuridad en que vivía para ponerla otra vez al frente de sus asuntos domésticos, escribió Frances una larga y cariñosa carta á Josefina, diciéndole que fuese á verla y á pasar algún tiempo con ella si bien le parecía; invitándola, en una palabra, á tratarla como hermana. Josefina, que estaba perfectamente enterada de todo lo ocurrido en las visitas á la Casa Roja y á Sorlán, se sentía muy dispuesta á aceptar aquellas ofertas, hechas en los mejores términos. Su marido estaba en la habitación en que ella leía aquella carta, y con su desconfianza habitual miró y reconoció la escritura de Frances, que le era casi tan conocida como la suya propia.

—¿El apreciable Alano y su hermosísima mujer han regresado á Londres, si no me engaño? preguntó.

—¿Cómo lo sabes? exclamó Josefina admirada. ¿Conoces la letra de Frances?

Daniel vió que había dado un paso en falso. Mientras el señor Bourchier accediese á sus demandas su mayor deseo era seguir ignorado de Frances, porque el día en que ésta lo descubriese, si bien sería fatal para Bourchier terminaría también el poder absoluto que él ejercía sobre su suegro. Había llegado á pensar en ausentarse de Londres por algunos meses.

—No, he visto la firma, contestó por fin.

Una falsedad más, y Josefina lo sabía. Era imposible que Daniel hubiese visto la firma y su explicación sólo sirvió para demostrar á Josefina que conocía la letra de Frances y para renovar toda la desconfianza que en ella habían despertado las palabras de su marido en ocasiones anteriores. Éste y la mujer de Alano se conocían. Deseaba que no se confirmasen sus sospechas, pero mientras éstas existieran no podía aceptar con entera sinceridad la mano cariñosa que Frances le tendía. Cruelmente engañada como lo había sido la pobre Josefina, miraba con desconfianza á toda persona para ella desconocida.

Contestó la carta de Frances y prometió ir á verla. Hízolo así á los pocos días y su cuñada la recibió con tanta franqueza y cariño que casi desaparecieron sus sospechas. Decíase que Daniel había hecho aquellas pérfidas insinuaciones para favorecer sus propios planes; pero al mismo tiempo no podía explicarse cómo conocía él la letra de Frances. Sin este último detalle hubiera amado á Frances como una hermana y aprendido á buscar consuelo y fuerzas en el animoso carácter de su cuñada.

Ésta hizo por su parte cuanto pudo para conquistarse el afecto de Josefina y merecer su confianza. Hasta entonces le había bastado ofrecer su amistad para verla aceptada inmediatamente. Su altivo carácter se rebelaba contra la fría reserva de Josefina, pero el deseo de complacer á su marido le hizo continuar aquella difícil conquista y por fin vió recompensados sus esfuerzos. Las dudas de su cuñada desaparecieron rápidamente y á las tres ó cuatro visitas quedó vencida y conquistada por las maneras afables y cariñosas de Frances.

—¿Conoces á mi marido? le preguntó un día Josefina.

—No que yo sepa.　Lo mismo me preguntó Alano antes de casarnos.

Un ligero rubor de Josefina indicó que ella había sido la instigadora de aquella pregunta de Alano y al notarlo Frances le dijo:

—¿Por qué lo preguntas?

—Porque me figuré que te había visto y hablado antes, por unas palabras que le oí.

—No.　Su nombre me es totalmente desconocido.

—Oriundo él de los Estados Unidos, supuse que os habríais tratado allá.

—Descríbemelo, porque lo que es su nombre nada me dice.

Hízolo así Josefina, pero sin resultado alguno.

—Es bien parecido, por lo visto.

—Así lo creí yo un tiempo, pero no ahora, repuso Josefina, sonriéndose con amargura al pensar en el cambio inmenso que á sus ojos había sufrido su marido, en el contraste que presentaban los vicios y la maldad de aquel hombre con el héroe joven y apuesto de su primer sueño de amor.

—Enséñame su retrato, dijo Frances.　Cara que he visto una vez no se me olvida.

—No tengo ninguno.　Jamás ha querido retratarse y eso que yo se lo pedí con empeño en los primeros tiempos de nuestro matrimonio.

—Puede ser que lo vea algún día y entonces sabré si lo conozco ó no; pero por lo que tú y Alano me decís comprendo que su amistad no es para enorgullecer á nadie.

—Yo sentiría mucho que lo conocieses, dijo Josefina tristemente.

Frances le rodeó la cintura con su brazo.

—¿Eres muy desgraciada con él, querida mía?

—Cuando descubrí quién era sufrí mucho.　Después me fué del todo indiferente y nada me importaba lo que hacía ó decía.　Últimamente . . .

—Últimamente ¿qué? preguntó Frances, alegrándose de aquellas confidencias porque aumentaban la confianza entre ellas.

—Pues bien, no me creas perversa, pero le odio.　Aborrezco la vista de su malvada cara y el sonido de su voz burlona.   **Y ahora que** le odio, creo que empiezo también á temerle.

—¿Por qué no te separas de él y te vienes á vivir con nosotros, ó con tus padres?

—Lo haré pronto.   Sólo espero una cosa.

—¿Y qué es?

Josefina no quiso ó no pudo decírselo y Frances comprendió que se trataba de una confesión dolorosa; pero después de aquellas confidencias las relaciones entre ambas jóvenes fueron mucho más cordiales.   Sin embargo, al separarse de Frances, Josefina no pudo menos de recordar otra vez las palabras de su esposo.   Decíase que Frances era cariñosa, franca y tan noble como buena y que Daniel mentía al pretender que la esposa de Alano lo había conocido en otro tiempo.   Pero no veía el objeto de aquella mentira, como no fuese el deseo de atormentarla á ella calumniando á la esposa de su hermano.   Tanto la preocupaban aquellas insinuaciones que resolvió, por mucho que le costase el hacerlo, decir á Daniel que Frances negaba toda clase de amistad ó conocimiento previo con él y exigir que explicara sus palabras y dijera cuándo y dónde la había visto antes.   Transcurrieron algunos días sin presentarse oportunidad favorable.   Por entonces pasaba Daniel más días y noches fuera de su casa que en ella, y bebía más que nunca.   Cuando volvía por las noches oíale Josefina dirigirse al cuarto que él se había reservado, subiendo la escalera con pesados é inseguros pasos, mucho después de haberse retirado ella á descansar.   Resultado de aquellos excesos y trasnochadas era que al día siguiente no se hallaba en disposición de responder á las preguntas que Josefina quería hacerle.

Habían dado las doce.   Josefina leía, creyéndose libre de Daniel aquella noche, pues éste le había dicho por la mañana que no volvería hasta el día siguiente.   El libro que leía la interesaba, porque la pobre seguía siendo aficionada á las novelas, si bien prefería entonces las de género menos fantástico que antes.   Cortaba las hojas con una daga pequeña y aguzada de fabricación extranjera, que había comprado el día de la última visita de Daniel á su padre.   Sin explicarse bien el motivo de su adquisición, sentíase más segura desde que tenía aquella arma en miniatura al alcance de su mano.

De repente oyó abrir la puerta de la calle, asegurada sólo con el pestillo por orden expresa de Daniel, y oyó también pasos y risa de dos ó más hombres. Ya era tarde para retirarse sin ser vista, y cerrando el libro, esperó. Un instante después abrió Daniel con mano insegura la puerta del comedor y entró seguido de otro hombre.

Se conocía que ambos habían bebido, Daniel mucho más que su compañero, y Josefina se alegró de la presencia de éste en atención al estado en que se hallaba su marido. Al verla Daniel sonrió estúpidamente, y cerrando la puerta con llave se guardó ésta en el bolsillo. Josefina comprendió que iba á pasar un mal rato y sintió más que nunca no haberse retirado con tiempo á su cuarto.

El amo de la casa se dejó caer en un sillón y miró á su esposa con ojos que reflejaban maliciosa alegría.

—¿Qué tal, amor mío? dijo articulando con dificultad. No esperaba el placer de verte. Me alegro mucho de haber vuelto temprano.

—Presénteme Vd., Bourchier, le indicó el otro, que permanecía de pie y conservaba suficiente serenidad para comprender que no debía tomar asiento mientras la señora de la casa no lo hiciese, ó no se lo ordenase.

—Mi mujer ... Bates, murmuró Daniel. Siéntese Vd., Bates.

El caballero Bates tomó asiento en la silla más cercana, con evidente disgusto.

—Á nuestras anchas, dijo Daniel. Trae el brandy, continuó volviéndose hacia Josefina.

La joven continuó de pie, sin hacerle el menor caso.

—¡Trae el brandy, te digo! gritó furioso, exasperado por la calma y el desprecio de su mujer y tratando de levantarse. ¡En seguida, ó ...

Josefina no podía rebajarse á tener un altercado con él y obedeció tranquilamente, tomando del aparador y colocando sobre la mesa la botella, los vasos y un jarro de agua. El galante Bates trató de ayudarla.

—Prepáranos un grog. Siéntese Vd., Bates y encienda un cigarro.

—Quizás el humo moleste á la señora ...

—Nada de eso, no hay molestia que valga ¿verdad, querida? Aquí soy yo el amo ... ¡Encienda Vd., Bates!

—¿ Permite Vd., señora ? preguntó éste.

—¡ Oh, sí ! contestó Josefina fríamente, y Bates se aprovechó del permiso.

—Y ahora prepara ese grog, y basta de aspavientos.

Josefina obedeció una vez más ; su marido vació el vaso y le hizo preparar otro.

—¿ Me haces el favor de darme la llave ? preguntó ella.

—No, amor mío, no te la doy. Vamos á pasar la gran noche y tienes que hacernos compañía . . . ¿ verdad, Bates ?

—Pero puede que la señora esté fatigada, se va haciendo tarde.

—¡ Fatigada ! Nunca cuando está conmigo ¿ eh, paloma ?

La situación era intolerable.

—Dame la llave, dijo ella imperiosamente.

Daniel contestó con una carcajada y otro trago de brandy ; Bates deploró hallarse en compañía de los mal avenidos esposos.

—No es justo detener aquí á la señora contra su voluntad, dijo. Vamos, dele Vd. la llave, Bourchier, añadió, procurando convencer á su amigo sin exasperarlo.

—Que se vaya al infierno. No hay llave que valga. Digo, sí, te la entrego en seguida si me das un beso.

Ella le miró con profundo desprecio y Daniel lanzó otra carcajada.

—¿ Qué le parece á Vd. el trato, Bates ? Una llave por un beso. Y cuidado que ella sabe darlos . . . Ea, Josefina, á ver cómo me echas los bracitos al cuello, ó si no, me levanto y te obligo á ello.

La joven palideció y siguió inmóvil.

—¿ Qué me dice Vd. de esta mujercita, amigo ? continuó Daniel con voz burlona. Y sin embargo, hubo un tiempo en que me comía á besos y era yo su Daniel, su adorado Daniel. Véala Vd. ahora, ni me da los buenos días. No se case Vd., Bates ; todas son lo mismo. Conozco yo una muchacha . . .

—¡ Silencio ! murmuró Bates.

Josefina se estremeció. La indignación brillaba en sus ojos.

—No le importe á Vd. mi presencia, señor Bates, dijo. Hace mucho tiempo sé que este hombre es uno de los bribones más depravados y más cobardes que existen. Ningún insulto que me lance al rostro será mayor que el de retenerme en su compañía contra mi voluntad . . .

—¡ Basta, basta, por Dios ! exclamó Bates temeroso de las consecuencias.

Daniel lanzó una blasfemia, apuró el resto de licor que contenía su vaso y levantándose se dirigió hacia ella con vacilantes pasos. Las palabras de Josefina habían despertado su furor, que aumentó al verla ante él pálida pero resuelta.

—¡ No estás tú mala pieza ! rugió, levantando la mano.

Bates, cuya embriaguez incipiente se había disipado en gran parte ante la gravedad de la situación, se lanzó hacia ellos, pero ya era tarde. La mano del rufián cayó sobre el brazo de su mujer, cerca del hombro, con tal fuerza que el cuerpo de ésta fué á chocar contra la pared y á duras penas pudo continuar de pie.

Bates, que aunque amigo de Daniel no era un miserable como éste, quedó horrorizado.

—¡ Canalla ! exclamó, y asiéndolo con ambos brazos, á pesar de la estatura y fuerzas superiores de Daniel, logró arrojarlo en su sillón.

—¡ Cómo se atreve Vd. ! gritó Daniel con acento tan amenazador que Bates, algo alarmado, miró á la joven.

Josefina se había acercado á la mesa y empuñaba la reluciente daga. Después de lo que había pasado, Bates temió presenciar una tragedia. Pero Josefina no dirigió la daga ni contra Daniel ni contra su propio pecho ; lo que hizo fué rasgar con ella la manga de su vestido desde el codo hasta el hombro, lo que permitió al señor Bates contemplar con admiración á la vez que con pesar el hermoso brazo de Josefina, cuya blancura hacía resaltar las cuatro líneas rojas trazadas sobre la fina piel por los dedos del miserable.

—¡ Dele Vd. la llave y déjela salir, y á mí también ! dijo Bates.

—Que me dé un beso y quede olvidado todo, repuso Daniel, á quien la embriaguez iba dominando más y más.

—No le diga Vd. nada, repuso Josefina con voz que á Bates le pareció muy alterada ; y viendo que Daniel sucumbía rápidamente á los efectos de la bebida, siguió el ejemplo de la valerosa joven y no se ocupó más de él.

Sin embargo, el beodo se incorporó una vez más y llenó á medias su vaso ; pero notando que el jarro del agua estaba vacío, acabó de llenar el vaso de brandy y lo apuró de un trago.

—Mejor, murmuró. El agua que la beban otros . . .

Josefina se sentó y esperó, pálido el rostro y contraídos los labios, desnudo el brazo sobre el que se veían claramente las señales del golpe recibido. Bates la miraba de cuando en cuando, sin atreverse á dirigirle palabras de consuelo y deseando ver llegar pronto el momento en que Daniel cayese desplomado.

La bebida no tardó en consumar su obra ; Daniel no rodó bajo la mesa, pero inclinó á un lado la cabeza, perdió el conocimiento y quedó inerte como un leño. Bates, que le observaba atentamente, se convenció de ello y estuvo á punto de desahogar su indignación aplicándole un par de puntapies. La vida matrimonial de Daniel y Josefina había terminado, y Bates no comprendió lo que en realidad significaba el suspiro de satisfacción de la joven al levantarse de su asiento y lanzar una mirada de desprecio al cuerpo de su verdugo.

—Sírvase Vd. sacarle la llave del bolsillo, dijo.

Hízolo así Bates y abrió la puerta. Salieron ambos al corredor y él empezó á excusarse.

—Siento en el alma lo ocurrido, señora. No me juzgue Vd. mal. La verdad es que jamás hubiera esperado tal cosa de Bourchier. No volveré á dirigirle la palabra, después de semejante canallada.

—Sí, dijo Josefina, es todo un canalla.

—¿ Me perdona Vd. por la parte que desgraciadamente he tenido en lo ocurrido ?

—De todo corazón. Me alegro de que haya estado Vd. presente, pues de lo contrario no sé lo que hubiera sucedido.

Josefina tembló, preguntándose cómo había podido correr aquel grave riesgo por tan largo tiempo.

—¿ Puedo hacer algo por Vd. ? Permaneceré aquí todo el tiempo que Vd. desee.

—No, gracias. Buenas noches.

—¿No teme Vd. quedarse sola en la casa?

—No por cierto. Lo que deseo, señor Bates, es que no olvide Vd. lo que ha presenciado esta noche.

—Nunca. ¡Qué infamia!

—¿Quiere Vd. darme sus señas?

Bates las escribió en su tarjeta, que le entregó.

—¿Me será permitido, dijo, venir á preguntar por Vd. y ofrecerle mis respetos?

—Prefiero que no lo haga Vd., que no volvamos á vernos. No hay mujer que voluntariamente quiera hallarse en presencia del hombre testigo de una humillación como la que yo acabo de sufrir.

—Está bien. Buenas noches.

—Otra cosa. ¿Cuánto tiempo cree Vd. que durará el sueño de mi marido?

—Cuatro horas por lo menos. ¡Qué vergüenza la suya al despertar!

No lo creyó así Josefina, pero nada dijo. Bates salió avergonzado y jurando alejarse en lo sucesivo de amigos como el que dejaba en aquella casa.

Josefina volvió al comedor. No sentía temor alguno y tampoco gran pesar, porque sabía que se acercaba la hora de su libertad. Dirigió una mirada á la postrada forma de su héroe de otra días, ahora tan envilecido; bajó algo la luz del gas y subiendo al último piso llamó á la puerta de la habitación que ocupaban las criadas. Éstas se levantaron y abrieron muy alarmadas.

—Siento molestarlas, dijo Josefina, pero es sólo por un momento. Si están bien despiertas miren mi brazo.

—¡Ay, señora! exclamó la cocinera. Son señales de un golpe. ¿Se ha atrevido el señor?...

—Sí, dijo Josefina con gran calma. Acaba de maltratarme. Cuiden de no olvidar el día y la hora en que las he llamado para enseñarles mi brazo y decirles esto. Ahora vuelvan á acostarse. Nada más quiero.

Fué á su cuarto, recogió todas sus joyas y algunos otros objetos, así como las cartas y documentos que deseaba conservar, y lo puso todo en un saquito de mano. No cambió su desgarrado traje y poniéndose un abrigado chal y un sombrero, bajó al corredor de entrada. Entonces le ocurrió llevarse también la pequeña daga de que hemos habla-

do ; primero **fué sólo** un capricho, pero después pensó que
en los futuros procedimientos judiciales su marido podría
pretender y aun jurar que ella le había amenazado con
aquella arma. Resolvió pues llevársela consigo.

Abrió cuidadosamente la puerta del comedor y entró,
pero la primera mirada la convenció de que Daniel no se
despertaría. Incapaz de moverse, dormía como un tronco.
Josefina tomo el acerado puñal, y no obstante la dulzura de
su carácter se dijo que si su libertad dependiera de la muerte
de Daniel, no vacilaría en atravesarle el corazón en aquel momento. Después lo contempló, gozándose en su impotencia. Recordó el papel que aquel hombre había representado en su propia vida desde el día fatal en que su padre lo
llevó á la Casa Roja. Pensó también en la misteriosa influencia que parecía ejercer sobre su padre, que lo detestaba
y sin embargo tenía que entregarle sumas de consideración.
"¡ Oh, si pudiera hacer algo á favor de papá !" se decía.
De pronto se animó su rostro con una idea súbita ; aquel
hombre la había engañado, insultado, hecho desgraciada
para toda la vida : si ella á su vez podía vengarse y al propio tiempo conferir un beneficio á los seres que más amaba
en el mundo ¿ por qué desdeñar la ocasión que se le ofrecía ?

Se acercó á Daniel, se inclinó sobre él y estremeciéndose
al solo contacto de sus ropas, retiró sin dificultad un mazo
de llaves que aquél tenía en el bolsillo del holgado gabán.
Después subió al próximo piso y entrando en un cuarto
donde no había puesto los pies años hacía, el cuarto de su
marido, abrió apresuradamente una pequeña caja de hierro
que en él había. Entre varios papeles, un rollo de billetes
de banco y numerosas cartas escritas con letra de mujer,
contenía también la caja una cartera llena de documentos.
En casi todos ellos vió Josefina el nombre de Bourchier y
se dijo que probablemente explicarían el despótico dominio
de Daniel sobre su padre. Guardó, pues, la cartera en el
seno é iba ya á cerrar la caja ; pero se detuvo para tomar
también dos ó tres de las cartas que quedaban encima del
montón, probablemente las de fecha más reciente, pensando
que podrían serle útiles. Cerró después la caja, volvió á
poner las llaves en el bolsillo de su marido, de quien se
alejó para siempre sin dirigirle una mirada y salió á la calle,
débilmente alumbrada.

Eran las tres de la mañana. ¿Adónde ir? Primero pensó andar por las calles á la ventura hasta que amaneciese y tomar el primer tren de la mañana para el Oeste. Pero en aquel momento pasó un hombre que con sólo unas palabras que le dirigió la hizo enrojecer y la convenció de la imposibilidad de aquel plan. Su hermano era su protector natural en Londres; subió á un coche de alquiler que pasaba en aquel momento y poco después se hallaba á la puerta de la casa donde Alano vivía entonces y se arrojaba llorando en brazos de su hermano, pidiéndole amparo, mientras Frances la consolaba colmándola de caricias.

Cuando Alano vió aquellas señales amoratadas en el brazo de su hermana, juró que algún día tomaría plena venganza del miserable que había osado inferir á Josefina tamaño ultraje.

CAPÍTULO XVIII

CARA Á CARA

DANIEL BOURCHIER despertó de su pesado sueño en pleno día. Cuando se vió tendido en el suelo, apoyada la cabeza contra la pata de un sillón y los pies sobre el guardafuegos de la chimenea, creyó que todavía era de noche. Las persianas y la puerta estaban cerradas y encendido el gas. Las criadas habían dirigido una mirada al comedor y viendo allí á su amo, se habían retirado dejándolo que se arreglase como pudiese. Á las diez de la mañana se levantó Daniel del suelo con gran trabajo, sintiendo un dolor de cabeza atroz, y tendiéndose en el sofá volvió á dormirse. No se hallaba en estado de recordar los sucesos que lo habían puesto en estado tan lamentable. Lo que sabía, sin necesidad de esfuerzo mental alguno, era que había estado borracho á más no poder ; durmió pues dos ó tres horas más y se despertó sereno, pero todo dolorido.

Poco á poco fué recordando lo ocurrido ; su llegada con Bates, la presencia de Josefina en el comedor, y cómo ésta permaneció después sentada, inmóvil, con una daga en la mano y desnudo el brazo hasta el hombro. Y nada más . . . ¡ ah, sí ! recordaba que se había puesto furioso y golpeado á su mujer.

—Muy borracho debí estar, se dijo, ó muy provocativa ella ; pero sea cual fuese el motivo, poco importa.

Su reloj se había parado, pero el del comedor le indicó la hora. Sorprendido de que fuese tan tarde, tocó el timbre que servía para llamar á los criados ; nada le importaba la presencia de éstos, porque la vergüenza era cosa desconocida para él.

—Abre las persianas, dijo á la camarera, pon en orden la habitación y sírveme una taza de te.

Después fué á su cuarto, se bañó cara y cabeza con agua fresca y volvió al comedor sintiéndose algo más despejado.

—¿Dónde está tu ama? preguntó á la muchacha.

—No lo sé, señor.

—¡Cómo que no lo sabes! ¿Ha salido?

—Creo que se ha ido para no volver.

—¿Qué quieres decir con eso? ¡Á ver! ¿dónde ha ido la señora?

—Pues lo que sé es que anoche fué á nuestro cuarto y nos enseñó su pobre brazo á la cocinera y á mí. Desde entonces no la hemos visto.

—¿No estará en su alcoba? Anda á ver.

—No señor. La puerta de su cuarto estaba abierta esta mañana y la cama no estaba deshecha. La señora se ha marchado y no me extraña. Y debo decir al señor que la cocinera y yo también queremos irnos de aquí lo más pronto posible . . .

—¡Pues largáos cuanto antes, con mil demonios!

No le sorprendió mucho la fuga de Josefina. Una visita á su cuarto le mostró que no había dejado carta ni indicio alguno de su paradero. Poco le importó aquel paso, porque creía llegado el momento en que podía ya pasarse sin ella, y no le preocupó en lo más mínimo la idea de los peligros que podía correr en las calles aquella joven, que había abandonado su casa á las tres de la madrugada. Supuso que habría salido en derechura para la Casa Roja, donde la dejaría hasta que bien le pareciese reclamarla, derecho que se proponía ejercer para explotar mejor á Bourchier.

No habiendo tenido ocasión de abrir su caja de hierro, transcurrieron algunos días antes de descubrir que Josefina no se había ido con las manos vacías. Pasó todas aquellas noches en su casa porque la linda inquilina de la casita de campo donde él la había instalado, á pocas millas de la ciudad, habíase cansado de la vida campestre y abandonado á Daniel en compañía de otro admirador, dejando vacío el nido de sus amores.

Las sirvientas de Josefina fueron á ver á Daniel una

semana despues de la partida de aquélla, para preguntarle si la señora pensaba volver á la casa. Al oir la brusca negativa de Daniel le pidieron el importe de sus sueldos y como aquél las mandase á paseo, diciéndoles que se cobrasen dónde y cómo pudiesen, se retiraron amenazando demandarle. Viéndose solo en la casa no tardó en seguir el ejemplo de las sirvientas, puso en una maleta la ropa y objetos más necesarios y se dirigió á la caja de hierro para tomar dinero é instalarse en un hotel y para llevarse consigo la cartera que contenía los preciosos documentos. Contó el dinero y halló completa la suma; buscó después la cartera y se dió cuenta de que había desaparecido, no sin arrojar antes al suelo cuantos papeles contenía la caja. Trabajo le costó convencerse de aquella pérdida y rebuscó en los bolsillos de todos los trajes que había usado últimamente, aunque recordaba muy bien haberla visto la última vez que abrió la caja. Se la habían robado, indudablemente.

Lo primero que hizo fué sentarse y soltar una retahila de imprecaciones. Nadie podía oirle y se desahogó á su gusto. Maldíjose á sí mismo una porción de veces, pero muchas más á su mujer, quien á no dudarlo era la autora del hurto. Nunca se había separado de aquella llave y era evidente que Josefina, aprovechando las horas que él permaneció adormecido por la bebida, se había apoderado de la llave y saqueado la caja de hierro antes de dejar la casa. Un ladrón se hubiera llevado el dinero y desdeñado los documentos. Pero también se dijo que su mujer lo había robado á instigación de Bourchier, que sólo con ese objeto había continuado ella en el hogar doméstico mucho después de haber cortado toda clase de relaciones con su marido, hasta que se le presentó y aprovechó la ocasión deseada. Todo le parecía clarísimo. Arrojó los papeles en la caja y bajó al comedor para reflexionar, con ayuda de unos cuantos tragos de aguardiente, sobre las consecuencias de aquel inesperado descubrimiento.

Desde luego supuso que los documentos se hallaban en poder de su suegro, si éste no los había destruído. Lo peor era que entre ellos figuraban también el acta de defunción del verdadero Daniel Bourchier y la de nacimiento de su pretendida hermana. Esto poco le importaba por lo que al anciano Bourchier se refería, pues éste sabía ya cuanto malo se podía saber de él y un embuste más nada significaba. Pero Daniel pensaba en que un día tendría que contar su historia á Frances y Alano de la manera que á él más le conviniese entonces, y que ambos documentos le serían necesarios para dar á su versión apariencias de verdad. Sin ellos, la misma Frances, á pesar de sus deseos de saber los detalles de la muerte de su padre, le trataría de impostor. Su mismo amor por Alano contribuiría no poco á impedirle creer en la acusación de Daniel contra el padre de su esposo. En aquel momento no tenía Daniel más pruebas materiales que los objetos de uso personal pertenecientes á Juan Boucher y por él obtenidos de Jaime Estoques. Y éste había desaparecido años hacía.

Cierto que podría obtener copias de los documentos sustraídos, pero [esto requeriría mucho tiempo y además no estaba seguro de las fechas, nombres y lugar en que habían sido expedidos algunos de ellos. No, nada de dilaciones. Lo esencial era averiguar dónde estaba Josefina y si por una feliz casualidad tuviese todavía los documentos en su poder, obtener su entrega á buenas ó á malas, ó cuando menos saber por qué se había apoderado de ellos y en manos de quién se hallaban.

Fué directamente á la Casa Roja y exigió de Bourchier la entrega de Josefina. Su suegro negó una y otra vez la presencia de ésta allí, y Daniel empezó á hablar de objetos sustraídos y de su propósito de obtener una orden judicial para registrar la casa.

—Regístrela Vd. ahora mismo, dijo Bourchier. Mi hija no está ni ha estado aquí. De lo contrario, no se le hubiera permitido á Vd. la entrada. La presencia de Vd. aquí debería convencerle de la ausencia de Josefina, ya que duda Vd. de mi palabra.

—Pero Vd. ha tenido noticias suyas, de seguro.

—La dama en cuya compañía está me ha escrito que mi hija se ha separado de Vd. para siempre. Nada más sé.

—Sabe Vd. dónde está. ¿Ha ido á Sorlán?

—Me niego á contestarle, dijo Bourchier con firmeza.

—Está bien. Iré á averiguarlo en persona.

Daniel ignoraba si los documentos habían llegado á manos de su suegro, pero lo dudaba, pues en tal caso le parecía que Bourchier se hubiera mostrado más hostil y altanero con él.

—Vaya Vd., pero sepa que Josefina no volverá á vivir con Vd. nunca.

—Eso también está por ver.

Bourchier suspiró con desaliento. Su aspecto era el de un hombre gravemente enfermo.

—Antes de irse, repuso, dígame si respeta Vd. algo en este mundo, si hay algún medio de obligarle y de que cumpla su palabra.

—Yo cumplo siempre mi palabra y Vd. debería saberlo.

—¿Existe alguna manera de impedir que haga Vd. daño? Dígame Vd. qué cantidad quiere para salir de Inglaterra y entregarme antes de partir todos los documentos que me enseñó y todos los demás que tenga en su poder.

—Vamos, ya empieza Vd. á ponerse en razón, dijo Daniel, encantado de ver que Bourchier no había recibido todavía la perdida cartera.

—Lo que empieza es mi agonía, exclamó Bourchier con énfasis tal que Daniel se sobresaltó. Algún día le llegará á Vd. también esa hora suprema y entonces sabrá lo que significa. ¿No ve Vd. en mi rostro las huellas de su obra?

—Parte de ello es obra de Vd. mismo, dijo Daniel con forzada risa.

—¡Necio! Aunque deplore mi crimen, un malvado como Vd. debería saber que no es eso lo que me mata. Por muy malo y miserable que sea Vd., verdadero vampiro, debe tener algún resto de compasión. Entrégueme Vd. esos documentos, salga de Inglaterra, deme un medio de asegurar su silencio y yo le pagaré por ello un crecido precio.

Nunca hasta entonces había hablado Bourchier en aquel tono, y Daniel no dudó que le quedaba poco tiempo de vida. Trató de pensar lo que más le convenía, pero la decisión era demasiado importante para tomarla en el acto.

—Un día le dije á Vd. que se había pasado de listo, continuó Bourchier. Siga Vd. mi consejo y no vuelva á cometer ahora esa misma falta. Mire Vd. que yo puedo arrepentirme de mi culpa y hacer venir á mi hijo Alano, su esposa y un sacerdote y decirles toda la verdad. La moribundos suelen hacerlo así y yo me muero.

Hablaba con amargo sarcasmo y Daniel comprendió que aquella amenaza extraña y terrible á la vez no era vana, y que Felipe Bourchier tenía una voluntad aun más firme que la suya, porque él, cara á cara con la muerte, no se hubiera atrevido á hablar como acababa de hacerlo el anciano.

Tan profunda impresión le causaron aquellas palabras que estuvo á pique de fijar la gruesa suma á que se creía con derecho, y sólo se contuvo al pensar que toda negociación era imposible mientras no volviese á tener los documentos en su poder.

—Yo le avisaré, dijo. No quiero mostrarme excesivamente duro, pero tiene Vd. que ser generoso. Ante todo quiero ver á Josefina. ¿Dónde está?

—Eso á Vd. le toca averiguarlo.

En este punto Bourchier se mostró inflexible, pero como no negó que su hija estuviese en Sorlán, allá fué Daniel cuanto antes. La mejor prueba de que no se hallaba en la Casa Roja era que Bourchier no había visto los documentos.

Fué resueltamente á Sorlán y preguntó por la señora Meser, que se presentó á los pocos momentos. Mabel sabía todo lo ocurrido y había ido á Londres para ver á Josefina y aconsejarla. Josefina no dudaba que Daniel se pondría en su busca y sentía ya haberse apoderado de la cartera, acción que le parecía indigna de ella. Resolvió pues no hablar de ello á nadie hasta haber visto á su padre y oído su opinión sobre el valor de aquellos papeles. Ella se había contentado con darles una ojeada ; por lo pronto su principal deseo era burlar las pesquisas de Daniel.

—¿Quieres venir á Sorlán? le preguntó Mabel en Londres.

—No, contestó Josefina, que había reflexionado maduramente su plan. Mi marido irá á buscarme primeramente á la Casa Roja y después á Sorlán.

—Y por último vendrá aquí, á casa de Alano.

—Sí, pero antes, cuando vaya á la tuya ¿ no podrías hacerle creer que yo estoy allí pero que te niegas á entregarme ?

—Eso es muy fácil y así lo haré, contestó Mabel, no sin admirarse de la astucia que demostraba la pobre Josefina, obligada por las circunstancias.

—¿Y no te causará eso molestia alguna, Mabel?

—Ni pensarlo. Mi marido se encargará de todo, ya verás.

—Bueno, pues entonces hazlo así.

Cuando Daniel preguntó por su esposa y dijo que la creía en Sorlán, la señora Meser le hizo comprender, con tanta cortesía como firmeza, que su hermana estaba allí pero que no se la entregarían. No se le ocultaba á Daniel el desprecio de su interlocutora, cuya negativa acabó de encolerizarlo, y no tardó en demostrar su habitual grosería.

—Pues aquí me quedaré hasta que la vea, dijo arrellanándose en un sillón, aunque Mabel no le había invitado á tomar asiento. Está aquí; no hay duda posible. Todo marido tiene el derecho de reclamar á su mujer. La veré aunque tenga que quedarme en esta casa indefinidamente.

Mabel salió de la habitación.

—Llame Vd. al señor, dijo al primer criado que encontró. El señor Meser, que estaba en el jardín, acudió en seguida.

—El marido de Josefina está aquí, le dijo Mabel, y declara que no se irá sin haberla visto. Hazme el favor de mandar á los criados que lo echen de aquí, pero dejándole creer al mismo tiempo que mi hermana está en la casa.

—Lo expulsaré yo mismo, contestó su marido.

Mabel le encargó mucho que cuidase de no recibir un mal golpe, pero él le aseguró que tenía un plan magnífico y entró tranquilamente en la sala con las manos en los bolsillos. Jamás había visto al marido de Josefina y la ceñuda mirada que éste le dirigió no hizo su primera impresión muy agradable. Meser fué derecho al grano.

—¡Largo de aquí! fué lo primero que dijo á Daniel.

—Me iré cuando haya visto á mi mujer, no antes.

—No la verá Vd., porque ella no quiere. Con que ¡andando!

—Déjeme Vd. hablar con ella á solas diez minutos. Nada más quiero.

—Ni un segundo. No volverá Vd. á verla sino ante el tribunal que le otorgue el divorcio si es que se atreve Vd. á presentarse por allá.

—Pues no me voy.

—Tiene Vd. cinco minutos de plazo para tomar el portante. De lo contrario lo harán salir á Vd. á la fuerza.

—¡ Deje Vd. que cualquiera de sus lacayos se atreva á ponerme un dedo encima !

—No, si no hay necesidad de lacayos. Cinco minutos le quedan para seguir mi consejo y marcharse tranquilamente.

Meser salió, no sin dirigir una rápida mirada á una de las ventanas. Daniel se sintió inquieto, no sabiendo qué sorpresa le reservaba el amo de la casa ; pero aunque comprendía las dificultades de aquella situación absurda, resolvió esperar á pie firme. Con los ojos fijos en la puerta por donde creía ver aparecer al enemigo, no vió al señor Meser dirigirse tranquilamente hacia las caballerizas, ni le oyó silbar y llamar á *Turco*, ni se dió cuenta de que antes de espirar los cinco minutos ya estaba de vuelta el amo de la casa, seguido del citado *Turco*.

Era éste uno de los mejores perros de presa de toda la comarca. Tenía las patas delanteras combadas como las de los sillones de antigua forma y las de atrás tan juntas que á primera vista parecía tener el animalito media vara de ancho por delante y apenas seis pulgadas por atrás. Su finísima piel y la forma de la aguzada cola denotaban todas las cualidades de pura raza. Su quijada inferior sobresalía de la superior casi una pulgada y aumentaba su valor la gran oblicuidad de las ventanas de la nariz, trazadas en un ángulo de cuarenta y cinco grados. En una palabra, *Turco* era uno de esos perros que admiran y atemorizan á cuantos no conocen sus buenas cualidades. Por ejemplo, la de un temple á toda prueba ; á *Turco* era imposible sacarle un solo quejido, ni aun clavándolo por una oreja á un poste y dejándolo suspendido así una semana. Al terminar los cinco minutos de gracia abrió Meser desde afuera la ventana que quedaba detrás de Daniel y por ella dejó caer el perro dentro de la sala. Una palabra de su amo le hizo permanecer inmóvil en el lugar donde cayó y Daniel se quedó atónito al volverse y descubrir al nuevo actor que entraba en escena.

—Siento que esté Vd. ahí todavía, dijo Meser jovialmente. Cuando el perrito ese muerde ya no suelta, de modo que saldrá Vd. en su compañía en lugar de marcharse solo.

—¡Llévese Vd. ese animal! exclamó el intruso.

—No lo espere Vd. Se estará quietecito hasta que yo le ordene morder. Y lo que entonces suceda será cuenta de Vd., no mía.

Á Daniel le temblaban las piernas, en las que le parecía sentir ya la impresión de las dentalladas. Buscó con la vista un arma cualquiera, pero la habitación era grande y antes de que él pudiera armarse lo habría alcanzado el perro.

—¿Se va Vd. ó no? preguntó el dueño de la casa.

Contra semejante enemigo no había defensa posible, y Daniel comprendió que lo único acertado era retirarse prudentemente. Aquel animal de tremendas quijadas le parecía un argumento irresistible, y además el abuso de la bebida lo había privado de la serenidad y el valor que un tiempo tuvo.

—Sí, me voy, dijo por fin. Contenga Vd. á su perro.

—Lo esperaré á Vd. á la puerta. No creo que *Turco* lo muerda si se va Vd. en seguida, dijo Meser retirándose de la ventana.

Daniel perdió todo su aplomo y salió de la sala y de la casa al trote, seguido de *Turco* á la debida distancia. Meser lo acompañó hasta la verja de entrada de la finca.

—Recuerde Vd. lo que voy á decirle ahora. *Turco* anda siempre por los alrededores de esta casa y no olvida jamás la cara que ha visto una sola vez. No vuelva Vd. á mostrar la suya por aquí.

Daniel tuvo buen cuidado de no poner otra vez los pies en terrenos de Sorlán, pero durante algunos días permaneció en las cercanías, esperando ver á Josefina, de cuya presencia allí no tenía la menor duda. Le escribió solicitando una entrevista y hubiera continuado indefinidamente su asedio á no aproximarse el fin de mes y el temido arreglo de cuentas que hacía indispensable su presencia en Londres. Por cierto que la fortuna continuaba siéndole desfavorable, y sabía que después de pagar á su corredor no le quedarían fondos suficientes para retirar el pagaré falso que tanto le preocupaba. Lo mejor era hacer cuanto antes un arreglo con Bourchier y por consiguiente se imponía la necesidad de ver á Josefina y recobrar los documentos.

Regresó pues á Londres con el propósito de volver á Sorlán á la primera oportunidad, contando con que su mujer saldría algunas veces de la quinta y podría tener con ella la tan deseada entrevista. Poco le importaba la alusión de Meser al divorcio. Cansado ya de su esposa prefería verse libre y quizás contraer nuevo enlace con mujer más rica; pero si por alguna razón le conviniese conservar á Josefina á su lado, no dudaba que por medio de Bourchier podría obligarla á desechar todo proyecto de separación.

Un día que había tomado un coche iba pensando en esto mismo cuando vió pasar á Josefina, tan cerca que toda equivocación era imposible. Vestía, sí, un traje diferente de cuantos él recordaba haberle visto, pero no era extraño, porque había abandonado su casa sin más ropa que la puesta. Acompañábala una señora de mediana edad, desconocida de Daniel, como lo eran todas las amigas de su mujer. ¡Josefina en Londres! Ordenó al cochero que siguiese á las señoras á distancia conveniente, y así lo hizo hasta llegar á una concurrida calle, donde las vió entrar en una casa. Pagó y despidió al cochero y ya en la acera se dijo que en aquella casa vivirían indudablemente personas amigas de Josefina que le habrían ofrecido un refugio y que, resuelto como estaba á verla y hablarle, tenía el derecho de llamar á la puerta y preguntar por la señora Bourchier. No temía encontrarse con otro *Turco* en una casa de Londres. Llamó, pues, y se abrió la puerta.

—¿Está en casa la señora Bourchier? preguntó.

—Sí, señor, contestó la sirvienta. Sírvase Vd. pasar adelante; y como era hora de recibir visitas lo llevó en derechura á la sala, donde Daniel se sonrió pensando en el efecto que produciría su presencia.

—¿Á quién debo anunciar?

—Al señor Smith.

La sala era grande y estaba lujosamente amueblada; para observarlo le bastó una rápida mirada, que le mostró también á su esposa, con su sombrero y abrigo puestos todavía y hablando con otra señora en el extremo opuesto de la habitación. Al anunciar la criada su nombre volvióse, sorprendida, aquella señora y Daniel se olvidó por completo de

Josefina para no pensar sino en que por fin se hallaba cara
á cara con Frances Boucher.

Ella le conoció en seguida y fué tal su sorpresa que no
vió la expresión de temor en el rostro de Josefina ni oyó el
ligero grito que salió de sus labios. Jorge Manders, el
hombre á quien tanto había buscado y deseado ver durante
años, se hallaba en su presencia, iba á verla voluntariamente. Lo primero que se le ocurrió fué que lo había juzgado mal, que él tenía sus razones para haber aplazado su
entrevista hasta entonces y que por fin iba á saber todo lo
referente á la muerte de su padre.

Todo esto pasó por su mente instantáneamente, y corrió
hacia Daniel, ansiosa, tendiéndole las manos.

—¡ Vd.! exclamó. ¡ Por fin, al cabo de tantos años!
¡ Oh, cuánto me alegro de volver á verle!

Naturalmente, Daniel no pudo negarse á estrechar su
mano, pero la sorpresa lo dejó mudo por un momento.
Josefina vió aquella escena, vió que ambos se conocían y
sin aguardar más salió de la habitación, fué á su cuarto y
se encerró en él. Ni su marido ni Frances parecieron notar
su ausencia.

—¡ Y Frances me dijo que no lo había visto nunca! exclamó. ¡ Pobre Alano, pobre Alano!

CAPÍTULO XIX

La cordial acogida que Frances hizo al hombre á quien sólo conocía con el nombre de Jorge Manders fué dictada por el egoismo. Su presencia no le causaba satisfacción, pero sí le daba la esperanza de disipar todas las dudas y misterios que rodeaban la muerte de su padre. Ansiosa de conocer las circunstancias de aquella desgracia, por dolorosas que fuesen, nunca dudó que Manders había ido allí con el propósito de informarla, ni podía imaginarse que la señora Bourchier por quien había preguntado fuese la infortunada Josefina. Después de la bienvenida dictada por el primer impulso, recordó Frances las ansiedades y disgustos que le había causado aquel hombre negándose á descubrirle lo que ella tenía derecho á saber; y aquel recuerdo convirtió su alegría en irritación y su amable sonrisa en fría reserva.

—Ya que ha venido Vd. por fin, tome asiento y hable.

Daniel se sentó, pero no dijo una palabra. Aquella situación lo sorprendía totalmente desprevenido; pero aun cuando hubiese podido hablar se hubiera guardado muy bien de revelar á Frances toda la verdad. De ella no podía obtener dinero; el único resultado de una revelación en aquel momento sería cuando más un acto de venganza, un golpe cruel para Bourchier y Alano, pero nada más. Y lo que Daniel buscaba era dinero, no venganza.

Además, faltaba convencer á su oyente de la verdad de sus revelaciones. Para que ésta las comprendiera bien y pudiese apreciar hechos y motivos, precisaba hablarle de la historia de su familia, cuyos detalles ignoraba en absoluto, cosa que Daniel sabía muy bien. Había que explicarle cómo la Casa Roja le pertenecía legalmente á ella y descubrirle que ella y Alano eran primos hermanos. Toda aquella historia, sin más pruebas que el dicho de Daniel, parecería absurda á una mujer de clara inteligencia como Frances. Los documentos fehacientes los tenía Josefina, y Daniel deploró más que nunca el momento de arrebato que le había impulsado á golpear á su esposa y que había determinado la fuga de ésta. Pero Frances aguardaba sus explicaciones.

—Hable Vd., pronto, dijo ésta, con el tono que pudiera emplear una reina para dirigirse á uno de sus súbditos. Bastante tiempo ha ocultado Vd. la verdad.

Pero á Daniel le convenía que siguiera oculta. Su objeto era ganar algún tiempo y sobre todo impedir que Frances comunicase á su marido y á Josefina cuanto sabía sobre sus antecedentes.

—Tengo que reflexionar, dijo, concédame Vd. algunos instantes.

Muy corto tiempo le bastó para idear numerosos planes encaminados á asegurarle el silencio de Frances. Sabía que toda su trama se desplomaría desde el punto y hora en que Alano supiese quién era él; por consiguiente, importaba impedir que Frances hablase, empleando para ello el engaño ó la amenaza. Estaba resuelto á no retroceder ante bajeza alguna, ni aun ante el crimen, para conseguir aquel fin.

Frances le contempló maravillada del cambio extraordinario que en él habían producido aquellos pocos años. No sólo mostraba claras huellas de su disipada vida, sino también las muy profundas que en él habían dejado los últimos meses, con todas las emociones y ansiedades del juego. La joven notó que vestía bien y que su aspecto y sus maneras eran los de un hombre de buena posición; pero vió también que su rostro había tomado una expresión siniestra que antes no tenía habitualmente y que ella sólo había visto en raras ocasiones, cuando no se creía observado. Preguntábase cómo había ella podido sentir un día estimación por aquel hombre y también cuál sería entonces su ocupación, pues demasiado sabía que al separarse de Manders contaba éste muy escasos recursos. Tampoco podía haber seguido la carrera artística á que entonces aspiraba; de lo contrario Frances hubiera oído su nombre mucho antes.

—Supongo que ya ha tenido Vd. tiempo suficiente para reunir sus recuerdos. Hable Vd. ahora, le dijo.

—¡Tengo tanto que pensar y que decir! contestó él, á manera de excusa.

—Pues dígalo Vd. ¿Con qué derecho guardó silencio cuando sabía todo lo que yo anhelaba tanto conocer?

—Creí que era lo mejor que podía hacer. Como lo creo ahora, Frances.

—He olvidado decirle á Vd. que mi nombre no es ya ése; soy la señora de Bourchier.

—Lo sé muy bien. La señora de Alano Bourchier en privado, la señorita Francini en público. Permítame Vd. siquiera felicitarla por sus triunfos.

—Gracias. Y ahora dígamelo Vd. todo.

—¿Qué quiere Vd. saber? preguntó él resueltamente, como si por fin hubiese tomado una resolución.

—Quiero saber cómo, cuándo y dónde murió mi desgraciado padre.

—Fué asesinado . . .

—¿Por quién?

—No puedo decirlo.

—¡Me lo dirá Vd.! exclamó Frances dejando su asiento y golpeando el suelo con el pie.

—No me es posible porque hasta ahora no lo sé, pero puedo averiguarlo.

—¿Que puede Vd. averiguarlo y no lo ha hecho todavía? repuso ella sorprendida.

—No lo he hecho porque así lo he creído preferible.

—¿Y quién le ha dado á Vd. el derecho de juzgar en tal asunto? ¿Quién ha podido autorizarle para dejar impune al asesino? ¡Yo le hubiera arrastrado al patíbulo con mis propias manos!

Su cuerpo temblaba y brillaban sus ojos. Nunca en la escena había aparecido más sublime ni mostrado emoción más profunda. Entonces comprendió Manders cuán terrible para Bourchier y Alano sería su cólera el día en que supiese toda la verdad.

—¿Dónde murió? ¿En Londres?

—Creo que sí . . .

—¡Creo que sí! repitió Frances con expresión de infinito desprecio. Pero entonces, dígame Vd. lo que sabe de cierto.

—Sé que fué atacado y asesinado.

—¿Y el motivo? ¿Fué por robarlo? ¿Nada más?

—Sí, dijo Manders lentamente. Entiendo que llevaba consigo algunos valores . . .

—¿Pero qué sabe Vd? No parece sino que duda Vd. de todo. ¿Puede Vd. decirme por qué cree lo que dice creer y cómo ha averiguado lo que sabe?

—No, no puedo.

—Ó no quiere.

—Pues bien, no quiero decirlo ahora.

—Por lo menos dígame Vd. el verdadero motivo de su precipitada partida, por qué me escribió aquella misteriosa carta y también por qué ha procurado Vd. no verse conmigo hasta ahora.

Manders la miró resueltamente y dió á sus ojos una expresión apasionada.

—¿No recuerda Vd. cómo nos separamos? preguntó con dulce voz. ¿Acaso las mujeres olvidan tales cosas?

—Lo recuerdo, dijo Frances con la mayor frialdad.

—La pasión me enloquecía. Parecíame imposible vivir en el mismo país que Vd. Me hallaba en tal estado que hubiera podido matarla y matarme. ¿No ha oído Vd. hablar de arrebatos parecidos?

Frances inclinó la cabeza.

—Mi objeto, mi única idea era entonces poner el mar entre los dos, huir y permanecer ausente hasta haber recobrado la calma. Entonces, poco antes de partir, supe algo sobre la muerte de su padre y lo supe de una manera casi milagrosa. Aquello me sirvió de excusa para explicar mi cobarde conducta, el abandono en que la dejaba á Vd. en tan angustiosos momentos. Poco me importaba dar una ó otra explicación, porque creía que no volveríamos á vernos.

—Con lo cual sólo consiguió Vd. que yo me empeñase en descubrir su paradero á todo trance, dijo Frances; y su acento revelaba tal incredulidad que Manders se apresuró á añadir algunas explicaciones.

—Yo era entonces muy joven y muy necio; Vd. recordará que siempre me gustaron los golpes de efecto y el aparato teatral. Esto puede contribuir á explicar mi conducta.

¿ Mentía ó decía la verdad ? Recordando todo lo que Manders hizo y escribió en aquellos días de amarguras y temores, sentíase Frances casi convencida de que las explicaciones del joven eran un tejido de falsedades. Y aun se preguntaba si él mismo, el amigo de Juan Boucher, habría tomado parte en el asesinato. Aquella horrible sospecha la hizo palidecer, y luégo, agitándola violentamente, le dictó su respuesta.

—Creo que miente Vd. y que algo me oculta. Ignoro qué es y también el motivo de esa ocultación. Dice Vd. que mi padre fué asesinado y Vd. parece ser el único que lo sabe. Por consiguiente, si no lo aclara Vd. todo, lo haré prender y lo obligaré así á confesar lo que sepa, aunque sólo sea para justificarse de la acusación de asesinato.

El rostro de Daniel se contrajo. Conocía el carácter de Frances y sabía que sus amenazas no eran vanas.

—Eso es hablar á tontas y á locas, dijo con toda la serenidad posible. Si me escucha Vd. le probaré que procedo de buena fe. Siéntese Vd. ; no me gusta hablar con una persona que permanece de pie delante de mí.

Frances tomó asiento ; la tranquilidad del joven le probó que su acusación era infundada, y en tal caso pronta estaba á ofrecerle sus excusas.

—Sírvase Vd. dar las órdenes necesarias para que nadie nos interrumpa ; ni aun su esposo.

—El señor Bourchier está fuera de la ciudad, dijo ella, tocando el timbre y dando las órdenes requeridas al criado.

La ausencia de Alano era una buena noticia para Manders, quien pensó que si pudiese averiguar cuánto duraría aquella ausencia mejoraría mucho la situación.

—Hace poco le dije, comenzó, que si bien sólo conozco algunos hechos en general, puedo averiguar todos los detalles. Si así no lo dije, me proponía decirlo cuando las preguntas y las locas acusaciones de Vd. alteraron el curso de nuestra conversación.

Acentuó mucho lo de "locas acusaciones" y Frances se ruborizó ligeramente, comprendiendo que había hablado con gran precipitación.

—Si quiere Vd. seguir mi consejo, continuó Manders,

se contentará con lo que le he dicho ; en caso contrario, si insiste Vd. en saberlo todo, yo la pondré en camino de conseguirlo.

—Deseo saberlo todo, dijo Frances resueltamente.

—Muy bien ; no combatiré una decisión tan firme. Pero escúcheme Vd. atentamente y procure comprender bien lo que voy á decir.

Hablaba seriamente. Frances hizo una señal de asentimiento y esperó.

—Vd. comprenderá, dijo Manders tras una pausa, que cuando un particular como yo obtiene la clave de un crimen que ha burlado todos los esfuerzos de la policía, es porque existen circunstancias excepcionales, probablemente circunstancias que el interesado desea ocultar.

Frances lo comprendía perfectamente. Su interlocutor volvió á detenerse para elegir y pesar con cuidado sus palabras. Se hallaba en el caso del viajero que fuese abriéndose paso á paso una senda, sin saber á dónde le conduciría, pero convencido de que jamás podría volverse atrás. De aquí la necesidad de prudencia suma.

—En una palabra, bien puedo decir desde ahora que muchos jóvenes, lanzados en el torbellino de la vida aquí en Londres, observan una conducta de la que se avergüenzan después y alternan con personas que á duras penas se atreverían á nombrar.

También esto lo comprendía Frances, por más que le pareciese poco probable que Manders se avergonzase de sus fechorías ni de sus compañeros de aventuras.

—No vaya Vd. á figurarse que yo me trato con ladrones y asesinos ; pero otras personas que los tratan pueden haberme hablado á mí, ó delante de mí.

Y seguro de que su franqueza no dejaría de convencer á Frances prosiguió animosamente :

—Creo que lo dicho basta. Me avergüenza el tener que referirme á aquella época de mi vida. ¿ Puede Vd. imaginarse ahora cómo llegaron hasta mí determinados informes, sin que yo tuviese participación directa ni indirecta en el crimen ? De lo contrario, prescindiré de toda reserva y le daré á Vd. detalles completos.

—Prescinda Vd. de los detalles, dijo fríamente Frances. Comprendo muy bien.

18

Despreciaba á Manders, pero en aquel caso le parecía que decía la verdad. Por desgracia había formado siempre muy pobre concepto de él y le suponía falto de imaginación, error que favoreció á Manders.

—Gracias, repuso éste. Y ahora, conste que jamás he olvidado este triste asunto, que me ha oprimido desde entonces como un peso insoportable. Hoy puedo ponerla sobre las huellas del asesino, hasta descubrirlo y hacerlo ahorcar si Vd. quiere.

—Oh, sí, hacerlo ahorcar, eso es precisamente lo que quiero.

—No he sabido estos detalles hasta hace muy pocos días. Pero ahora los tengo completos. Sin embargo, debo exigir á Vd. una promesa.

—¿Cuál? exclamó Frances muy conmovida.

—Hay que dejar libre é impune á una de las personas menos culpables. No sé su nombre y quizás no lo sepa nunca. Pero nos pondrá sobre la pista, con tal seguridad que no escapará uno solo de los asesinos.

Manders se iba interesando en su propio relato, como le había sucedido ya otras veces; y el resultado fué un acento tal de sinceridad que desvaneció rápidamente las dudas de Frances.

—Perdonaré al denunciante, dijo, si es indispensable.

—Lo es. Otra cosa; prométame Vd. un secreto absoluto, no decir ni una sola palabra de todo esto, durante una semana, ni aun á su esposo. ¿Me lo promete Vd.?

—No veo que sea necesario, dijo Frances, que se vanagloriaba de no haber ocultado jamás á su marido una acción suya.

—Es indispensable, he dado mi palabra. Si me hace Vd. esa promesa, la pondré frente á frente del hombre de quien hablo, el que ha de quedar en libertad, dentro de uno ó dos días. Él lo sabe todo y lo dirá todo, pero sólo á Vd. Por lo que he oído, dará informes completos. Después hay que concederle algunos días de gracia para ponerse en salvo y entonces podrá Vd. encomendar el asunto á su abogado.

—¿Por qué no va Vd. conmigo á ver á mi abogado el señor Trenfil, ahora mismo, para oir su opinión?

—Porque he hecho la misma promesa que recabo de Vd.

Frances guardó silencio. Le disgustaba soberanamente todo aquel misterio. Manders dejó su asiento.

—Será lo que Vd. decida, dijo, pero nada más puedo hacer. Aun cuando tratase Vd. de hacerme hablar, empleando los medios de coacción que pudiera darle la ley, sería inútil. Lo único que puedo decir lo he dicho ya. No sé los nombres, no conozco á las personas y en cambio se dará la señal de alarma á los culpables y quedará burlada la justicia.

Apoderóse de Frances el vivo deseo de castigar á los asesinos de su padre, y pensó que ningún mal había en guardar silencio por unos pocos días. El fin justificaba los medios.

—Pues bien, lo prometo, dijo.

—¿Sinceramente, sin reservas de ninguna clase?

—Lo prometo con absoluta sinceridad. Ni mi propio marido sabrá una palabra.

—Voy á preparar las cosas sin pérdida de momento. Le escribiré á Vd. y deberá hallarse pronta á ir donde yo le diga. Ya sé que es Vd. animosa. Tan luego reciba mi carta, no pierda Vd. tiempo y haga lo que en ella le indique. No puede haber el menor peligro, porque donde quiera que Vd. vaya yo la acompañaré.

—Cuanto antes mejor, repuso Frances, porque me será imposible pensar en otra cosa.

—¡Oh, sí! Es muy probable que cambie Vd. de parecer, y muy pronto, quizás dentro de media hora. Me verá Vd. injuriado, calumniado; se dirá Vd. que la engaño. Pero no me importa. De todos modos, recibirá Vd. una carta mía antes de dos días; si no sigue Vd. las instrucciones que en ella le dé, sabré muy bien cuál es la causa y por mi parte habrá terminado todo. Asunto es éste de la incumbencia de Vd., no mía.

—No le comprendo á Vd.

—Ya lo sé. Otros se encargarán de hacerla comprender cuando yo haya salido de aquí. ¿Recuerda Vd. mi nombre?

—Ciertamente, Jorge Manders.

—Sí, ese era el nombre con que Vd. me conoció. El otro, el verdadero nombre, lo oirá Vd. también muy pronto.

Frances estaba atónita y muy lejos de figurarse la nueva personalidad de Manders.

—Pues bien, continuó éste, ya he dicho que nada me importa. Cuando yo le escriba, vaya Vd. ó no, como le parezca. Crea todo lo malo que le digan de mí, excepto que soy un impostor. Es una historia muy larga para contada ahora, pero la sabrá Vd. en nuestra próxima entrevista. Y crea que deseo servirla en este asunto, por Vd., porque lo que es á mí poco me importa que ahorquen ó no al asesino de su padre. ¿No es así?

—Supongo que no, pero á mí me importa mucho.

—Pues confíe Vd. en mí y yo le proporcionaré el medio de conseguirlo. Soy cuanto malo puede ser un hombre; jugador, bebedor y todo lo que se quiera; pero puede Vd. confiar en mí.

Manders se retiró en seguida y Frances empezó á pensar en todo lo que acababa de oir. No veía razón alguna para desconfiar de él, que la había amado un día, si bien por fortuna parecía curado de tan loca pasión, la cual no había sido por cierto el objeto de su visita. Sus explicaciones eran plausibles y confirmábanlas sus alusiones á la manera cómo había obtenido aquellos informes. No dudaba Frances que Manders hubiese llevado una vida disipada en Londres y daba poco crédito á su pretendido arrepentimiento. Algo dejaban que desear sus explicaciones sobre la misteriosa conducta que había observado con ella, pero deseaba creerlo, ansiaba entregar al asesino de su padre á la justicia. Y Manders parecía muy capaz de procurarle esa satisfacción, cualesquiera que fuesen sus pasados extravíos y por mucho y muy malo que de él pudieran decirle en lo futuro. Resolvió, pues, poner en él su confianza en lo que al asunto se refería, ya que él no podía tener interés alguno en engañarla sobre aquel punto concreto. Una vez resuelta, fué en busca de Josefina.

Ésta se había encerrado en su cuarto con llave y cerrojo y Frances llamó á la puerta.

—Déjame entrar, Josefina, dijo.

—¿Quién es? preguntó ésta cautelosamente.

—Yo, Frances.

—¿Estás sola?

—Sí, abre.

—¿Me das tu palabra de que estás sola?

Frances se preguntó si Josefina se habría vuelto loca.

—¿No te digo que aquí no hay nadie más que yo?

Josefina abrió la puerta tímidamente y lo primero que hizo fué mirar arriba y abajo de la escalera. No viendo señales de su temido enemigo, dejó entrar á Frances, no sin echar otra vez llave á la puerta.

—¿De qué tienes miedo? preguntó Frances sonriéndose.

—¿Se ha ido? ¡Dime! ¿Ha salido de la casa?

Á Frances le parecía imposible que se tratase de Jorge Manders.

—¿Que si se ha ido quién? preguntó.

—Ese malvado que te ha entretenido tanto tiempo, dijo Josefina con despreciativo acento.

—Sí, acaba de marcharse. Es un antiguo conocido á quien no había visto hacía algunos años. ¿Pero qué te pasa?

Josefina se había puesto de pie y la miraba fijamente, con una expresión que le causó profunda sorpresa.

—¡Oh, Frances! exclamó, ¿por qué me has dicho tantas veces que no lo conocías, que nunca lo habías visto? ¡Y apenas se presenta casi te arrojas en sus brazos!

—Hazme el favor de explicarte, dijo Frances tranquilamente. En primer lugar, no acostumbro arrojarme en brazos de nadie.

—¡Yo que he estado haciendo todo lo posible para ocultarme de él y tú lo recibes cordialmente, como un antiguo amigo!

—Tú estás loca, Josefina. ¿Qué tiene que ver contigo ese caballero que acaba de visitarme?

—Mucho, por desgracia; como que es mi marido, el hombre á quien más desprecio en el mundo.

—¡Tu marido!

—Sí, mi marido, Daniel Bourchier, á quien tú nunca habías visto.

—Josefina, dijo Frances, sin poder creer lo que oía, es imposible, te equivocas.

—Siento decirte que lo conozco demasiado para equivocarme. ¿No preguntó por mí?

—Ni siquiera mencionó tu nombre.

—¿Pues á qué vino?

—Á verme á mí, dijo Frances, que empezaba á comprender las misteriosas palabras de Manders pronunciadas poco antes de retirarse.

—Josefina, continuó, ¿estás segura de no equivocarte?

—Tan segura como de que soy su mujer. Es absurdo hablarme así. ¿Qué quería?

Frances no contestó á esta pregunta.

—Cuando yo le conocí, repuso, se llamaba . . . No importa ; un nombre completamente diferente. No me lo explico.

—Supongo que tendrá nombres á docenas.

—Sin embargo, fué tu padre quien te lo presentó como Daniel Bourchier.

—Sí, pero papá pudo ser engañado. ¡ Oh, Frances ! no sabes cuánto me atormenta ver que tú lo conoces y tienes relaciones con él. Dime cuanto sepas de él.

Frances reflexionó y se dijo que el asunto iba complicándose á toda prisa. No podía explicar sus relaciones con el marido de Josefina sin decírselo todo á ésta y acababa de prometer que guardaría el secreto, á lo menos por algunos días. Preguntábase si aquel nuevo nombre sería efectivamente el de Manders, como éste le había asegurado de antemano. Podía ser un malvado sin ser un impostor. Quizás se había convertido en héroe de novela desde su separación, descubriendo que pertenecía á una familia distinta de la que hasta entonces le había dado su nombre. Por fin resolvió no decir nada á Josefina, ni aun al mismo Alano, por mucho que lo sintiese, hasta el fin de aquella semana. Josefina esperaba ansiosa su respuesta.

—No puedo describir mi asombro ni el estado de perplejidad en que me encuentro, repuso Frances gravemente. Por el momento sólo puedo decirte, y tengo motivos para ello, que cuando yo conocí á ese hombre, tu marido, se hallaba en posición social muy diferente. Nos veíamos á menudo y nos tratamos con intimidad por mucho tiempo. Pronto te contaré todo lo que sé de su historia, pero por ahora nada más puedo decirte.

—Desde luego le diré á Alano que ha estado aquí, observó Josefina, muy poco satisfecha.

—Preferiría que no le hablases de ello, dijo Frances

tras un momento de reflexión, porque durante algunos días me veré obligada á darle la misma respuesta que á tí.

Josefina sintió despertarse en ella su antigua desconfianza, de la que nunca se había librado por completo.

—Me parece que Alano debería de saber exactamente quiénes son tus amigos, dijo con acento tal que Frances se sintió á la vez pesarosa y sorprendida.

—En tal caso, no dejes de decírselo todo, repuso con frialdad.

Josefina vió que la había ofendido.

—¡Oh, Frances! exclamó, no te enojes. ¡Soy tan desgraciada y además, tengo tanto temor! ¿No permitirás que vuelva aquí, verdad? Si te molesta mi permanencia en tu casa iré á Sorlán ó á la Casa Roja, pero no permitas que mi marido vuelva á entrar aquí.

El dolor de la pobre niña conmovió á Frances, que la estrechó en sus brazos y le dió un beso.

—No, le dijo, nada temas. Puedes estar segura de que no pondrá otra vez los pies en esta casa.

—¿Cuándo volverá Alano? preguntó Josefina.

—Le espero pasado mañana, pero mañana tendremos carta suya.

—Quisiera que estuviese aquí ya, dijo Josefina.

—También yo, repuso Frances, con tanta sinceridad que Josefina se sintió algo más tranquila.

CAPÍTULO XX

"IRÉ"

Alano estaba en Vesire, pero no en la Casa Roja. Desde su regreso de América había estado pensando en la mejor manera de comenzar su carrera pública y de conquistarse por sí mismo una posición distinguida. El mejor camino era evidentemente la entrada en el Parlamento; y si bien hasta entonces había resuelto esperar todavía algunos años, ó hasta que quedase vacante el distrito antes representado por su padre, cambió de parecer desde su regreso y ansiaba ser elegido cuanto antes por cualquier distrito, por insignificante que fuese. No le faltaba la confianza en sí mismo y se había propuesto dedicarse á la política con empeño, hasta alcanzar una posición importante que le permitiese pedir á la esposa que adoraba que renunciase á servir de distracción al público para ayudarle á él en la consecución de más altos fines. Estimulado por el amor y una noble ambición, sentíase muy capaz de conseguir el objeto propuesto.

Desde luego comunicó sus deseos á su padre, quien se mostró más que dispuesto á secundarle con todas sus fuerzas y le prometió proporcionarle los recursos necesarios cuando se presentase oportunidad favorable. Por entonces estaba Alano á la mira del primer distrito vacante que quisiera aceptarle por candidato del partido á que él pertenecía; y como corriese el rumor de que uno de los caciques políticos de Martel tenía en su poder la renuncia del diputado por aquel distrito, los amigos de Alano le aconsejaron que fuese allá, como lo hizo, y ofreciese sus servicios á los electores de la oposición. No era el joven Bourchier desconocido en Martel, que sólo distaba unas treinta millas de Renton, y allí permaneció dos ó tres días, visitando á las personas influyentes del lugar y preparando el terreno, con muy buenas esperanzas de éxito, para la lucha que podía comenzar de un momento á otro.

Las malas noticias recientes sobre la salud de su padre le llevaron después á la Casa Roja, donde se detuvo unos días, no sin escribir á Frances que no regresaría á Londres hasta fines de la semana. Su regreso era infalible, pues para entonces debía cantar Frances en la ópera inaugural de la temporada, en uno de los papeles que más fama y aplausos le habían conquistado.

Pero tenía además otros asuntos á que atender en Londres y á ellos se debía también en parte su visita á la Casa Roja. La noche en que Josefina llamó á su puerta, insultada y llorosa, Alano se juró separarla para siempre del miserable que tanto la había ofendido. Con gran trabajo pudieron Frances y Josefina impedir que fuese en busca de Daniel y le administrase una severa lección ; pero por fin acordaron dejar la solución á los tribunales y Alano consultó á su abogado, aunque sin darle por entonces instrucciones concretas, pues no quería asumir tan grave responsabilidad sin hablar antes con su padre. Éste, á pesar de su enfermedad, continuaba siendo guía y consejero de su hijo. Por otra parte, á nadie perjudicaba el aplazamiento de la demanda de divorcio durante algunos días.

Frances tenía motivos para felicitarse de la ausencia de Alano. Ante todo procuró formarse opinión exacta de Manders, quien ya al partir le había anunciado las inesperadas revelaciones que oiría sobre su nueva personalidad. Tampoco había tratado de disculpar en lo más mínimo su conducta cruel con Josefina, que admitía tácitamente, y que, decíase Frances, nada tenía que ver con los sucesos que á ella le interesaban, acaecidos años antes. Que Manders fuese el peor de los esposos no impedía que pudiese proporcionarle á ella los informes que anhelaba, y urgía aprovechar aquella oportunidad única de obtenerlos. Reflexionó largo tiempo, procuró convencerse de que Manders la engañaba por razones de él solo conocidas ; pero después de examinar la situación en todas sus fases, acabó por decirse que no había motivo de engaño y que por lo menos aquella vez Manders no mentía. Josefina notó su preocupación y la atribuyó naturalmente á la visita de su marido. Deseaba vivamente el regreso de su hermano, y vacilaba entre informarlo ella misma de la presencia de Daniel en aquella casa, del cordial recibimiento que le había hecho Frances y de su prolongada entrevista, ó dejar que Frances misma le comunicase lo ocurrido ó le dijese lo que bien le pareciera.

No se atrevía á poner los pies fuera de casa por temor de encontrarse con Daniel. La sorpresa que leyó en el rostro de éste al ver á Frances le reveló que no había ido á visitar á su cuñada, sino á buscarla á ella; probablemente la había seguido en la calle, y estaba ya casi arrepentida de haber sustraído aquellos documentos, causa probable de los esfuerzos que hacía su marido por volver á verla. Seguía resuelta á no examinarlos, ni hablar una palabra de ellos con nadie hasta ponerlos en manos de su padre.

El día siguiente al de la visita de Daniel llegó una carta de Alano anunciando que su ausencia se prolongaría otras cuarenta y ocho horas. Josefina, que observaba atentamente á Frances, creyó notar que la ausencia de su esposo no la disgustaba lo más mínimo. De haberse atrevido, hubiera telegrafiado á su hermano que volviese en seguida; mas por fortuna comprendió que tan injustificada intervención ofendería profundamente á Frances y quizás también á su propio hermano.

Frances estuvo ocupadísima todo aquel día y Josefina la vió muy poco. Era jueves y debía cantar el sábado siguiente, fecha de la reapertura de la ópera. Nadie dudaba que su popularidad continuaría siendo tan grande ó mayor que antes, y los que la habían oído en los ensayos aseguraban que su voz había ganado; pero la artista se preparó cuidadosamente, sin descuidar esfuerzo ni detalle, como tenía por costumbre. Sin embargo, en medio de tantas atenciones nunca olvidó el aviso que Manders había prometido enviarle y que hasta el jueves por la noche no había recibido.

Frances decíase, y no se equivocaba, que probablemente Manders tenía otras muchas cosas á que atender en la crisis á que parecían haber llegado sus asuntos. Con los documentos en su poder, Jorge hubiera visitado inmediatamente á su suegro para obtener de él la mayor suma de dinero posible y desaparecer en seguida y para siempre. Pero en las circunstancias en que se hallaba lo primero y esencial era asegurar el silencio de Frances, por un mes ó quince días y á costa de cualquier sacrificio, de un crimen si necesario fuese. Le era indispensable algún tiempo para arreglar las cosas á su gusto, ó siquiera pasablemente; llegaría hasta decir él mismo á Bourchier que los documentos los tenía Josefina, lo cual equivaldría á ponerlos en sus manos; todo antes que Alano descubriese su verdadero nombre. El día en que su cuñado viese en él á Jorge Manders, al hombre tan ansiosamente buscado por su esposa, cesaría por completo la explotación de Bourchier. Sentía no haber revelado al marido de Frances el crimen de su padre, obligándole á comprar también su silencio.

Á hora muy temprana del jueves citado hallábase Manders á veinte millas de Londres, en la casita de campo de que hemos hablado, donde se entregó por largo tiempo á los preparativos de su plan, regresando á Londres por la tarde, cansado pero satisfecho de su trabajo. Vió á su corredor, á quien había dado orden de liquidar todas sus operaciones, que le dejaban unos pocos centenares de libras de la última cantidad arrancada á Bourchier. Y en tal situación, pasaban rápidamente los días y no había retirado el pagaré falsificado.

Por la noche volvió á su hotel, dijo que le hiciesen su cuenta y se la presentasen temprano al siguiente día, pidió una guía de ferrocarriles, hizo varias preguntas que indicaban su propósito de salir para Niza en compañía de otra persona y encargó que todas las cartas que llegasen para él se las enviasen á Niza, á la lista del correo.

Á la mañana siguiente pagó su cuenta y dijo á un empleado del hotel que llamase un coche para ir á la estación del Este. Á medio camino hizo parar y llamó á un mandadero á quien entregó una carta que debía llevar inmediatamente á la calle y número que le dijo, esperando la respuesta. Así se hizo, la carta fué puesta en manos de la señora Frances Bourchier y aunque la respuesta se hizo esperar bastante, pareció muy satisfactoria para Manders, quien remuneró generosamente al portador y mandó al cochero que lo llevase á escape á la estación, donde tomó el tren de las once, no para Niza sino para el cercano pueblecillo de

Belden, donde sabemos que tenía alquilada su misteriosa casita.

La respuesta de Frances no podía ser más lacónica: "Iré." La esquela de Manders le fué entregada á los postres del almuerzo, en el que la acompañaban la señora Melvil y Josefina. Estaban saboreando unas perfumadas fresas, tan dulces y gustosas que las comían sin aderezo de ninguna clase, tomando del plato la sabrosa fruta, que dejaba sus dedos ligeramente teñidos de carmín. Frances leyó la carta y sin decir palabra volvió á introducirla en el sobre, que había quedado junto á su plato.

Josefina reconoció al punto la letra de su marido. ¿Qué significaba aquello? ¿Qué podía escribir á Frances aquel malvado? Frances siguió comiendo sus fresas distraidamente y la señora Melvil le recordó que según había dicho la sirvienta la carta esperaba respuesta. Frances no contestó; reflexionaba antes de tomar una resolución. Josefina por su parte deseaba vivamente conocer el contenido de la carta, cuya lectura no la hubiera dejado muy enterada, pues Daniel se había limitado á decir:

"Lo tengo todo arreglado. Si quiere Vd. conocer la verdad, tome el tren de las doce y media para Belden, estación del Este. Llegada allí, siga Vd. el camino que va al pueblo, hasta que yo le salga al encuentro. No hay error posible. El sujeto de quien le hablé está dispuesto á verla Vd. y revelárselo todo. Si no toma Vd. el tren que le indico, deduciré que ha cambiado Vd. de parecer.—D. B.

"P. D.—Recuerde Vd. que no la insto á que acepte. Aun en este momento creo que lo mejor sería dejar las cosas como están. No necesito decir que si acude á la cita ha de ser sola."

¿Qué contestar? En cierto modo desconfiaba de Daniel tanto como la misma Josefina, pero no veía que pudiese tener el menor interés en todo aquello. Ni siquiera la instaba á que aceptase, y por otra parte, ningún mal podía resultar de su visita á Belden en pleno día. El único á quien ella tenía que dar cuenta de sus actos, Alano, estaba ausente y sobre todo predominaba en ella el deseo de conocer la suerte de su padre, tan bueno y amante y tan cobardemente asesinado. Al pensar en él la indignación coloreó su rostro, pareció tomar una resolución súbita y sacando la carta del sobre volvió á leerla. Josefina notó aquel rubor y como era natural interpretó torcidamente los sentimientos de Frances.

También influyó mucho en la resolución final de ésta la postdata en que Daniel se mostraba no sólo indiferente sino opuesto á que ella prosiguiese sus investigaciones. Aquella hábil postdata disipó sus últimas dudas sobre la buena fe de su autor ; cortó la página en blanco de la carta, y siempre vigilada por Josefina escribió en ella una sola palabra, introdujo el papel en un sobre y sin dirigir éste ordenó que lo entregasen al mensajero.

—Nunca la dejan á usted tranquila, mi buena amiga, dijo la señora Melvil, sirviendo á Frances algunas hermosas fresas.

—Deseo consultar una guía de ferrocarriles, indicó Frances después de agradecerle su atención con una sonrisa.

Presentáronle la guía pedida y cuando llegó al itinerario que deseaba consultar siguió la columna de las estaciones con el dedo hasta llegar á la de Belden, sin notar, como lo notó Josefina, que el zumo de las fresas que humedecía su dedo dejaba una tenue línea rosada en el margen de la página.

—Que tengan el coche listo para las doce, ordenó Frances.

En él entró á la hora indicada, diciendo al cochero que la condujese á la estación del Este. Josefina notó que iba vestida modestamente y que llevaba en la mano un tupido velo. Todo contribuía á confirmar sus sospechas : la ausencia de Alano, aquella carta, la preocupación evidente de Frances, la consulta del itinerario y su lacónica respuesta, su partida en coche sin decir una palabra sobre su destino ni su regreso. Fuertemente agitada, apoderóse de la guía de ferrocarriles tan luego la dejó sola la señora Melvil. Aquella página fatal confirmó todos sus temores ; la mancha rosada terminaba precisamente frente al nombre de Belden, que ella reconoció en seguida porque era el del sello del correo que traían estampado todas las cartas que había sustraído de la caja de hierro la noche en que su esposo, trastornado por la bebida, la ofendió mortalmente. No cabía duda : Frances había ido á Belden.

No se atrevió á telegrafiar á su hermano. Después de

todo no podía convencerse de la culpabilidad de Frances, idea que le parecía absurda por lo mismo que conocía toda la perversidad y depravación de Daniel. Y sin embargo ¿no la había engañado éste á ella misma? ¿No hubo un tiempo en que le consideraba como el más noble de los hombres? ¿Por qué había de serle imposible deslumbrar también á Frances? Incapaz de resolver cosa alguna, dejó correr sus lágrimas y esperó el regreso de Alano.

Pero á medida que fué pasando la tarde sin ver regresar á Frances, aumentó su inquietud, que subió de punto cuando llegó la hora de la comida sin una línea de aquélla que explicase su ausencia. La señora Melvil supuso que estaría detenida en el teatro y después de esperarla inútilmente una hora, sentáronse ambas á la mesa, contando ver aparecer á Frances de un momento á otro. Llegó la noche y Josefina, profundamente alarmada, procuró hallar explicaciones ó siquiera excusas de la ausencia de Frances; todo antes que aceptar como cierto lo que tanto temía. Después de pensar que podría haber cedido á las instancias de alguna familia amiga para que prolongara su visita, se acordó de que dos días antes, hablando del señor Trenfil y su familia, había dicho Frances que deseaba ir á verlos. Josefina y la señora Melvil convinieron en que se hallaba indudablemente en casa de los Trenfil, pero para mayor seguridad hicieron llamar é interrogaron al cochero, quien dijo que había llevado á la señora á la estación del Este y que no le había dado orden de ir á esperarla allí ni en ninguna otra parte.

Aquellos informes desalentaron profundamente á Josefina, pues le demostraban que Frances no había ido á Tuquenán ni se hallaba en casa del señor Trenfil; de lo contrario no hubiera tomado el tren en la estación del Este. Ocurriósele de nuevo telegrafiar á su hermano, pero al fin resolvió aguardar hasta la mañana siguiente, esperando ver regresar á Frances durante la noche. La ausencia de ésta no inquietaba á la señora Melvil, que bordaba tranquilamente en la sala, con la seguridad de que Frances no tendría la menor dificultad en explicar su ausencia; bien es verdad que ignoraba muchas cosas que Josefina sabía y que le ocasionaban profunda alarma.

Ninguna de ellas pensó en retirarse á descansar y á medida que pasaban las horas la señora Melvil empezó á compartir la inquietud de su compañera. Era ya muy tarde para suponer que Frances se hallase de visita ó en alguna recepción, aparte de que no había salido vestida para ello. Tampoco podían ya telegrafiar á ninguna población de campo y no les quedaba más recurso que esperar la llegada del nuevo día, como lo hicieron, reclinada la señora Melvil en el sofá y adormecida Josefina en un sillón.

Al amanecer despertó ésta del sueño en que había acabado por sumirla el cansancio, y llamó á su compañera.

—Frances no ha vuelto, le dijo ; hay que resolver algo.

—Lo primero es telegrafiar á Alano, contestó la señora Melvil, tan alarmada ya como la misma Josefina.

Pero les costaba mucho resolverse á ello y por fin acordaron esperar hasta las nueve, para ver si Frances se presentaba á almorzar. Dieron las nueve ; nada se consiguió con un segundo interrogatorio del cochero, quien aseguró que su señora no había llevado consigo á la estación equipaje de ninguna clase.

—¿Cree usted, preguntó la señora Melvil á Josefina, que alguna de las cantatrices rivales de Frances la haya hecho caer en un lazo ?

—No, no lo creo, respondió Josefina, que estaba ya escribiendo los telegramas.

Enviaron dos ; uno á las señas de Alano en Martel y otro á la Casa Roja, que fué el que recibió, pues habiendo terminado sus asuntos políticos en Martel, salió de allí aquella mañana con dirección á la casa de su padre. Apenas llegado le entregaron el despacho, que decía : "Ven en seguida, te necesitamos aquí." Como estaba firmado por Josefina comprendió que lo llamaban con tanta urgencia porque á Frances le había ocurrido alguna desgracia ó se hallaba enferma. Palideció, pero no dijo una palabra y mirando al reloj vió que eran las diez en punto y que tenía justamente tiempo de ir á Barton en coche, veinte millas en dos horas, y tomar allí el tren expreso de las doce. En la estación de Braley no había que pensar ; se sabía de memoria las horas de salida de los trenes y el primero de ellos no llegaría á Londres antes de las seis de la tarde. Los momentos eran preciosos. Corrió á las caballerizas y dijo al primer mozo que encontró :

—Engancha el mejor caballo al coche más ligero que haya, sin perder un instante.

Volvió en seguida á la casa, dijo á su madre lo que ocurría en pocas palabras, pues no tenía tiempo de subir al piso segundo donde se hallaba su padre y á los dos minutos estaba ya en el *dog-cart*, con las riendas en la mano.

—No subas, dijo al lacayo que se disponía á acompañarle ; cuanto menos peso mejor. Tú te vas por el primer tren á Barton y allí hallarás el coche y caballo en la Posada del Ferrocarril, donde los dejaré.

Hizo una señal de despedida á su madre y lanzó su caballo por aquel camino que había recorrido cien veces ; sin embargo, nunca le había parecido tan pendiente La Cuesta ni tan sarcástico el nombre de La Cuestecita y si bien moderó el trote del caballo al pasar por aquellos escabrosos lugares, exigió del animal un esfuerzo supremo tan luego se vió en camino llano. Llegó justamente á tiempo de alcanzar el expreso ; entregó una moneda de oro al primero que vió en la estación, para que llevase coche y caballo á la cercana posada y á las tres de la tarde entraba en su casa de Londres, tanto más agitado el ánimo por la incertidumbre misma de las malas nuevas que esperaba recibir.

Entró precipitadamente y le salieron al encuentro su hermana y la señora Melvil, en cuyos semblantes vió desde luego que se trataba de un grave suceso. ¿Y su esposa?

—¿Dónde está Frances? preguntó buscándola con la vista. ¿Le ha ocurrido algo? ¿Está enferma?

—No, no está enferma, se apresuró á decir la señora Melvil.

—¡Cuánto me alegro! Pero entonces ... ¿qué pasa? ¿Por qué me has telegrafiado, Josefina? ¡Si supieras el susto que me has dado!

Miró á su hermana, pero el silencio de ésta acrecentó su impaciencia.

—¿Me dirán ustedes lo que ocurre? exclamó.

—Nos tiene inquietas la ausencia de Frances, que ha desaparecido desde ayer, dijo la señora Melvil.

—¡Desaparecido! ¿Qué quiere usted decir?

—No la hemos visto desde ayer por la mañana y como no sabemos á dónde fué ni dónde está, creímos lo más acertado telegrafiarle á Vd. que volviese.

—Pero es que no comprendo . . . ¿En qué dirección salió?

—Tomó un tren en la estación del Este.

—¿Y eso qué? Habrá pasado la noche en casa de alguna amiga.

—¡Oh, no! continuó la señora Melvil. Frances no es para ir de visita por más de un día á casa de nadie sin llevar ni un saco de mano, ni más ropa que la puesta.

—Estará en casa de Trenfil.

—Enviamos á preguntar á su oficina esta mañana y ni la ha visto ni sabe de ella.

—¿Y el empresario?

—Ha estado aquí hace poco. Nada pudo decirnos. ¡Oh, señor Bourchier! Temo que le haya ocurrido algún percance grave, ó que alguien la retenga por fuerza, sabe Dios con qué fin.

—¡Imposible! dijo Alano.

Sin embargo, el mismo temor empezó á apoderarse de él. Oyó cuantos detalles pudo darle la buena señora, interrogó él mismo al cochero, y á la vez que aprobaba la resolución de Josefina de llamarlo á toda prisa, no se decidía á tomar ciertas medidas eficaces para descubrir el paradero de su esposa, esperando que la situación se resolviese naturalmente y por sí misma de un momento á otro. Para explicarlo todo bastaría por ejemplo un telegrama mal dirigido, un mensaje no entregado, una carta extraviada.

Hasta entonces Josefina sólo había dicho algunas palabras para confirmar los detalles dados por la señora Melvil, sin aventurar teorías ni suposiciones. Su hermano, después de reflexionar un rato, se volvió hacia ella y vió que Josefina lo contemplaba con expresión de profunda lástima, procurando cobrar ánimos para cumplir el penoso deber que las circunstancias le imponían. No había dicho una sola palabra de ello á la señora Melvil, pero estaba segura de que Frances se hallaba en compañía de Daniel Bourchier.

—¿Qué piensas tú de esto, Josefina? le preguntó Alano.

Tenía que decirle la verdad y palideció al pensarlo.

—Alano, quisiera hablar contigo un momento á solas.

—Ciertamente. No se moleste usted, dijo al ver que la señora Melvil se preparaba á retirarse. Pasaremos á la habitación próxima.

19

Y condujo á su hermana al comedor.

—Mira, Josefina, le dijo, ya sabes que no puedo ocuparme en tus propios asuntos mientras dure el disgusto que ahora tengo y sigamos todos en esta incertidumbre. Espera el regreso de Frances.

Empezaba á sentirse algo cansado y tomó asiento. Josefina se arrodilló á su lado, le rodeó el cuello con los brazos y Alano la oyó sollozar.

—Pobre niña, le dijo acariciando sus cabellos ; olvido que tú tienes también tus penas. Dime qué ocurre y sé breve, porque el tiempo pasa y necesito resolver.

—Alano, repuso su hermana tomándole las manos, me afligen tus propias desgracias, no las mías. No me aborrezcas cuando te haya dicho lo que sé.

Alano tembló. Comprendía que iba á oir una revelación grave, terrible quizás, y no se atrevía ni á pensar en ello. Josefina vió aquel temor reflejado en sus ojos.

—¡ Oh, Alano ! exclamó sin poder contenerse. ¡ Frances se ha fugado, se ha ido para siempre, con ese miserable, con mi marido !

CAPÍTULO XXI

CAYÓ EN EL LAZO

Al llegar Frances á la estación del Este despidió el carruaje y tomó un billete de ida y vuelta de primera clase para Belden. Obtuvo los informes necesarios sobre cambio de trenes y llegó sin tropiezo á su destino, preguntándose al recorrer el camino que conducía al pueblecillo si habría hecho bien ó mal en emprender aquella aventura. Pero ya era tarde para retroceder y además del objeto principal de su viaje deseaba ver otra vez á Manders y oir las explicaciones que pudiera ó quisiera darle sobre su extraño cambio de nombre, para deducir si estaba representando una comedia ó si era en realidad miembro de la familia de su esposo. En caso de una impostura, los informes que ella poseía sobre la personalidad y vida anterior de aquel hombre podían ser útiles á Josefina, que tanto anhelaba separarse definitivamente de su cruel y perverso esposo. Animada, pues, con la esperanza de realizar ambos propósitos, tomó con resuelto paso el camino que le había indicado la carta.

Era un hermoso día de primavera, casi de verano y el paseo un verdadero placer para Frances. Negóse desde luego á tomar el único carricoche que esperaba en la estación y recorrió el camino hasta Belden, cuya larga calle central siguió también, sin parar miéntes en la indiscreta curiosidad de sus habitantes. No tenía motivos para ocultarse y ni siquiera se puso el tupido velo que había llevado á prevención. La tranquilidad de aquel apacible lugarejo acabó de disipar sus recelos y prosiguió confiada su camino, esperando ver á Manders de un momento á otro. Cuando hubo dejado atrás las últimas casas del pueblo, contempló extasiada la alegre campiña bañada por el sol, respiró con delicia aquel aire puro y reunió en un ramo muchas y muy vistosas flores que crecían abundantes á los lados del sendero.

Manders la esperaba á buena distancia de Belden y después de saludarla cortésmente le dijo :

—Ya ve usted cómo tenía yo razón al escribirle que no podía perderse.

—¿Á dónde vamos? preguntó Frances después de andar á su lado un corto trecho.

—Á dos pasos de aquí. La casa está muy próxima.

Á poco llegaron á una de esas cercas formadas por tablas de gran altura, que á pesar de su fealdad abundan mucho en los alrededores de Londres.

—Aquí es, dijo Manders abriendo la verja de entrada.

Frances vaciló un momento. Decíase que para oir la confesión de un criminal, cómplice en un asesinato, hubiera sido más natural conducirla á uno de los más sórdidos barrios de Londres que á aquella casa, decente al parecer y situada en medio de tan alegres campos. Manders notó su indecisión y añadió :

—Aun ahora está Vd. á tiempo de volverse atrás. Lo tengo todo preparado, pero eso nada importa.

—¿Vive aquí el hombre de quien me habló Vd.?

—En este momento espera ahí ; mañana habrá abandonado esa casa. Los amigos con quienes reside son gente respetable ; la casa es pequeña y modesta, como lo verá Vd. cuando lleguemos á ella.

Frances le miró. Manders golpeaba con la mayor indiferencia uno de los barrotes de la verja. La joven entró resueltamente y su acompañante la siguió, cerrando con llave la verja tras ellos. Halláronse entonces en un jardín grande y muy mal cuidado ; un sendero invadido por la hierba conducía á la casa, baja, pintada de blanco y pequeña, como lo había dicho Manders. El aspecto sucio, descuidado y desierto del edificio y sus alrededores más bien tranquilizó que alarmó á Frances ; tal morada le parecía muy propia del hombre á quien esperaba ver en ella.

Jorge nada dijo hasta que llegaron cerca de la casa. Allí se detuvo y preguntó :

—¿Querría Vd. esperar unos momentos? Tengo que

ver antes á los que habitan aquí y anunciarles nuestra llegada. De lo contrario se negarían á recibirla.

Nada de particular tenía aquella demanda en vista de las circunstancias y Frances se avino desde luego, pero esperó con impaciencia. Manders abrió la puerta de entrada, entró y reapareció á los pocos momentos, cuidando de sacar la llave de la cerradura exterior y ponerla de la parte interior de la puerta.

—Pronto, entre Vd., dijo á Frances, dando muestras de alguna mayor agitación que hasta entonces.

Y Frances entró, sin más reflexión, en un pasillo cuyo olor á humedad le llamó la atención y después en una habitación situada á la izquierda, muy obscura, cuya puerta abrió Manders.

—¡Cómo! ¿están cerradas las persianas? exclamó éste. Voy á abrirlas en seguida.

Entonces le oyó Frances cerrar de golpe, y después con llave, la puerta que daba paso á la única luz que entraba en la estancia. Oyó también la risa burlona de Manders y comprendió instantáneamente que se hallaba prisionera, que había sido engañada y acababa de caer en un lazo indigno. Razón tenía Josefina al decir que aquel hombre era un miserable. Frances se precipitó hacia la puerta, golpeándola con su cuerpo tan violentamente que estuvo á punto de caer al suelo. Extendió las manos, pero antes de poder dar un paso se sintió asida y apartada de allí, á pesar de su resistencia. Tropezando con varios muebles dirigióse al otro extremo de la habitación y oyó á Manders retirar la llave de la cerradura y probar si la puerta estaba bien cerrada. Después encendió aquél un fósforo y con él una vela, cuya luz fué inmenso consuelo para Frances, aterrorizada, temerosa de todo, en la profunda obscuridad que antes reinaba.

En los ojos de Manders se reflejaba una expresión de triunfo. Seguía cerca de la puerta y Frances se halló inmediata á la chimenea. La habitación era pequeña. Á su derecha tenía una ventana, ó lo que parecía serlo, pues sobre ella habían clavado una alfombra plegada en varias dobleces y que cubría completamente el hueco de la ventana. Á su izquierda una puerta de hojas corredizas daba entrada á otro cuarto. La joven comprendió inmediatamente que su enemigo había tomado todas las precauciones necesarias con habilidad diabólica y que la amenazaba gravísimo peligro.

Aunque de musculatura más desarrollada y fuerte que la mayoría de las mujeres, no podía luchar ventajosamente con un hombre vigoroso. ¿Gritar? Desde luego se dijo que el villano había tenido buen cuidado de llevarla á un lugar donde ni el mayor esfuerzo de su penetrante voz podía proporcionarle auxilio alguno. Lo mejor, pensó, era esperar hasta conocer las intenciones de aquel hombre.

—Señora Bourchier, dijo por fin éste, pido á Vd. perdón por mi conducta, que trataré de explicar muy pronto. Pero ante todo permítame usted encender esas otras velas que están sobre la repisa, detrás de Vd.

Su acento era respetuoso y calmó en parte el más grave temor de Frances. Apartóse de la chimenea y acercándose á la puerta trató de abrirla.

—No se canse Vd., dijo Manders mientras encendía otra vela. Ayer tarde examiné cuidadosamente esa cerradura y respondo de ella.

Después abrió un armario y sacó algunas velas más, de lo cual se alegró infinito Frances que temía ante todo la obscuridad á solas con aquel bandido. Sacó también una caja de cigarros puros, de los que tomó y encendió uno, y acercando una silla á la mesa invitó á Frances á tomar asiento, como lo hizo él mismo.

—Tengo que hablar con Vd., dijo.

La joven le miró con soberano desprecio, sin pronunciar palabra, y Manders se echó á reir.

—Comprendo que esté Vd. furiosa, añadió, pero no me importa; he logrado traerla aquí y conmigo permanecerá mientras así me convenga. No se atemorice Vd.

—No tengo temor alguno. Dígame Vd. qué significa esta villana acción suya.

—Pronto sabrá Vd. lo que quiero, pero empiece por sentarse. Ponga Vd. la mesa entre los dos, si gusta.

Frances se sentó, poniendo su silla al lado opuesto de la mesa. Ante todo quería demostrarle que no tenía miedo.

—Me veo obligado á detenerla á usted aquí algunas horas porque tengo mucho que decirle. Por lo pronto bueno es saber que no hay una sola casa en un cuarto de milla á la redonda. Y ésta en que nos hallamos todo el mundo sabe que está desocupada, de modo que nadie pensará en interrumpirnos. La ventana, como ve Vd., está perfectamente tapada con alfombras clavadas en el marco. Aun cuando le dejase á Vd. golpear en ella no conseguiría llamar la atención de nadie. Es Vd. mi prisionera, por el tiempo que bien me parezca.

—Mi marido no tardará en descubrir mi paradero y devolverme la libertad.

—No lo crea Vd., repuso Manders despidiendo el humo de su cigarro. ¿Quiere Vd. que le diga dónde estará y qué hará mañana á estas horas mi simpático cuñado?

—Estará aquí, pidiéndole á Vd. estrecha cuenta de su conducta si se atreve á detenerme hasta entonces.

—Nada de eso. Al ver que se prolonga la ausencia de Vd. se alarmarán en su casa y llamarán á su marido. Este acudirá á toda prisa y Josefina, mi muy amada esposa, se encargará de enterarlo de mi visita y le dirá cómo Vd. y yo somos antiguos amigos. Josefina es muy suspicaz y enviará á su hermano al hotel donde yo paraba, y allí le dirán todos que hoy mismo he salido para Niza, por la estación del Este y en compañía de otra persona. Figúrese usted lo furioso que se pondrá Alano y la prisa que se dará en tomar el primer tren para seguirnos. Después de registrar á Niza andará de ceca en meca por el Continente y al cabo de quince días lo tendremos probablemente de vuelta en Inglaterra.

Á Frances se le oprimió el corazón al pensar en las precauciones que había tomado aquel hombre para conseguir tan inicuo resultado. Recordó también ciertas sospechas y palabras de Josefina y comprendió entonces lo que significaban.

—Y á su regreso, continuó Manders, quizás descubra que usted ha estado pasando tranquilamente unos cuantos días en esta casa, con su antiguo admirador y amigo.

—Su venganza será completa.

—Por lo menos procurará tomarla y no seré yo quien lo censure por ello. ¡Con decirle á usted que alquilé este tranquilo retiro para instalar en él á cierta linda persona, que se mostró conmigo mucho más cariñosa que la ingrata Josefina! Creo que en Belden no lo ignoran. Naturalmente, Alano empezará por querer pegarme un tiro, pero lo que es á Vd. le va á costar trabajo explicar y justificar su conducta, ante él y ante quienquiera que sea.

El rostro de Frances se puso como la grana al comprender toda la extensión de aquella bajeza.

—¡ Y es Vd., exclamó, dejando su asiento ; Vd., el
hombre á quien mi padre y yo hemos tratado siempre con
tanta bondad, el que ahora intriga y maquina para perderme en la opinión de mi esposo ! Si le queda á Vd. un
átomo de dignidad, abra usted esas puertas y permítame
retirarme.

—Libre estará usted cuando guste, tan luego haya oído
lo que tengo que decirle y prometídome una sola cosa que
deseo pedirle. Su suerte está en sus manos. ¿ Quiere Vd.
escucharme ?

—Hable Vd. ; déjeme apreciar hasta qué punto puede
llegar la maldad de un hombre.

—Oh, lo que es yo confieso que soy capaz de todo. Pero
siéntese Vd. y estará más cómoda.

—Prefiero seguir de pie.

—Como Vd. guste. Yo no tengo prisa ninguna y me
propongo no decir palabra hasta que Vd. haya tomado
asiento.

Era inútil insistir y la joven se sentó.

—Así me gusta, continuó Manders, fumando con delicia. Ahora oiga Vd. lo que deseo que haga. Es muy
poca cosa, pero mientras Vd. no me prometa hacerlo, seguiremos aquí haciéndonos compañía.

—Supongo que desea usted mi cooperación para seguir
manteniendo su impostura.

—Algo de eso hay. Un día me convino decir y hacer
creer que me llamaba Daniel Bourchier y todos lo han
creído así durante tres años. Bajo ese nombre conquisté el
amor de Josefina, á quien dije que era yo el heredero de la
Casa Roja y que podía echarlos á todos de allí cuando bien
me pareciese. Buen plan ¿ eh ?

Frances nada dijo. Aquel cinismo la espantaba.

—Pues bien, como Vd. sabe todo lo que me concierne
y supongo que estará ya deseando ir á contarle á su marido
y á todo el mundo que yo no soy tal Bourchier sino hijo
del pobre y honrado Manders y de su buena mujer, he tenido que evitar encontrarme con Vd. mientras me ha sido

posible. Buscando á Josefina tropecé con Vd. Culpa mía fué.

—¿ De modo que todo eso del criminal arrepentido y demás razones que Vd. me ha dado para hacerme venir aquí es pura novela?

—Pero bien imaginado ¿ verdad? Sólo á un yankee se le ocurre semejante plan.

—Prosiga usted, repuso Frances.

—Poco queda que decir. Tengo interés en que todo siga como está por un mes más. Nada me importa lo que suceda después y usted podrá decirle á todo el mundo que Daniel Bourchier es Jorge Manders. Júreme usted guardar silencio por un mes y le entrego las llaves, toma Vd. el primer tren y se halla en Londres á las cinco de la tarde.

—¿ Y si no acepto? preguntó Frances con desdén.

Manders se sonrió y sacudió la ceniza de su cigarro.

—No hay alternativa, dijo. Tiene Vd. que aceptar y jurarlo antes de salir de aquí. Es cuestión de tiempo. Con que lo mejor es dar pruebas de sensatez y avenirse á ello desde luego, antes de que el pobre Alano emprenda el viaje á Francia en busca de su mujer.

—No haré nunca semejante promesa, nunca. Muy perversos fines debe tener de Vd. cuando tanto trabajo se ha tomado para lograr mi silencio. Es Vd. un mentiroso, un impostor, y á lo que sospecho también un asesino. Déjeme Vd. salir de aquí.

—Piénselo Vd. un poco, dijo Manders reclinando la silla contra la pared. Hasta ahora nada se ha perdido y puede Vd. hallarse en su casa dentro de un par de horas. Pero si pierde más tiempo será ya tarde para evitar las hablillas y el escándalo.

En lugar de contestar, Frances examinó atentamente la habitación, convenciéndose muy pronto de que la fuga era imposible. Se levantó y procuró abrir la puerta de la habitación inmediata. Estaba cerrada con llave. Manders, silencioso, la observaba.

—¿ Y bien, preguntó por fin, ha reflexionado Vd.?

Frances estaba convencida de que su carcelero tenía un plan diabólico, del que resultaría gravísimo perjuicio para la familia de su esposo. Naturalmente le creía ya capaz de todas las infamias, y comprendía cuán imposible, cuán criminal sería por su parte aquel silencio de un mes, durante el cual Manders realizaría sin obstáculo sus pérfidos designios, la ruina y la desgracia quizás de Alano, de Josefina, del padre de ambos, de todos, en fin. Su consentimiento era imposible y puesto que se trataba de una lucha de tenacidad, se propuso demostrar á Manders que poseía tanta fuerza de voluntad como él. Miróle, pues, frente á frente, y le dijo con resuelto acento:

—Jamás haré tal promesa. Aquí permaneceré hasta que me rescaten, pero nada obtendrá Vd. de mí.

Manders prorrumpió en una blasfemia.

—Esa obstinación le costará á Vd. cara, dijo. Veremos quién se cansa antes. Seguirá Vd. siendo mi prisionera hasta que me jure guardarme el secreto por un mes. Tarde ó temprano tendrá Vd. que ceder.

Frances nada contestó. Consultando su reloj vió que eran cerca de las tres de la tarde. Pensó que su poderosa voz podría llegar hasta el camino y llamar la atención de la primera persona que por allí pasase. Haciendo, pues, un supremo esfuerzo, lanzó una serie de gritos agudísimos, penetrantes, hasta que falta de aliento se dejó caer en su silla y esperó. Manders se echó á reir y encendió un segundo cigarro. Indudablemente contaba con aquella desesperada tentativa de su víctima.

—De nada le servirá gritar, dijo. Á buen seguro que nadie la oirá á Vd. aunque esté dando voces todo el santo día. El único resultado será echar á perder su hermosa voz.

Aquella tranquilidad de su verdugo le probó que era inútil pedir auxilio á gritos y que aquél había tomado bien sus precauciones.

Siguieron tres mortales horas de absoluto silencio. Á Frances le parecía aquello un sueño horrible. Eran más de las seis y se figuraba á Josefina y la señora Melvil admiradas de su ausencia, pensando en telegrafiar á su marido. La idea de que éste pudiera creerla culpable la volvía loca y si en aquel momento hubiese tenido un arma á mano no hubiera vacilado un momento en matar al miserable. Pero á pesar de su desesperación, se afirmó en el propósito de no hacerse su cómplice.

Manders seguía sentado en la misma silla, fumando continuamente. El humo viciaba el aire ya escaso de aquella reducida habitación, sólo ventilada por la chimenea y sin más aberturas no tapadas que las junturas de las puertas. Á ratos leía ó fingía leer una novela, de las que había varias sobre los muebles, pero sin dejar de vigilar á su prisionera. Á las seis y media se levantó.

—¿Sigue Vd. negándose? preguntó, sin que Frances se dignase contestarle.

—Pues entonces haré mis preparativos para una permanencia algo larga aquí. Siento ser poco galante y no invitarla á comer, pero la verdad es que si los sitiadores compartiesen sus provisiones con los sitiados las fortalezas no se rendirían nunca.

Al decir esto abrió el armario que quedaba detrás de su asiento y sacó algunos comestibles, una botella de brandy y otra de agua de soda. Comió con apetito y volvió á guardar los restos de su comida, dejando sobre la mesa la botella de licor.

Entonces comprendió Frances que quería obligarla á ceder por hambre, y como no sentía el menor apetito no se alarmó gran cosa.

—No tengo inconveniente, prosiguió Manders, en proporcionarle á Vd. toda la comodidad posible siempre que con ello no me perjudique. Su compañía no es muy divertida que digamos, de modo que puede Vd. pasar á la habitación próxima si bien le parece.

Abrió la puerta inmediata á Frances, puso una vela encendida sobre la mesa y continuó:

—Puede Vd. llevar esa luz al otro cuarto y permanecer allí hasta que se canse, pero dejando la puerta abierta para que yo la vigile y pueda saber lo que hace siempre que me parezca. Si renueva Vd. sus tentativas ó se acerca á la ventana iré yo á ese cuarto ó vendrá Vd. á éste.

Frances acogió con avidez aquella oportunidad de librarse de su compañía y tomando la vela pasó á la otra pieza. Estaba amueblada como gabinete y como alcoba á la vez y tenía la ventana cubierta con alfombras clavadas en su marco, como las del otro cuarto. En el fondo había una puerta, cerrada sin duda, contra la cual había puesto Manders una cómoda para mayor seguridad. Frances sabía que si se acercaba á la ventana ó á la puerta Manders la vería y acudiría; pero también era gran ventaja la de permanecer tranquilamente en un ángulo de aquella alcoba, oculta á las miradas de su perseguidor y entregada por completo á sus tristes pensamientos. Allí podía dejar correr las lágrimas que se agolpaban á sus ojos y que había logrado contener hasta entonces. Podía también orar y pedir al cielo que guiase á sus amigos al pueblo de Belden, donde muchos la habían visto pasar en pleno día, descubierto el rostro, y podían dar informes que quizás encaminasen acertadamente los pasos de sus salvadores. Contaba poder resistir mucho tiempo todavía.

En aquella alcoba había un lavabo y se atrevió á echar un poco de agua en la palangana y bañar en ella su rostro, temiendo á cada momento ver aparecer á Manders; pero éste no dejó su silla y Frances volvió á su puesto resuelta á pasar lo más tranquilamente posible aquellas larguísimas horas, que parecían transcurrir con mortal lentitud. Dió cuerda á su reloj cuidadosamente, para poder llevar cuenta del tiempo pasado en aquella perpetua noche. No había probado bocado desde el almuerzo, doce horas antes, y bebió una corta cantidad del agua nada fresca contenida en el jarro del lavabo, para calmar su ardiente sed. Sabía que Manders continuaba fumando y suponía que bebiendo también á juzgar por el ruido de vasos que á ratos oía; y se le ocurrió que si siguiese bebiendo caería en un estupor que quizás le proporcionase la única posibilidad que entreveía de recobrar la libertad, suponiendo que otros no acudiesen en su auxilio.

La vela estaba casi consumida y temió quedarse á obscuras y dormirse quizás. Hizo, pues, un esfuerzo y pasó resueltamente al otro cuarto.

—¡Hola! exclamó Manders apenas la vió. ¿Va Vd. á mostrarse un poco más razonable?

—Deme Vd. otra vela, dijo Frances imperiosamente.

—Tome Vd. todas las que quiera, repuso él, echando varias sobre la mesa.

La joven tomó dos y dirigiendo una mirada al rostro de Manders vió que si bien no completamente ebrio, sus negros ojos brillaban con una expresión que la llenó de pavor y que la hizo desear más que nunca la posesión de un arma cualquiera para defenderse. Al retirarse comprendió que aquellos ojos la seguían, clavados en ella. ¿Qué sucedería si cediese al sueño y al cansancio? No obstante su valor y energía tembló al pensar en ello.

¿Convendría más ceder y prometer lo que él quería? Nunca, ó por lo menos, no lo haría mientras no se viese reducida al último extremo. ¿Haría aquella promesa, proponiéndose faltar á ella tan luego estuviese libre? ¿Lo justificarían las circunstancias? No, una promesa equivalía para Frances Bourchier al más sagrado juramento. ¡Oh, si Alano estuviese allí! Imaginábase su furor, la fuerza irresistible con que castigaría á su cobarde verdugo. Pero lejos de eso, lo suponía saliendo desesperado de Inglaterra, en siguimiento de una falsa pista.

Llegó la medianoche. Empezó á sentir hambre y aunque temerosa de que aquel nuevo tormento la hiciese sucumbir al cabo, se dijo que todavía podría resistir mucho tiempo. Tomó algunos sorbos más de agua nauseabunda y al volverse vió que Manders había entrado en su cuarto y la contemplaba con expresión siniestra. Su corazón se oprimió, pero le hizo frente resueltamente.

—Me parece muy tonto esto de seguir solo cuando puedo procurarme tan buena compañía, dijo medio ebrio y expresándose con dificultad. Venga Vd. conmigo.

—Prefiero quedarme aquí.

—Pues entonces aquí me quedaré yo también. Que me emplumen si no lo hago. Las buenas mozas como Vd. no abundan, á fe mía.

Frances salió de la alcoba sin decir palabra y volvió á sentarse en la silla que antes había ocupado en el otro cuarto. Obedeciendo á un imperioso ademán de la joven, Manders tomó asiento al otro lado de la mesa, llenó otra vez su vaso y mirándola dijo:

—Ahora sí que vamos á pasarlo bien. No puedo estar separado de una mujer tan hermosa como Vd. ¡Cuidado que tengo suerte! Una chica preciosa que se empeña en acompañarme . . .

Iba á levantarse. Frances le dirigió una mirada tal, tan llena de angustia, de dolor, desprecio y cólera, que el miserable se detuvo. Por lo pronto había triunfado la joven, pero ¿cuánto tiempo duraría aquel triunfo? Manders vació su vaso blasfemando y volvió á llenarlo.

Aquel beber sin tregua acrecentó el temor de Frances. Comprendía que algunos tragos más le harían perder la razón casi por completo y que entonces sería tarde aun para hacerle todas las promesas que quisiese. ¿ Qué sería de ella, encerrada y á solas con aquel bandido, suficientemente excitado por la bebida para intentar el último crimen y al propio tiempo bastante dueño de sí mismo para ejecutarlo? La botella de brandy era de gran tamaño ; Frances tomó una resolución instantánea ; inclinándose sobre la mesa, lanzó de un vigoroso golpe botella y vaso contra la pared, haciéndolos mil pedazos. Era un recurso supremo y tembló al pensar en las consecuencias ; pero todo era preferible al peligro de ver convertirse aquel hombre en una bestia feroz. Antes había llegado á pensar que la embriaguez completa de Manders podría ser su salvación, pero no había tenido en cuenta aquel estado intermedio, aquella excitación salvaje que la exponía al mayor de los ultrajes.

Manders se puso de pie de un salto y le dirigió una andanada de insultos y maldiciones. Después cogió del suelo el fondo de la botella, esperando hallar en ella un resto de licor, pero la obra de destrucción había sido completa. El olor del alcohol derramado en el suelo era insoportable para Frances, que por un momento temió desvanecerse.

Su enemigo parecía dispuesto á lanzarse sobre ella, y le dirigía crueles insultos y miradas terribles. Sin embargo, al cabo de unos instantes volvió á su silla y continuó fumando por espacio de media hora.

—Después de todo, dijo, es lo mejor que podía sucederme. Se cree Vd. muy lista y ha hecho una tontería. Ahora podré vigilarla como es debido y en cambio Vd. tendrá que rendirse á discreción, mañana á estas horas á más tardar. Y cuando llegue el momento de pedirme de rodillas un pedazo de pan tendrá Vd. que pagarlo á muy alto precio.

—Mañana á estas horas estaré libre y mucho antes también. En mi casa saben á dónde he venido.

Manders la miró atentamente y después lanzó una carcajada.

—Falso, repuso. De ser así me lo hubiera dicho Vd. mucho antes. Los dos nos hemos ido juntitos camino de Niza y mi querido Alano saldrá mañana por la noche con igual destino.

Así pasaron las horas de aquella noche interminable. Verdugo y víctima se vigilaban mutuamente, y aunque Manders habló con frecuencia, Frances no volvió á despegar los labios. Dos veces durante la noche pasó á la alcoba para tomar algunos sorbos de agua, temiendo siempre que Manders la privara de aquel único consuelo. Pero no fué así, á pesar de su crueldad. Cuanto á él no se escaseó las provisiones de la despensa, burlándose de su desfallecida prisionera.

Llegó el día, dieron las nueve, las diez, las once y la mente de Frances comenzó á divagar. Parecíale estar soñando. El olor nauseabundo y la pesada atmósfera del cuarto, aquellas velas siempre encendidas y sin cesar renovadas ¿era posible que fuera de aquellas tapadas ventanas brillase el sol en todo su esplendor, cantasen los pájaros y se extendiesen los campos esmaltados de flores? Hubo un momento en que estuvo próxima á desmayarse, pero haciendo un esfuerzo se levantó y dió algunos pasos. Tenía que permanecer despierta y luchar hasta la noche; sabía que entonces le sería imposible continuar resistiéndose y que si no su voluntad, su cuerpo cedería sin remedio.

¡Pensar que era de día, que á poca distancia de ella pasaban quizás otras personas, ignorantes de su presencia y de su desgracia! Maquinalmente gritó, pidiendo socorro, pero desde luego comprendió que su voz no era más que un eco de la que tenía la víspera y que si entonces no la oyeron menos podrían oirla ahora. Olvidándose de su odioso compañero se dejó caer en una silla, cubierto el rostro con las manos.

—¿Cederá Vd.? le preguntó Manders inclinándose sobre la mesa.

—¡Nunca!

El miserable lanzó una exclamación de furor y consultó su reloj. Era mediodía.

—Me va cansando esta farsa, dijo, y por mi parte no quiero prolongarla mucho. Si dentro de algunas horas sigue Vd. en sus trece y no me jura cerrar la boca, se la cerraré yo para siempre. Suya será la culpa si me obliga á emplear este último argumento.

Al decir esto sacó del bolsillo un revólver, que puso sobre la mesa al alcance de su mano.

CAPÍTULO XXII

Cuando Alano oyó aquellas inesperadas palabras de Josefina, la creyó loca. No de otra manera podía él explicarse que uniera el nombre de Frances con el de su malvado esposo. Sin embargo, no tardó en comprender que Josefina estaba tan en su juicio como él, y á la sorpresa sucedió la cólera. Desprendiéndose de los brazos de su hermana, dejó su asiento y preguntó con dureza :

—¿ Qué tonterías estás diciendo, Josefina ?

—¡ Ah, no ! Créeme. ¡ Ojalá me engañase ! Déjame referirte lo que ha pasado.

Derramaba tan amargo llanto que Alano comprendió cuánto le costaba darle los informes ofrecidos.

—Habla, le dijo, pero piensa bien lo que dices. Hay cosas que un hombre no puede perdonar ni aun á su misma hermana. Conque reflexiona antes de hablar.

—Ya sabes que Daniel aseguraba conocer á Frances, dijo Josefina enjugando sus lágrimas.

—Sí, y yo interrogué á Frances, quien me dijo que jamás lo había visto. Esa es una de las mentiras de aquel bribón.

—Pues se conocían. El jueves por la tarde se presentó aquí Daniel y lo llevaron á la sala, donde estábamos Frances y yo. Creí que venía á buscarme, pero no había tal ; venía á visitar á Frances, quien apenas lo vió corrió hacia él gritando : " ¡ Por fin, al cabo de tanto tiempo ! " Casi se arrojó en sus brazos.

—¿ Qué dices ? preguntó Alano con tal violencia que Josefina se arrepintió de su exageración.

—Corrió hacia él y estrechó sus manos. Parecía contentísima de verlo.

—¿Que más?

—No ví ni oí nada más. Me asusté tanto al ver descubierto mi retiro, que huí de la sala. Ninguno de ellos pareció notar mi ausencia. ¡Si supieras, hermano mío, cuánto siento decirte todo esto!

—¡Prosigue!

—Frances salió de la sala poco después y dijo que no estaba en casa para nadie. Su conversación con Daniel duró más de una hora.

—Frances ha debido de conocerlo antes bajo otro nombre, dijo Alano, que empezaba á no comprender. Pero hasta ahora no veo justificado aquel grave aserto tuyo.

—No has oído lo peor.

—Frances sabe que es tu marido ¿no es así?

—Lo sabe y pareció muy asombrada cuando se lo dije, después de marcharse Daniel. Entonces me pidió que no dijese nada de su visita por algunos días, pues prefería que tú no lo supieses.

Aquellas palabras alarmaron á Alano, más que cuanto había oído hasta entonces.

—Creo que te equivocas, Josefina; á no ser que Frances tuviese razones especiales para ello ... ¿Ha vuelto á presentarse Daniel aquí?

—No, pero ayer llegó una carta para Frances cuando estábamos almorzando y reconocí la letra de mi marido. Esperaban la respuesta y Frances pareció meditarla mucho; después escribió una sola palabra y mandó entregar aquella lacónica contestación al mensajero. Pidió y consultó un itinerario de ferrocarriles, hizo enganchar el coche y se apeó en la estación del Este. No te irrites conmigo, Alano ¿pero qué podía yo pensar en vista de tantos indicios?

El furor se reflejaba en el rostro del joven. No podía dudar de Frances, pero el relato de Josefina le probaba que había salido de su casa á consecuencia de una carta de Daniel, hecho que por sí solo constituía ya un peligro, una amenaza, algo inexplicable y gravísimo.

—¿Dónde paraba ese miserable? preguntó.

—En el Hotel de Londres.

Alano salió del comedor apenas oyó aquellas palabras.

Su hermana fué á llamarle **para decirle** el nombre del pueblo **donde** ella suponía á Daniel **y** Frances, pero en seguida pensó que sería mejor dejarle **averiguar** antes si su **marido** seguía ó no en el hotel. Corrió á la ventana y le **vió entrar** en un coche, que salió á escape.

Á los veinte minutos estaba de vuelta con **la desespera**ción retratada en **el rostro.** Josefina le compadeció **profun**damente ; parecía haber envejecido diez años.

—Es cierto, **demasiado** cierto, dijo después de cerrar cuidadosamente **la puerta.**

—¿ Qué **piensas hacer**, hermano mío ? preguntó Josefina con lágrimas en **los ojos.**

—¡ Hacer ! Una **sola** cosa, dijo con tal fiereza que la joven tembló. Ve á **mi** cuarto y pon en mi maleta **alguna** ropa y lo más **necesario** para **un** viaje. También quiero comer algo antes de partir.

—¿ Á dónde vas ?

—¿ Que á dónde voy ? **En busca de Frances y de tu es**poso, Josefina.

—¿ Pero á dónde ?

—Á Niza primero ; después ¡ **Dios sabe !**

—¿ Por qué á Niza ?

—Porque en el hotel todos saben **y me** han dicho que Daniel Bourchier se proponía salir ayer, con un amigo, para Niza, dónde dejó dicho que le dirigieran sus cartas. Del hotel fué á la estación del Este. Salgo inmediatamente para Niza y á mi regreso serás viuda, Josefina. Supongo que no lo sentirás gran cosa.

Hablaba sin violencia, con acento resuelto pero **tran**quilo, como hombre que había tomado una resolución irrevocable y justa : la de **matar** al miserable **que** le había robado á su esposa.

—Escucha, hermano ; una palabra tan sólo.

—Me falta tiempo para salir de aquí ; ve á **hacer lo que** te he dicho.

—¿ Pero no comprendes que si mi marido ha hecho lo que **temes** habrá tenido también **muy** buen cuidado de ponerte sobre una **pista** falsa ? ¿ Crees que iba á dejarte en el hotel las señas de su **paradero ?**

Alano se quedó sorprendido. Su hermana tenía razón ; podía tenerla, **cuando menos.**

—No, continuó ella ; ni **Daniel** ni **Frances** han salido de **Inglaterra.** Están aquí y no muy lejos de Londres.

—¿Qué dices ? Explícate, si no quieres volverme loco.

Josefina fué á buscar la Guía de ferrocarriles y enseñó á su hermano la pequeña mancha que había dejado el zumo de una fresa frente al nombre de Belden, señalándole también la hora del tren que Frances había tomado.

—¡ Belden ! exclamó Alano con incredulidad. ¿ Por qué á Belden ?

Josefina **inclinó** la cabeza. Érale doloroso en extremo decir á **su hermano** las crueles sospechas que tenía, referirle detalles **vergonzosos** ; pero era indispensable.

—Dios me **perdone,** Alano, si juzgo mal. ¿ Recuerdas aquellas **dos cartas** que te entregué para que me las guardases ?

—Sí, ¿ qué más ?

—Eran de una mujer y tenían el sello del correo de Belden, donde **mi** marido había alquilado **una** casa . . .

Alano comprendió ; su hermana había hallado medio de **expresarse** de la manera más delicada posible, pero el **golpe** era terrible á pesar de sus precauciones.

—¿El nombre de esa casa ? ¡ Habla ! exclamó poniéndose **violentamente** de pie.

—La llaman *Las Dalias.* **Nada** más sé de ella.

Alano **vió** que tenía **tiempo** de tomar el primer tren para Belden. Llenó y bebió un vaso de vino y momentos después se dirigía en un coche á la estación del Este. En el tren no pudo menos de pensar con amargura en el cambio inmenso, increible, que había sufrido su vida entera en el espacio de pocas horas. Los datos de Josefina casi equivalían á pruebas fehacientes y todo parecía indicar que Daniel y Frances se habían fugado **juntos.** Preguntábase si era posible que aquella mujer adorada y de quien se creía amado le hubiese abandonado por otro ; y aunque quería negárselo, **recordaba** también aquella serie de indicios é incidentes sospechosos, la visita de Daniel y su previa amistad con **Frances,** aquella prolongada entrevista, la carta del seductor y su contestación y por último, la partida de Frances por la estación que conducía á Belden y su desaparición absoluta. Pero lo **peor** era el encargo hecho á Josefina de que ocultase á su hermano la visita de Daniel por algu-

nos días. ¡Oh, sí, Frances lo engañaba! Al pensar en
ello lo cegaba el furor y se juraba tomar plena y cumplida
venganza del ladrón de su dicha y de su honra.

Momentos después le parecía ver ante sus ojos aquel
rostro querido de Frances, que expresaba en tan alto grado
la bondad y la pureza de su alma. Recordaba que desde
su matrimonio la había hallado siempre modelo de esposas,
mujer verdaderamente perfecta en todos sus actos y palabras, sin un solo pensamiento censurable, intransigente con
el mal, honrada por excelencia, y se decía que era imposible achacarle de repente tanta maldad y tanta infamia;
que aun habiendo salido de Londres en compañía de Daniel
Bourchier, tendría para ello buenas razones que explicarían
y justificarían ampliamente su conducta.

También recordó en el tren lo que hasta entonces había
olvidado; que Frances debía cantar aquella noche, en la
función inaugural de la ópera. Y ella, que nunca había
faltado á sus compromisos con las empresas ni con el público y que se preciaba de ello, había desaparecido y continuaba ausente pocas horas antes de levantarse el telón.
Aquel pensamiento y el amor fiel que Frances sentía por su
profesión, fueron un consuelo á la vez que causa de un
nuevo temor para Alano. ¿No se trataría de un lazo?
¿Amenazaría á Frances algún peligro? ¿Habría muerto?

Deploraba la lenta marcha del tren y pensaba con odio
en aquel hombre que parecía ser el genio del mal de toda
su familia. Por fin llegó el tren á la estación de Belden.
Apeóse Alano y siguiendo el mismo camino que Frances
había recorrido la víspera, entró en el pueblo y preguntó á
un carpintero que estaba á la puerta de su tienda:

—¿Sabe usted si hay por aquí cerca una finca llamada
Las Dalias?

—Sí, señor; á cosa de media milla, al otro lado del pueblo. Siga Vd. este mismo camino y la verá á mano izquierda.

—¿Quién vive allí? preguntó Alano al notar que su interlocutor lo miraba con curiosidad.

—Probablemente Vd. lo sabrá mejor que yo, dijo el
otro, echándose á reir.

—Si lo supiera no lo preguntaría, repuso Alano. Sírvase Vd. contestarme.

El carpintero comprendió que había juzgado mal al joven y se apresuró á enmendar su falta.

—Nadie en el pueblo sabe exactamente quién vive en *Las Dalias,* dijo. Una mujer que se hacía llamar la señora de Montes habitó la casa por algún tiempo, pero se marchó hace ya algunas semanas y la finca ha estado vacía y cerrada desde entonces.

—¿Está cerrada hoy?

—No puedo decirlo. Precisamente ayer ví pasar al señor Montes y quizás continúe en la casa, porque no ha vuelto á pasar por aquí.

—¿Quién es ese señor Montes?

—Nadie lo conoce.

—Descríbamelo usted.

Hízolo así el buen hombre y Alano reconoció en seguida á Daniel Bourchier. Las maneras y la sonrisa de su informante, más que sus palabras, le habían revelado ya el concepto que tenían en el pueblo de *Las Dalias* y de su inquilina y Alano sintió hervir su sangre al pensar que iba á buscar allí á su propia esposa.

—¿Cree usted que ese Montes esté allí en este momento? preguntó.

—Á decir verdad, sí lo creo, dijo el artesano sonriéndose significativamente. Y lo creo porque una hora después de llegar él ví pasar en la misma dirección á una joven. Bonita de veras, á fe mía.

—¿Y eso qué? volvió á preguntar Alano, estremeciéndose á pesar suyo.

—Pues nada, sino que era una muchacha lindísima y que el otro la esperaba y que ni él ni ella han vuelto á pasar por aquí. ¿Le parece á Vd. bastante claro?

Toda duda era imposible. Frances estaba en *Las Dalias* desde la víspera, en compañía de Daniel, bajo un nombre falso. Lo único que Alano podía y quería hacer era vengarse, matar al miserable seductor. Disimuló su profunda agitación lo mejor que pudo y ofreciendo al carpintero una moneda de oro, preguntó:

—¿Cómo conoceré la casa? Tengo absoluta necesidad de ver al señor Montes.

—No puede usted equivocarse, dijo el pobre hombre aceptando agradecidísimo la generosa dádiva. Después de salir del pueblo, á cosa de media milla, la única casa situada á la izquierda del camino. Una cerca muy alta oculta en parte la finca.

Alano se dirigió rápidamente hacia *Las Dalias* y tuvo que contenerse para no emprender acelerada carrera á riesgo de llamar la atención de los vecinos. Pronto llegó á la cerca que ocultaba jardín y casa; miró á uno y otro lado del camino para convencerse de que no le observaban, y asiéndose de un salto al borde superior de las tablas pudo deslizar su mirada en el interior del cercado recinto. Sin embargo, un espeso vallado le impidió ver cosa alguna, y saltando de nuevo al camino siguió á lo largo de la cerca hasta llegar á la verja por donde Frances había pasado la víspera. La verja estaba cerrada y era sólida, de modo que Alano procedió á escalarla, valiéndose de los barrotes transversales y pronto se halló en el jardín sin que nadie sospechase su presencia. Recorrió apresuradamente el sendero y al ver la casa la esperanza renació en su ánimo; en efecto, aquellas puertas y ventanas cuidadosamente cerradas, el aspecto descuidado del jardín, todo indicaba que la casa estaba desierta. Notó que ésta era muy pequeña y no podía tener más de seis habitaciones. Llegado á la puerta vió que habían quitado el tirador de la campanilla; dió vuelta al edificio y observó que todas las ventanas estaban tan cerradas como las del frente, que las chimeneas no despedían humo y que según toda probabilidad el último inquilino había abandonado las casa cuatro ó seis meses antes. Frances no podía estar allí; aun suponiendo que hubiese ido á Belden para reunirse con Daniel, no dudaba que *Las Dalias* no era el lugar de la cita y que tendría que volver al pueblo para tomar nuevos informes, por muy desagradable que le fuese el hacerlo.

Ni siquiera se le ocurrió llamar á la puerta, convencido como estaba de que la casa se hallaba vacía. ¡Cómo podía imaginarse que tan sólo una distancia de pocas varas lo separaba de la esposa buscada con tanto afán! Volvió, pues, al sendero de entrada, resuelto á salir de allí, cuando al llegar al punto en que Frances había esperado por indicación de Daniel mientras éste fingía ir á dar aviso de su llegada, notó Alano un objeto obscuro junto á los arbustos que limitaban el sendero. Lo cogió y al ver que era un

tupido velo negro, recordó instantáneamente las palabras
de Josefina. Frances había salido de su propia casa llevando en la mano un velo negro, le había dicho su hermana. Y aquel velo él lo reconoció á la primera mirada ; era
el mismo que él había comprado en los Estados Unidos
para Frances, por encargo especial de ésta, tan tupido que
ocultaba por completo las facciones de su esposa.

Frances había estado, pues, en aquel jardín, en aquella
casa. ¿ Seguiría todavía allí ? Aquellas cerradas ventanas,
aquel silencio podían ser parte del plan de los culpables para
burlar sus pesquisas. Alano resolvió no retirarse sin visitar
el interior de la casa ; si en realidad estaba deshabitada, podía por lo menos descubrir en ella otras pruebas de la presencia de su esposa.

Desde luego se convenció de que la entrada sin ruido
era imposible por el frente del edificio, con su maciza puerta y cuatro ventanas cuyas persianas estaban firmemente
cerradas. Volvió á la parte de atrás, no sin notar una vez
más el aislamiento casi absoluto de aquel edificio, que le
permitiría tomar amplia venganza de su enemigo sin temor
de verse interrumpido. Ocurriósele también la idea de que
Daniel y Frances podían haber salido, para gozar de aquel
hermosísimo día. En tal caso, se dijo, hallarán á su regreso una visita inesperada.

Una puertecilla abierta en la fachada posterior cedió
sin esfuerzo, y Alano se halló en un pequeño patio al que
daban, entre otras ventanas cerradas, una sin persianas, por
cuyos cristales pudo ver que era la de la cocina de la casa.
La aldaba de la ventana estaba echada por dentro y para
abrirla era necesario romper un cristal ó cortarlo si se quería evitar el ruido. Alano extrañó tamaña falta de precauciones por aquel lado, diciéndose que cualquier ladrón podría entrar sin gran trabajo y saquear las habitaciones,
siendo así que todo parecía cerrado cuidadosa y sólidamente por la fachada anterior. Aquel descuido aparente
se explica recordando que Daniel no tenía el menor recelo
de verse sorprendido por Alano, á quien había puesto sobre
una pista falsa, y que su única preocupación había sido la de
impedir que los gritos de Frances pudieran oirse desde el
camino. Poco le importaban que estuviesen cerradas ó
abiertas la puerta de atrás y la cocina.

Se trataba de cortar uno de los cristales. Alano sacó del bolsillo uno de sus gruesos guantes de piel y abriéndolo lateralmente con su cortaplumas, empapó el guante en agua en una tina que allí había y rebuscando en sus bolsillos halló un pedazo de cuerda que ató al centro de la mojada piel. Después aplicó ésta sobre uno de los cristales, alisándola cuidadosamente para expeler el aire; y con el diamante de una sortija que llevaba, regalo de Frances, trazó un óvalo irregular sobre el cristal. Un golpe seco bastó para romper éste sin producir apenas ruido y sin que cayese al interior de la cocina el óvalo desprendido, que continuaba adherido á la piel del guante. Momentos después lo había retirado Alano por la abertura y descorrido la aldabilla que cerraba las hojas de la ventana. El paso estaba libre.

Una vez dentro de la habitación pensó Alano que no tenía consigo arma ninguna. Pero poco le importaba; alto, vigoroso, impulsado por el deseo de la venganza, decíase que una vez frente á frente de su enemigo no tendría necesidad de armas. Para dar cuenta de Daniel le bastarían sus musculosos brazos.

La puerta de la cocina, aunque entornada, estaba abierta y daba entrada á un corredor en el que vió Alano dos puertas á uno y otro lado. Supuso que el corredor conduciría á la puerta principal de la casa y le pareció notar olor á tabaco. Maquinalmente y antes de probar las puertas laterales, volvió á entornar la de la cocina, dejando el corredor á obscuras. Apenas lo hizo se estremeció violentamente. Por el resquicio de la puerta que tenía á su derecha se deslizaba un tenue rayo de luz y casi al mismo tiempo oyó algunas palabras, las voces de un hombre y una mujer, provinientes de la habitación donde estaba encendida la luz.

Todo había concluído para él. Una sola cosa le quedaba: su venganza. Para obtenerla le bastaba precipitarse con todas sus fuerzas contra aquella puerta, descerrajarla violentamente y apoderarse de su enemigo.

CAPÍTULO XXIII

Las horas transcurrían con lentitud desesperante en la improvisada prisión de Frances. La prolongada lucha empezaba á imprimir sus huellas así en el verdugo como en la víctima. Decíase ésta que sus fuerzas iban á abandonarla de un momento á otro, y cuando á las cinco de la tarde del segundo día vió que no recibía socorro de Alano, temió que éste hubiese caido en el lazo y seguido la falsa pista indicada por Daniel. En tal caso, no regresaría de Niza hasta pasados algunos días. También recordaba Frances con profunda amargura que aquella noche debía cantar en el Teatro de la Ópera, y que aun puesta en libertad en aquel momento, apenas tendría tiempo para regresar á Londres y aparecer en escena, suponiendo que pudiese cantar después de tantas emociones, de tantos sufrimientos físicos y morales.

Á sus torturas se agregaba ya el hambre, que la acosaba después de treinta horas pasadas sin probar bocado. Era evidente que tenía que rendirse y convenía más hacerlo entonces, cuando conservaba todavía el conocimiento. Esperar más, hasta caer desfallecida, era exponerse á un mal mayor, á un atropello odioso. Más de una vez se había creido próxima á sucumbir, dominada por un letargo irresistible. Y al volver en sí, veía fijos en ella los crueles ojos de Daniel y le costaba trabajo recordar dónde se hallaba y los detalles de lo ocurrido. Poco á poco pareció ir olvidándose de Alano, Josefina y la señora Melvil, para no recordar, cosa extraña, sino que tenía que cantar aquella noche. ¿Qué se lo impedía? Aquel hombre sentado

frente á ella esperaba una promesa suya. ¿Qué promesa?
Lo había olvidado. Pero se lo preguntaría y le prometería
todo lo que quisiese. ¡Oh, sí! Lo esencial era salir de
allí, verse libre para correr al teatro, para cantar aquella
noche.

Aunque Daniel tenía provisiones para aplacar el hambre, echaba muy de menos la botella de licor de que lo había privado Frances. El alcohol era ya para él una necesidad absoluta y sin su estímulo, tras la noche de insomnio
pasada, sufría físicamente casi tanto como su prisionera.
No había esperado la prolongada resistencia de ésta, pues
creía que sólo duraría algunas horas, contando sobre todo
con el temor de Frances á pasar una sola noche fuera de su
casa y comprometer su honra. Pero no sólo había resistido
toda aquella primera noche sino que estaba dispuesta á
pasar otra en vela y en ayunas. Tal perspectiva parecía á
Daniel superior á sus propias fuerzas.

Además, aunque Frances prometiera guardar silencio,
ya era tarde. El mal estaba hecho; se había notado su
ausencia y Alano insistiría en conocer la verdad, sobre todo
en vista de los esfuerzos de Daniel para hacerle creer que
Frances se había fugado en su compañía. Nunca se le ocurrió que Josefina supiese cosa alguna acerca de sus amoríos
en Belden; pero aunque algo sospechase, sería absurdo suponer que Alano fuese á Belden, y á *Las Dalias*, en busca
de su esposa.

Sin embargo, pensaba, alguien podía haber visto á su
prisionera en el tren ó en el pueblo y poner sobre la pista á
la personas interesadas en descubrir su paradero. Era indispensable sellar los labios de Frances en el acto, aquella
misma noche y para siempre. Después, quince días le bastarían para realizar su última jugada. Lo primero era ir á
casa de Frances y arrebatar á Josefina los documentos de
que se había apoderado; dirigirse en seguida á la Casa
Roja, obtener de Bourchier por última vez la mayor cantidad posible y refugiarse después en cualquier país que no
tuviese tratado de extradición con Inglaterra.

El asesinato de Frances se imponía; reducíase todo á
tomar sus precauciones para aplazar por algún tiempo el
descubrimiento del cadáver. Podía matarla de un tiro, sin
temor de que se oyera la detonación fuera de la casa, y ape-

nas se hubo dicho esto resolvió cometer el crimen á las seis
de la tarde, sin más espera.

Pocos minutos faltaban para aquella hora y ya su mano
se dirigía al bolsillo en que tenía el revólver, cuando notó
un marcado cambio en las facciones de Frances. Contem-
plábale ésta con vaga mirada y un ligero temblor agitaba
su cuerpo. Después se llevó una mano á la frente y preguntó :

—¿Qué quiere Vd. que le prometa ? No me acuerdo...

—Ya es tarde, dijo él bruscamente. Ha pasado la hora
de las promesas.

—Tengo que irme esta misma noche. Vd. me dijo que
quedaría libre tan luego le hiciera una promesa. Repetiré
lo que Vd. me dicte.

Hablaba como si estuviera loca y Manders comprendió
que si la dejaba partir en aquella disposición de ánimo estaba perdido.

—Ya es tarde, repitió llevando la mano al arma homici-
da. No volverá Vd. á Londres ni esta noche ni nunca.

Á pesar de su incipiente desvarío, Frances notó aquel
ademán y comprendió la significación de las últimas palabras. Rápida como el pensamiento, dejó su silla y se precipitó en la habitación próxima. Manders no tuvo tiempo
de apuntar y no se apresuró á seguirla ; lo mejor era hacer
las cosas con calma y en su nuevo refugio la tenía tan segura como si continuase ante su vista.

Pero al huir la joven había lanzado un agudo grito de
terror, grito que á pesar de la angustia que revelaba sonó
deliciosamente en los oídos de Alano, porque le decía que
su amada esposa se hallaba detenida por la fuerza en aquella
casa, y era, no la mujer culpable que él había temido, sino
la víctima de un miserable.

Un golpe violentísimo descerrajó la puerta abriéndola
de par en par y Alano se precipitó en la habitación. Manders lanzó una blasfemia, y alzando el revólver que empuñaba, disparó. El proyectil rozó la cabeza de Alano,
quien sin dar tiempo á su enemigo para hacer un segundo
disparo, plantó el crispado puño en el rostro de Manders
con increíble fuerza. En aquel golpe furioso iba la venganza de tantas ofensas, de tantos dolores. Manders lo
recibió de lleno en la sien izquierda y cayó desplomado,

inerte, golpeando su cabeza contra el ángulo de la chimenea. Alano le arrancó el revólver de la mano y dejándolo tendido en el suelo corrió á la segunda habitación, en busca de su esposa.

Un instante, una rápida mirada en torno, le bastaron para comprender lo que había pasado; las puertas cerradas, las ventanas clavadas, aquel revólver pronto á disparar en la mano del asesino, todo explicaba el cautiverio y la ausencia de Frances. Pero le faltaba averiguar aún el estado en que se encontraba, qué violencias había sufrido á manos de su verdugo, y su mano oprimía convulsivamente el revólver al pasar de uno á otro cuarto y al ver la inanimada forma de Frances. Conteniéndose para no volver sobre sus pasos y levantar la tapa de los sesos al miserable, estrechó dulcemente el cuerpo de su esposa y bañó su rostro con la poca agua que quedaba en el jarro. Al hacerlo notó que Frances tenía el sombrero puesto; ni por un momento había querido quitárselo durante aquellas largas horas de su prisión.

Los cuidados que reclamaba su esposa no le impedían vigilar la habitación contigua. Pero el desvanecimiento de Manders duró más que el de Frances, quien no tardó en abrir los ojos, fijándolos en Alano. Tan luego lo reconoció le rodeó el cuello con sus brazos y lo besó amorosamente, pero sin aludir al peligro que acababa de correr. Alano se admiró de verla tan tranquila al parecer.

—He estado soñando, Alano, dijo.

Su esposo la besó apasionadamente.

—Ahora estás despierta, amor mío.

—¡Qué sueño tan horrible! Tú llegaste justamente á tiempo y desperté ... ¡Cuánto me alegro!

—Dime, Frances, repuso Alano en voz baja. ¿Te ha insultado? ¿Te ha ofendido en lo más mínimo?

—No, pero soñé que iba á matarme. Ya estás aquí y nada temo.

—¿No ha osado tocarte? ¿Estás segura? Contéstame.

Frances contempló á su esposo con una mirada elocuente.

—No, dijo con toda calma. No me ha tocado siquiera; de lo contrario me hubieras hallado muerta.

Aquella respuesta salvó por el momento la vida á Manders.

—Alano, continuó Frances con gran sorpresa de su esposo, tengo hambre. En la alhacena del otro cuarto hay pan. Dame un pedazo.

Hízolo así ; la alhacena estaba abierta y al ver el pan y otras provisiones jamás se le ocurrió que Manders hubiese tenido la crueldad inaudita de hacer sufrir hambre á su víctima. Dió el pan á Frances, pero no pudo ver la voracidad con que empezó á comerlo porque toda su atención estaba fija en Manders, cuyo cuerpo empezaba á dar señales de animación. Mientras ajustaba sus cuentas con él convenía que Frances no estuviese presente.

—Frances, le dijo ¿ te sientes bastante repuesta para salir al jardín y esperarme allí unos minutos ?

—¡ Oh, sí ! No puedo permanecer aquí más tiempo ; se está haciendo muy tarde.

—Tienes que salir por el pasillo y por la ventana de la cocina.

Alano se dijo que la ventana era muy baja y Frances podría salir por ella sin dificultad ; lo esencial era no dejar solo á su enemigo, que acababa de incorporarse y miraba en torno suyo con expresión de asombro.

—Levántese Vd. cuanto antes, le dijo Alano apuntándole con el revólver ; pero como dé un paso hacia mí, lo mato.

Con dificultad logró Manders sentarse en la silla más cercana ; dirigió después una mirada de odio á su enemigo, pero tembló por su propia vida al ver la firme resolución, el deseo de implacable venganza retratados en el rostro de Alano. Vió también que éste le apuntaba con el mismo revólver que él había estado á punto de disparar contra Frances ; arma peligrosísima, pues bastaba tocar el gatillo levemente sin necesidad de presión alguna, para que saliera el tiro.

—Aparte Vd. esa arma, dijo Manders ; no me moveré. Así lo hizo Alano y Manders respiró con más libertad.

—¿ Qué me quiere Vd. ? preguntó bruscamente. ¿ Piensa Vd. matarme ?

—Lo haré, probablemente, dijo Alano con acento tan resuelto que el miserable se estremeció.

—La única manera de **salvar su vida**, prosiguió Alano,
es decirme toda la **verdad**. ¿Por qué ha inducido Vd. á
mi esposa á venir aquí, y qué se **proponía** Vd. reteniéndola
en esta casa?

—Déjeme Vd. reflexionar unos momentos, repuso **Man-**
ders, medio aturdido todavía por el golpe recibido.

Apoyó la cabeza sobre las manos y procuró formarse
idea lo más clara posible de la situación. Maldíjose á sí
mismo por su lentitud en proceder y maldijo á su enemigo
por haber **hallado y** seguido las huellas de su esposa. En
definitiva, **se propuso** causar á Alano todo el daño posible
y se regocijó **por** anticipado al pensar en el efecto que le
producirían sus revelaciones.

—Hable Vd., dijo Alano con dureza.

—Sí, hablaré, **á** no ser que Vd. pague, **y** muy bien pagado, mi silencio.

—Mi paciencia puede agotarse si no habla Vd. pronto.

—No tardará Vd. en escucharme **con** toda **calma.**
Y para empezar, una proposición : **deme Vd., ó pro-**
meta darme diez mil libras y me **voy ahora mismo,** sin
decir una palabra. De lo **contrario, le** revelo á Vd. cuanto sé.

—¿**Está** Vd. loco? preguntó Alano, mirándole con desprecio.

—No ; Vd. sí que quizás se vuelva loco. ¿Es decir que
se niega Vd. **á** comprar mi silencio?

—No pagaría un céntimo ni aun para salvarle **á Vd. de**
la horca. Adelante.

—Pronto **me pedirá** Vd. que no siga hablando. **Ante**
todo, le diré por qué **he** traído aquí á Frances. Quería hacerle prometer que no revelaría mi verdadero nombre á nadie, por algún tiempo, y como se obstinó en no prometerlo,
siguió siendo mi prisionera. Cuando Vd. llegó me **estaba**
haciendo la promesa exigida. Tiene una voluntad **de hie-**
rro, pero al fin logré dominarla.

La mano del joven Bourchier oprimió involuntariamente
el revólver.

—Y ahora le diré cómo **conseguí** que viniese aquí.
¿Tiene Vd. curiosidad por saberlo, verdad?

Alano guardó silencio.

—Pues le dije que podía ponerla frente á frente de uno

de los asesinos de su **padre**. No ignora Vd. que Juan
Boucher fué asesinado.

—**Lo** sé, **contestó** Alano, alegrándose de ver tan neta-
mente expresado el motivo de la ausencia de Frances.

—Tampoco ignora Vd. el vivo deseo que ella tiene y ha
tenido siempre de descubrir á los asesinos. Así pues, me
bastó decirle que uno de ellos vivía aquí para que viniese
sin un momento de vacilación. En ese particular es vengativa de veras . . .

—Prosiga Vd., interrumpió Alano, convencido de que
todo aquel preámbulo ocultaba el verdadero objeto de
Manders.

—No he querido revelarle á ella quién mató á su padre,
continuó Manders pausadamente, pero voy á decírselo á Vd.,
á quien sin duda le interesará también saberlo.

—Por lo menos podré disipar la incertidumbre de mi
esposa.

—Pues bien, Juan Boucher salió de Londres para Bar-
ton. Tres años hizo de esto el **invierno** pasado. Ahora
viene lo bueno, y creo del caso preguntarle por última vez
si quiere Vd. que prosiga ó si prefiere pagarme la cantidad
citada.

—Prosiga Vd.

—Boucher fué de Barton al Empalme de Milton, donde
tomó el tren para Braley. Allí echó pie á tierra y un caballero le ofreció llevarlo á Renton en su propio coche.
Pero el pobre no llegó vivo á Renton, por la sencilla razón
de que aquel caballero, es decir su padre de Vd., mi suegro, lo mató á tiros en el camino.

—¡ Miente Vd.! gritó Alano. El hombre á quien mi
padre dió muerte era un malhechor, un ladrón.

—Ladrón ó no, era el padre de su esposa. Razón tenía
yo al decirle á Vd. que le convenía más pagar que oir
ciertas verdades.

¿ Sería posible? ¡ Su padre el asesino de Juan Boucher!
Alano comenzó **por** decirse que todo aquello era una inven-
ción pérfida, pero **no** se le ocultaba que fuese ó no cierto,
Manders estaba convencido de la verdad de su relato.
¿ Que razones tenía para ello? Díjose también que quizás
él y Frances tenían formada muy errónea idea de Juan
Boucher, quien podía ser un criminal ; mas no por eso sintió

disminuir en lo más mínimo su amor por la hija inocente, sobre todo al pensar en el dolor que le causaría la revelación del verdadero carácter de su padre.

—¿ Quiere Vd. decir, preguntó, que el padre de mi esposa era un salteador de caminos?

—Ni pensarlo. Su finado suegro era un hombre de bien, que trabajó mucho en Nueva York, donde tuvo un almacén que le dió bastante dinero. Era mucho más honrado que mi suegro.

—Hable Vd. con claridad ó cállese, dijo Alano con altivez.

—Hablaré muy clarito, no lo dude Vd. Pero antes voy á darle á Vd. otra sorpresa, diciéndole quién es su esposa. El matrimonio de Vds. es la casualidad más rara que imaginarse pueda.

Alano se preguntó que nueva revelación iba á escuchar. No tenía la menor idea de la verdad.

—Su esposa es hija de Juan Boucher, dijo Manders mirándole fijamente ; y ese Juan fué hijo de Jaime Boucher, ó Bourchier, que por tres veces puso pleito á los dueños de la Casa Roja, reclamando para sí la propiedad de esa finca.

Alano palideció.

—Poco antes de morir Jaime Boucher, halló la certificación del matrimonio de sus padres, que probaba su legitimidad. Ese y otros documentos se hallaban en posesión de Juan Boucher la noche en que llegó á Braley. Y no deja de ser curioso que tratase de robar y asesinar al padre de Vd. cuando no tenía más que dirigirse á los tribunales para dejar á éste sin blanca.

—¡ Mentira ! exclamó Alano horrorizado por la insinuación que encubrían las palabras de Manders.

—Por extraño que parezca, no miento en este momento, dijo cínicamente el miserable. Me pedirá Vd. pruebas. Pues no tiene más que dirigirse á Josefina y decirle que le entregue los documentos que me robó de mi caja de hierro. En su poder los tiene todavía la mala pécora de mi mujer. Léalos Vd. cuidadosamente y verá que se ha casado con su prima. Y por vía de consuelo verá Vd. también que no lo pueden privar de su fortuna, porque si bien no es de Vd., es de su mujer.

—Y Vd., monstruo, ¿ quién es ?

21

—Frances se lo dirá si Vd. se lo pregunta. Ha estado buscándome durante años. Desde luego comprenderá Vd. que no soy Daniel Bourchier.

—Jamás lo he creído. Y ahora sé su verdadero nombre : Manders.

—Muy cierto. Nombre que ha oído Vd. antes, porque Frances ha debido decirle que yo era el único que conocía el secreto de la muerte de su padre. Esto debería bastar para demostrarle que digo la verdad. Pero lea Vd. los documentos que le dará Josefina.

Alano meditaba. Manders vió con temor que la crispada mano de su enemigo se agitaba convulsivamente, pronta á dirigir contra él la temible arma.

—Si conviene Vd. en darme el dinero, continuó, me iré para siempre sin abrir los labios. Frances no sabrá nunca una palabra y Vd. vivirá á su lado tranquilo y feliz.

¡Nunca! Si aquellas revelaciones eran ciertas, Alano estaba pronto á sufrir todas las consecuencias. Pero antes de creer al impostor tantas veces perjuro, tenía que oir á su propio padre. Y Frances, que le esperaba allí mismo, en el jardín, ¿cómo podría él arrostrar su presencia en la duda de si eran ó no ciertas las acusaciones de Manders? ¡Las manos de su propio padre manchadas con la sangre del padre de Frances! Anhelaba verse frente á frente de Felipe Bourchier y oirle negar rotundamente aquel cargo tremendo, desmentir indignado las calumnias de Manders.

Llevado por un impulso irresistible, por el ansia de conocer la verdad sin pérdida de momento, salió de la habitación y de la casa, sin dirigir á Manders una sola mirada. Sabedor ya de que Frances había sido engañada y detenida forzosamente para servir los fines de aquel malvado, no sentía el deseo de matarlo que antes le cegaba. Todo su anhelo era ver refutada ó corroborada la acusación dirigida contra su padre. La vida le parecía insoportable hasta haber oido á éste, para cuya residencia contaba salir aquella misma noche, á ser posible. Saltó por la ventana al jardín y buscó con la vista á Frances.

Manders abrió la puerta principal y se felicitó al ver que Alano se alejaba por el jardín en busca de su esposa y totalmente olvidado de él. Por muy mal que anduviesen sus proyectos, no pudo menos de sonreirse siniestramente

al pensar en la venganza que acababa de tomar de Alano.
Pero su contento duró poco ; dolíanle los huesos y echaba
de menos la botella de licor, su ya inseparable compañera.

¿ Y Frances ? Alano la buscó por todo el jardín y aun
volvió á entrar en la casa. La llamó, pero no obtuvo respuesta, y deploró amargamente haberla dejado sola siquiera
un momento. La venganza que había querido tomar recaía
sobre él. ¡ Cuánto más le hubiera valido, decíase, haberse
retirado con su esposa, apenas llegado, sin mirar siquiera
al miserable y sin oir la cruel acusación contra su padre !

Era indudable que Frances había abandonado la funesta
casa y su jardín y dirigídose probablemente á Londres ó por
lo menos á la estación de Belden. Alano resolvió seguirla
cuanto antes, y como al pasar por el pueblo lo saludase
respetuosamente el carpintero que le había dado tan valio- .
sos informes, pensó detenerse para preguntarle si había
visto pasar á la señora llegada la víspera. Sin embargo, no
quiso perder más tiempo, y apresurando el paso llegó á la
estación, donde le dijeron que una señora cuyas señas
correspondían con las que él daba, había tomado el tren
precedente para Londres.

Frances se hallaba, pues, camino de su casa, donde no
tardaría en llegar sana y salva. Alano prefería no volver
á verla hasta haber hablado con su padre ; á los pocos minutos tomó el tren, proponiéndose no detenerse en la capital más tiempo que el absolutamente indispensable para
preguntar á Josefina si era cierto lo que su esposo le había
dicho sobre la sustracción de los documentos. Después
apenas le quedaría tiempo para alcanzar el último tren de
aquella noche que debía llevarle á la Casa Roja.

Y mientras se acercaba á Londres pensaba en los increi-
bles acontecimientos y en las emociones profundas de aquel
día, en el que le parecía haber vivido años y años.

CAPÍTULO XXIV

EL ÚLTIMO GOLPE

SIGUIENDO las instrucciones de su esposo, salió Frances de la casa por la única ventana abierta en la cocina. Se hallaba como aturdida y recordaba confusamente lo ocurrido ; el peligro en que había estado su vida, la llegada de Alano y la muerte de un hombre, mas no Alano, porque acababa de separarse de él. En aquel caos de todas sus ideas sólo dos se le imponían con toda precisión : que tenía hambre y sed y que debía cantar aquella noche en el teatro. Incapaz de comprender por qué Alano se había quedado atrás, tomó maquinalmente el camino que ya conocía, rendida y medio loca por su prolongado encierro, el aire viciado de la habitación, la continua vigilancia, la privación de todo alimento y por último el súbito terror al oir á Manders y comprender que había sonado su última hora. Llegar al teatro á tiempo era su idea fija, su único deseo.

Siguió el sendero hasta llegar á la verja del jardín y la halló cerrada. Aprovechando una elevación del terreno, escaló la verja como pudo y saltó al camino. Á los pocos pasos oyó ruido de ruedas y volviéndose vió venir un *dogcart* guiado por un caballero. Maquinalmente levantó la mano, y dijo :

—Quisiera que me llevase Vd. á la estación.

El ocupante del vehículo, joven de unos veinticinco años, se sonrió. Su interlocutora ni siquiera le pedía un favor ; se limitaba á manifestar su voluntad.

—Lo haría con gusto, contestó, pero no voy en esa dirección.

—Aun así, deseo vivamente que me conduzca Vd. á la estación. Es de la mayor importancia para mí.

El lo comprendió así, pensó que la estación no estaba muy lejos y tampoco le disgustaba prestar un servicio á mujer tan hermosa.

—Estoy á sus órdenes, dijo descubriéndose. Sírvase Vd. subir.

—Lo más pronto posible, ordenó Frances apenas hubo tomado asiento á su lado.

Grande era la curiosidad del joven, que trató inútilmente de entablar conversación con su compañera. Sus respuestas eran tan faltas de sentido que cuando llegó á la estación de Belden se preguntaba si aquella hermosa joven se habría escapado de algún manicomio. Frances le dió las gracias tranquilamente, como si no hubiese hecho más que cumplir con un deber al admitirla en su carruaje y separarse por ella de su camino. Jamás supo él quién era ni volvió á verla.

Afortunadamente iba á salir un tren y Frances tomó asiento en uno de sus coches. Tras algunos esfuerzos inútiles para coordinar sus ideas, sólo recordó que aquella noche era la anunciada para su reaparición en escena. Á los cuarenta minutos se apeaba del tren en la estación del Este y diez minutos después la dejaba un coche á la puerta de su casa. Abrióla con una llave que sacó del bolsillo, entró en el comedor y tocó el timbre. Á los pocos momentos acudió una sirvienta, que se quedó absorta al ver á su señora.

—Tráeme algo que comer y un poco de vino, pero enseguida, ordenó Frances.

La sirvienta se retiró apresuradamente y llevó la buena noticia á Josefina y la señora Melvil, quienes un instante después estaban abrazando y besando cariñosamente á Frances. Josefina tomó su mano y derramó lágrimas de alegría, al pensar que su cuñada había regresado voluntariamente. ¡Cuanto la había ofendido con sus sospechas! Pero se propuso implorar su perdón y compensarla con su cariño.

—¡ Oh, amiga mía ! exclamó la señora Melvil, ¡ qué susto nos ha dado Vd. ! ¿ Dónde ha estado ? ¿ Por qué no escribió ó telegrafió ? Álano la está buscando por todas partes.

—¿ Dónde has estado ? preguntó á su vez Josefina.

Frances se oprimió las sienes con ambas manos, como si

tratase de concentrar sus ideas.   Después dirigió á sus interlocutoras una mirada sin expresión.

—No sé, dijo lánguidamente. No recuerdo. Necesito comer algo.

En aquel momento entró la sirvienta con una bandeja llena de platos.   Frances tomó asiento y comió vorazmente, servida por la señora Melvil y Josefina, que se miraban atónitas. La comida terminó pronto. Frances no cesaba de mirar al reloj.

—El coche, pronto, ordenó. Tengo que salir dentro de pocos minutos.

—Pero háblenos Vd., querida mía, rogó la señora Melvil. Díganos dónde ha estado.

—No puedo, no recuerdo nada, nada, repitió Frances. Sírvase Vd. pedir el coche.

Así lo hizo Josefina, algo alarmada por la actitud y las palabras de su cuñada, cuyo rostro enrojecía y palidecía alternativamente ; sus ojos parecían como agrandados y más brillantes que de costumbre y movía nerviosamente los dedos.

—No vayas al teatro esta noche, le dijo Josefina. Estás enferma, no lo dudes. Envía una esquela al empresario diciéndolo así.

Frances se sonrió por la primera vez desde su regreso. No ir al teatro aquella noche le parecía imposible, absurdo.

—Estoy lo suficientemente buena para cantar, replicó, dirigiéndose hacia la puerta.

¿Y Alano? Al salir de su casa algunas horas antes, la expresión de su rostro había aterrorizado á Josefina, que sabía lo que aquella expresión significaba : el deseo de venganza, la resolución firmísima de castigar al hombre que lo había ofendido. Pero temía por la vida de su hermano. Aquellos temores, disipados momentáneamente con la presencia de Frances, se habían renovado al observar la extraña actitud de ésta y su empeño en no explicar por qué ni dónde había estado ausente tanto tiempo.

—¿Has visto á Alano? le preguntó Josefina, deteniéndola en el momento en que iba á franquear la puerta.

—¿Si lo he visto? repitió Frances pasándose la mano por la frente. Sí, lo he visto, en alguna parte, no recuerdo dónde.

—¿Por qué no ha venido contigo? ¿Sabes cuándo volverá?

—No ha venido porque tenía que hacer. Eso es, tenía que hacer algo que tampoco recuerdo y que lo detuvo.

Los recientes sucesos seguían confundidos en su memoria.

—Volverá pronto, continuó. Yo he venido sola porque probablemente no tenía tiempo de esperarle. Sí, eso es, me faltaba tiempo, se hacía muy tarde.

Extraña mirada vagaba en sus ojos, cuyas pupilas estaban extraordinariamente dilatadas. La mano que Josefina había tomado entre las suyas estaba ardiendo. ¿Sabría Frances algo más? ¿Podría ó querría darle algunos detalles?

—¿Has visto á mi marido, á Daniel? preguntó Josefina.

Frances la miró, como si aquella pregunta le recordase algo y despertase en ella algunas ideas.

—He visto, sí, he visto al espíritu del mal, dijo en voz baja. ¿Soñaba? No lo sé. Sí, soñaba que Alano acudió y le dió muerte.

Después retiró su mano casi á la fuerza y salió. ¿Qué había ocurrido? ¿Qué trágicos sucesos había presenciado Frances? Júzguese de la angustia de Josefina, cuyo único consuelo era la seguridad con que Frances anunciaba el pronto regreso de Alano, lo cual parecía indicar también que Daniel había sido la víctima en el encuentro de aquellos dos mortales enemigos. Volvióse hacia la señora Melvil, que si bien estaba alarmada con la conducta y las extrañas palabras de Frances, no había comprendido la alusión de Josefina á su esposo.

—Está enferma, dijo Josefina. No hemos debido dejarla salir.

—¿Y cómo impedirlo? Sólo empleando la fuerza hubiéramos podido detenerla.

—¿Pero qué ha sucedido? gimió Josefina. Por lo pronto, no conviene que vaya sola.

—Eso no, yo iré con ella, exclamó la señora Melvil.

Josefina prefirió esperar á su hermano en la casa una ó dos horas más y si no se presentase ir á buscarlo en persona, si necesario fuese, al pueblo cuyo nombre le había indicado ella misma.

La señora Melvil subió al piso segundo y después de ponerse su abrigo y su sombrero entró en la alcoba de Frances, donde ésta acababa de lavarse cara y manos; despues cambió de traje y empezó á elegir algunas joyas para ponérselas al presentarse en escena. La buena señora volvió á rogarle que no saliese aquella noche.

—Sírvase Vd. no insistir y no molestarme más, repuso Frances con acento tal que dejó confusa á la señora Melvil. Jamás su amiga le había hablado en aquellos términos.

Frances nada dijo al ver que su compañera tomaba asiento á su lado en el coche. Llegado que hubo éste al teatro, pasó Frances rápidamente por la puerta destinada á los artistas, seguida de la señora Melvil que sólo en consideración á las extraordinarias circunstancias se permitió cruzar el umbral de aquella puerta.

El primero en saludar á la artista fué el empresario.

—Bien sabía yo que llegaría Vd. á tiempo y que no me pondría en tan grave compromiso, dijo regocijado y como si acabase de escapar á un grave peligro.

—¿Por qué no había de venir? repuso Frances con la mayor naturalidad, y dirigiéndose enseguida á la habitación que le estaba reservada.

Contentísimo el empresario, se apresuró á notificar la llegada de la Francini á la otra tiple que estaba ya dispuesta á sustituir á la ausente cantatriz. El empresario acababa de pasar un susto mayúsculo; ya la víspera había ido á casa de la artista para consultarla sobre varios particulares y allí lo habían enterado de su misteriosa desaparición. Su alarma aumentó grandemente el sábado, pero hasta el último momento conservó la esperanza de ver aparecer á Frances, que siempre se había distinguido por su estricta observancia de sus contratos y su gran consideración por los intereses de sus empresarios y por el público. Sólo á última hora contrató condicionalmente los servicios de otra artista, deplorando aquel malhadado contratiempo precisamente en la función inaugural. Grande fué, pues, su alegría cuando vió aparecer á la aplaudida artista.

—De buena he escapado, se dijo. No nos hubieran dado á todos mala silba, á pesar de mis excusas y apelaciones á la indulgencia del público.

El rostro de Frances le había parecido algo pálido y no

había tenido tiempo de preguntarle por su salud, pero atribuyó su aspecto á la natural emoción del momento y en caso de indisposición puso toda su confianza en la gran fortaleza que por regla general demuestran los artistas en la escena, aun cuando sufran graves dolencias físicas. El peligro principal había pasado. Oyó, pues, con gran placer los primeros compases de la sinfonía.

Entre tanto Frances y la señora Melvil habían llegado al cuarto de aquélla, donde su hábil doncella lo tenía todo preparado, hasta el último detalle. Quedaba poco tiempo disponible y la doncella lo aprovechó lo mejor posible, no sin notar el silencio de la artista, cuyas frases bondadosas la animaban usualmente en su trabajo. También observó el aspecto preocupado de su señora y su falta de animación, pero lo atribuyó todo á la escasez de tiempo y á la prisa inusitada con que ella misma se veía obligada á proceder. Acababa de prender el último alfiler cuando llamaron á Frances para salir á la escena. Dejó el cuarto sin un ademán ni una palabra, y momentos después oía la señora Melvil la tempestad de aplausos con que el público saludaba su presencia.

Cantábase aquella noche *El Trovador*, ese modelo de armonía unido á un argumento absurdo que el público olvida para no oir más que las cadencias dulcísimas de aquella música inmortal. La preciosa ópera era juego de niños para la Francini, que en los últimos doce meses la había cantado muchas veces y se sabía de memoria cada compás, cada palabra del *libretto*, cada ademán de los que debían acompañar al canto de la tiple. Y mientras estuvo en las tablas, convertida en la amante é infortunada *Leonor*, pareció recobrar la completa posesión de sí misma y se dió perfectamente cuenta de que se hallaba ante el público, por más que entró en escena y salió de ella maquinalmente, como en sueños.

Al terminar el primer acto era evidente que la Francini vería confirmados sus triunfos de la temporada anterior. La opinión unánime en el teatro era que nunca había cantado mejor y que su ausencia de Inglaterra en nada había perjudicado su voz. Algunos espectadores de los palcos creyeron que la famosa artista no parecía en tan buena salud como antes y entre ellos se contaba aquel especialista

eminente á quien Alano había consultado y que había examinado cuidadosamente la portentosa garganta que emitía
tan arrobadoras notas.   Habíase propuesto ir al teatro
aquella noche, pues tenía el mayor interés en la carrera de
la artista por razones profesionales ; y justo es hacer constar
que al oir la magnífica voz de aquélla se alegró de haberse
equivocado, siquiera una vez.   Hombre de ciencia ó no,
nadie que la oyese cantar aquella noche creería en la existencia de un síntoma desfavorable, de un peligro para
aquella garganta privilegiada.

Pero toda la energía de Frances era ficticia.   Tan luego
dejó la escena sus fuerzas parecieron abandonarla y apoyada
lánguidamente en la pared de la sala destinada á los artistas, no replicaba ó contestaba con vagas palabras á las preguntas de sus amigos.   Pronto circuló entre bastidores el
rumor de que la *prima donna* estaba enferma ; el empresario empezó á desear que terminase la representación y sus
repetidas preguntas no obtuvieron de Frances otra contestación que la siguiente :

—Me siento bastante bien para cantar.

Puntual como siempre cuando le tocó volver á salir á las
tablas, recobró ante el público toda su animación, para re-
caer después en un aniquilamiento más pronunciado todavía.   Al terminar el segundo acto el empresario dudaba
que la Francini pudiese terminar su papel.

También aumentaban los temores de la señora Melvil, á
quien la doncella de Frances había colocado en el lugar
más conveniente para recibir á la artista cada vez que ésta
se retiraba del escenario.   Las frases de Frances iban
siendo más y más incoherentes.   Sorprendía mucho á la
señora Melvil la prolongada ausencia de Alano, á quien
sólo una causa muy poderosa podía tener alejado del teatro
en noche como aquella.   Preguntó al empresario si no veía
el estado en que se hallaba la artista y le rogó que dirigiese al público algunas palabras, explicando la situación
y pidiéndole que evitase á la tiple nuevos esfuerzos.   Pero
el empresario se rió de su sencillez y le dijo :

—Llévela Vd. directamente á su casa tan luego termine
la ópera y llame á su médico.   Yo iré á verla mañana temprano.   La función acabará pronto.

Leonor había empezado á cantar su última aria y pocos

minutos bastarían para terminar su tarea. Las deliciosas notas salían sin esfuerzo de sus labios, pero cesaron de pronto, y el público la contempló entre absorto y alarmado. Miróla también con asombro el director de orquesta, pero la música continuó, desprovista del encanto que hasta entonces le prestara el sonido mágico de aquella voz. Todos presentían que la interrupción sería momentánea y así sucedió. Haciendo un esfuerzo poderoso para librarse del obstáculo que parecía anudar su garganta, cantó la artista algunas notas más y volvió á detenerse ; muchos espectadores se pusieron de pie, sorprendidos, y poco después vieron con horror que la artista lanzaba en torno una mirada de suprema angustia, parecía rechazar con las manos un enemigo invisible y caía por último desvanecida sobre las tablas del escenario.

Bajaron el telón precipitadamente y manos amigas levantaron en seguida el inanimado cuerpo, conduciéndolo al cuarto de la tiple. Llamóse á un médico y el empresario satisfizo al público lo mejor que pudo, diciéndole que la aplaudida cantatriz, aunque algo indispuesta aquella noche, había insistido en representar su papel para no contrariar á sus admiradores y que la tarea había sido superior á sus fuerzas. Algunos días de descanso absoluto bastarían para devolvérselas por completo, agregó.

Al retirarse el público, el distinguido especialista no pudo menos de decir á su vecino :

—Podemos felicitarnos por haber venido al teatro esta noche. Mis pronósticos van á cumplirse y la Francini no volverá á cantar jamás. Hace un año le anuncié á su esposo que su carrera artística sería corta.

Ofreció después sus servicios profesionales al empresario, pero otro médico lo había precedido. Según éste, un padecimiento corporal había afectado á la artista hasta el punto de hacerla perder la voz súbitamente. Era punto por punto lo que el especialista había temido y predicho.

Entretanto la pobre Frances, con los ojos desmesuradamente abiertos, llamaba á su esposo para que la librase de un peligro desconocido.

—¡ Alano, Alano ! gritaba sin cesar.

La llevaron á su casa sin pérdida de tiempo y cuando Josefina la vió llegar, enferma y delirante, se preguntó

cuándo acabarían los horrores de aquella funesta jornada.
Alano había regresado una hora después de la salida de
Frances para el teatro, pero la alegría de su hermana al
verle duró poco. En su semblante se leía una expresión
de angustia tan dolorosa como la que tenía al partir aquella
tarde. Lo primero que hizo fué preguntar por Frances y
pareció algo más tranquilo al oir que había llegado á su casa
y salido después para el teatro. Su segunda pregunta,
mejor dicho, orden imperiosa á Josefina, fué la de entregarle los documentos de Daniel que tenía en su poder.

La joven no pensó siquiera en negárselos y le entregó
la cartera que los contenía, sin decir palabra. Alano los
desplegó y leyó precipitadamente y volviendo á ponerlos
en la cartera apoyó la frente entre las manos y meditó, presa de la mayor emoción. Después salió de la habitación y
de la casa, limitándose á decir á Josefina que partiría para el
Oeste aquella misma noche, que ignoraba cuándo volvería y
que escribiría pronto.

Lo único que Josefina sacó en claro fué que los dos
hombres se habían visto, pero que ambos vivían y por consiguiente no era viuda todavía. Triste consuelo para quien
como ella tenía por marido un bribón de marca. Sin embargo, se alegró de que Alano no tuviese en sus manos la
sangre de Daniel.

Y para remate de aquel día, llegaba Frances á su casa
presa del delirio y llamando con dolorosos gritos "¡ Alano !
¡ Alano ! " durante toda aquella larga y siniestra noche.

CAPÍTULO XXV

Alano llegó á Barton después de medianoche. La fatiga, las emociones y los sucesos de la víspera habían rendido su robusto cuerpo y durmió profundamente mientras el tren recorría las cien millas que separan á Barton de la capital, olvidando así por primera vez la horrible acusación lanzada contra su padre. Primero se dijo que era una pérfida invención de Manders, pero cuando Josefina le entregó los documentos que confirmaban una parte del relato de aquél, se apoderó de su ánimo el temor de ver confirmada la totalidad del mismo. Sin embargo, nada podía convencerlo de ello fuera de la confesión de su mismo padre; para él no había tranquilidad posible hasta llegar á la Casa Roja y oir á su padre rechazar indignado la calumnia, negar que había asesinado á un inocente para despojarlo de sus bienes.

En Barton recordó por primera vez que no había probado bocado en casi todo el día. Deseaba conservar todas sus fuerzas y pidió una cena en la Posada del Ferrocarril, á cuya propietaria sorprendió mucho diciéndole á aquellas horas que le proporcionase coche y caballo para ir inmediatamente á la Casa Roja. El tren expreso en que había ido desde Londres no se detenía en Milton y Barton era la estación más próxima á la Casa Roja, después de la de Milton.

Le era imposible esperar allí hasta la mañana siguiente. Su vivo deseo era llegar cuanto antes á la casa de su padre y saber la verdad; tomando un coche y saliendo en seguida podría ganar cinco ó seis horas y así lo hizo. El cochero se presentó refunfuñando, ante la perspectiva de una carrera de veinte millas después de haber trabajado todo el

día ; si bien su mal humor se disipó en gran parte al ver al
joven Bourchier, á quien conocía perfectamente y cuya generosidad le garantizaba una buena propina.

Aquella era la segunda vez que Alano recorría la comarca en las últimas veinticuatro horas. Al pensarlo se
sonrió tristemente, diciéndose que aquellas pocas horas le
parecían otros tantos años de vida agitadísima. Sentía á
veces no haber puesto fin de un balazo á la vida de Manders,
quien indudablemente había atentado contra la suya propia.
Pensaba después que Frances era prima suya y también
dueña legítima de la Casa Roja, como lo evidenciaban los
documentos sustraídos á Manders. Afortunado matrimonio, en verdad, á no ser por el crimen que Manders imputa-
ba á su padre. ¿Y qué sucedería, decíase temblando, si
Manders repitiese á Frances todas aquellas revelaciones?
Lejos estaba de pensar que en aquellos momentos se hallaba
su esposa presa de violento delirio, incapaz de reconocer á
nadie y que al día siguiente toda la prensa contendría detalles de la súbita y grave enfermedad que aquejaba á la
artista predilecta del público. Otro dolor que el destino
reservaba al desgraciado Alano.

El carruaje avanzaba lentamente, sobre todo para quien,
como el joven Bourchier, había deplorado poco antes la
lentitud del tren expreso. La luna iluminaba el camino y
Alano, que lo conocía palmo á palmo, podía calcular exactamente la distancia que lo separaba de la Casa Roja. Dejaron
atrás varias aldeas y caseríos, pasaron el pueblo de Braley
y bajaron La Cuestecita para empezar después el ascenso
de la empinada Cuesta. Alano se estremeció y apartó la
vista al llegar al punto en que un abeto desecado indicaba
el lugar en que su padre había dado muerte á un hombre,
cuatro años antes. Conocía perfectamente el teatro del
suceso, y no pocas veces se había detenido allí para referir
á un amigo la peligrosa aventura de su padre, cuya sangre
fría y prontitud en defenderse no podía menos de elogiar.
Pero aquel día no osaba mirar los mudos testigos del suceso ; el hombre que había muerto allí era el padre de Frances ; y el asesino, se preguntaba con horror ¿ sería su propio padre ?

Pronto estaría en la Casa Roja y lo sabría todo ; su esperanza se cifraba en la inocencia de su padre, á quien es-

peraba hallar tan ignorante del nombre de su víctima como él lo había estado hasta entonces. Los caballos llegaron á la cumbre de La Cuesta á las tres de la mañana y desde allí distinguió Alano la confusa forma de la Casa Roja, que se destacaba sombría y amenazadora á corta distancia. Poco le importaba llamar y despertar á sus moradores á hora tan intempestiva; la importancia del asunto que allí lo llevaba no admitía dilación.

Contemplaba Alano desde el coche la casa paterna, cuando notó con sorpresa que en su interior había varias luces encendidas en diversas habitaciones, lo que demostraba que ocurría algo anómalo y que sus moradores no se habían retirado á descansar todavía, no obstante lo avanzado de la hora. El corazón de Alano palpitó con violencia al pensar que probablemente su padre estaba enfermo de gravedad, que quizás había muerto, sin pronunciar las palabras que él tanto ansiaba oir. Ordenó al cochero que pusiese los caballos al galope y en pocos momentos llegó el coche á la verja de entrada. Los momentos eran demasiado preciosos para perderlos esperando á que abrieran; Alano escaló la verja, gritando al cochero que llevara los caballos á la cuadra, y se lanzó á la carrera por el camino de coches que conducía directamente á la casa.

Pronto le fué franqueada la puerta por el anciano criado del señor Bourchier, cuyo aspecto general indicaba desde luego una catástrofe.

—¿El señorito Alano? dijo. Mucha falta hace Vd. aquí.

—¿Qué sucede? Dime . . . ¿Mi padre?

—Está muy enfermo, señorito. El peligro es grande.

—¿Pero no ha muerto? Dime la verdad.

—Vive, pero ha perdido el conocimiento. Un ataque de apoplejía según he oído decir.

—¿Dónde está mi madre? Corre á decirle que he llegado.

Salió el criado y Alano entró en la habitación más próxima, donde se dejó caer en una silla y esperó hasta que Bautista volvió con una lámpara encendida.

—Parece Vd. cansado, señorito Alano, dijo el buen viejo. ¿Desea Vd. algo?

—Sí, tráeme un poco de vino, Bautista.

La verdad es que Alano estaba rendido de fatiga y debilidad. En aquel momento entró su madre, que se arrojó en sus brazos.

—¡ Oh, Alano, hijo mío ! ¡ Gracias á Dios que has venido ! ¿ Quién te dió la noticia ? Pero no importa ; lo esencial es que estés aquí.

—Nada me han dicho, nada sé. Dímelo todo, madre mía.

Poco tenía ella que contarle. Á las nueve de la noche anterior habían hallado á su padre sentado en una silla, respirando penosamente y privado de conocimiento. Lo condujeron á su cuarto y enviaron á llamar un médico, mientras que un lacayo montaba á caballo y llevaba á Lomer un telegrama dirigido á Alano, diciéndole lo ocurrido y llamándolo á la Casa Roja cuanto antes. Claro está que no recibió el parte, porque á aquella misma hora estaba él ya camino de la Casa Roja. Cuantos medios se habían ensayado para hacer volver en sí al enfermo habían resultado inútiles. Respiraba más libremente y parecía estar más tranquilo, pero todavía no había pronunciado una sola palabra.

—Pues es preciso que hable, es indispensable, exclamó Alano, desesperado ante la sola idea de que su padre muriese sin resolver el misterio que tanto le atormentaba.

Su madre lo besó cariñosamente, creyendo que aquellas palabras las dictaba el deseo de volver á oir la voz de su padre y de verse reconocido por él.

—Así lo esperamos todos, dijo la pobre señora, pero el médico nada puede prometer todavía. En cuanto amanezca telegrafiaremos á Barton para que venga el mejor médico de la ciudad. ¡ Oh, hijo mio, gracias al cielo que has venido !

—¿ Ha ocurrido algo desde ayer por la mañana que haya podido afectar á mi padre ? preguntó, no sabiendo qué terribles sorpresas podían haber tenido en la Casa Roja desde su partida.

—Pareció muy alarmado al verte partir tan apresuradamente y se refirió á ello varias veces durante el día. La verdad es que tanto él como yo esperábamos un despacho tuyo, para saber si se trataba de algo grave ó no.

En las últimas palabras de su madre se traslucía un ligero reproche.

—No tuve tiempo de telegrafiar, repuso Alano. Me llamaron para un asunto espinoso y desagradable y llegué precisamente á tiempo de evitar un gran mal.

Á pesar de su angustia, la señora Bourchier preguntó por Frances y Josefina y no obstante las respuestas tranquilizadoras de Alano, sospechó que algo había ocurrido también en Londres que ella no sabía.

—¿Puedo ver á mi padre? preguntó el joven.

—Sí, Alano, deseo que lo veas. Pero no te reconocerá, hijo mío.

Le condujo al cuarto del enfermo y allí vió que su madre no había exagerado la situación. Bourchier parecía ignorar cuanto le rodeaba y desde luego perdió Alano la esperanza de verse reconocido, al contemplar aquel rostro cadavérico, aquellos ojos sin animación y medio cerrados. Conteniendo un sollozo, se arrodilló junto al lecho y tomó una mano de su padre, que estrechó suave y cariñosamente, diciéndose que aquella mano jamás se había teñido en sangre inocente. Y arrodillado allí, oró fervientemente pidiendo al cielo que el sueño de su padre no fuese eterno, que siquiera por unos instantes recobrase el enfermo la razón, para contestar á una pregunta y negar la atroz calumnia. Una palabra de su padre pronunciada al borde de la tumba valdría más que cien juramentos del infame Manders.

Levantándose después, dijo al médico que allí estaba :

—¿Saldrá de ese letargo ?

—Así lo espero, aunque sin poder asegurarlo todavía. Pero no hay peligro de que empeore súbitamente su estado, y quizás sea mejor que permanezca insensible por ahora. En mi opinión, la causa primaria de su trastorno es exclusivamente mental.

Alano tembló, preguntándose si su padre tendría alguna idea fija, algún remordimiento quizás, que de continuo le atormentase. El médico miró atentamente al joven, cuya palidez y aspecto desencajado le hicieron temer que pronto tendría dos pacientes en vez de uno.

—Lo que Vd. debe hacer ahora mismo, dijo cariñosa-

22

mente al joven, es retirarse á descansar. Su presencia aquí
es innecesaria.

¡ Retirarse, descansar y perder acaso la única oportunidad de interrogar á su padre ! ¡ Nunca ! Su puesto estaba
allí, mientras las fuerzas no le abandonasen por completo ó
el sueño no cerrase sus ojos.

—Permaneceré aquí, al lado de mi padre, dijo resueltamente, si bien al propio tiempo se dejó caer en una silla
con ademán de supremo cansancio que no escapó á la mirada del médico.

—No hará Vd. tal cosa, dijo éste, apelando á la señora
Bourchier para que le ayudase á convencer á su hijo de
que necesitaba descansar, sobre todo cuando supo que la
víspera había recorrido dos veces el trayecto de Londres á
la Casa Roja.

No cedió Alano hasta que le hubieron prometido que lo
llamarían tan luego diese su padre la menor señal de recobrar el conocimiento. Hízoles repetir aquella promesa una
y otra vez, hasta que su madre le dijo, con lágrimas en los
ojos :

—¿ No comprendes, hijo mío, que yo estoy tan ansiosa
como tú de que tu padre vea y hable al hijo de quien siempre ha estado tan orgulloso ? Y sobre todo ahora, cuando
creo que nos verá y hablará por última vez.

El joven se dirigió á su cuarto, y poco después, abru-
mado de cansancio y sueño, todo había desaparecido de su
memoria ; para él no había ya disgustos, temores ni incertidumbre y durmió profundamente hasta que las campanas
de la vecina iglesia de Renton empezaron á recordar á los
moradores del pueblo que aquella hermosa mañana de Mayo
debían encaminar sus pasos al templo, en lugar de dedicarse á sus faenas cotidianas.

Apenas abrió los ojos volvieron á su memoria los acontecimientos de la víspera ; vistióse á medias y apresuradamente, y se dirigió al cuarto de su padre, á cuya puerta
llamó. Abrióla su madre, en cuyo semblante se veían las
huellas de aquella larga velada. Besó á su hijo, movió
negativamente la cabeza en respuesta á la muda interrogación de éste y apartándose á un lado le dejó entrar. Bourchier seguía en idéntico estado. ¿ Cuánto duraría aquella
terrible duda ?

El médico había salido poco antes para visitar á otros pacientes y se esperaba la llegada de un entendido facultativo procedente de Barton y de una enfermera. Nada más podía hacerse por entonces.

—Estás cansada, madre mía, dijo Alano cariñosamente ; permíteme reemplazarte.

—No. Ve á tu cuarto, acaba de vestirte y toma tu almuerzo. Yo esperaré aquí hasta que venga la enfermera.

Por regla general las mujeres no se atreven á poner por completo un inválido ó un enfermo grave en manos de un hombre, aunque no faltan algunos tan solícitos y cuidadosos como la mujer más cariñosa. Alano volvió, pues, á su habitación y abriendo la ventana contempló extasiado el hermoso paisaje. Los floridos campos y los verdes árboles se extendían hasta la línea de altos álamos que marcaban por aquel lado los límites de la Casa Roja. Hermosa posesión, que debía de ser orgullo y felicidad de su dueño ; pero él ¿ cómo podría gozar de aquel extenso dominio, cómo llamarlo suyo, á pesar de que ahora le pertenecía por doble título, si resultase cierto que su propiedad se había obtenido á costa de un asesinato ? El cuerpo de la víctima yacía en el camposanto de la iglesia, al pie de aquella alta torre y bajo una modesta lápida sin nombre. El hecho mismo de haber dado decente sepultura al malhechor desconocido parecía en aquellas circunstancias indicio sospechoso, un argumento más contra su padre. Alano cerró la ventana ; no podía mirar el campanario de la aldea sin pensar en el infeliz cuyos restos descansaban al pie del mismo.

Acababa de vestirse cuando Bautista le entregó un telegrama, llevado desde Lomer por un mensajero especial. Alano lo abrió con temor, no esperando más que malas noticias.

—De Josefina, se dijo. "Frances muy enferma, fiebre cerebral, delirando. Ven en seguida. Médico asegura no peligro inminente."

—Espero que no sea una mala noticia, dijo el viejo servidor.

—Mi mujer está muy enferma, replicó Alano con ronca voz, poniendo el despacho sobre la mesa.

Bautista se entristeció aun más de lo que estaba y Alano trató de coordinar sus ideas y reflexionar. Su padre se moría en la Casa Roja y su mujer estaba también moribunda en Londres, según toda probabilidad. En circunstancias normales no hubiera vacilado un momento y el primer tren le hubiera llevado al lado de Frances. Pero su ausencia de la casa paterna en tales momentos significaba la pérdida de aquella oportunidad única, de aquella negativa ó confesión de su padre, de las cuales dependía la felicidad futura de Frances y la suya propia. En cierto modo se alegraba de tener que quedarse en la Casa Roja; culpábase de haber abandonado á Frances después de su entrevista con Manders, sobre todo al recordar las extrañas maneras de aquélla, la expresión vaga é indiferente de su semblante en tan críticas circunstancias. Había pensado en ello muchas veces durante el día anterior y sólo se tranquilizó algo cuando supo por Josefina el regreso de Frances y su salida para el teatro acompañada de la señora Melvil.

—¿Se ha marchado el mensajero? preguntó á Bautista.

—No señor, le dije que esperase por si Vd. quería telegrafiar.

Como era domingo, Alano escribió unas líneas al administrador de correos de Lomer, rogándole que tuviese á su disposición, durante todo el día y á costa del firmante, una persona encargada de llevarle inmediatamente á la Casa Roja todos los despachos que llegasen para él. Después redactó un telegrama en contestación al de Josefina, diciéndole que su padre seguía gravemente enfermo y que le comunicase toda agravación en el estado de Frances, por ligera que fuese. Costábale inmenso esfuerzo seguir allí, sin volar al lado de su esposa adorada.

Bourchier permaneció inerte todo el día. El médico llegado de Barton confirmó la gravedad del ataque, pero dijo que no había inmediato peligro de muerte y que aun podría conjurarse por completo si se lograse disminuir algo la congestión cerebral, en cuyo caso el paciente recobraría el conocimiento. Se manifestó dispuesto á celebrar consulta si así lo desease la familia, dijo que el enfermo podía continuar por horas, por días quizás, en el mismo estado, que no podía seguirse mejor tratamiento que el empleado hasta entonces y acabó tributando á su colega de Lomer los elogios de rigor entre miembros de la profesión.

Escribieron á Mabel, pues en la apartada finca campestre

donde vivía tan pronto recibiría una carta como un telegrama. También notificaron lo ocurrido á Roberto, el hermano menor de Alano, diciéndole que se pusiese en camino para la Casa Roja sin pérdida de momento. Alano y su madre presentían que había llegado la última hora del padre y esposo, cuya enfermedad había minado profundamente sus fuerzas en los últimos tres años. El mismo Bourchier había dicho y repetido hacía meses á todos sus amigos que sentía cercana su muerte, y no era extraño que aun los séres que más le amaban renunciasen desde luego á toda esperanza.

Por la tarde recibió Alano otro telegrama, diciendo que Frances no había empeorado, pero que la fiebre no cedía. Ya no pudo aguardar más. La idea de que su esposa, enferma, delirante, á millas de distancia, lo llamaba en vano hora tras hora, estuvo para volverlo loco. Tenía que verla á todo trance é iría á Londres aunque tuviese que regresar por el tren inmediato. Su padre no había vuelto en sí ni pronunciado una palabra. Su madre tendría muy pronto en su compañía á Mabel y Roberto.

Encargando, pues, que lo informasen inmediatamente de todo cambio en el estado del enfermo, tomó el único tren que salía aquella noche para Londres y algunas horas después llegó al lado de su esposa, que seguía llamándole desconsolada y á quien habían cortado su hermosa cabellera para el más eficaz efecto de las aplicaciones de hielo que constantemente se le hacían, á fin de combatir el fuego que devoraba su cerebro.

Pareció reconocerle parcialmente, á juzgar por la mirada que en él fijaba y por su mayor tranquilidad cuando él, sentado á su cabecera, estrechaba sus ardientes manos ó apoyaba sobre su brazo la hermosa cabeza de la enferma. De vez en cuando le pedía sobresaltada que la protegiese y la salvase de un peligro desconocido. Hora tras hora permaneció Alano á su lado, contemplándola y temiendo por su vida, á pesar de las opiniones algo más optimistas expresadas por los príncipes de la ciencia. Josefina continuó allí, haciendo un gran sacrificio, porque anhelaba acudir al lado de su padre. Pero también la atormentaba, como un remordimiento, el recuerdo de las injustas sospechas con que había ofendido á Frances y se propuso atenderla solícitamente y hacer por ella todo lo posible, en expiación de aquella ofensa.

Los numerosos despachos llegados el lunes anunciaban que Bourchier continuaba en el mismo estado, pero al caer la noche recibió Alano el siguiente telegrama : " Recobrado conocimiento. Ven si puedes."

No titubeó. Era indispensable una entrevista suprema con su padre. Afortunadamente Frances parecía algo más tranquila y por fin pudo retirar su mano y salir de la habitación sin oir aquel grito desesperado : "¡ Alano ! Alano !" Recomendándola, pues, á los cariñosos cuidados de Josefina y la señora Melvil, tomó el primer tren de la mañana para el Oeste. En la Casa Roja halló á Mabel y Roberto. Aunque su padre había salido de su estupor, los médicos creían que el ataque sería mortal.

—¿ Quieres verlo en seguida ? le preguntó su madre.

—Inmediatamente. ¿ Quién está con él ahora ?

—Mabel y la enfermera. Yo iré contigo.

—No, tengo que hablar á solas con él. No puedo evitarlo. Diles que se retiren, aunque sólo sea por cinco minutos.

—No le digas nada que pueda alterarlo.

—Haré todo lo posible por evitarle la menor agitación. Pero te lo repito, es indispensable. Que nos dejen solos.

Obedeció la pobre señora, aunque algo alarmada, y Alano entró silenciosamente en el cuarto de su padre.

CAPÍTULO XXVI

Bourchier abrió los ojos y al ver á su hijo débil sonrisa animó su pálido rostro. Tuvo fuerza suficiente para estrechar la mano del joven, que se arrodilló junto al lecho y le contempló con vivo interés. Su padre parecía tranquilo, sin el menor síntoma en su semblante del hombre devorado por el remordimiento en los últimos instantes de su vida.

—¿Estás mejor, padre mío? le preguntó.

—Sí, me siento mejor hoy, pero me muero, Alaño.

El joven inclinó la frente y contuvo á duras penas sus sollozos.

—Me alegro de que hayas venido, continuó el anciano. Temía no volver á verte. Mabel está aquí y también Roberto, pero hubiera querido ver á Josefina. ¿Qué es de ella?

—No puede separarse de mi pobre Frances, que está muy enferma. Cuando yo regrese á Londres vendrá en seguida.

—Temo que entonces será ya tarde, repuso Bourchier tranquilamente. Frances enferma, dices. También hubiera querido verla, añadió como pensando en alta voz.

Alano temía la dura prueba que le esperaba. Parecíale terrible la idea de turbar aquellas últimas horas de su padre con la pregunta que quería dirigirle; y lo único que le animó á hacerlo fué el pensar que un culpable no podía esperar la muerte con la tranquilidad absoluta que demostraba Bourchier. En aquel reposado rostro leía ya con gozo la rotunda negativa que tanto ansiaba.

Permaneció arrodillado y en silencio algunos momentos

más, con una mano de su padre entre las suyas. Después se inclinó, acercando sus labios al oído del enfermo.

—Padre, dijo, deseo hacerte una pregunta. Perdona que te interrogue en estos momentos, pero de ello dependen mi felicidad y la de Frances.

Alano no vió la expresión de angustia que se reflejó súbitamente en los ojos del moribundo. "Por fin," se decía éste, "por fin ; cuando esperaba llevarme á la tumba el secreto de mi crimen." Pero nada contestó. Sabía perfectamente lo que su hijo iba á preguntarle y ni le alentó á ello ni le prohibió hablar. En los momentos en que iba á caer la espada por tanto tiempo suspendida sobre su cabeza, próximo á exhalar el postrer aliento, su enérgico carácter le impelía una vez más á buscar un medio de aminorar el golpe. No por él, pues ya nada le importaba ; sino por Alano, por Frances y en cierto modo también por su esposa y sus otros hijos. Nada dijo, pero acentuó la presión de su mano sobre la del joven.

—Padre, continuó éste, es sólo para oirte negar lo que voy á preguntarte, para mi propia tranquilidad. Aquel hombre, aquel desconocido á quien mataste ¿ sabías su nombre ? ¿ sabías quién era y lo que su muerte significaba para todos nosotros ? ¡ Perdóname ! Pero dime, ¿ lo mataste creyendo que era realmente un malhechor que atentaba contra tu vida ? ¡ Dime la verdad ; de tu contestación depende mi vida entera !

La pregunta estaba hecha ; algunos momentos más y quedaría fijada su suerte. Tan poderosa era la tensión de sus nervios, que ocultó el rostro en la almohada y prorrumpió en sollozos convulsivos.

Pero Bourchier no hablaba. Alano sintió que sus dedos se tornaban inertes y dirigiéndole una mirada vió con terror que su padre yacía inanimado, lívido, al parecer en el mismo estado en que había permanecido tan largo tiempo después del primer ataque.

—¡ Padre, padre, habla ! gritó con vehemencia.

Pero los labios del anciano siguieron inmóviles ; la pregunta había quedado sin respuesta. ¿ Volvería á presentarse la ocasión de repetirla ? Y en tal caso ¿ se atrevería Alano á aprovechar la oportunidad y formularla de nuevo ?

Llamó en su auxilio y salió de la alcoba. Hora tras

hora recorrió impaciente la contigua biblioteca de su padre, víctima de atroz tortura, sin atreverse á dejar la casa y volver á Londres. Por su honor, por el bien de todos, necesitaba obtener una declaración de su padre. Así pasaron el resto de aquel día, y la interminable noche, y volvió á salir el sol sin que Bourchier diese señales de vida. Sin embargo, los médicos opinaban que el enfermo, aunque inmóvil, no permanecía siempre privado de sentido como antes; síntoma que les interesaba y preocupaba grandemente.

El único consuelo que tuvo Alano fué un despacho de Josefina anunciándole que Frances mejoraba notablemente. Había disminuido la fiebre, estaba más sosegada y dormía con tranquilidad. Aquellas noticias, siempre consoladoras y bienvenidas, lo eran muy particularmente en aquellos momentos, porque le permitían continuar en la Casa Roja sin morirse de desesperación al pensar que Frances agonizaba en Londres.

Y sin embargo, mientras Alano esperaba que su padre recobrase el conocimiento, éste se hallaba en el pleno uso de sus facultades mentales. Es más, hubiera podido hablar tan inteligiblemente como en los mejores días de su vida. Estaba viviendo de nuevo toda aquella vida, con sus alegrías y sus dolores, sus triunfos, sus contratiempos y sus crímenes, sobre todo el último, tan cruel, tan fríamente preparado, que había hecho de él la doble víctima del remordimiento y de un bandido desalmado. Decíase que su castigo en este mundo había sido terrible. ¿Atormentábale el temor de la otra vida? ¡Quizás! Sabía que se moría, que dentro de algunos días ó algunas horas tendría que dar cuenta de aquel crimen que él nunca había tratado de excusar ni aun ante su propia conciencia. Su muerte lenta era de aquellas en que la inteligencia conserva toda su lucidez hasta el último instante, no acompañada del cuerpo, inerte, muerto anticipadamente. No podía imaginarse tortura mayor, ni muerte más horrible, para el hombre culpable de un crimen como el que pesaba sobre la conciencia de Felipe Bourchier.

Así permaneció hora tras hora, frente á frente de la disolución inevitable y próxima, desafiando todos sus terrores con la fuerza de su voluntad firmísima. Pero entre esos terrores había uno cuya sola idea le causaba indecible dolor : era el porvenir de su hijo, destruído aniquilado por el crimen del padre. Su más vivo deseo, el único que ya abrigaba, era evitar ese mal inmenso. ¿Cómo lograrlo? Si muriese sin pronunciar palabra, la duda sería tan cruel como la dolorosa certeza. Ya el efecto producido por la apelación desesperada de Alano parecía confirmar el relato de Manders, pues demasiado sabía que tan sólo éste podía haber hecho á su hijo aquella temida revelación.

Por la mañana se verificó en él un cambio, debido quizás á la mayor debilidad de su cuerpo. La idea de una vida futura se apoderó de él con creciente insistencia. Las enseñanzas de su niñez, las antiguas creencias menospreciadas ú olvidadas desde que llegó la ardiente juventud, la noción de lo bueno y lo malo, el dogma de la vida futura ; todo lo recordó con lucidez admirable. Escéptico cual lo había sido siempre no podía creer que tamaño crimen quedase por siempre impune, y que al cerrar los ojos por última vez cesaría toda la responsabilidad presente y futura del asesino. Sucede á menudo que el más criminal y el más desgraciado son los que reconocen con mayor evidencia la innegabilidad de una vida futura. El primero porque espera lógicamente el castigo de sus maldades ; el desgraciado porque busca una compensación á los sufrimientos de su vida terrenal.

Pero en las largas horas de aquella noche prescindió también Bourchier de su propia suerte y del castigo por venir, para pensar en la crueldad, en el egoismo inaudito del asesinato que había cometido. Los buenos instintos que todavía quedaban en él protestaron contra el acto en sí, prescindiendo de sus consecuencias y ventajas, y sintió con toda verdad que si en aquel momento se hallase á solas con Juan Boucher en el desierto camino, con la seguridad de no verse descubierto jamás, no volvería á cometer aquel crimen, aun á costa de su ruina y de la de sus hijos.

¿Quién puede comprender y apreciar en su verdadero valor el arrepentimiento del lecho de muerte? ¿Pueden el médico, el sacerdote ó el acongojado pariente ó amigo, decir hasta qué punto es debido ese arrepentimiento al temor de la muerte, de lo desconocido? ¿No podría suceder que el penitente contrito en los últimos instantes de su vida, volviese á repetir todas sus faltas y delitos si se le permi-

tiese nacer por segunda vez? No nos toca resolver este
problema, como tampoco debe resolverlo el moribundo.
Bien está que en sus últimos angustiosos momentos crea
éste perdonado todo el mal que haya hecho en el mundo.

Vea el lector, si le interesa, la descripción de los últimos instantes de cualquier asesino ejecutado ; cómo el sacerdote lo exhorta y lo consuela, cómo recibe el santo sa-
cramento poco antes de que el verdugo le eche el dogal al
cuello ; cómo confiesa francamente su crimen y declara
que está preparado para morir, y cómo la noche anterior á
la ejecución escribe una piadosa carta á su madre, á su hijo
ú otra persona querida. Y sin embargo, nos preguntamos
qué clase de vida haría después el asesino si en el momento
de ir á ahorcarlo llegase su gracia absoluta y lo pusiesen en
libertad. Sí, es una bendición para nosotros, un bien indiscutible para la humanidad el poder creer libremente en
la eficacia del arrepentimiento cuando llega la hora suprema
de la muerte.

El deseo de reconciliarse con su Creador se apoderó de
Bourchier con más fuerza que nunca al despuntar el nuevo
día. No quería, no se atrevía á morir con aquel crimen sobre la conciencia ; y temiendo perder un momento más, resolvió pedir que llamasen en seguida al rector de la iglesia
de Renton, que lo había conocido toda su vida, para confesarse, para decirle la verdad entera y obtener todo el perdón
que pudiera concederle ; para que llevase también su confesión á Frances, ya que la enfermedad de ésta le impedía
hallarse allí para recibirla en persona.

Al movimiento que hizo Bourchier, volviendo la cabeza
como para decir algo, acudió presurosa la enfermera. Iba
á hablar, pero de pronto se presentaron á su mente las terribles consecuencias de aquellas palabras suyas, y cerrando
los ojos, volvió á quedar inmóvil ; sabía que á él le estaba
negado el mayor consuelo concedido al criminal, el arrepentimiento y la confesión. Había llegado para él la hora del
castigo final.

Ni aun en los días en que gozaba de mejor salud habían
sido más claros sus razonamientos, ni más lógicas sus deduc-
ciones, ni le habían parecido más estimables que en aquel
momento el afecto, la honra y la felicidad de sus hijos. Y
sin embargo, ¿no iba él á sacrificar por completo la dicha

de todos los suyos un momento antes, en interés propio ?
¿ No iba á impedir que en lo sucesivo pudiesen Álano y
Frances dirigirse una sola mirada sin pensar, el uno, que
tenía delante á la hija del hombre asesinado por su propio
padre ; la otra, que su marido era hijo del asesino que la
dejara huérfana ? ¿ Podría acaso existir el amor entre ellos
en tales circunstancias ? Y Mabel, Josefina, Roberto, su
esposa, ¡ qué baldón sobre sus nombres, qué infortunio sobre
las vidas de todos ellos, cuánta ignominia, lanzada por las
últimas palabras del hombre á quien siempre habían amado
y respetado ! Hombre que tuvo valor suficiente para ejecu-
tar un acto criminal de sin igual bajeza, pero que se aco-
bardó ante la muerte hasta el punto de vender su secreto.

Recordó cómo, muchos años antes, había salvado las
vidas de dos de sus hijos que se hallaban en peligro inminente, sin pensar un solo instante en el riesgo á que él mismo se había expuesto. Por ellos estaba pronto á hacer
cualquier sacrificio y sin embargo vacilaba cuando un acto
suyo los amenazaba con un mal inmenso. Lejos se hallaba
de pensar, cuando tomaba todas las precauciones posibles
para ocultar su crimen, que llegaría la hora en que su más
ardiente deseo sería la confesión de ese mismo crimen en
toda su enormidad.

Pero tal revelación no era posible. Se lo prohibía la
felicidad de los que iban á sobrevivirle. Estaba arrepentido, sólo él conocía toda la extensión de su arrepentimiento,
pero debía morir sin confesión, en silencio. Poco le hubiera
costado sacrificarse físicamente por los suyos ; pero aquel
sacrificio espiritual, la renuncia voluntaria del anhelado perdón, era la ofrenda de su alma. Preguntóse si tenía el
derecho de disponer así de su vida futura, discutió el problema en todas sus fases y acabó diciéndose que debía dejar
esta vida sin un solo rayo de esperanza ; que habiendo escapado al castigo material que se impone á los asesinos, tenía
que sufrir el castigo mucho más temible, más formidable,
que le impondría la justicia divina.

Entonces formó la firme resolución de sostener la impostura hasta el último instante, de dominarse todo lo posible
cuando llegase el momento temido, á fin de mentir y de morir mintiendo, y hacerlo de manera que su sacrificio diese
todos los resultados que de él esperaba.

Poco después tuvo un ligero ataque de delirio. Un hombre á quien había visto una sola vez en su vida, Juan Boucher, se acercó á su lecho y el moribundo empezó á suplicarle que le perdonase su crimen ó que por lo menos le permitiese llevarse su secreto á la tumba. "Voy á renunciar á mi salvación futura, terminó diciendo al fantasma, por el bien de tu propia hija tanto como por el de mi familia."

Pero el pavoroso visitante no contestó. Limitóse á contemplar al enfermo con una mirada que lo heló de espanto, porque en ella no se leía el triunfo, la venganza, el odio ó el perdón sino la piedad, la compasión infinita por el hombre que le imploraba. El terror que le causó aquella mirada contribuyó á desvanecer los fantasmas de su imaginación y á reanudar el curso de sus ideas.

Había pasado largo tiempo entregado á sus tristes pensamientos y cuando abrió los ojos vió al pie del lecho á su esposa, que le besó cariñosamente.

—¿Qué hora es? murmuró el enfermo.

Eran las cuatro de la tarde. Al oirlo comprendió Bourchier que acababa de salir del delirio ó de otro desvanecimiento y temió que el próximo ataque fuese el último, que su corazón cesase de latir antes de que la razón recobrase su imperio. También se dió cuenta de que las pocas fuerzas que tenía le abandonaban.

—Dame unas gotas de brandy, dijo. Que venga Alano, continuó después de tomar el estimulante, y déjame á solas con él.

—Pero no te agites. Si vas á ponerte peor no puedo permitirle que venga.

—Envíame á Alano. Tengo que hablar con él, repitió Bourchier.

La pobre señora le obedeció como lo había hecho toda su vida, pero al salir del cuarto la llamó su marido.

—Que vengan antes los demás, Adelaida, para decirme adiós; y tú también, esposa mía, despídete de mí.

Ella le besó sollozando amargamente, y después fué á llamar á Mabel y Roberto, cuya entrevista con su padre fué corta. Momentos después entraba Alano, pálido de emoción.

—¿Estamos solos? preguntó el moribundo.

—Sí, padre mío, contestó Roberto arrodillándose junto al lecho.

—Alano, la muerte está ya muy cerca.

El joven se limitó á estrechar la mano de su padre, incapaz de desconocer ó negar la triste verdad de aquellas palabras.

—Ayer me hiciste una pregunta, hijo mío, y yo me desvanecí mientras hablabas. Pero creo que era importante y quisiera que la repitieses para contestarla antes de morir.

—Padre mío, deseaba saber si conocías al hombre á quien mataste, si sabías su nombre, dijo Alano, haciendo un esfuerzo para pronunciar aquellas palabras.

Por muy preparado que estuviese Bourchier para oirlas, le causaron dolorosa impresión. Sin embargo, contestó con voz más débil pero más tranquila que la de Alano :

—Lo supe mucho tiempo después. Me lo dijo el miserable que se hizo pasar por hijo suyo y primo mío.

El corazón de Alano le saltó en el pecho.

—¿ Pero no sabías nada de su reclamación, de sus derechos sobre la Casa Roja ?

—Nada absolutamente. Para mí no fué más que un ladrón nocturno y lo maté sin más objeto que el de salvar mi propia vida.

¿ Podía el hijo dudar de las palabras de su padre moribundo ? Pero deseaba averiguar algo más.

—¿ Sabías que Frances era hija suya ?

—No lo supe hasta hace muy pocos días y me lo dijo ese mismo villano que había jurado ser hijo del finado.

—¿ Quién es ese hombre ? ¿ Cómo vino aquí ?

—Se me presentó con documentos que parecían probar su identidad. No sé cómo había averiguado que el muerto era Juan Boucher. Al principio lo creí, Alano, y cuando descubrí la impostura ya era tarde, era el marido de Josefina.

—¿ Pero ni aun entonces supiste ? . . .

—Nada. Y ahora dime, Alano, ¿ qué te ha traído tan apresuradamente, qué te detiene aquí, lejos de Frances, por qué mis respuestas á esas preguntas tuyas parecen tener importancia vital para tí ?

Alano guardó silencio. Estaba avergonzado de haber

supuesto á su padre, ni por un momento, culpable de semejante crimen.

—Yo te lo diré, continuó Bourchier. Has oído la historia de ese infame, comprendiste lo que la muerte de Juan Boucher significaba para todos nosotros y temiste que en un momento de locura hubiese yo cedido á la tentación y cometido un horrible crimen.

Alano inclinó la frente. ¡Cómo había ofendido á su padre! Todo había sido consecuencia de la casualidad, de un accidente, no de un crimen.

—Dame un poco de cordial, dijo el anciano, cuyas fuerzas disminuían rápidamente. He sido débil, continuó; no lo niego. Pero si tú, mi propio hijo, llegas á dudar ¿qué hubieran pensado los demás? Ese impostor ha explotado mi debilidad. Yo lo he tolerado y pagado en lugar de denunciarlo. Y ahora escúchame, Alano, quizás sean mis últimas palabras. Oye y cree á tu padre moribundo . . .

En aquel momento se oyó el ruido de las ruedas de un coche que llegaba á todo correr. Bourchier se dijo que podía ser Josefina, la única á quien no había visto y en tal caso debían dejarla entrar inmediatamente.

—Pregunta quién es, Alano, dijo ansioso el moribundo.

Obedeció su hijo y acercándose á la ventana vió salir del coche á Daniel Bourchier, ó Jorge Manders. Alano hizo firme propósito de impedir que el aventurero turbase los últimos momentos de su padre.

—No es Josefina, dijo con fingida calma, volviendo cerca del lecho.

—¿Quién es? ¡Dímelo!

Alano siguió callado.

—¡Es el marido de Josefina, ese malvado, ese impostor! exclamó Bourchier, con tal expresión de triunfo, de contento, que Alano creyó conveniente decirle la verdad.

El anciano se sonrió. Aquel suceso venía á favorecer el plan que había combinado en las horas de sus amargas reflexiones. Probablemente le halagaba también la idea de derrotar y burlar á su enemigo en sus últimos momentos.

—Ayúdame á incorporarme un poco, Alano. Y ahora, hazlo entrar aquí. Ha llegado á tiempo; primera vez que me alegro de verlo entrar en mi casa. Ponlo en mi presencia para hacerlo temblar ante la verdad. Ve á buscarle, pues de lo contrario no lo dejarán entrar en la casa.

Tan tersamente expresado había sido aquel deseo que Alano no vaciló un momento y bajando vió á Bautista que impedía la entrada á Manders.

—Entre Vd., dijo á éste. Mi padre desea verlo.

Manders se quedó desconcertado al oirle, á pesar de que había ido á la Casa Roja resuelto á ver á Bourchier. Pero le disgustaba aquella ausencia de toda oposición. Aunque le habían dicho en Braley que Bourchier estaba enfermo, ignoraba la gravedad de su estado.

—Entre Vd., exclamó Alano violentamente al notar que el otro vacilaba. Entre, ó le tendrá peor cuenta.

Eso lo sabía Manders. Nada peor para él que no ver á Bourchier aquel mismo día, que era el primero de los días de gracia del pagaré falsificado. Le era indispensable llevarse mil libras esterlinas de la Casa Roja ; sin ellas no podía volver á Londres. Siguió, pues, á su cuñado, esperando que una vez en presencia de Bourchier no le faltarían medios de realizar sus fines, y no sin deplorar las revelaciones que había hecho á Alano, sin otro fin que el de vengarse. Creía, sin embargo, que el hijo habría ocultado á su padre aquellos graves informes.

—¡No le permitas que vea á ese hombre, Alano! exclamó su madre al verle pasar seguido de Manders.

—Mi padre lo desea así, dijo Alano con firmeza, abriendo la puerta y entrando detrás de Manders en la habitación del enfermo.

Manders se sorprendió y palideció al ver que Bourchier estaba moribundo, pero se dijo que mientras conservase el conocimiento había esperanzas de conseguir lo que deseaba. Al entrar Manders en la estancia y dirigirse hacia el lecho, á cuyo lado opuesto se colocó Alano, notóse el pronunciado olor de aguardiente que despedía Manders, cosa nada extraña si se tiene en cuenta que desde su entrevista con Alano había estado bebiendo casi continuamente. Sólo la necesidad absoluta de ver á Bourchier le había obligado á disipar en parte su borrachera para llegar á la Casa Roja en estado medio presentable.

—Siento hallarle á Vd. tan enfermo, señor Bourchier, empezó á decir, procurando aparecer tranquilo. Aunque me pesa molestarle en estos momentos, he venido para un asunto que no admite espera.

—No, dijo el señor Bourchier, mirándole cara á cara y hablando con voz tan fuerte y distinta que sorprendió á su hijo. No ; Vd. está aquí para oir las últimas palabras de un moribundo, dirigidas á su hijo. Óigalas Vd. porque le interesarán.

—Pero es que yo . . . murmuró Manders.

—No me interrumpa Vd., estoy agonizando, exclamó Bourchier, lanzando á su yerno una mirada que le hizo temblar.

Manders no despegó los labios y el anciano tomó en su mano la diestra de su hijo.

—Alano, dijo, acuérdate de lo que voy á decir. He sido débil y temiendo las consecuencias de un suceso puramente casual, he cedido y me he rebajado mucho ante ese hombre, sin otro objeto que impedirle que hablase. Cuando maté á Juan Boucher no tenía la menor idea de quién era ni de lo que reclamaba. Mi creencia en aquel momento era que se hallaba en peligro mi vida. Puedo haberme equivocado y haber procedido muy precipitadamente. En tal caso, mi castigo ha sido grande. Ese hombre ha explotado mi temor. Me ha obligado á darle dinero y quiere obtener más todavía. Hazle frente, Alano ; niégate á todo pacto con él. Es un impostor y un mentiroso. Maté á Juan Boucher en defensa propia. Su muerte fué un accidente, un hecho casual. Ni yo sabía quién era, ni tuve la menor idea de cometer un crimen. Estas son mis últimas palabras ; su verdad la atestigua . . . el juramento . . . de un moribundo !

Había conseguido su objeto, sin que le faltaran las fuerzas. Había formulado aquella postrera mentira, que era la salvación de Alano, cuyas sospechas y dudas quedaban desvanecidas por completo. Si le hubiera quedado algún vestigio de duda, habría bastado para disiparla el aspecto de Manders, que pálido y tembloroso no podía comprender aquel desastroso fin de todos sus planes. Á pesar de su firmeza de ánimo, las palabras finales de Bourchier helaron la sangre en sus venas. Reconocía que él mismo no hubiera podido representar aquella comedia con éxito igual ni siquiera parecido. Su enemigo era más fuerte que él.

23

—¿Ha muerto? balbuceó, con la sorpresa y el temor retratados en su semblante.

Alano le oyó, y levantándose se dirigió hacia él.

—¡Vete! le dijo, con una mirada tal que indicaba la necesidad de obedecer instantáneamente aquella orden.

—¡Ha mentido, ha muerto con la mentira en los labios! dijo Manders.

Los ojos de Alano lanzaron llamas. La presencia de la muerte y sobre todo la pronta retirada de Manders, le impidieron castigar allí mismo al miserable. Llamó á la enfermera, la instaló al lado de su padre y siguió á Manders hasta verle en el coche que le había llevado á la Casa Roja. Después se acercó á la portezuela y dijo, con voz y acento que hicieron estremecer á Manders:

—Mi mujer está enferma de peligro. Si muere, ya sabes lo que te espera.

El coche partió y Alano regresó al lado de su padre. Este no había fallecido, pero no se equivocó al decir que las solemnes palabras dirigidas á su hijo serían las últimas. Siguió entre la vida y la muerte por algunos días, sin volver á pronunciar una sola sílaba. Los que le cuidaban no podían decir si conservaba ó no el conocimiento; había hecho todo lo que se había propuesto, es decir, mucho más que morir en silencio. Tras la mentira suprema que había confundido á su mortal enemigo, nada más tenía que decir.

Felipe Tremaine Bourchier murió dos ó tres días después, al parecer sin gran sufrimiento, y aquellas palabras fueron las últimas de su vida.

CAPÍTULO XXVII

JORGE MANDERS ordenó al cochero que le condujese á la posada de Renton, donde alquiló un gabinete con alcoba. Proponíase permanecer en las cercanías de la Casa Roja hasta que la muerte de Bourchier confirmase la ruina de todos sus proyectos. Á nadie más podía dirigirse para obtener dinero. Hasta los muebles de su casa de Londres habían sido comprados á nombre de Josefina. Por primera vez se le ocurrió la idea de huir sin llevarse consigo el botín que esperaba, temeroso de las consecuencias de la falsificación. Ignoraba el día preciso en que vencía el pagaré y terminaba el plazo de gracia y tampoco sabía exactamente cuál sería su suerte cuando se descubriese su delito. No tenía más esperanza que la curación total ó parcial de Bourchier, curación que esperaba con más fe desde que le había oído expresarse tan resueltamente. Maldecía Manders el éxito de aquella mentira inaudita, él que había dicho tantas; y se quejaba como pudiera hacerlo el águila atravesada por la flecha construída en parte con sus propias plumas y por ellas dirigida.

Importábale permanecer en las inmediaciones de la Casa Roja el mayor tiempo posible, resolución que tomó y renovó entre numerosos tragos de licor. Siguió, pues, hospedado en la posada de Renton, bebiendo todo el día por falta de mejor ocupación. Tan acostumbrado á la bebida estaba que no se embriagaba por completo; lo único que podía temer ya era un ataque de *delirium tremens*.

Entre tanto Alano había regresado á Londres, donde halló á Frances tan mejorada que pudo volver á la Casa Roja acompañando á Josefina. Esta vió, pues, á su padre

355

antes de morir, pero no llegó á tiempo de recibir su última despedida y partió para Londres á las pocas horas porque no quería interrumpir por más largo tiempo los continuos cuidados que dedicaba á Frances. Alano le estaba agradecidísimo. Aunque había pasado todo peligro, anhelaba hallarse al lado de su esposa, pero su deber le ordenaba continuar en la Cosa Roja. Sabía muy bien que el marido de Josefina estaba alojado en la posada del pueblo cercano y por ningún concepto quería alejarse de allí en tales circunstancias.

Tres días después de la solemne y postrera declaración hecha por Bourchier, se presentó en la Casa Roja un dependiente de la sucursal del Banco de Vesire en Lomer, y preguntó por el señor Bourchier y en su defecto por su hijo Alano. Era portador de un pagaré firmado ostensiblemente por el señor Bourchier y pagadero en Londres á la orden de Daniel Bourchier. Había vencido la víspera y como no se habían depositado fondos para retirarlo y Daniel Bourchier no tenía recursos con que hacer frente al pago, el banco lo enviaba al propietario de la Casa Roja. Alano examinó el documento. La falsificación era evidente.

—Esta no es la firma de mi padre, dijo. Es una falsificación.

Aquel descubrimiento le causó profunda alegría, porque significaba el castigo de Manders, sin esfuerzo alguno por su parte. Otros se encargarían de entregarlo en manos de la justicia, que probablemente lo pondría á buen recaudo por algunos años.

—Es una falsificación, repitió, hecha por el endosante, Jorge Manders, que se halla en este momento en la posada de Renton.

El dependiente se retiró y telegrafió á Londres lo ocurrido. Á la mañana siguiente se veía en el Empalme de Miiton á un viajero que esperaba el tren de Braley y que tenía en el bolsillo una orden de prisión contra Manders.

Este continuaba impaciente y temeroso. Había sabido que Bourchier seguía en el mismo estado, indiferente á pagarés y endoses, fuesen ó no legítimos. Nada podía esperar de Alano, había perdido la partida y ya era casi imposible continuar en Renton, donde podían prenderle de un momento á otro. Tenía consigo por fortuna un centenar de libras; lo urgente era huir, llegar á un país que no tuviese tratado de extradición con Inglaterra. Desde allí podría amenazar á su cuñado con absoluta impunidad y arrancarle quizás algún dinero. Hé aquí por qué en los momentos en que el policía de Londres esperaba en la estación de Milton el tren de Braley, Manders se paseaba por el mismo andén, esperando tomar el tren para Barton.

Manders reparó en el viajero de Londres, cuyas facciones reconoció, aunque sin poder recordar dónde había visto antes á aquel individuo. Sólo cuando éste tomó el tren que iba á Braley recordó de pronto quién era el misterioso viajero, y cuándo y dónde le había conocido en Londres y se felicitó de haber escapado tan á tiempo. Su plan era dirigirse inmediatamente á Barton, ciudad bastante grande para permanecer oculto en ella algunos días, hasta que pudiese obtener pasaje en el primer buque que saliese para España, país que había elegido como refugio. También esperaba que la circunstancia de haber dejado su maleta y ropas en la posada de Renton le sería favorable, pues seguramente el posadero y el policía esperarían su regreso hasta la noche, lo que le daría algún tiempo más para efectuar su fuga.

En el importante puerto de Barton contaba hallar algún buque próximo á salir para España, y de lo contrario tendría que dirigirse á otra ciudad. Apenas llegado se apoderó de él un deseo irresistible de beber y después de satisfacerlo ampliamente, envalentonado con el alcohol, se dirigió á los muelles y tomó informes. No había vapor ni velero para la Península ibérica, y Manders resolvió esperar allí algunos días, comenzando por ahogar en repetidos tragos de brandy el disgusto que le causaba aquel primer tropiezo. Recorriendo después las calles notó que extrañas visiones le interrumpían el paso ó flotaban ante sus ojos y huían de él; observó también que los transeuntes le miraban con sorpresa, y poco á poco se apoderó de él el temor de verse perseguido y descubierto en Barton. Entonces resolvió ir á Carport, pero antes compró una maleta en Barton, para no dejar la menor huella de su paso en el puerto de su embarque, y adquirió y puso en ella las ropas y efectos indispensables para el viaje.

Todos estos preparativos consumieron bastante tiempo y cuando salió de la barbería donde se había hecho afeitar los completamente, era ya de noche. Tomó el tren y llegó sin tropiezo al término de la línea férrea, frente á Carport, donde los pasajeros tienen que tomar un vapor que los conduce á la ciudad, al otro lado de la bahía. La noche estaba obscura, el viento soplaba con fuerza y las agitadas aguas hacían dar al vapor fuertes balances. Varios marineros ayudaban á los pasajeros á subir los resbaladizos escalones que conducían del embarcadero al vapor, y al tocar el turno á Manders se detuvo de repente en medio de la escalera, con una exclamación de terror.

—¡ Eh, cuidado ! le gritó uno de los marineros.

Manders acababa de ver uno de los aterradores espectros que tanto le sorprendían últimamente. Trató de explicar á los marineros que no podía dar un paso mientras aquel monstruo continuase amenazándole ; pero los marineros se impacientaron y viendo que impedía el paso á los viajeros que se agolpaban detrás de él, lo cogieron por los brazos y en un tris lo hicieron pasar á bordo. Dejose caer, pálido y temblando, en el asiento más próximo. Nunca había experimentado sensación igual y aunque el átomo de razón que aun conservaba le indicó la verdadera causa de su estado, resolvió seguir bebiendo, como único medio de combatir su malestar y de disipar aquellas visiones que lo asediaban. Bajó á la cámara tambaleándose y de allí pasó á la cantina.

Las pocas personas que en ella estaban fijaron desde luego su atención en aquel joven alto, de hosca mirada, que sin reparar en nadie se adelantó hasta el mostrador y vació sin pestañear un vaso de brandy puro. Después pidió otro, que bebió también de un trago y volvió sobre cubierta.

—Buen bebedor, dijo uno de los pasajeros.

—Probablemente algún miembro de la Sociedad de Templanza, que se desquita de su forzosa abstinencia aquí donde nadie lo conoce, repuso otro.

—Lo que les digo á Vds., agregó un médico que allí se hallaba, es que ese individuo está próximo á tener un ataque de *delirium tremens*, ó mucho me engaño.

Y el médico ignoraba al expresar su opinión que aquel joven llevaba dos ó tres noches sin dormir un minuto y otros tantos días sin probar apenas bocado. De haberlo sabido le hubiera acompañado, probablemente, para vigilar-lo y evitar quizás una desgracia. Cuando Manders llegó sobre cubierta ya habían puesto á bordo todo el equipaje y poco después soltaron las amarras y comenzó el vapor su lucha contra las olas y el viento combinados para impedirle el paso y hacerle perder su curso. La corriente es violentísima en aquel punto y suele poner en más de un aprieto á los pilotos.

Manders se dirigió á proa, donde había menos pasajeros y sentándose en uno de los banquillos de hierro fijos á uno y otro lado del vapor, comenzó á contemplar las obscuras olas que con tanta furia azotaban el casco del buque. La luna permanecía oculta, pero la luz de las estrellas bastaba para iluminar un tanto la bahía. Poco á poco fueron fascinándole aquellas olas y las miró con atención creciente; cada una de ellas parecía dirigirse contra él exclusivamente y le amenazaban como si estuviesen dotadas de inteligencia, alzándose una tras otra para lanzarse en su seguimiento. Por fin, haciendo un poderoso esfuerzo, logró apartar su mirada de las aguas, no sin una sensación de terror, que le hizo desear hallarse en la orilla opuesta, fuera del alcance de aquellas olas, de aquel nuevo enemigo que acababa de descubrir. Fijos los ojos en las luces del puerto, resolvió no apartarlos de ellas; pero le fué imposible olvidar las irritadas olas que tenía á su espalda, que lo llamaban, que hacían apresurados esfuerzos por alcanzarle.

Se necesita gran fuerza de voluntad para volver la espalda á un enemigo sin retirarse, sin apartarse de él. La situación no tardó en hacérsele intolerable á Manders y por fin resolvió volverse y hacer frente á sus enemigos. Pero antes, se dijo, necesitaba ver lo que hacían las olas del otro lado del vapor. Cruzó la cubierta y sentándose en el banquillo opuesto al que antes ocupara, miró al mar y quedó sobrecogido de espanto. Quiso gritar y no pudo; inclinóse sobre la borda y contempló horrorizado el espectáculo que presentaba el mar.

Las olas eran aun más numerosas que antes y más agitadas; pero ya no se trataba sólo de las olas; sobre cada una de ellas cabalgaba ó bailaba un demonio horrible, haciendo muecas espantosas, burlándose de él, tendiendo los brazos para cogerlo. Sus ojos brillaban como encendidos carbones, el agua hervía con el contacto de sus cuerpos ardientes y su número era inmenso; á lo lejos se veían brillar los

ojos de otros muchos, cuyos cuerpos era imposible divisar.
¡Los había de **todos** tamaños, á centenares, á millares, á millones! ¿Y qué **eran** aquellas otras luces rojas y blancas,
mucho mayores, hacia las cuales se dirigía la proa del buque? Monstruos enormes, demonios gigantescos que le **es-**
peraban, en cuyas garras no tardaría en caer.

Atraído por el inaudito espectáculo, siguió mirando,
mirando, sin poder arrancarse de allí. Los minutos le
parecían horas. Luego descubrió que uno de aquellos diablos, el más descarado, el que parecía más próximo á cla-
varle las uñas, tenía la cara del misterioso viajero á quien
había visto aquella mañana en la estación de Milton y que
había salido con dirección á Renton para prenderle. Aquel
demonio, se dijo, acabaría por alcanzarle. También había
otro que le causaba no menos terror y cuyas facciones eran
las suyas propias, rasgo por rasgo, y en ellas retratadas la
perversidad y la desesperación.

Aun suponiendo que aquellos dos, más crueles y más
temibles que todos los demás, no lograsen su objeto, decíase, le sería imposible escapar á los monstruos gigantescos
que le esperaban á distancia y cuyos ojos brillaban cada
vez con mayor fiereza. De repente desapareció la turba de
diablos que cubrían el mar y quedaron sólo las turbulentas
olas. Manders respiró; parte del peligro se había disipado
y quizás podría escapar también al temible gigante que le
contemplaba desde lejos, lanzando rojas llamas por **los**
ojos.

Vana esperanza. **Junto** al costado del buque **se** alzaba
ya, saliendo de las aguas, un monstruo espantoso que agitaba sus largos brazos, semejantes á los tentáculos de inmenso
pulpo. Con ellos se aferró á la borda y comenzó á sacar
del agua el repugnante cuerpo. Sobre éste se divisaban las
líneas de una cara humana, la cara del policía enviado á
Renton para prenderle, que le miraba con maligna expresión de triunfo. El horrendo animal seguía subiendo, seguro de su víctima, que lo contemplaba espantado, incapaz
de moverse. Parecióle sentir ya la presión mortal de aquellos brazos pegajosos y haciendo un esfuerzo supremo apretó convulsivamente el bastón que tenía en la mano y empezó á descargar golpes furiosos sobre el fantástico pulpo.
Este comenzó á retroceder y Manders se arrodilló sobre el

banquillo é inclinándose cuando pudo siguió golpeando y
rechazando á su enemigo . . . .

—¡ Ah, maldito ! ¡ Toma, toma !

. . . .

Un marinero que vió á Manders inclinado sobre la borda
y que atribuyó su actitud á las consecuencias naturales y
muy prosaicas del mareo, corrió hacia él cuando lo vió perder el equilibrio, pero llegó tarde y el cuerpo del viajero se
hundió en las olas.

—¡ Hombre al agua ! gritó con voz potente el marinero.

Inmediatamente los que se hallaban á popa arrojaron varios salvavidas, el vapor detuvo su marcha y se echó al agua
uno de los botes. Pero los valientes que lo tripulaban sabían que sus esfuerzos serían inútiles. La víctima debía
de hallarse por lo menos á una milla de distancia y entre la
obscuridad de la noche, la violencia del viento y la furia de
las olas lo más que podían hacer los tripulantes del bote era
no perder sus propias vidas. Sin embargo, ninguno de ellos
vaciló en cumplir su deber.

La muerte de Manders fué aun menos cruel que la de
Felipe Bourchier. En medio de la lucha con su imaginario
enemigo se sintió caer, é inmediatamente le sobrecogió la
sensación de frío producida por su inmersión. Como buen
nadador dió instintivamente algunas brazadas, hasta que le
alcanzó de lleno en la cabeza el golpe de una de las ruedas
del vapor, que puso instantáneo fin á su vida.

La corriente se encargó de su cuerpo, las olas jugaron
con él llevándolo de uno á otro extremo de la bahía y por
último lo arrojaron, hecho una masa repulsiva, hacia la entrada del canal, donde lo descubrió un marinero desde la
cubierta del bote piloto *Ana María*, que poco después de-
positaba en el pueblo de la costa más cercano los restos
mortales de Jorge Manders.

Las cartas y documentos que tenía en los bolsillos facili-
taron la identificación del cadáver ; el jurado de instrucción
declaró solemnemente que había "muerto ahogado" y poco
después desapareció el repugnante cuerpo en el cementerio
de aquel pueblecillo. Sobre su fosa se colocó una sencilla
lápida con las iniciales J. M. y Josefina quedó viuda.

CAPÍTULO XXVIII

Tres semanas habían transcurrido desde la muerte de Felipe Bourchier. Sus restos habían sido depositados con numerosas **muestras** de dolor y respeto en el panteón de la familia en el cementerio de Renton, junto á las tumbas de sus mayores. Entre cuantos parientes y amigos presenciaron la inhumación, sólo Alano sabía que todos aquellos honores tributados á su padre se debían en justicia al infeliz que ocupaba la solitaria é ignorada tumba situada á poca distancia y sin nombre ni inicial alguna en la lisa piedra que la cubría. Los documentos que Álano tenía en su poder le habían demostrado que aquel muerto desconocido había sido el verdadero dueño de la Casa Roja. Y Alano, hombre de conciencia recta y amante de la justicia, vacilaba, sin saber qué resolución tomar.

La solemne aseveración de su padre en su lecho de muerte y en presencia de Manders, había disipado todos los temores, todas las dudas de Alano sobre la culpabilidad de Felipe Bourchier. El anonadamiento absoluto de Manders al oir aquella mentira tan firme y diestramente formulada, había secundado en gran manera los deseos del moribundo. Alano estaba seguro de conocer la verdad, sabía que su padre no había cometido el asesinato premeditado del padre de Frances y sólo admitía que la muerte de éste se había debido á un error funesto. Por lo demás, comprendía perfectamente que un hombre tan altivo como su padre, que tenía en mucho la opinión pública y sabía que ésta interpretaría torcidamente sus actos, se hubiese visto á merced del bribón que supo hacerse pasar por hijo del muerto y que reveló á Bourchier el nombre de su víctima.

No era tan comprensible la tolerancia mostrada por su padre permitiendo que el impostor visitase la Casa Roja y que Josefina continuase viviendo con él después de haberse descubierto la falsedad de su carácter. Pero no era extraño que Bourchier hubiese hecho algunas concesiones cuando se trataba de una acusación tan enorme como la que le lanzaba Manders, á la cual sólo podía oponer su palabra, y sobre todo cuando la primera persona á quien Manders repetiría la acusación sería probablemente la hija de Juan Boucher, la esposa de Alano. Bien hizo Bourchier en declarar su inocencia en aquellos momentos supremos en que Alano no podía dudar de la verdad de sus palabras.

Alano se veía dueño y señor de Redhills en virtud del testamento de su padre y de los derechos de su esposa. Los viejos de aquellos contornos decían de él que nunca sería lo que su abuelo; los campesinos de mediana edad sustituían la palabra "abuelo" por la de "padre"; y en cambio la gente joven decía de Alano que dejaría muy atrás á toda su parentela. Pocos días después ya nadie le llamaba el señor Alano sino el señor Bourchier y quedaba formalmente inaugurado el nuevo régimen.

Pero en la época á que nos referimos los señores de la Casa Roja no habitaban su magnífica posesión, que se hallaba encomendada al cuidado de los sirvientes. La viuda de Bourchier estaba en Sorlán, con su hija Mabel y el esposo é hijo de ésta. Alano, Frances y Josefina habían ido á tomar baños de mar en Devón.

Frances, convaleciente, no debía de tardar en recobrar por completo la salud. Su marido la creía más hermosa que nunca, á pesar de la peluca que se veía obligada á usar desde su enfermedad, mientras volvían á crecer sus hermosos cabellos. Pero es de presumir que el buen gusto de Frances le habría permitido escoger, entre todas las pelucas, la más bonita.

Las dos graciosas jóvenes y su apuesto acompañante eran un gran misterio para los concurrentes habituales de aquellos baños. La más alta de las dos mujeres y el joven, siempre juntos, parecían reciencasados. Pero contra aquella teoría militaba la presencia de la otra joven y el luto rigoroso de los tres. Pasaron los primeros días del verano. Frances mejoró visiblemente, y Josefina, tranquila y libre,

recobró los encantos de aquella linda niña de diez y ocho
Abriles, antes de su encuentro con el miserable que estuvo
á punto de hacerla desgraciada por toda la vida.

Conocían los detalles de la muerte de Manders, y aunque
Josefina se estremecía al pensar en fin tan violento, no soñaba en fingir dolor que no sentía. Durante algunos años
había deseado verse libre de él ; llorar su muerte le era imposible y el pretenderlo repugnaba á su carácter leal y franco. Hubo un tiempo en que lloró, sí, la caída del heroe que
se había forjado en su imaginación de niña ; pero aquellas
lágrimas se habían secado hacía muchos años.

Oyó conmovida todos los detalles de la muerte de Manders y dijo :

—Ha muerto, Alano. Trataré de olvidar y de perdo-
narle todo el daño que me ha hecho. No puedo derramar
lágrimas de pesar, porque no lo siento ; pero era mi esposo
y nada diré contra él. Olvidémonos de su nombre y no
volvamos á hablar de él entre nosotros.

Después se retiró á su habitación y pidió al cielo que
con el tiempo le concediese olvidar á Daniel y perdonarlo.

Muerto Manders, Alano creyó preferible pagar el importe del documento falsificado por aquél, ya que el mundo
sólo había conocido al falsario bajo el nombre de Daniel
Bourchier y como esposo de Josefina.

Á pesar de la profunda dicha de aquellos días de absoluta calma, no dejaba de preocupar á Alano el recuerdo de
los sorprendentes informes que había obtenido recientemente. Pensaba en la imposibilidad de comunicárselos á
su esposa, á quien nunca se atrevería á decir que el hombre
á quien tanto había buscado, el asesino de su padre, era el
padre de su propio esposo. Fué un error, un accidente im-
previsto, podía agregar ; pero eso no impedía que la sangre
de Juan Boucher manchase las manos de su propio padre.
¿Qué efecto produciría aquella revelación en el amor que
Frances le profesaba? Á medida que pasaban los días
íbale pareciendo menos necesaria aquella confesión tan costosa. Á pesar de la inocencia de su padre, aquel acto había estado próximo á convertir á Alano en el hombre más
desgraciado del mundo y le había causado un dolor eterno.
¿Por qué obligar á Frances á compartirlo y á estremecerse
cada vez que pensase en Felipe Bourchier ú oyese su nom-

bre? Después de reflexionar maduramente, resolvió no hacer á Frances aquella revelación dolorosa, único secreto que jamás debía de existir entre ellos.

Manders, que de seguro hubiera dicho algún día la verdad á Frances, había muerto; Josefina nada sabía y menos aún los otros miembros de su familia. Alano tenía motivos para creerse único poseedor de aquel secreto. ¿Por qué atribular á toda su familia revelándoselo? Á nadie perjudicaba con su silencio. La Casa Roja pertenecía de derecho á su esposa. Él mismo hubiera tenido que pagar las cantidades legadas á sus hermanos por Felipe Bourchier, pues en realidad éste nada poseía ni podía legarles. La confusión resultante de aquella revelación le hacía temblar. El silencio era el único recurso.

Dolíale dejar abandonada la tumba de Juan Boucher, pero era necesario. Si Frances llegase á saber que en ella yacían los restos de su padre, ninguna consideración podría impedirle honrarlos como merecían y como se lo dictaba su profundo amor filial, y el mundo sabría que el supuesto malhechor era el padre de su esposa. Si Felipe Bourchier hubiese sido culpable, Alano no habría vacilado un momento en revelar toda la verdad, cualesquiera que fuesen las consecuencias. Pero la declaración solemne de su padre le permitía ocultar lo ocurrido, en bien de todos.

Frances por su parte lamentaba amargamente la pérdida de su voz. Al principio dudaba, diciéndose que lo ocurrido la noche de aquella representación fatal era consecuencia naturalísima del estado de postración moral y física en que ella se encontraba, después de tantas angustias y tantas horas de horrible cautiverio, pasadas sin comer y sin dormir. Pero á medida que se restablecía, comenzó á pensar que quizás se debiese la pérdida de su voz á otra causa, apenas sospechada. Y ese temor suyo lo vió confirmado el día en que por primera vez se sentó al piano después de su enfermedad y se convenció de que su voz no era ni sería nunca la misma, que la causa de su pérdida era orgánica y permanente. Cantaba, sí, pero no como en los días de sus grandes triunfos; las notas del registro alto le imponían un esfuerzo extraordinario, cuando no tenía que renunciar á ellas por completo. La Francini no existía ya y Frances derramó amargas lágrimas al pensar en los largos años de asíduo trabajo ahora inútil y en la necesidad de renunciar á sus triunfos artísticos y á sus sueños de gloria.

Sumida en sus tristes meditaciones estaba cuando se abrió la puerta y Frances reconoció los pasos de Alano. Sin volver la cabeza para que él no viese sus lágrimas, le dijo :

—Hazme el favor de retirarte un momento, querido Alano ; deseo hacer una prueba decisiva y preferiría estar sola.

Su marido obedeció alegremente, limitándose á recomendarle con una sonrisa que no esforzase demasiado la voz. Pero Frances no volvió á cantar. La presencia de Alano había dado diferente curso á sus ideas ; su pesar fué menos intenso, sus nervios se calmaron y después de meditar algunos momentos más se levantó, cerró lentamente el piano y dijo :

—Alano no lo sentirá gran cosa. Quizás sea mejor así para él como para mí.

Y Frances conmovida se despidió para siempre de su arte.

Su empresario, que conocía bien al público, al "gran estúpido," como le llama Thackeray, le había escrito manifestándole los mejores deseos por su restablecimiento, á la vez que la esperanza de que no abandonaría su gloriosa carrera, que le prometía triunfos nunca vistos. Decíase con razón que la señora de Bourchier, con diez mil libras esterlinas de renta, á duras penas volvería á pisar las tablas ; pero quiso ensayar aquel último recurso, despertar quizás en ella el deseo de renovar sus grandes triunfos artísticos, sabedor de que en aquellas circunstancias la Francini sería un anuncio fenomenal para su teatro y le proporcionaría un negocio soberbio.

Frances se dirigió á su escritorio y sacando aquella carta del empresario, la contestó diciendo que le hiciese el favor de enviarle, con toda la premura posible, aquel mismo especialista que ya una vez había examinado detenidamente su garganta. Su respuesta dejó cariacontecido al empresario, que se apresuró á complacer á la artista.

Ésta volvió al lado de Alano y Josefina, resuelta á no decir palabra sobre su triste descubrimiento hasta después de la visita del célebre médico. Alano había prescindido de

todo plan futuro durante la enfermedad de Frances ; no
había querido preguntarse siquiera si su esposa volvería ó
no á cantar en público. Sintió, sin embargo, verdadero
pesar al verla ensayar su voz por primera vez aquel día,
pues esperaba y deseaba ardientemente que renunciase para
siempre á los triunfos escénicos que tanto la atraían.

Frances, ignorante de la entrevista anterior de Alano
con el médico, se sorprendió al ver la expresión del rostro
de aquél cuando ella le anunció la visita que esperaba.
Alano tomó sus manos y se apresuró á repetirle lo que el
eminente facultativo le había dicho en ocasión previa.
Frances nada dijo, resignada con su suerte.

El médico llegó al día siguiente y después de un examen prolijo vió confirmadas, no sin cierto orgullo profes-
sional, sus predicciones anteriores.

—Oigamos el fallo, dijo Frances sonriente.

—Es desfavorable. ¿Quiere Vd. conocerlo ?

—Sin duda. Una palabra bastará. ¿Volveré á cantar ?

—Sí, algún día ; pero no ahora.

—¿Cuándo? Dígamelo Vd. sin reparo.

—Necesita Vd. meses, años quizás, de absoluto descanso. Entonces y sólo entonces podrá Vd. volver á cantar.

¡ Años de silencio, cuando sabía que á los seis meses el
inconstante público se habría olvidado casi por completo de
su nombre ! Sin embargo, continuó tranquila y sonriente,
no sin sorpresa del médico, que ignoraba ó había olvidado
la desahogada posición de Alano.

—Una pregunta más. ¿Volveré á cantar como antes ?
Dígame Vd. la verdad, que no temo oirla.

—Sí, tan bien como antes, según toda probabilidad.
Pero sólo mientras se halle Vd. en perfecta salud. Á la
menor alteración reaparecerá la debilidad de las cuerdas
vocales.

—¿ Y podré volver á perder la voz repentinamente ?

—Sí, siento decirlo.

Frances guardó silencio. Pensaba en Alano.

—Gracias, doctor, dijo por fin. Anhelaba conocer su
opinión franca y sincera ; de lo contrario no le hubiera
molestado á Vd. invitándole á venir tan lejos de Londres.
Ahora deseo pedirle á Vd. otro favor : que á su regreso

vea Vd. á mi empresario y le repita cuanto acaba de decirme. ¿Lo hará Vd.?

—Sin falta alguna, aunque es una misión penosa.

El médico partió por el primer tren y Frances y Alano se dirigieron á un punto de su predilección especial, desde el cual solían contemplar á menudo las olas que se estrellaban á sus pies, la inmensa extensión del mar y las hermosas puestas del sol, que parecía hundirse en las aguas. Largo tiempo permanecieron silenciosos, las manos amorosamente entrelazadas. Alano se abstuvo de preguntar el resultado de la consulta médica; sabía que era la causa del silencio de Frances. Esta alzó por fin el hermoso rostro y le miró frente á frente, húmedos los ojos, pero iluminado el semblante por la más dulce de sus sonrisas. Estaban solos, entre el mar y las altas rocas de la playa. La joven enlazó el cuello de su esposo con su brazo y le besó tiernamente.

—¿Cuándo volveremos á la Casa Roja? le preguntó.

—Cuando tú quieras, adorada mía.

—Seremos muy felices, Alano. Nuestra casa me parece una mansión encantadora. ¿Sabré desempeñar acertadamente los deberes de mi nueva posición, como señora de la Casa Roja? Pero tú me aconsejarás.

Alano la besó con pasión. Aquellas palabras le anunciaban la realización del sueño de ventura por él tan deseada. Y sólo entonces le dijo cuánto había ansiado que abandonase el teatro, para no pensar más que en su amor, para verla feliz y tranquila en la apacible mansión de sus mayores. Volvió á estrecharla entre sus brazos y le dió gracias por aquel gran sacrificio. Su esposa le escuchaba sonriente.

—No es mi sacrificio tan grande como crees. Pasarán probablemente algunos años antes de que recobre la voz por completo. Al principio me parecía una renuncia muy penosa, Alano. La mujer que ha gustado triunfos artísticos como los míos, siente renunciar á ellos. Pero créeme, esposo mío; aunque hoy estuviese en mi mano volver al pleno ejercicio de mi profesión, no lo haría. Tú eres quien en lo futuro obtendrá triunfos, tu nombre el que un día resonará con aplauso; y yo, tu esposa, compartiré tu gloria. No me han envanecido los elogios; humilde y amante compañera tuya, te amaré como ningún hombre ha sido amado.

Regresemos al hogar de nuestra futura felicidad y empecemos nuestra nueva vida.

Los ojos de ambos reflejaban la dicha de sus almas al recorrer, unidas las manos, el estrecho sendero. En él les salió al encuentro Josefina, que los riñó por su tardanza y se rió de ellos, llamándolos niños enamorados. Sin embargo, no tardó en suspirar tristemente al comparar la felicidad de sus hermanos con el penoso aislamiento de su pobre corazón.

Pero la soledad de Josefina Bourchier no fué eterna. Era entonces, á pesar de su amarga experiencia, poco más que una niña, y llegó un día en que el recuerdo de sus desgracias desapareció casi por completo de su memoria, en que recobró su carácter alegre y volvió á ser una de las jóvenes más encantadoras del Vesire. Su posición y su belleza le atrajeron numerosos admiradores, y cuando Josefina volvió á elegir esposo lo hizo con singular acierto. Amor, salud, riqueza, hijos queridos, cuanto contribuye á hacer deliciosa la vida, todo lo tuvo. Lo pasado se borró de su mente, como se borra y olvida un sueño doloroso.

Frances no tardó en comprender cuán poco le costaba vivir privada de fama y aplausos. Cada paso de su querido Alano en el camino de la celebridad que más tarde alcanzó como estadista insigne, era para ella motivo de mayor satisfacción que sus más ruidosos triunfos escénicos. ¡Cuán dulce y grata es la vida de los esposos que tienen una misma aspiración, un mismo ideal! El hogar doméstico, donde quiera que se halle, parece entonces encantador, verdadero centro de toda dicha. Más tarde, cuando el cielo bendijo la unión de Alano y Frances, preguntábase ésta cómo había podido parecerle un día completa su dicha sin aquellos dos pedazos de su alma, un niño y una niña hermosísimos, por quienes sentía adoración sólo inferior á la que le inspiraba su esposo. La felicidad de Frances llegó á ser completa. Con el tiempo recobró su voz magnífica, dón inapreciable que ya no había de verse expuesto á los riesgos y esfuerzos que amenazan la voz del artista de profesión. Se conformaba con tener la seguridad de que le bastaría presentarse y cantar en público para ver renovadas, siquiera temporalmente, las ovaciones de otro tiempo. El renunciar á ellas le parecía un ligero sacrificio hecho en obsequio de Alano y

24

se felicitaba de **poder darle aquella** prueba más **de su amor** entrañable.

También debía cesar, ó por lo menos calmarse en gran **manera,** aquel constante deseo de Frances de descubrir al asesino de su padre. En compañía de Josefina visitó un día la casa que ésta había habitado con Manders en Londres, y mientras Josefina reunía varios objetos que deseaba conservar, Frances descubrió el saco de viaje de su padre con todos los objetos de uso personal de éste, comprados por Manders al bribón de Estoques. Pálida y sorprendida, logró dominar su emoción ; pero conocedora de la perversidad de Manders, quedó convencida de que éste había sido el verdadero asesino de **Juan** Boucher, aun sin poder explicarse el móvil de tal crimen. Y guardó en su pecho el secreto de aquel descubrimiento, para no aumentar los pesares de Josefina y para **evitar** también á Alano un nuevo y profundo disgusto.

Dedicado á la política, no tardará Alano **en** ocupar en el Parlamento el lugar de **su padre.** Su talento, la energía de su voluntad y su alta **posición, se aunan** para predecirle un porvenir brillante.

La única nube que puede empañar su felicidad es el **secreto fatal que** oculta á su esposa. Está convencido de que debe **seguir** ocultándoselo. Pero no logra contemplar sin dolorosa emoción la humilde tumba del cementerio de Renton y le atormenta pensar cuán lejos se halla Frances de saber que cuanto él tiene es de ella, la legítima dueña de su fortuna. Obsesión continua, que se agrava á medida que pasan los años y que ve reflejado en los ojos de Frances el mismo inalterable amor que ella le profesa.

Pero el autor, que conoce hasta los más secretos pensamientos de Alano, sabe que muchos años después, cuando al amor de los esposos se había unido el cariño de hijos que los adoraban, Alano refirió á Frances cuanto sabía sobre la muerte de Juan Boucher, la acusación de Manders, los temores **de** su padre que lo pusieron á merced de aquel malvado, su propia angustia después de la entrevista con Manders y **por** último su alegría al oir las palabras solemnes del moribundo en refutación de la calumnia.

Y Frances, cualesquiera que sean sus pensamientos y sus dudas, respeta aquello que el hijo tenía obligación de creer y sigue embriagada en su amor por Alano. Sentada á veces al lado de éste, mirando juguetear á sus hijos por el florido jardín, toma una mano de su esposo y la besa, diciéndose : "Nada, ni el crimen mismo, si crimen hubiera, podría separarnos."

Cuando Frances oyó aquella revelación comenzaron sus piadosas visitas á la ignorada tumba del cementerio de Renton, sobre la que caían las únicas lágrimas de dolor que derramaba en su vida felicísima ; tumba sobre la cual no osaba poner ni una flor, ni una inscripción. Al compartir Alano con ella aquel secreto sintió su corazón aliviado de un gran peso, mas no pensó en el dolor que podía causar á Frances.

Ésta lo acepta sin quejarse. No hay mujer que no esté pronta á sufrir por el hombre amado.

FIN.

Novelas Publicadas en Español

D. APPLETON Y CÍA., NUEVA YORK.

María Antonieta y su Hijo.

Traducción del alemán. Un tomo de 173 páginas, con varias láminas y un retrato de María Antonieta, en el frontispicio. 60 centavos.

Misterio * * * *

Novela original, escrita en inglés bajo el nombre de CALLED BACK.

Por HUGH CONWAY.

Obra dramatizada. 800,000 ejemplares vendidos de las ediciones inglesas. Forma un bonito tomo en 12° de unas 230 páginas, tipo claro, buena impresión, cubierta de papel de color artísticamente decorada. 50 centavos.

La Isla del Tesoro.

Una preciosa novela escrita en inglés

Por ROBERTO L. ESTEVENSON,

Con ilustraciones, y un mapa, uniforme con la novela Misterio * * * * un tomo de 342 páginas. 50 centavos.

La Casa del Pantano.

Una de las novelas más populares en Inglaterra y en los Estados Unidos. 50 centavos.

Nueva York: D. APPLETON Y CÍA., 5th Avenue, No. 72.

LAS AVENTURAS DEL
VICARIO DE WAKEFIELD.

Por OLIVERIO GOLDSMITH.

VERSIÓN castellana hecha con sumo esmero y la única completa en nuestra lengua, de esta famosísima obra, considerada universalmente como CLÁSICA.

Un tomo de unas 300 páginas, bien impreso, con preciosos grabados y encuadernado artísticamente.

Edición económica 50 centavos. De medio lujo 75 centavos.

EL VICARIO DE WAKEFIELD.—"La novela más interesante en lengua inglesa."—LORD BYRON.

EL VICARIO DE WAKEFIELD.—"Excelente, interesante, lo mejor de cuanto se ha escrito como novela doméstica."—GOETHE.

EL VICARIO DE WAKEFIELD.—"Lo más delicado de cuanto la inteligencia humana ha producido en su género." —WALTER SCOTT.

EL VICARIO DE WAKEFIELD.—"Ningún otro escritor ha logrado con tan buen suceso llegar á los fines del moralista. Pensamientos, humoradas y agudezas abundan en cada página."—WASHINGTON IRVING.

La única versión española del VICARIO DE WAKEFIELD, completa y correcta es la publicada por

D. APPLETON Y COMPAÑÍA,
EDITORES,
NUEVA YORK.

GEOGRAFÍAS, MAPAS, CARTAS, ETC.,

PUBLICADAS POR

LA CASA EDITORIAL DE D. APPLETON y CÍA.,

Nueva York.

I.

La Geografía Científica. Un tomo de 171 páginas, con mapas y diagramas; encartonado y uniforme con nuestra serie de Cartillas de las cuales forma parte. Precio, 30 centavos.

La Cartilla que hemos publicado bajo este título, por GROVE, es la primera de su clase en los países españoles é hispanoamericanos. No es la geografía de este ó de aquel país, ó de tal ó cual estado, sino la geografía propiamente dicha, la Geografía como ciencia; y bajo este punto de vista, no está lejano el día en que se comience á enseñar á los jóvenes LA GEOGRAFÍA CIENTÍFICA. Sin el conocimiento de los rudimentos de esta ciencia, ¿cómo se podrá jamás llegar con provecho al estudio y menos aún, al conocimiento de la geografía patria ni de la universal?

II.

Geografía Elemental, la Novísima, de Cornell. Traducida por VEITELLE, corregida y adicionada recientemente por varios profesores. Un tomo en 4° menor, 71 páginas, con nuevos mapas, muchas láminas. Undécima edición corregida. Encartonada. Precio, 30 centavos.

Obra adoptada como texto en las escuelas de varias repúblicas hispanoamericanas.

La undécima edición, es más completa que todas las anteriores. Lleva al fin un *Cuestionario* de mucha utilidad práctica; y se la ha mejorado generalmente en la parte material.

En grandes cantidades, la facturamos á precios *netos*.

III.

Geografía de Smith, ó Primer Libro de Geografía Elemental, dispuesto para los Niños. Adornado con cien grabados y catorce Mapas. Por ASA SMITH. Traducido del inglés y adaptado al uso de las Escuelas de la América del Sur, las Antillas y Méjico, con Adiciones, por TEMÍSTOCLES PAREDES. La nueva edición está adornada con más de 100 grabados, 18 mapas y un cuadro cromo-litográfico de las banderas de todas las Naciones. La obra ha sido enteramente refundida y arreglada por varios profesores. Es la única que conserva el plan original del autor y la ortografía Castellana moderna de la Academia. **La nueva** edición se vende á **50** centavos.

Esta obrita se ha preparado expresamente para el uso de las Escuelas **Primarias.** Examinándola, se hallará sumamente simple y fácil. Las definiciones de las divisiones naturales de la superficie de la tierra, son breves; las ilustraciones atractivas, los mapas claros y hermosos y el todo arreglado á la capacidad de los jóvenes estudiantes.

Los libros de Geografía de Smith que se han publicado en inglés, son las obras más populares para los niños en los Estados Unidos.

La Geografía de Smith publicada por esta casa, es la única autorizada por el autor. Multitud de ediciones inferiores y fraudulentas, se han hecho de ella; pero ninguna ha logrado los resultados que la nuestra, de la cual hemos publicado ya numerosas ediciones y cuya impresión se hace por millones de ejemplares.

La edición especial para la República Argentina, contiene un cuadro cromo-litográfico de Prohombres de aquel país.

IMPORTANTE.—Esta Geografía, si se ordenan grandes cantidades, se factura á precio *neto.*

IV.

Nociones de Geografía Física. Por ARCHIBALDO GEIKIE. Un tomo de unas 150 páginas, con láminas. Encartonado y uniforme con nuestra serie de CARTILLAS de las cuales forma parte. Precio, 20 centavos.

V.

Nociones de Geografía Antigua ó Clásica. Por TOZER. Un tomo encartonado y uniforme con nuestra serie de CARTILLAS de las cuales forma parte. Precio, 30 centavos.

Aunque de ésta como de otras muchas de nuestras CARTILLAS, se han hecho traducciones y reimpresiones que abundan en el mercado á precios sumamente bajos; en nuestro deseo de completar la serie de CARTILLAS, que venimos publicando desde hace muchos años, y de hacer una edición legítima y completa, de una buena traducción castellana, hemos dispuesto llevar á cabo la de ésta obrita, que está ilustrada con mapas y arreglada á los Planes de Estudios de España y de la América española.

VI.

Libro Segundo de Geografía Descriptiva. Por D. RAMÓN PÁEZ. Destinado á seguir al PRIMERO DE SMITH. Adornado con doce grandes Mapas enteramente nuevos y multitud de grabados. Forma un tomo de unas 100 páginas grandes, y la NUEVA EDICIÓN DE 1886, no obstante las grandes mejoras, se vende al mismo precio de $1.25.

Edición Enteramente Nueva, corregida y aumentada, conforme á los últimos datos estadísticos y cambios políticos, y arreglada al uso de las escuelas hispanoamericanas. ●

VII.

Geografía Superior Ilustrada de Appleton. "*La mejor de cuantas se conocen hasta ahora en español.*" Un hermoso tomo de 156 grandes páginas, con numerosos grabados y mapas coloreados, impreso en papel fino y satinado. Precio, $2.00.

El libro ha sido escrito con un espíritu imparcial para los PAÍSES DE AMÉRICA Á QUE ESTÁ ESPECIALMENTE DESTINADO, y ni las antigüedades de sus primeras épocas, ni las maravillas y riquezas útiles de su suelo, ni su interés actual y porvenir, fueron desatendidos un solo momento en su preparación, compuesta en estricta obediencia con los adelantos de la *educación moderna*.

VIII.

Geografía Física Superior de Appleton. (GEOGRAFÍA FÍSICA UNIVERSAL.) Un tomo de 120 grandes páginas, con numerosos grabados, mapas de colores, diagramas, etc. Impreso en papel satinado fino y bien encuadernado. Precio, ——.

Esta obra, escrita en inglés por los más notables profesores de la materia en los Estados Unidos, encierra todos los descubrimientos y adelantos hechos hasta el día en ésta ciencia. Está á la altura de las mejores obras de su clase escritas en otras lenguas, ventajosamente puede competir con todas, y *es la mejor que en su género se ha publicado en castellano.*

IX.

Mapas Mudos de Cornell. Juego de 13 Mapas Mudos, con los Lugares marcados con números en vez de sus nombres. Precio, $15.00.

No. 1. MAPAS MUDOS (Pliego-doble), comprendiendo los Hemisferios Occidental y Oriental, Diagramas de los Meridianos y Paralelos, Trópicos y Zonas, los Hemisferios del Norte y del Sur, y las Alturas de las Montañas principales.

No. 2. LA AMÉRICA DEL NORTE.

No. 3. LOS ESTADOS UNIDOS Y CANADÁ.

No. 4. LOS ESTADOS OCCIDENTALES Y CENTRALES, con planos grandes de las ciudades de Boston y Nueva York y sus alrededores.

No. 5. LOS ESTADOS DEL SUR.

No. 6. LOS ESTADOS OCCIDENTALES.

No. 7. MÉJICO, AMÉRICA CENTRAL, Y LAS INDIAS OCCIDENTALES, con planos grandes del istmo de Nicaragua y las Grandes Antillas.

No. 8. LA AMÉRICA DEL SUR.

No. 9. EUROPA.

No. 10. LAS ISLAS BRITÁNICAS.

No. 11. EUROPA CENTRAL, MERIDIONAL Y OCCIDENTAL.

No. 12. ASIA, con planos grandes de la Palestina y las Islas de Sandwich.

No. 13. ÁFRICA, con planos grandes de Egipto, Liberia y la Colonia del Cabo.

Cada juego va acompañado de una cartera y una clave.

CLAVE DE LOS MAPAS MUDOS DE CORNELL. Para uso del Maestro. Un tomo de 59 páginas en 12°. Precio, 50 centavos.

MAPA MUDO, No. 14, DE LA REPÚBLICA ARGENTINA, con Clave especial Precio, $1.00.

X.

Mapa General de la República Argentina y Países Limítrofes. El ejemplar en papel cartulina, artísticamente coloreado, $12.00.

XI.

Mapa-Carta de la Isla de Cuba. Con el mar y las divisorias provinciales en color, papel cartulina, $8.50. El mismo, forrado en tela, barnizado, ribeteado, montado en cañas, $10.00.

XII.

Mapas para Escuelas y para Oficinas en General.
Proyectados por Colton y Cía., Publicados por D. Appleton y Cía.

I. Hemisferio Oriental cuyo tamaño es de 40 por 35 pulgadas.

II. Hemisferio Occidental, de tamaño y condiciones iguales á los del precedente.

Estos mapas contienen, no solamente el dibujo principal, sino otros accesorios, colocados en los ángulos y espacios libres, cada cual completo en su género; como los Hemisferios Norte y Sur, los de agua y tierra, los del Atlántico y del Pacífico y otros que determinan las corrientes del Océano, las cuencas de desague, vientos dominantes, temperaturas, productos principales, etc.

III. Europa—cuyo tamaño es de 40 por 40 pulgadas.

IV. Asia—de iguales dimensiones que el anterior.

V. África—de 40 por 35 pulgadas.

VI. América del Norte—de tamaño igual al del precedente.

VII. América del Sur—de idénticas dimensiones que los anteriores.

VIII. América Central—abraza los tres canales ó vías interóceanicas.

Cada uno de estos mapas de las grandes divisiones del mundo, lleva perfiles que presentan las principales alturas de cada país, y otros hechos en analogía con la materia, todos ellos sobre la misma escala vertical para facilitar la comparación.

XIII.

Cuadros Murales, compuestos por Marcio Willson y N. A. Calkins,
pudiendo usarse, bien por separado, bien como complemento del Manual de Enseñanza Objetiva de Calkins. La colección, montados en cartón. Precio, $14.00.

Son trece cuadros de *Dibujo y Perspectiva*, *Líneas y Medidas*, *Formas y Sólidos*, *Colores*, *Escala Cromática* (de los Colores), *Zoología :* partes 1ª, 2ª, 3ª. y 4ª ; y *Botánica :* partes 1ª, 2ª, 3ª, y 4ª. Todas las figuras de estos cartones, están coloreadas y sombreadas, y á su incuestionable utilidad reunen las cualidades de adorno y belleza en los planteles de enseñanza. Son un medio eficaz para iniciar á los jóvenes en el conocimiento elemental de estas Ciencias, despertar en ellos el amor á estudios más completos de cada una de ellas y muy particularmente de la Zoología y de la Botánica.

XIV.

Cartones de Appleton para el Estudio y Práctica del Dibujo de Mapas. Arreglados para ser adaptados á cualquiera geografía y muy especialmente á la Superior Universal de APPLETON. La colección de cartones y diagramas con instrucciones completas, todo colocado en una cartera de papel, 75 centavos.

La serie se compone de seis diagramas con instrucciones para dibujar los mapas de la América del Norte, América del Sur, Europa, Asia, África y Australia, y quince cartones en los cuales los paralelos y meridianos, están calculados para construir los mapas siguientes:

1. HEMISFERIO OCCIDENTAL.
2. HEMISFERIO ORIENTAL.
3. AMÉRICA DEL NORTE.
4. ESTADOS UNIDOS.
5. MÉJICO.
6. AMÉRICA CENTRAL.
7. LAS ANTILLAS.
8. AMÉRICA DEL SUR.
9. COLOMBIA, VENEZUELA Y GUAYANAS.
10. ECUADOR, PERÚ Y BOLIVIA.
11. REP. ARGENTINA, URUGUAY, PARAGUAY Y CHILE.
12. EUROPA.
13. ASIA.
14. ÁFRICA.
15. OCEANÍA.

Los diagramas, se han preparado con instrucciones para levantar las líneas de construcción, y en los cartones, los meridianos y paralelos están calculados para los mapas de las cinco partes del mundo; y el resto, para los de los países principales de América. Después de haber hecho dibujos aproximados, pueden los alumnos, provistos de ellos, reunir los resultados de sus estudios en Geografía construyendo mapas completos de cada Continente y de países especiales, y llenarlos con tanta minuciosidad como juzguen oportuna.

[A]

Obras de Historia Natural

PUBLICADAS POR

LA CASA EDITORIAL DE D. APPLETON y CÍA.,

Nueva York.

I.

El Reino Animal para Niños. Por el Doctor Juan García Purón. Instruir Deleitando. Serie de Libros Primarios de El Reino Animal para Niños. Arreglados para la instrucción gradual y progresiva de la infancia, en las escuelas y en la familia. Cada cuaderno, contiene 6 hermosas láminas de colores, yendo en cada una numeradas las figuras de los varios animales; y 8 páginas de lectura amena, variada y progresiva, con una cubierta iluminada. En paquetes de una docena surtida (dos ejemplares de cada número). El paquete, $2.00.

La serie se compone de seis libros ó cuadernos :

No. 1. Animales Domésticos.

No. 2. Aves Mayores.

No. 3. Animales de Caza.

No. 4. Animales Salvajes.

No. 5. Aves Menores.

No. 6. Cuadrumanos y Pequeños Cuadrúpedos.

Recomienda Rollin que se enseñe á los niños la Historia Natural; pero del modo que conviene á su edad. "Llamo, dice, *Física de los niños*, á un estudio de la Naturaleza que no requiere sino *vista*, y que por lo mismo está al alcance de toda clase de personas, hasta de los niños. Desde la más temprana edad se les puede imponer á los niños; pero proporcionándolo á sus pocos años, y llamando su atención sobre lo que esté más á su alcance, ya sea en lo referente á hechos, ya acerca de las reflexiones á que estos den ocasión. Parece increíble el número de conocimientos agradables y útiles con que ese ejercicio continuado desde los primeros años y metódicamente, llenaría el espíritu de los niños. . . ." Un maestro cuidadoso, encuentra en este estudio el medio de formar el corazón de sus discípulos y de guiarlos á la verdad y el bien valiéndose de la misma Naturaleza.

" El primer libro para instruir á la infancia, dice Figuier, debe versar sobre la Historia Natural; y en lugar de llamar la atención de las jóvenes inteligencias hacia las fábulas y cuentos sin doctrina, es necesario dirigirlas hacia los sencillos y verídicos espectáculos de la Naturaleza; tales como la estructura de un árbol, la composición de una flor, los órganos de los animales, la perfección de las formas cristalinas de un mineral, ó la disposición interior de las capas que componen la tierra que hollamos con nuestra planta." Tal es el objeto con que el autor ha preparado estos libros, en los que ha reunido la instrucción, los ejemplos de moral y el deleite de la infancia.

II.

Nociones de Botánica. Por J. D. Hooker. Precio, 20 centavos.

Esta pequeña obra, que forma parte de nuestra serie de Cartillas Científicas, contiene una serie de lecciones elementales sobre los carácteres generales de las plantas que dan flores; trata de la célula y los tegidos, del alimento y desarrollo de la semilla y de la planta, de la raiz, el tallo, las yemas, las hojas, la flor, el cáliz, la corola y de multitud de otros asuntos presentados de un modo fácil y sencillo. Se ocupa de los Jardines Botánicos para colegios, y da modelos para ejercicios de lecciones con hojas y flores.

III.

Libro Primero de Zoología. Por el Doctor Juan García Purón. *Obra adoptada de texto en España y varios países Hispano-Americanos.* Forma un tomo uniforme con la Botánica y la Mineralogía del mismo autor; está ilustrado profusamente con hermosos grabados intercalados en el texto y elegantemente encuadernado. Precio, 70 centavos.

El Libro Primero de Zoología que ofrecemos al público, está considerado como el mejor de cuantos se conocen, y el único de su género en castellano. El autor, elevándose á las necesidades de la época y á los adelantos de la ciencia moderna; ha puesto su obra á la altura de los tiempos y al alcance de la juventud. Conduce gradualmente, *de lo conocido, á lo desconocido por medio de lo semejante,* despertando el interés del joven, y á la vez deleitándolo con el estudio. No existe un libro tan ameno é interesante, ni tan apropósito para el estudio del reino animal; al que no sólo da á conocer en todas sus fases, sino que inspira en los niños el amor hacia los animales.

IV.

Libro Primero de Botánica. Por el Doctor JUAN GARCÍA PURÓN. *Obra adoptada de texto en España y varios países Hispano-Americanos*. Precio, 80 centavos.

En esta obra, la BOTÁNICA está tratada desde el punto de vista del *estudio objetivo*, que tanto facilita á los jóvenes el conocimiento de dicha ciencia. Como en la ZOOLOGÍA y la MINERALOGÍA del mismo autor, el plan seguido en la Botánica, es *llegar á lo desconocido por medio de lo conocido y lo semejante;* empleando para ello, el estudio de lo que más pueda interesar y grabarse en la imaginación de los niños.

La obra, está ilustrada con numerosos grabados; tiene una excelente impresión sobre papel satinado y muy bien encuadernada; circunstancias, que como complemento á su selecto contenido científico, la hacen sin rival en su género. Es un tomo uniforme con los de ZOOLOGÍA y MINERALOGÍA.

V.

Libro Primero de Mineralogía. Por el Doctor JUAN GARCÍA PURÓN. *Obra adoptada de texto en España y varios países Hispano-Americanos*. Precio, 80 centavos.

Este tratado de MINERALOGÍA, que con las de ZOOLOGÍA y BOTÁNICA por el mismo autor, forma un *Curso Completo de Historia Natural;* además de tratar extensamente de todo lo que atañe directamente á la Mineralogía, propiamente dicha, estudia las relaciones entre ésta y la *Geología*, y por lo tanto trata de los fósiles, ó sea de la *Paleontología;* siguiendo los principios más modernos en su parte didáctica.

La obra tiene numerosos grabados intercalados en el texto; es rica en estilo y asuntos interesantes, y se halla impresa en magnífico papel satinado y empastada en uniformidad con la BOTÁNICA y la ZOOLOGÍA.

Los *Cuadros Murales* de WILLSON y CALKINS además de otros asuntos, tratan tambien de la

ZOOLOGÍA en las partes 1ª, 2ª, 3ª, 4ª, y de la

BOTÁNICA en las 1ª, 2ª, 3ª, 4ª.

La colección de trece, artísticamente sombreados, coloreados y montados en cartón. Precio, $14.00.

La Historia Ilustrada de los Estados Unidos del Norte y Países Adyacentes.

Por G. P. QUACKENBOS.

Nueva edición. Forma ahora un tomo de 579 páginas en 12°, y está profusamente ilustrado, con láminas, mapas de colores y diagramas. Encuadernación de tela inglesa de color y con un bonito decorado. Precio, $1.25.

Edición Económica de la

Nueva Biblioteca de la Risa, por una Sociedad de Literatos de Buen Humor.

Forma un arrogante tomo cerca de 500 páginas en 12°, con una cubierta de papel de color artisticamente decorada, y su precio es solamente de 70 centavos.

María Antonieta y su Hijo.

Por LUISA MÜHLBACH.

Novela histórica. Traducida del Alemán por C. VILLAVERDE. Un tomo de 173 páginas. A la rústica. Precio, 60 centavos.

Nueva York: D. APPLETON Y CÍA., Editores, 5th Ave., No. 72.

ECONOMIA É HIGIENE DOMESTICA DE APPLETON.

ARREGLADA PARA USO DE LA FAMILIA EN GENERAL.

Por la Profesora FLORENCIA ATKINSON,
el Doctor JUAN GARCÍA PURÓN, y
los Señores FRANCISCO SELLÉN y EDUARDO MOLINA

Un tomo de cerca de 300 páginas, bien impreso en buen papel, con numerosas y finas ilustraciones; encuadernado en tela. $1.50.

MATERIAS PRINCIPALES QUE CONTIENE LA OBRA:

ECONOMÍA.
  Economia de tiempo y de trabajo; economia de gastos.

SISTEMA Y ORDEN.

LIMPIEZA Y ASEO.
  Aseo personal; limpieza general.

LAVADO Y APLANCHADO.
  Lavado en general; aplanchado en general.

LAS MANCHAS Y EL MODO DE QUITARLAS.
  Precauciones que deben tomarse antes de quitar las manchas; medios de quitar las manchas; renovación, aderezo y lustre de las telas.

EL AIRE QUE RESPIRAMOS.
  Modos de purificar el aire.

LA COCINA.
  Cuidado de la cocina; modo de hacer las compras; los alimentos; el agua y la leche; cocina ordinaria.

EL COMEDOR.

EL DORMITORIO.

ADORNO DE LA CASA.
  Reglas generales; objetos ó labores de capricho.

VESTIDO Y CALZADO.
  Usos y materiales; vestidos de niños.

LABORES DE AGUJA.
  Cosido; zurcidos y remiendos; bordados.

CORTE DE LAS PRENDAS MÁS USUALES.

BUENAS MANERAS.

CUIDADO DE LOS ENFERMOS.
  Recomendaciones generales; accidentes y emergencias.

EL CUIDADO DE LOS NIÑOS.

EDUCACIÓN DE LOS NIÑOS.

EJERCICIO CORPORAL.

DIVERSIONES DOMÉSTICAS Y DEBERES SOCIALES.

APÉNDICE.

ÁLBUM DE RECORTES.

Nueva York: D. APPLETON Y CÍA., Editores, 5th Ave., No. 72.

LA LETRA ESCARLATA.

NOVELA ESCRITA EN INGLÉS POR
NATANIEL HAWTHORNE.

❧

OBRA DRAMATIZADA.

❧

LA LETRA ESCARLATA es una de las más notables producciones de la literatura amena de los Estados Unidos.

Versión castellana hecha con sumo esmero de esta famosísima obra, considerada universalmente como CLÁSICA.

Forma un tomo de más de 300 páginas, bien impreso, tipo claro y encuadernado á la rústica con artística cubierta.

Precio, 50 centavos.

NUEVA YORK:
D. APPLETON Y COMPAÑÍA,
EDITORES.